Zum Buch:

Wie kann man weiterleben, wenn das Glück verloren scheint? Seit sie von ihrem Mann für die beste Freundin verlassen wurde, fühlt sich Maylis wie im freien Fall. Halt findet sie nur in dem Feinkostladen, in dem sie arbeitet. In dieser kleinen Welt – die aus einer anderen Zeit zu stammen scheint – begegnet sie Menschen, die ihre Gedanken zum Tanzen bringen: eine mondäne Theater-Diva, ein chronisch abgebrannter Student, eine junge Frau, die mit Tränen in den Augen an ihre verflossene Liebe denkt ... Langsam, ganz langsam, erwacht in Maylis wieder die Neugier auf das Abenteuer, das man Leben nennt. Aber ist sie auch schon bereit, einem Mann zu erlauben, ihr Herz zu erobern?

»Tania Schlie schreibt sanft und verlockend.«

Christine Westermann, WDR, über ein vorangegangenes Buch der Autorin

Zur Autorin:

Tania Schlie, geboren 1961, studierte Literaturwissenschaften und Politik in Hamburg und Paris. Bevor sie anfing zu schreiben, war sie Lektorin in einem großen Verlag. Heute lebt sie als erfolgreiche Autorin in der Nähe von Hamburg, schreibt Bücher zu kultur- und kunsthistorischen Themen und Romane auch unter dem Pseudonym Caroline Bernard. 2014 wurde eins ihrer Werke für den DeLiA nominiert.

Tania Schlie

Der Duft von Rosmarin und Schokolade

Roman

MIRA® TASCHENBUCH
Band 26105

2. Auflage: Mai 2018
Lizenzausgabe im MIRA Taschenbuch
Copyright © 2018 by MIRA Taschenbuch
in der HarperCollins Germany GmbH

Der Duft von Rosmarin und Schokolade
Copyright © 2016 by Tania Schlie
erschienen bei: dotbooks, München

Umschlaggestaltung: zero-media.net, München
Umschlagabbildung: R. Ian Loyd/Masterfile, FinePic/München
Redaktion: Anna Hoffmann
Satz: GGP Media GmbH, Pößneck
Printed in Germany
Dieses Buch wurde auf FSC®-zertifiziertem Papier gedruckt.
ISBN 978-3-95649-781-0

www.mira-taschenbuch.de

Werden Sie Fan von MIRA Taschenbuch auf Facebook!

Kapitel 1

Thunfisch, ganz frisch, dunkelrot, mindestens zehn Stunden in bester Sojasoße, Ingwer, einer Spur Knoblauch und Öl mariniert. Dazu saftiger Rettich, hauchfein gehobelt, und jede Menge frische Korianderblätter.

Der Anblick des in mundgerechte Stücke geschnittenen Fisches und der verführerische Duft lassen ihr das Wasser im Mund zusammenlaufen.

Ihre Lippen zittern erwartungsvoll, während sie dem Mann zusieht, der ihr gegenübersitzt und mit den Stäbchen geschickt das beste Stück herausfischt und es in die Wasabicreme tunkt, um es ihr lächelnd über den Tisch zu reichen. Sie öffnet den Mund und nimmt seine Liebesgabe entgegen, während sie ihm tief in die Augen sieht. Der kühle Thunfisch zergeht auf der Zunge, dann berührt die Schärfe des Wasabi die Geschmacksnerven und bringt ihre Nase bis zur Schädeldecke zum Kribbeln ...

In diesem Augenblick rasselte der Wecker. Maylis Klinger leckte sich über die Lippen ... vergebens: Der Geschmack von Thunfisch war verschwunden.

Stattdessen: Montagmorgen. Und Regen. Der erste richtige Regen in diesem Herbst. Er pladderte an die Fensterscheiben. Maylis streckte sich noch einmal unter der Bettdecke, dann stand sie auf und ging in die Küche hinüber. Sie öffnete die Balkontür, und der Geruch nach aufgeweichtem Staub und den Ablagerungen des heißen Sommers lag in der Luft. Ihre Kräutertöpfe schwammen im Wasser. Die zarten Dill- und Korianderpflanzen ließen die Köpfe hängen. Sie waren nicht mehr zu retten. Aber den robusteren Salbei und den Rosmarin zog sie in den Schutz des Dachvorsprungs, wobei große Regentropfen auf ihren Schultern zerplatzten. Mit einem Knall schloss sie die Balkontür wieder. Unschlüssig sah sie sich in ihrer Küche um. Ihr Traum hatte sie hungrig gemacht. Wider besseres Wissen sah sie in ihren Kühlschrank und machte die Tür gleich wieder zu. Er war schon das ganze Wochenende über leer gewesen. Sie füllte Wasser in die Espressomaschine und stellte sie an, dann ging sie unter die Dusche. Während sie sich einseifte, dachte sie kurz darüber nach, wer der attraktive Mann in ihrem Traum wohl gewesen sein mochte. Niemand, den sie kannte. Und bestimmt nicht Max. Der war während ihrer Ehe nie besonders fürsorglich gewesen – er hatte ihr nie die besten Bissen vom Teller gepickt.

Um fünf Minuten vor neun sprang sie von ihrem heiß geliebten Motobécane-Fahrrad und tappte direkt in eine Pfütze. Schmutziges Wasser spritzte hoch und ihr von oben in die dunkelblauen Chucks. Durch die Nähte ihrer Jacke sickerte der Regen in ihren Nacken. Sie schloss ihr Rad unter der großen Kastanie vor dem Geschäft an die dicke Baumbegrenzung an und hastete über den breiten Bürgersteig auf den Eingang des Feinkostgeschäfts zu. Eigentlich nahmen die Mitarbeiter den hinteren Eingang, der vom Hof auf der Rückseite in den Laden führte, aber sie hatte gesehen, dass das Tor noch geschlossen war, und ihr Rad deshalb vor dem Laden abgestellt.

»Mal wieder auf die letzte Minute!«, brummelte Wilhelm Radke und stand dabei so in der Tür, dass Maylis nicht an ihm vorbeikonnte. »Der Sommer ist nun wohl endgültig rum. Das wird kein gutes Geschäft heute.« Mit gerunzelter Stirn sah er in den grauen Himmel, aus dem der Regen jetzt noch heftiger fiel.

»Guten Morgen. Lassen Sie mich rein?«, fragte Maylis, während einzelne Regentropfen vom Rand der Kapuze über ihre Stirn liefen.

Ihr Chef machte einen Schritt zurück in den Laden, und Maylis folgte ihm.

Hungrig sog sie den Duft des Feinkostgeschäfts ein. Ein Geruch nach frisch gemahlenem Kaffee und Buttercroissants, die gleich links am Eingang neben der Kasse angeboten wurden. Maylis schluckte. Auf der linken Seite schloss sich die Obstabteilung an, aus der es nach Zitrusfrüchten und Kräutern roch. An der verspiegelten Wand mit der Aufschrift »Südfrüchte«, die noch aus den Sechzigerjahren stammte, stapelten sich die Kisten mit Äpfeln, Kartoffeln und anderem Gemüse. Davor standen die feineren Waren in großen Körben. An der Rückseite des Ladens waren die Konserven in hölzernen Regalen aufgereiht – Linsen aus der Camargue, Pesto aus Italien, eingelegte Trüffel und Morcheln, Spargelspitzen, Olivenöl, kalt gepresst, reine Sorten, alphabetisch nach ihrem Herkunftsland sortiert: Frankreich, Griechenland und Italien. An der Rückseite befand sich auch die Tür, die zu den Nebenräumen und zum Hof führte. Rechts davon schloss sich das Weinregal an. Feinkost Radke führte in erster Linie Rotweine aus Italien und Frankreich und ein Sortiment rheinischer Rieslinge. Der frisch eingetroffene Federweiße stand in Kisten davor, gut sichtbar für die Kunden, die immer auf der Suche nach etwas Besonderem waren. Maylis ließ den Blick weiter nach rechts schweifen. Von dort strömte der unnachahmliche Geruch einer gut sortierten Käseabteilung herüber. An der Wand hinter der Käsetheke hingen noch die Fliesen aus der Entstehungszeit des Hauses. Sie waren elfenbeinfarben mit einem Rand aus zarten Blüten in Hellblau und Rot und stammten noch aus der Zeit, als hier eine Schlachterei gewesen war. Diese Fliesen und die Säule aus hellem Granit, die ziemlich in der

Mitte des Raumes stand und die Decke trug, mochte Maylis am meisten.

Für eine Sekunde schloss sie die Augen, um das Aroma in sich aufzunehmen, während sie die nassen Schuhe auf der knallroten Matte abtrat. »Feinkost Radke. Qualität seit 1955« stand dort in fetten Buchstaben. Diese Fußmatte war der ganze Stolz von Gerda Radke, die von allen »die Generalin« genannt wurde. Sie war die Mutter von Wilhelm und hatte den Laden gegründet, »nach dem Krieg, in der schlechten Zeit, war nicht einfach. Aber wir hatten ja alle nichts«. Die Generalin hatte diese Art Fußmatte vor einigen Jahren vor einem Hotel in Berlin gesehen und nicht geruht, bis sie den Hersteller ausfindig gemacht hatte. Jeden Abend wurde die Matte gesaugt, jeder kleine Fleck musste sofort entfernt werden. Und zweimal im Jahr wurde sie in eine Spezialreinigung gegeben.

Unter dem sorgenvollen Blick von Wilhelm Radke, der abwechselnd zum Himmel und zu ihren Füßen sah, fuhr Maylis ein letztes Mal mit den Schuhsohlen über das »1955«.

»Ich mach schnell das Tor auf. Jetzt sind Sie ja da«, sagte er und spannte einen Regenschirm auf. »Und dann kommen Sie erst mal wieder hier nach vorn. Frau Fitz ist nämlich auch noch nicht da.«

»Ist gut«, gab Maylis zurück. »Ich ziehe nur schnell die nasse Jacke aus.« Sie lief durch den Laden und schlüpfte durch die mit Obstplakaten beklebte Tür in die hinteren Räume, wo das Lager, das Kühlhaus, das Büro und der kleine Raum lagen, der den Angestellten von Feinkost Radke als Aufenthaltsraum und Garderobe diente. Das Büro war ihr eigentlicher Arbeitsplatz. Sie war für den Kontakt mit den Lieferanten zuständig, handelte Preise aus, kontrollierte die Wareneingänge und machte die Buchhaltung. Erst wenn sie diese Arbeiten erledigt hatte, stand sie im Laden – und das war es, was ihr am besten gefiel. Sie liebte den Umgang mit den Kunden. Mit den meisten jedenfalls. Feinkost Radke war beliebt und gut sortiert. Und die Kundschaft im feinen Hamburger Stadtteil Eppendorf hatte das nötige Kleingeld, um hier einzukaufen.

»Wenn die Kunden und ich nicht wären, würdest du den lieben langen Tag mit niemandem reden«, hörte sie die Stimme ihrer Kollegin Annette Fitz in ihrem Kopf. Den Vorwurf machte sie ihr mindestens einmal in der Woche.

Maylis hängte ihre Jacke an die Garderobe und vernahm das leise Tack, Tack der Regentropfen auf dem Boden.

Aus dem Laden ertönte die Türklingel. Die erste Kundschaft des Tages. Aber der Chef war ja vorne. Sie hörte ihn einen »Guten Morgen« wünschen. An seiner lahmen Begrüßung erkannte sie, dass es kein Stammkunde war. Wahrscheinlich jemand, der einen Kaffee zum Mitnehmen wollte, oder *Coffee to go*, wie das jetzt auf dem Schild an der Tür hieß.

Im selben Augenblick klopfte es an die hintere Tür, die vom Lager in den Hof führte. Maylis verknotete die Bänder der Schürze auf dem Rücken, dann ging sie zur Tür und entriegelte sie. Vor ihr stand Annette mit verregneter Frisur.

»Guten Morgen. Du bist spät dran.« Dann bemerkte sie, dass Annettes Wimperntusche verlaufen war und schwarze Striemen auf ihren Wangen bildete. »Wie siehst du denn aus? Hast du etwa geweint?«

Annette schniefte. Dann nahm sie sich für ein schiefes Lächeln zusammen. »Hainer und ich haben das ganze Wochenende gestritten. Heute Morgen hat er mir das Auto nicht gegeben, ich musste mit dem Rad fahren.« Sie war hinter Maylis in den kleinen Garderobenraum getreten, wo ein Spiegel hing. »Oh, Gott!« Hektisch kramte sie auf der Suche nach einem Taschentuch in ihrer Handtasche.

Maylis reichte ihr eines von ihren, und Annette wischte sich die Wimperntusche aus dem Gesicht. Maylis stand hinter ihr und versuchte, ebenfalls einen Blick in den Spiegel zu werfen, um ihr Haar in Ordnung zu bringen. Eigentlich fiel es ihr glatt bis zum Kinn, aber durch den Regen und die Kapuze hatten sich Locken oder zumindest Wellen gebildet.

»Frau Fitz? Sind Sie das? Kommt denn heute jeder zu spät? Jetzt aber ein bisschen Beeilung.« Das war die Stimme vom Chef.

»Lass dir nichts anmerken«, sagte Maylis. »Und morgen schießt du ihn endlich in den Wind.«

»Wen? Radke oder meinen Mann?«

Natürlich meinte Maylis Annettes blöden Ehemann. Sie hatte ihn ein einziges Mal gesehen, als er vor dem Laden auf Annette gewartet hatte. Die hatte noch zu tun gehabt, und er hatte sie angebrüllt. Ein Macho, jähzornig und nach ihren Erzählungen eifersüchtig auf alles und jeden. Und dennoch glaubte Annette felsenfest, besser dran zu sein als Maylis, die ohne Partner war. Darüber konnten sie stundenlang debattieren.

»Guten Morgen, schöne Frau. Haben wir nicht einen prachtvollen Tag heute?«

Maylis fuhr herum und starrte Torsten Brenner an, als trüge er ein rosa Häschenkostüm. Sie hatte ihn nicht hereinkommen hören, und seine Frage verwirrte sie. »Haben Sie mal auf das Wetter geachtet?«, knurrte sie.

»Klar sehe ich, dass es regnet. Aber heute ist Montag, der schönste Tag der Woche, und wissen Sie, warum?« Er sah sie mit einem strahlenden Lächeln an und ließ die weißen Zähne blitzen. »Weil ich Sie da treffe!«

Maylis rollte mit den Augen. Torsten Brenner war um die Dreißig, gut gebaut – sehr gut gebaut, korrigierte sie sich mit einem Blick auf seinen breiten Brustkorb und die Oberarme, die sich unter der Jacke abzeichneten – und braun gebrannt. Um den Hals und das Handgelenk trug er dicke Goldketten, die unvermeidliche Sonnenbrille war ins Haar geschoben. Sie hatte noch nie gesehen, dass er sie auf der Nase hatte. Wahrscheinlich war sie einzig dafür da, seine dunkelblonden Locken aus der Stirn zu halten. Er sah aus wie ein Profisurfer auf Urlaub, aber in Wirklichkeit war er der Lieferant von Feinkost Radke. Mit Obst und Gemüse kannte er sich wirklich gut aus, aber ansonsten hielt Maylis ihn für so langweilig, wie jemand sein konnte, der nie ein Buch las und Dokusoaps auf ProSieben guckte.

»Ich bin am Wochenende mit meinem neuen Auto an die Elbe gefahren. Konnte sogar das Verdeck unten lassen. Schade, dass Sie wieder keine Zeit hatten. War wohl der letzte schöne Tag in diesem Jahr.«

»Vom Fahrtwind bekomme ich Kopfschmerzen«, erwiderte sie ungerührt. »Außerdem laufe ich lieber an der Elbe entlang, statt die Auspuffgase des Vordermanns einzuatmen.«

Das hatte gesessen. Torsten Brenner zog enttäuscht den Kopf ein, doch noch gab er sich nicht geschlagen. »Dann lassen Sie uns doch am nächsten Wochenende einen Spaziergang machen. Ich bringe ein Picknick mit, nur die allerbesten Sachen. Und Früchte wie aus dem Paradies«, setzte er mit einem verschwörerischen Lächeln hinzu.

»Am nächsten Wochenende habe ich schon etwas vor.«

Er ließ sich nicht entmutigen. »Wie schön für Sie. Aber doch nicht das ganze Wochenende? Vielleicht am Freitag nach Ladenschluss? Ich hole Sie ab. Ein Stündchen können Sie sich doch für mich freimachen?«

Von wegen freimachen, dachte sie. »Ich glaube, Sie sollten besser die Waren reinbringen, der Chef ist heute Morgen ein bisschen ungeduldig. Sie sind spät dran.«

»Okay, ich lade dann mal aus«, sagte er lahm.

Maylis sah ihm nach. Es tat ihr leid, wenn sie ihm so den Wind aus den Segeln nahm, aber er gehörte zu den Männern, die einfach nicht kapierten, dass eine Frau nicht einen Funken von Interesse an ihm haben könnte. Am Anfang war sie nett zu ihm gewesen, und er hatte ihr Präsentkörbe mitgebracht und sie mit Einladungen bombardiert. Seitdem behandelte sie ihn kühl, was ihn nicht davon abhielt, weiter um sie zu werben.

Sie schob den Keil unter die Tür, damit diese nicht zufiel, dann ging sie nach vorne in den Laden. Wilhelm Radke bediente eine Kundin am Brotstand, Annette füllte die verschiedenen Frischkäse in die Schüsseln, und Maylis ging zum Gemüsestand, um Platz für Torsten Brenners Obstkisten zu machen.

Sie fand Torsten Brenner als Mann völlig inakzeptabel. Sie mochte keine Männer, die sich nicht richtig ausdrücken konnten. Aber sie bewunderte sein goldenes Händchen für alles, was Gemüse oder Obst war. Als er eine Stiege mit Kräutertöpfen vor sie hinstellte, versenkte sie ihre Nase in das Basilikum und strich mit den Fingern über die Rosmarinbunde, um die unvergleichlichen Düfte einzuatmen. Heute war auch Salbei dabei und Eisenkraut in langen Büscheln. Sie liebte die leicht zitronige Note des herben Krauts. Als sie die Ware zum ersten Mal bestellt hatte, hatte der Chef »das Gestrüpp« für Weidenäste gehalten und sie gefragt, was das denn solle. Zufällig war die Generalin anwesend gewesen. Sie kannte die lindernde Wirkung von Eisenkraut bei – sie hatte nach dem Wort gesucht – »Frauenmalheurs«. Der Chef hatte sich gefügt, und seitdem gab es ab Spätsommer Eisenkraut bei Feinkost Radke. Maylis legte gleich ein Bund für sich zur Seite. Nicht aus medizinischen Gründen, sondern weil sie Tee aus frischem Eisenkraut einfach so gern mochte.

Torsten Brenner balancierte mit weiteren übereinandergestapelten Kisten durch die Tür auf sie zu. Er sah aus wie eine Palette auf Beinen. Er stützte seine Kisten auf dem Obststand ab und fing an, sie von oben nach unten abzubauen. Verschiedene Salate, Äpfel und Bananen kamen zum Vorschein. Ganz unten trug er eine Lage Feigen. Mit einem entwaffnenden Grinsen hielt er ihr eine der reifen Früchte unter die Nase.

»Sehen Sie mal, marokkanische Feigen, ganz außergewöhnlich gut. Wissen Sie, woran die mich erinnern?« Diese Bemerkung machte er jedes Mal, wenn er Feigen dabeihatte. Er hatte es noch nie vergessen. Maylis nahm die dunkelviolette Frucht und legte sie zurück zu den anderen in die kleine Holzkiste. Sie sah ihn lange und undurchdringlich an.

»Na gut, dann will ich mal wieder«, sagte er endlich. »Krieg ich die Unterschrift von Ihnen?«

»Was ist mit den Pfifferlingen? Ich hatte doch welche bestellt.«

Er schüttelte den Kopf. »Die waren viel zu teuer und außerdem schon ziemlich matschig. Ich versuch's nächste Woche wieder. Dann gibt es vielleicht auch die letzten Steinpilze.«

Maylis nickte und nahm ihm das Klemmbrett aus der Hand. Er hielt es gerne fest, und dann musste sie ihm näher kommen, als ihr lieb war. Sie überflog die Liste und unterschrieb.

»Alles andere ist im Kühlhaus? Dann bis nächste Woche«, sagte sie knapp.

»Wenn Sie nicht zwischendurch was brauchen. Sie wissen doch, Brenners Früchte sind die besten!« Er hatte seine Haltung wiedergefunden. Mit einem Pfeifen auf den Lippen ging er.

Maylis sah ihm nach. Kurz darauf fuhr er mit seinem weißen Lieferwagen auf der Straße vorbei und hupte. Wie jeden Montag. Und wie jeden Montag dachte Maylis: Was für ein Idiot. Wenn auch ein charmanter.

Mit einem Lächeln suchte sie eine besonders schöne Feige aus und schnitt sie auf. Sie war fleischig, innen rosa und saftig, am Rand wurde das Fleisch heller. Beide Hälften legte sie mit der Spitze nach unten nebeneinander auf die anderen, sodass jeder sie sehen musste. Feigenhälften konnten einen wirklich an etwas ganz anderes erinnern ...

Für diese Woche hatte sie Torsten Brenner überstanden,

und heute Abend würde sie sich mit einer Tasse Eisenkrauttee aufs Sofa kuscheln.

Die Woche konnte beginnen.

Der Regen draußen war stärker geworden. Die Kunden hatten schlechte Laune. Erbittert schüttelten sie ihre nassen Regenschirme auf der roten Matte aus und suchten den Schirmständer, der erst noch aus dem Lager geholt werden musste, weil er den ganzen Sommer lang überflüssig gewesen war.

»Guten Tag!«

Niemand anderes konnte derart viel Hochnäsigkeit in eine Begrüßung legen. Zwei scharfe Ts nach einem in die Länge gezogenen U und am Ende ein G, das wie ein abgehacktes K daherkam: Hilde Becker besaß die unnachahmliche Gabe, eine harmlose Begrüßung wie einen Gnadenbeweis klingen zu lassen. Sie hob dabei leicht das Kinn und ließ den strengen Blick schweifen. Ihr entging nicht die kleinste Unachtsamkeit – kein Staubkörnchen, kein Brötchenkrümel auf dem Boden, kein Preisschild, das schief an der Ware angebracht war. Sie atmete einmal kurz und heftig ein, dann kam sie auf ihren ausgeprägten O-Beinen auf Maylis zu.

»Haben Sie denn keinen Tee? Mir ist kalt. Bei diesem Wetter brauche ich meinen Tee.« Maylis konnte nicht anders, als ihre Stimmmodulation zu bewundern. Jetzt klang sie ganz nach gekränkter Unschuld, der man aus lauter Boshaftigkeit auch noch das kleinste Vergnügen verwehrte. Als Schauspielerin wäre sie eine Kanone gewesen. Als Kundin war sie jedoch die Pest. Hilde Becker kam jeden zweiten Tag und verlangte grundsätzlich Dinge, die nicht vorrätig waren. Und waren sie vorrätig, hatte sie etwas an ihnen auszusetzen.

»Wo haben Sie denn heute Ihren Hannibal?«, fragte Maylis zuckersüß, um sie zu besänftigen,

»Na, wo soll er denn schon sein? Hier natürlich!« Sie wies auf den Korb, dessen Henkel sie über dem Arm trug und aus dem unter einer Wolldecke die spitze Schnauze eines Hundes hervorlugte. Die Schnauze sah aus wie die eines Pinschers, den Rest des Tieres hatte bei Feinkost Radke noch niemand zu Gesicht bekommen. Obwohl Frau Becker nie ohne ihren Hannibal irgendwohin gehen würde. »Sie wissen doch, wie gern mein Hannibal zu Ihnen kommt«, fügte sie hinzu.

Hunde waren bei Feinkost Radke natürlich streng verboten, aber für Frau Becker machte Wilhelm Radke eine Ausnahme. Weil er musste. Er hatte sich am Anfang, als der Hund noch klein und süß gewesen war, mit ihr angelegt und für immer den Kürzeren gezogen. Schließlich kannte Hilde Becker den kleinen Wilhelm schon, seit er noch »so klein« gewesen war – sie zeigte dabei immer mit der Hand auf eine Stelle oberhalb ihres Knies –, und war mit seiner Mutter, der Generalin, per Du. Wenn sie in den Laden kam, galt die Anweisung, sie sofort zu bedienen – »Aber immer schön freundlich bleiben!« – und sie so schnell wie möglich wieder hinauszukomplimentieren, damit niemand den Hund sah. Der hatte nämlich die Angewohnheit, plötzlich würgende Laute von sich zu geben und kleine Haufen seines halb verdauten Mageninhalts auf dem schwarz-weißen Fliesenboden zu hinterlassen.

Frau Becker stand jetzt vor dem Regal mit Kaffee und Tee und fuhr mit dem Zeigefinger die Reihen entlang, wobei sie missbilligend den Kopf schüttelte. In diesem Moment kam der Chef aus dem Lager. Er wollte gleich wieder kehrtmachen, doch sie hatte ihn bereits entdeckt.

»Mein kleiner Wilhelm!«, rief sie und flog fast auf ihn zu. »Da bist du ja!« Dabei wurde der Hund im Korb gut durchgeschüttelt und begann, komische Geräusche von sich zu geben.

»Vorsicht!«, rief Maylis.

Frau Becker schenkte ihr keine Beachtung. Noch zwei

Schritte, und sie war bei ihrem Wilhelm angekommen. Sie hob die Hand an sein Gesicht und kniff ihn in die Wange. Wahrscheinlich hatte sie das schon bei ihm gemacht, als er noch in die erste Klasse gegangen war, und es sich einfach nicht abgewöhnen wollen. Nur musste sie sich jetzt ganz schön strecken, um seine Wange hin- und herschlackern zu können.

»Tante Hilde, nun lass das doch mal«, stammelte er.

»Du siehst nicht gut aus«, gab sie zurück und drehte sein Gesicht auf die andere Seite, indem sie kräftig an seiner Wange zog. »Du arbeitest zu viel.«

Der vorwurfsvolle Ton galt Maylis und Annette. Frau Becker war der Meinung, dass die Angestellten ihren Wilhelm ausnutzten und völlig überflüssig waren. Davon ließ sie sich nicht abbringen, ebenso wenig wie davon, dem Chef die Wange zu tätscheln.

Der Chef hatte sich endlich von ihr losgemacht und war unter einem genuschelten »Das Telefon …« ins Lager geflüchtet. Frau Becker und Hannibal kamen an den Obststand herüber. Sie nahm einen Apfel, einen Granny Smith aus Australien, aus der Auslage und hielt ihn Hannibal unter die Nase, der gelangweilt daran schnupperte. »Nicht wahr, der riecht nach gar nichts. Ich weiß auch nicht, warum man Äpfel aus Australien verkaufen muss, wo wir doch das Alte Land vor der Tür haben.«

»Die heimischen Äpfel liegen direkt daneben«, sagte Maylis und wies auf Kisten mit sorgfältig gestapelten Elstar, Jonagold und Gravensteiner. »Ich suche Ihnen gern ein paar schöne aus«, fügte sie hastig hinzu, als sie sah, wie Frau Becker schon wieder die Hand ausstreckte, dieses Mal, um nach einem Apfel ganz unten zu greifen.

»Ach nein, ich habe heute gar keinen Appetit auf Äpfel.«

»Wie wäre es denn mit Feigen? Aus Marokko, sehr aromatisch und saftig.« Maylis zeigte mit dem Finger auf die beiden Hälften und schenkte ihr ein bezauberndes Lächeln.

Frau Beckers Blick fiel auf die Früchte, dann erschlafften ihre Gesichtszüge. Entsetzt sah sie in Maylis' Gesicht und wurde über und über rot. Noch einmal riskierte sie einen Blick auf die Feigenhälften, dann sagte sie zu ihrem Hund: »Komm, Hannibal, wir brauchen heute kein Obst.« Hannibal wurde energisch durchgerüttelt und jaulte leise.

»Und was ist mit Eisenkraut? Gibt einen wunderbaren Tee und stärkt den Magen«, rief Maylis ihr nach. Breit grinsend sah sie zu Annette hinüber, die die Szene mit angesehen hatte. Die biss sich auf die Lippe, um ihren Lachanfall zu bezwingen, denn Frau Becker hatte sie als nächstes Opfer auserkoren.

»Die Leberpastete sieht aber nicht ganz frisch aus«, beschwerte Frau Becker sich. »Dann mag Hannibal sie nicht, und er muss sich übergeben. Was gibt es denn da zu lachen?«

Annette flehte Maylis mit den Augen um Hilfe an, aber die tat völlig unbeteiligt und machte sich daran, die Salatköpfe mit Wasser zu besprühen. Wahrscheinlich hatte der Chef die Szene hinten mit angehört, jedenfalls kam er mit energischen Schritten zurück in den Verkaufsraum. Annette machte für ihn Platz hinter der Wursttheke und flüchtete sich zu Maylis herüber.

»Wetten, jetzt nimmt sie die Leberpastete?«, flüsterte sie ihr zu.

Maylis nickte. Frau Becker kaufte schon seit Jahren französische Leberpastete für Hannibal, obwohl der Hund sie nicht vertrug.

Kaum hatte Frau Becker – mitsamt Hund und Leberpastete – den Laden verlassen, kam Wilhelm Radke an den Obststand geschossen. »Nehmt sofort diese Dinger, diese Feigen, da weg!«

Ihre Mittagspause machte Maylis im Aufenthaltsraum, wie an fast jedem Tag. Sie nahm sich ein Stückchen Ziegenkäse und ein Körnerbrötchen aus dem Laden mit. Dazu aß sie die

Feige, die sie in Spalten auf den Käse legte. Sie lächelte. Brenner hatte recht, die Feigen waren außergewöhnlich gut. Während sie aß, blätterte sie die Morgenpost durch, die Annette hatte liegen lassen. Als sie auf die letzte Seite mit den Klatschnachrichten kam, erstarrte sie. Dort prangte ein Foto von Max und Elena auf irgendeinem Wohltätigkeitsball. Strahlendes Lächeln und Champagnergläser, die in die Kamera gehalten wurden. Max hatte den Arm um Elena gelegt, seine Hand lag auf ihrer Hüfte. Hinter Elenas Namen stand in Klammern der des Designers ihres Kleides.

Maylis spürte, wie sich ihr Magen schmerzhaft verkrampfte. Sie zog die Zeitung näher zu sich heran und überflog den Artikel. Als sie die Meldung über den letzten Sportlerball im Hotel Elysée gelesen hatte, wo Max und Elena zu den Ehrengästen gehört hatten, fing sie wieder von vorn an.

»Maylis, tut mir leid, wenn ich dich beim Essen störe, aber der Chef braucht dich vorn.« Annette stutzte. »Was ist denn los? Was hast du?«, fragte sie.

Maylis sah hoch und bemerkte erst jetzt, dass sie weinte. Annette sah sie fragend an. Dann sah sie die aufgeschlagene Zeitung, die Maylis über ihren Teller gelegt hatte. Ein Tropfen Feigensaft hatte Max' Gesicht durchweicht. »Ist etwas passiert?« Annette nahm ihr die Zeitung weg. »Was steht denn da?«

Maylis antwortete nicht.

»Max Klinger ... Klinger. Das ist doch der Sportjournalist ... Der heißt wie du. Kennst du den?«

»Max ist mein Mann«, brachte Maylis hervor, mit Wut und Trauer in der Stimme.

Nie würde sie den Tag vor einem Jahr vergessen, als Max sie von einem Tag auf den anderen verlassen hatte. Es war, als hätte ein Laster sie überfahren. Sie war völlig unvorbereitet gewesen und hatte nichts verstanden. Sie war nach Hause gekommen und wollte gerade ihre Wohnungstür öffnen, als er ihr mit zwei gepackten Koffern entgegengekommen war.

»Musst du verreisen?«, hatte sie ihn gefragt. »Du hast mir gar nichts gesagt.« Es war häufiger vorgekommen, dass Max für ein paar Tage hatte wegfahren müssen, um über ein Sportereignis zu berichten.

»Ich komme nicht wieder. Ich verlasse dich«, hatte er nur gesagt.

Der Gedanke an die Gleichgültigkeit in seiner Stimme jagte ihr heute noch Schauer über den Rücken. Ohne ein Wort der Erklärung war er in der Fahrstuhlkabine verschwunden, aus der Maylis gerade getreten war. Nach der ersten Schrecksekunde raste sie wie eine Verrückte die Treppe hinunter. Im Erdgeschoss erreichte sie ihn, wie er gerade die Tür zur Straße öffnete. Sie hielt ihn am Arm fest.

»Was hast du gesagt? Bist du verrückt geworden? Was ist denn los? Erklär es mir, bitte!«

Er blieb kurz stehen und drehte sich zu ihr herum. Er setzte nicht einmal seine Koffer ab. »Es gibt nichts zu erklären. Es ist einfach vorbei. Ich hole morgen Mittag meine Sachen ab. Wäre schön, wenn du nicht zu Hause wärst. Den Schlüssel lasse ich dann da. Es ist ja schließlich deine Wohnung.«

Mit einer nachlässigen Bewegung machte er sich von ihr los. Sie verlor das Gleichgewicht und stolperte. Er machte keine Anstalten, ihr zu helfen. Er wich ihr aus und ging einfach weiter. Sie lehnte sich an die Wand mit den bunten Kacheln und blieb regungslos dort stehen, lange nachdem die schwere Tür ins Schloss gefallen war.

Als sie am Abend in ihrer Verzweiflung ihre beste Freundin Elena angerufen hatte, um sich bei ihr auszuweinen, war Max am Apparat gewesen. Maylis hatte das in ihrem Kopf nicht zusammenbekommen. Erst als Elena den Hörer genommen hatte: »Wir haben schon seit Monaten ein Verhältnis. Aber du merkst ja nie was.«

Elena, ihre beste Freundin.

Der Anblick des Fotos in der Zeitung rührte den alten

Schmerz wieder auf. Sie hatte geglaubt, das alles einigermaßen hinter sich zu haben. Ein Jahr war eine lange Zeit. Sie liebte Max schon lange nicht mehr, sie konnte keinen Menschen lieben, der fähig war, derart kalt einen anderen in Verzweiflung zu stürzen. Aber die Enttäuschung hatte sie tief getroffen und sie völlig verunsichert. Gleichzeitig den Mann und die beste Freundin zu verlieren, hatte ihr Leben aus den Fugen geraten lassen. Seitdem ließ sie niemanden mehr an sich heran.

Annette stand immer noch vor ihr. »Du bist verheiratet?«, fragte sie verblüfft.

»Nur noch auf dem Papier.«

»Mit dem?«

»Ja, mit dem. Und die Frau neben ihm war mal meine beste Freundin.«

»Frau Klinger, Frau Fitz, was ist denn? Ich brauche Sie hier im Laden!« Wilhelm Radke steckte den Kopf durch die Tür und klang ziemlich ungeduldig.

Maylis sog scharf die Luft ein und räusperte sich. Sie knüllte die Zeitung zusammen und warf sie in den Mülleimer. »Ich bin gleich da, Chef.«

⁓

Als sie an diesem Abend nach Hause kam, nahm sie eines der Fotoalben aus dem Regal. Max und sie, ihr erster gemeinsamer Urlaub in Frankreich am Meer. Sie waren mit einem Zelt losgefahren und hatten vier herrliche Wochen mit Schwimmen, Faulenzen und sich Lieben verbracht. Siebenundzwanzig war sie damals gewesen, Max war sechs Jahre älter und hatte gerade als Journalist angefangen. Maylis arbeitete in der Presseabteilung einer Hamburger Stiftung. Zwei Monate zuvor hatte sie einen Abend über die Vorteile von Sportvereinen zur Integration gewaltbereiter Jugendlicher vorbereitet, und Max war einer der Diskussionsteilnehmer gewesen. Seine ruhige Stimme hatte sie bereits am Telefon für ihn eingenommen, und als er dann an einem Sommerabend zum Vorgespräch gekommen war, hatte sie sich Hals über Kopf in ihn verliebt. Nach dem Abend hatte er sie nach Hause gebracht und war über Nacht geblieben. Zwei Jahre später waren sie verheiratet gewesen.

Maylis und Max waren ein Traumpaar. Doch je bekannter Max wurde, je mehr Sportler er persönlich kannte, umso mehr veränderte er sich. Er wurde selbst zu einem Leistungssportler. Fast jeden Abend ging er ins Fitnessstudio und am Wochenende auf den Golfplatz, »um Kontakte zu pflegen«. Sie stellte fest, dass seine ruhige Stimme, in die sie sich sofort verliebt hatte, von seiner Gleichgültigkeit herrührte. Ihn interessierte nur, was ihn selbst betraf, alles andere ließ ihn kalt. Mit den Jahren wurde er herrisch, der Erfolg machte ihn rechthaberisch und ungeduldig.

Maylis seufzte, dann blätterte sie um und fand das Foto, das sie beide in einem Hamburger Restaurant zeigte. Sie sah auf das Datum – das war fünf Jahre nach ihrer Hochzeit gewesen. Ein Fotograf einer Illustrierten war zufällig vorbeigekommen und hatte die Aufnahme gemacht. An dem Abend hatte Max ihr zu Hause eine Szene gemacht, weil er fand, dass sie nicht richtig angezogen gewesen sei.

»Du bist doch eine schöne Frau, dann zeig es auch!« Mit *zeigen* hatte er teure Kleider mit tiefem Dekolleté und viel Schmuck gemeint.

»Ich habe keine Lust, wie eine Fußballerbraut auszusehen«, hatte sie wütend entgegnet.

»Aber auszusehen wie die Frau, die die Kabinen wischt, findest du okay?«

Fassungslos hatte sie ihn angesehen. »Du schämst dich für mich!«

Wenn sie es richtig überlegte, war das bereits der Anfang vom Ende gewesen, obwohl er noch weitere fünf Jahre geblieben war.

Maylis blätterte durch die restlichen Seiten des Albums und fand Fotos von Geburtstagen und von Weihnachtsfesten. Aber sie sah nicht mehr richtig hin und klappte das Album schließlich zu und stellte es wieder ins Regal zurück.

Es war das einzige Fotoalbum, das sie von ihrer gemeinsamen Zeit besaß. Auf den späteren Bildern war immer häufiger Max allein zu sehen, mit Sportlern, beim Golf, in der Redaktion, wie er einen Journalistenpreis entgegennahm. Er hatte die Alben bei seinem Auszug mitgenommen, und Maylis vermisste sie nicht. Max war im letzten Jahr ihrer Ehe jeden Abend weg gewesen und hatte sehr viel dafür getan, überall dabei und im Gespräch zu sein. Maylis hatte diese Abende gehasst, wenn sie das Wort »Event« schon hörte, drehte sich ihr der Magen um. Immer dieselben Leute, immer Champagner und Kanapees, immer dieselben Gespräche, in denen es um andere Leute ging. Sie weigerte sich, ihn zu begleiten, und er wurde wütend. Er hielt sie für eine Landpomeranze und sagte ihr das auch. Er wollte eine größere Wohnung, doch Maylis wollte ihre gemütliche Behausung in Eppendorf nicht aufgeben. Sie fand sie genau passend: drei Zimmer – ein Schlafzimmer sowie ein Wohn- und ein Esszimmer mit einer Verbindungstür –, Bad und Küche mit Balkon nach hinten raus. Genau das, was sie brauchte. Und Max war damals sehr gern aus seiner Ein-Zimmer-Bude bei ihr eingezogen. Als sie ihn darauf aufmerksam gemacht hatte, war er noch wütender geworden.

Ein Foto war aus dem Album gerutscht und auf den Fußboden gefallen. Sie hob es auf. Es war in diesem Zimmer aufgenommen, dem Esszimmer, das gerade genug Platz für einen großen Tisch und acht Stühle bot. Es musste ungefähr vor vier Jahren aufgenommen worden sein und zeigte Maylis und Max sowie Elena mit ihrem damaligen Freund Gregor. Der Tisch war schön gedeckt, Kerzen brannten, die Stoffservietten lagen noch gefaltet auf den Tellern. Maylis erinnerte sich. Sie hatte ein Essen für ihre Freunde gegeben. Es war Sommer gewesen, und sie hatte provenzalisch gekocht. Eine Fischsuppe, danach Salat und Meeresfrüchte. Für diese Essen war sie bekannt gewesen, denn sie war eine begnadete, fantasievolle Köchin. Diese Abende waren seltene Gelegenheiten, an denen sie und Max wieder zueinanderfanden, zumindest am Anfang. Sie saßen um den Tisch, es gab außergewöhnliche Gerichte und anregende Gespräche. Bis Max dazu keine Lust mehr hatte. Er hatte keine Lust auf ihre »Schickimickiküche in homöopathischen Dosen«, er wollte Steak und Nudeln. Vor allem hatte er keine Lust auf Maylis' Gäste. Konzentrierte Gespräche über Politik oder Kultur waren ihm zu anstrengend. Er wollte lachen und Witze reißen.

»Wir lachen doch!«, hatte sie gerufen.

»Aber worüber?«, hatte er geantwortet und türschlagend das Schlafzimmer verlassen, um wieder einmal auf dem Sofa zu schlafen.

Maylis warf noch einen Blick auf das Foto. Immer wenn sie es ansah, drängte sich ihr die Frage auf, ob Max und Elena wohl schon damals … Kurz entschlossen zerriss sie das Bild und warf es in den Papierkorb.

Der Abend war verdorben, und sie ärgerte sich darüber, dass ein harmloser Artikel sie so aus der Bahn werfen konnte. Sie schaltete den Fernseher ein, aber kein Programm interessierte sie. Ein Blick in den E-Mail-Posteingang war ebenso enttäuschend. Ihr Antivirenprogramm forderte sie auf, die letzte Aktualisierung zu installieren. Sonst hatte ihr niemand geschrieben. Kein Wunder, sie schrieb ja auch niemandem.

Sie nahm sich einen ausgelesenen Schwedenkrimi aus dem Regal und ging ins Bett.

Kapitel 2

Am Dienstag war Wochenmarkt auf der Isestraße, das merkten sie im Geschäft immer. Es kamen weniger Kunden, und deshalb fing Maylis dienstags immer erst um elf Uhr an zu arbeiten. Den Rest schafften Annette und der Chef allein. Annette Fitz war Ende Zwanzig und arbeitete seit drei Jahren vormittags bei Feinkost Radke. Seit drei Jahren war sie auch mit Hainer verheiratet, der sie bevormundete, wo es nur ging. Er hatte beschlossen, dass sie bis zu ihrem ersten Kind bei Feinkost Radke arbeiten sollte. Er teilte ihr ein knappes Haushaltsgeld zu; wenn sie etwas für sich kaufen wollte, musste sie ihn um Erlaubnis fragen. Wie viel er als Versicherungsangestellter verdiente, wusste sie nicht.

Annette war die nette der beiden Verkäuferinnen. Die andere war Frau Burfeind, doppelt so alt, doppelt so dick und mit halb so viel Humor. Frau Burfeind kam um zwei und blieb bis um halb sieben Uhr abends, wenn der Laden schloss. Frau Burfeind arbeitete schon seit siebenundzwanzig Jahren hier und glaubte, die älteren Rechte zu haben. Seitdem Maylis die rechte Hand des Chefs war, spionierte Frau Burfeind für die Generalin hinter ihr her. Sie war für die älteren Kunden zuständig. Viele von ihnen kannte sie schon seit Jahrzehnten. Dafür hatte sie ihre Schwierigkeiten mit einigen neueren Entwicklungen der Lebensmittelbranche. So hatte sie lange gebraucht, bis sie sich merken konnte, was Pesto war, und stellte manchmal merkwürdige Fragen.

»Wo haben wir denn heute wieder die Bresaola hingeräumt?«, hieß bei ihr zum Beispiel: »Ich habe keinen Schimmer, was Bresaola ist. Kann mir mal jemand helfen?«

In einer halben Stunde würde sie kommen. Maylis zog die Mundwinkel nach unten. Sie saß im Büro über der Abrechnung der vergangenen Woche. Seufzend korrigierte sie einen Zahlendreher auf dem Computer und versuchte, sich an den richtigen Buchungscode zu erinnern. Waren Artischocken jetzt 2203 oder 2205? Die Buchhaltung mochte sie am allerwenigsten an ihrem Job. Sonst war alles in Ordnung, sie liebte die feinen Lebensmittel aus aller Welt, die sie bestellte und verkaufte, und sie mochte die Kunden, die meisten wenigstens. Mist, 2203 war falsch, und sie hatte bereits auf Eingabe gedrückt. Jetzt musste sie den kompletten Buchungsvorgang wiederholen, das war bei Radkes hoffnungslos veraltetem Buchungsprogramm leider so. Sie hörte die schmatzenden Schritte von Frau Burfeind auf dem Linoleum. Frau Burfeind trug Stützstrumpfhosen und Gesundheitsschuhe und hatte keinen Vornamen, zumindest keinen, der ihre Kolleginnen etwas anging. Man arbeitete schließlich zusammen und pflegte keine Freundschaft. Und Frau Burfeind kam immer zehn Minuten zu früh, weil sich das ihrer Meinung nach so gehörte.

»Und die Angestellten gehen nicht durch die Ladentür«, äffte Maylis ihren strengen Ton nach, als Annette den Kopf durch die Tür steckte, um sich zu verabschieden. Annette stieß ein kurzes Kichern aus und winkte mit ihrem Fahrradschlüssel. Heute hatte sie zwar keinen Stress mit ihrem Mann, aber das Auto war kaputt. »Mein Rad steht im Hof, keine Sorge. Bis morgen. Ach, bevor ich's vergesse: Die Generalin ...«

Maylis winkte ihr hektisch zu und wies auf die Garderobe. »Frau Burfeind ist nebenan!«, flüsterte sie.

Annette hielt sich die Hand vor den Mund und wiederholte: »Frau Radke kommt nachher noch vorbei, sie hat vorhin angerufen.«

»Alles klar, einen schönen Nachmittag.«

Kaum war Annette aus der Tür, kam Frau Burfeind herein. »Guten Tag, Frau Klinger«, dröhnte sie, und ihr Oberlippenbart zitterte dabei. »Scheußliches Wetter heute.« Sie nahm ihre dicke schwarz gerandete Brille ab, um die Regentropfen mit einem frisch gebügelten Taschentuch abzuwischen, das sie aus ihrer Manteltasche fischte. Als sie die Brille wieder aufsetzte, sah sie aus wie Roseanne Barr in *Die Teufelin*, nur ein paar Jahre älter.

»Was will man machen?«, meinte Maylis nur und wandte sich wieder ihrem Computer zu.

Eine Stunde später war sie mit der Buchhaltung für den September fertig. Erleichtert drückte sie das letzte Mal auf Enter und verließ dann das Programm, um den Computer herunterzufahren.

Aus dem Laden hörte sie eine Stimme, die sie aufhorchen ließ. Eine Frauenstimme, hell und ein bisschen schüchtern, eine junge Stimme. Und dann das dröhnende Organ von Frau Burfeind. »Also noch dünner kann ich die Scheiben aber wirklich nicht schneiden, dann reißen sie. Sehen Sie, da haben wir den Salat!«

Maylis stand rasch auf und ging in den Laden. Frau Burfeind stand hinterm Tresen und hielt das Lachsmesser anklagend in die Höhe. Vor ihr stand eine Frau und starrte fassungslos auf einen Fetzen Lachs, den Frau Burfeind auf das Fettpapier geknallt hatte. Ihre Zartheit und das blasse Gesicht mit den großen Augen erinnerten an ein Reh, ihr Haar war völlig durchnässt. Sie machte einen verlegenen Eindruck.

»Lassen Sie mich das machen«, sagte Maylis zu Frau Burfeind, die sich gerade wieder schnaubend über den Graved Lachs beugte. Der Kräuterrand war schon ziemlich zerfetzt, in der Mitte des Fleisches zeigte sich eine Art Kuhle. »Sie müssen schneiden und nicht drücken, dann geht es ganz leicht.«

»Wenn Sie meinen, das besser machen zu können ...«

Auf Maylis' Gesicht machte sich ein Lächeln breit, wie es schöner nicht hätte sein können. »Wie viele Scheiben sollen es denn sein?«, fragte sie die junge Frau auf der anderen Seite des Tresens und nahm sich ein neues Stück Papier. Das andere nahm sie mit beiden Händen und legte es hinter sich.

»Ich weiß auch nicht, vielleicht vier?«

»Kein Problem.« Mit geübten Bewegungen ließ Maylis das Lachsmesser durch den Fischlaib gleiten und schnitt vier exakt gleich dicke Scheiben ab. Sie platzierte sie so auf dem Papier, dass sie aussahen, als wären sie nicht geschnitten, sondern im Stück.

Ein Handy klingelte. Ein dezenter Klingelton, leicht zu überhören, aber er kam ohne Zweifel aus der Tasche der Frau, die vor Maylis am Tresen stand. Außerdem war gerade kein anderer Kunde im Laden.

»Das ist Ihres, glaube ich«, sagte Maylis.

Nervös suchte die Frau in ihrer Handtasche nach dem Telefon, drehte es, bis es richtig herum in ihrer Hand lag, und meldete sich mit einem halb geflüsterten »Hallo?«. Während Maylis den Lachs verpackte, hörte sie, wie die Frau voller Enttäuschung sagte: »Oh, das tut mir leid, wie schade. Nein, macht gar nichts, nein, mach dir keine Sorgen. Ich wollte sowieso mal wieder bei mir aufräumen.«

Ein Date, das gerade geplatzt war, daran gab es keinen Zweifel.

»Nehmen Sie den Lachs trotzdem?«, frage Maylis.

Die Frau auf der anderen Seite des Tresens starrte auf das Display ihres Telefons und stopfte es unwillig zurück in ihre Tasche. Sie schien keine Kraft zu haben, ihre Enttäuschung zu verbergen. Doch dann straffte sie sich.

»Natürlich nehme ich den Lachs. Und dazu einen Becher Honig-Dill-Soße.«

Maylis ging mit ihr zur Kasse und wünschte ihr guten Appetit.

Kaum war die Frau aus der Tür – nicht ohne Maylis einen dankbaren Blick zuzuwerfen –, als die Generalin das Geschäft betrat. Sie hielt ihren tropfnassen Regenschirm am ausgestreckten Arm von sich. Maylis ging zu ihr hinüber und nahm ihn ihr ab, um ihn in den Ständer zu stecken. Dabei fiel ihr auf, dass ein Kunde einen blauen Regenschirm mit weißem Aufdruck dort vergessen hatte. Der erste Blick der Generalin galt wie immer der roten Fußmatte. Als sie außer den dunklen Wasserflecken, die ihr eigener Schirm dort hinterlassen hatte, nichts zu beanstanden fand, glitt ihr geübter Blick durch den Laden. Sie sah sofort, wenn ein Kunde eine Konservendose aus dem Regal genommen und »das Personal« versäumt hatte, die hintere Dose nach vorn zu ziehen, damit die Dosen wieder wie Soldaten in Reih und Glied standen. Ihr zweiter Blick galt dem Obststand. Wehe, wenn ein Salat nicht mit der schönsten Seite zum Kunden ausgerichtet war. So richtig böse wurde sie, wenn an den Rändern der weißen Porzellanschalen, in denen Fischsalate und Frischkäse angeboten wurden, Reste klebten.

Frau Burfeind folgte dem Blick der Generalin – die sie niemals so nennen würde – und atmete triumphierend aus, als die Chefin nichts zu beanstanden hatte. Sie hatte sogar ein kleines Lächeln für Maylis übrig.

»Sind Sie mit der Buchhaltung für den letzten Monat durch, Frau Klinger?«, fragte Frau Radke.

»Alles erledigt. Die Abrechnung liegt für Sie im Büro bereit«, antwortete Maylis.

»Und wo ist mein Sohn?«

»Wilhelm ist mit einem Lieferanten verabredet, der Essige und Senf herstellt«, sagte Frau Burfeind.

»Essig und Senf?« Frau Radke runzelte die Stirn.

»Das wollen die Kunden«, warf Maylis ein. »Es geht nicht nur um den üblichen Feigensenf zum Käse, sondern um Senf mit Früchten, mit Honig oder mit Tomaten. Und der Hersteller soll ganz ausgezeichnete Ware liefern, alles aus der Region. Wir haben gedacht, dass das gut zu Weihnachten laufen könnte.«

Die Generalin warf ihr einen zweifelnden Blick zu. »Na gut, wir werden sehen«, sagte sie dann und marschierte ins Büro, um die Zahlen des letzten Monats zu kontrollieren. Darin war sie unschlagbar, und das ließ sie sich nicht nehmen.

Warum tut sie sich das an, dachte Maylis. Die Frau ist bald achtzig und schwerfällig. Warum bleibt sie nicht zu Hause in ihrer warmen Stube? Aber Gerda Radke konnte ihren Laden, mit dem sie seit fünfzig Jahren verbunden war, einfach nicht loslassen. Sie wusste, dass ihr Sohn das Geschäft vorbildlich führte, und sie war klug genug, sich den Neuerungen, die er einführte, nur der Form halber zu widersetzen. Sie konnte sicher sein, dass er die Tradition wahren und nie so weit gehen würde, dem Geschäft etwa einen neuen Namen zu geben, wie sie jetzt modern waren. In Eppendorf hatten in den letzten Jahren einige neue Läden aufgemacht, die alle betont innovative Namen trugen: frau hansen, kleingeschrieben, oder irgendetwas Englisches oder mit »Gourmet« oder »Cuisine«.

Trotz ihres Alters brauchte Frau Radke ab und zu das Gefühl, noch etwas zu tun und zu sagen zu haben. Und nicht zuletzt liebte sie Geld und ein sorgloses Leben und freute sich, wenn sie die Gewinne des letzten Monats wenigstens auf dem Papier sehen konnte.

Nach einer Viertelstunde stand sie wieder im Laden.

»Wo bleiben denn heute die Kunden?«, fragte sie und bemühte sich nicht, den Vorwurf in ihrer Stimme zu mildern.

»Es ist Dienstag, und das Wetter ist schlecht«, sagte Maylis. »Außerdem sind September und Oktober noch nie gute Monate gewesen. Unsere Kunden waren im Urlaub und haben dort zu viel Geld ausgegeben.«

»Der letzte September war aber besser«, kam es wie aus der Pistole geschossen.

Maylis bewunderte die Generalin für ihr Zahlengedächtnis.

Natürlich hatte auch sie gerade die Zahlen mit denen des Vorjahres verglichen und festgestellt, dass der Umsatz um zwei Prozent zurückgegangen war. Aber woher wusste Frau Radke das? Ob sie in den Büchern nachgesehen hatte, bevor sie in den Laden gekommen war? Wahrscheinlicher war, dass sie die Zahlen im Kopf hatte.

»Wo ist denn der Hackepeter?« Frau Radke war schon wieder bei einem anderen Thema.

»Ist schon ausverkauft«, sagte Frau Burfeind eifrig. »Als ich heute Mittag kam, war nur noch ein kleiner Rest übrig, und den hat vorhin Herr Meyer gekauft.«

Den Hackepeter stellte die Generalin höchstselbst zweimal in der Woche in ihrer eigenen Küche her. Er war perfekt gewürzt, die Zwiebeln waren mikroskopisch klein gewürfelt, und viele Stammkunden kamen dienstags und freitags extra seinetwegen in das Geschäft.

Frau Radke nickte zufrieden und ging zu dem Ständer hinüber, in dem die Schokolade steckte. Er war rund um die helle Granitsäule befestigt, die sich in der Mitte des Verkaufsraumes aus statischen Gründen in die Höhe schraubte. Dort lagen die Schokoladen und Pralinen. Im Winter kam das Lübecker Marzipan hinzu. Mit sicherem Griff nahm sie zwei Tafeln heraus und verstaute sie in ihrer Handtasche.

»Bitte doch Wilhelm, er soll ein Brot und etwas Käse mitbringen, wenn er nachher kommt«, sagte sie zu Frau Burfeind. »Und Krabbensalat, einen kleinen Becher, den mit Mayonnaise. Bis morgen dann«, sagte sie, jetzt auch an Maylis gewandt, nahm ihren Schirm und ging zu einem wartenden Taxi hinaus. Maylis konnte sehen, wie der Fahrer ausstieg und Frau Radke mit der einen Hand die Beifahrertür aufhielt, während er mit der anderen den Schirm über sie hielt.

»Hat der Chef eigentlich nie eine Frau gehabt?«, fragte sie Frau Burfeind, ohne groß nachzudenken. »Ist doch irgendwie komisch, dass er immer noch bei ihr wohnt.«

»Soweit ich weiß, nein. Der arme Junge. Er hätte eine gute Frau verdient.« Frau Burfeind war so um ihren armen Jungen besorgt, dass sie vergaß, Maylis für ihre Neugier zu rügen. Sie mochte Wilhelm Radke wirklich. Vielleicht lieber als ihren eigenen Sohn, von dem sie kaum je etwas erzählte.

Aber ihr eigener Sohn war ja auch schon vor Jahrzehnten ausgezogen und wohnte nicht immer noch bei seiner Mutter.

Um sechs fingen sie an aufzuräumen. Käse in frische Folie, Obst und Salat in den Kühlraum, Scheiben und Tresen abwischen … Die letzten Kunden kamen eilig durch die Tür, gute Kunden, denn sie hatten wenig Zeit, weil Frau Burfeind mit vorwurfsvollem Blick von ihnen zur Uhr hinter den Backwaren und wieder zurück sah. Weil sie wenig Zeit hatten und schuldbewusst waren, kauften sie häufig unüberlegt und zu viel. Frau Burfeind und Herr Radke wussten das und spielten es aus. Maylis zog diese Kunden den anderen vor, die voller Arroganz und im Gefühl ihrer überlegenen Wichtigkeit so taten, als hätte der Laden die ganze Nacht geöffnet.

Als die Türglocke nach der letzten Kundin geklingelt hatte, schloss Maylis ab.

Ihr prüfender Blick glitt über die Taschenablagen und die Fliesen darunter. Dann fuhr sie mit den Fingerspitzen durch die schmale Lücke zwischen Taschenablage und Tresen. Dort fanden sich oft Dinge wieder, die von den Kunden vergessen oder verloren worden waren. Unter den wachsamen Blicken von Frau Burfeind tat Maylis so, als würde sie Krümel abwischen.

Vor einem Jahr, kurz nachdem sie bei Feinkost Radke angefangen hatte, hatte sie zufällig ein kleines rotes Herz aus Fell gefunden, das wohl als Schlüsselanhänger gedient hatte. Die weiche Wärme des Fells hatte es ihr sofort angetan. Und eine Leidenschaft war entstanden.

Seitdem suchte sie jeden Abend den Laden nach zurückgelassenen Dingen ab. Sie war nicht an Geld oder Wertsachen interessiert, sondern an den Geschichten, die sie hinter den Fundsachen vermutete. Aus achtlos weggeworfenen Kassenzetteln, Werbeaufdrucken auf Kugelschreibern, einer Damenarmbanduhr, einem zerlesenen Taschenbuch oder einem Geldschein mit aufgekritzelter Telefonnummer malte sie sich die Lebensgeschichten der Besitzer – die ja eigentlich Verlierer waren – aus. Am meisten freute sie sich über unnütze kleine Dinge, die dem Besitzer oder der Besitzerin als Glücksbringer oder Fetisch gedient haben mussten. Wenn niemand kam, um diese Dinge abzuholen, sammelte sie sie zu Hause in einer kleinen Schublade.

Als ihre Fingerspitzen das Handy ertasteten, das zwischen die Ablage und die Glaswand vor der Wurst- und Käsetheke gerutscht war, erkannte sie es sofort. Das Handy mit dem Anhänger aus blauen Perlen gehörte der netten Frau mit dem zerfetzten Lachs und dem geplatzten Date. Sie erinnerte sich an die heftige Bewegung, mit der die Frau ihr Handy von sich geworfen hatte. Wahrscheinlich war es statt in ihre Tasche daneben gefallen und in die Lücke gerutscht.

Maylis steckte es in die Tasche ihrer Schürze, ohne dass Frau Burfeind etwas davon bemerkte.

Es dämmerte bereits und regnete schon wieder, als sie die wenigen Straßen bis zu ihrer Wohnung fuhr. Vor dem stattlichen Bürgerhaus sprang sie vom Rad. Sie hätte sich eine Wohnung wie diese nie leisten können, wenn ihre Mutter sie nicht bereits vor über zwanzig Jahren gemietet und ihr überlassen hätte. Drei Zimmer mit hohen Decken und Stuck und ein kleiner Balkon nach hinten raus. Das alles in Eppendorf an der Grenze zu Harvestehude, einem der begehrtesten Wohnviertel Hamburgs. Als sie unten auf der Straße in ihrer Tasche nach dem Schlüssel suchte, hörte sie das nie verklingende Keifen des Ehepaars aus dem Erdgeschoss. Herr Kunckel war ein untersetzter Typ mit Locken, die seinen Kopf nach oben zu einem Ei verlängerten. Groß und prall wie ein Elefant, trug er im Sommer nur Badelatschen und kurze Hose und ließ glatte, völlig unbehaarte Beine sehen, um die ihn so manche Frau beneidete. Seine Frau war ebenfalls übergewichtig und einen halben Kopf größer. Die beiden stritten sich den lieben langen Tag, und die gesamte Nachbarschaft hörte dabei zu. Ihre Stimmen klangen nie anders als vorwurfsvoll oder weinerlich. »Hab ich dir doch schon heute Morgen gesagt!« – »Gar nichts hast du gesagt, du erzählst mir doch nie was!« – »Weil du nie zuhörst, nie hörst du mir zu!« Und so weiter und so fort. Am schlimmsten war seine Stimme: hoch und keifend. Sie überschlug sich und kiekste wie bei einem Vierzehnjährigen im Stimmbruch. Vielleicht hat er einen Unfall gehabt und sein bestes Teil verloren, dachte Maylis, als sie ihr Rad durch den Hausflur zur Hintertür schob. Sie knallte mit Absicht mit dem Gepäckkorb gegen den Briefkasten, aber die beiden ließen sich nicht stören. Aus dem Inneren der Wohnung war nach wie vor das kehlige Gezeter von Frau Kunckel zu hören. »Das Salz! Meine Güte, du wirst doch wissen, wo das Salz steht. Neben der Kaffeemaschine!« – »Wenn du auch immer alles umstellst.« – »Du bist genau wie deine Mutter!«

Oben im dritten Stock war es wohltuend still. Maylis betrat ihre Wohnung, schlüpfte aus ihren Schuhen und ging auf Strümpfen über die hellen Dielenplanken in die Küche. Und wie immer genoss sie die Berührung des glatten, warmen Holzes. Die Küche lag am Ende des Flurs, gegenüber der Eingangstür. Ein alter Eichenholztisch mit zwei Caféhausstühlen und ein moderner Herd standen darin, genau passend zu ihrer Vorliebe für Gemütlichkeit und gutes Essen. Sie füllte Wasser in den Kocher und zupfte ein paar Blätter von dem frischen Eisenkraut, das sie zum Trocknen über Kopf an den Türgriff zum Balkon gehängt hatte. Normalerweise saß sie nach der

Arbeit draußen und genoss die erste halbe Stunde nach Feierabend. Damit war es wohl für dieses Jahr vorbei.

Das Wasser kochte, und sie füllte ihre Kräuterteetasse. Sie hatte eine Lieblingstasse für beinahe jedes Getränk: Kaffee, schwarzer und grüner Tee, Kamillentee bei Kater. Für Eisenkraut musste es die englische Tasse mit den Rosen sein.

Sie setzte sich mit dem Tee an den Küchentisch und nahm das Handy, das sie vorhin im Laden gefunden hatte, aus der Tasche. Ein kleines Handy, ein Frauenhandy, ein einfaches Modell, kein hochmodernes Teil, mit dem man auch fotografieren, mailen und Videos gucken konnte. Das machte ihr die fremde Besitzerin noch sympathischer.

Bevor sie es sich anders überlegen konnte, drückte sie die Wahlwiederholungstaste und lauschte auf den Klingelton. Gleich nach dem ersten Klingeln wurde abgenommen: »Ich hab dir doch gesagt, du sollst mich nicht zu Hause anrufen!«

Maylis machte einen Satz auf ihrem Stuhl, so sehr erschreckte sie die Wut in der zischelnden Stimme des Mannes. »Lass mich in Ruhe, ich melde mich!«

Dann legte er einfach auf.

Maylis warf das Telefon vor sich auf den Tisch. Was hatte die Frau verbrochen, dass sie sich mit einem solchen Typen verabreden musste und sich dann auch noch abservieren ließ? Bestimmt war er verheiratet, und seine Ehefrau saß gerade neben ihm. Das würde seine Reaktion erklären. Aber so benahm man sich nicht, in keinem Fall, und schon gar nicht gegenüber einer so netten Frau.

Maylis rührte grübelnd in ihrem Tee, bis er kalt war.

Kapitel 3

Endlich hatte der Regen der vergangenen Tage aufgehört, auch wenn die Wolken noch tief über der Stadt hingen, stellte Maylis fest, als sie am nächsten Morgen aufwachte. Sie hatte Hunger, weil sie am Abend vorher außer ein paar Crackern nichts gegessen hatte. Der Kühlschrank war bis auf ein Stück Butter und ein trockenes Stück Käse leer. Natürlich, sie war ja auch immer noch nicht einkaufen gewesen.

»Wo arbeitest du noch mal?«, fragte sie sich selbst laut.

Wann hatte das eigentlich angefangen, dass sie nicht mehr einkaufte, geschweige denn kochte? Seit Max ausgezogen war.

Und sie wusste ebenso genau, wann ihre Kochleidenschaft begonnen hatte: mit Anfang zwanzig, als sie endlich ihren leiblichen Vater kennengelernt hatte. Wie oft war Elena abends bei ihr eingefallen, ausgehungert und voller Staunen darüber, was ihre Freundin so auf den Tisch zauberte, während sie selbst höchstens Nudeln oder ein Spiegelei zustande brachte. Oft waren Corinna und Heike dazugestoßen. Zu viert hatten sie wundervolle Abende verbracht. Ihre Wohnung war voller Leben gewesen. Oft waren sie nach einem guten Essen noch tanzen gegangen. Als Max einzog, wurden diese Abende seltener, aber sie hatten wenigstens noch alle paar Wochen stattgefunden. Und seit Max weg war, hatte sie kaum noch Gäste gehabt.

Jetzt bloß nicht an Max und Elena denken! Maylis merkte, wie sich ihre Augen mit Tränen füllten.

Mit Max und Elena waren auch alle ihre Freunde und Freundinnen gegangen. Sie hatten sich einfach nicht mehr gemeldet, am Anfang schon, aber Maylis wollte niemanden sehen, und sie wusste, dass keiner gern den Abend mit einer verlassenen Frau verbrachte. Ein Jahr war das jetzt her.

»Ich bin eine einsame Frau, die langsam alt wird«, vertraute sie dem armseligen Stück Käse in ihrem Kühlschrank an, nachdem sie wider besseres Wissen noch einmal hineingesehen hatte. »Und ich rede heute Morgen schon zum zweiten Mal mit mir selbst.« So weit war es schon gekommen.

Sie bemerkte die kalte Luft, die aus dem offenen Kühlschrank ihr Gesicht streifte. Sie fröstelte und machte die Tür wieder zu.

Sie sah auf die Uhr, es war acht. Also gut, dachte sie grimmig, Zeit, mein Leben zu ändern. Ich gehe ins Café. Um zwanzig nach acht war sie geduscht und angezogen.

Unten am Briefkasten stellte sie fest, dass ihre Zeitung nicht im Kasten steckte. Jemand musste sie herausgenommen haben, denn bei den Nachbarn steckten die Morgenzeitungen wie immer im Kasten. Aber nirgendwo die Süddeutsche.

Noch ein Grund für ein Frühstück im Café nebenan. Dort lagen alle möglichen Zeitungen aus. Sie bestellte einen Cappuccino und ein belegtes Brötchen.

So wie jeden Mittwoch um Punkt zehn Uhr kam Madame Rosa, wie sie von allen genannt wurde, natürlich ohne dass sie das wusste. Alles an Madame Rosa war einfach ... rosa. Der Lippenstift und die Fingernägel, die Kleidung und die Handtasche. Im Winter trug sie sogar einen rosa eingefärbten Pelz. Madame Rosa kaufte Riesenmengen von allem.

»Ich frage mich, wann sie das alles isst«, wunderte sich Annette, nachdem Madame Rosa schwer beladen gegangen war. Sie war für ihre Kaffeepause zu Maylis ins Büro gekommen. Die kontrollierte gerade die Rechnung des Käsegroßhändlers, der sich immer zu seinen Gunsten verrechnete. »Sie lebt doch allein. Sie hat heute schon wieder Kaffee gekauft, sie kann doch unmöglich in einer Woche ein Pfund Kaffee verbrauchen. Und drei Flaschen Crémant.«

»Alsace oder Bourgogne?«

»Wie?«

»Der Crémant. Französischer Schaumwein. Aus dem Elsass oder Burgund?«

»Ach so, weiß ich nicht.« Annette trank nie Alkohol, weil Hainer das nicht mochte, und war deshalb eine absolute Niete, wenn es darum ging, Kunden beim Weinkauf zu beraten.

»Ist auch egal. Ich werde es heute Abend an der Abrechnung sehen. Oder ich schau gleich selbst ins Regal.«

»Warum interessiert dich das eigentlich?«

»Weil wir nur noch eine Kiste Elsässer haben und ich dann nachbestellen muss.«

»Hm«, machte Annette.

»War die Frau von gestern schon hier, um ihr Handy abzuholen?«

»Nö, hab ich nicht gesehen.«

Das Telefon klingelte.

»Feinkost Radke«, meldete sich Maylis.

»Ich bin's.« Eine betont fröhliche Stimme, ein paar Töne zu schrill.

Maylis zog die Augenbrauen hoch. Hektisch wedelte sie mit der linken Hand und gab Annette zu verstehen, dass sie allein sein wollte.

»Wer?«, fragte sie dann in den Hörer, obwohl sie genau wusste, wer dran war.

»Na, wer schon: ich!«

»Du sollst mich nicht im Laden anrufen. Ich arbeite hier!«

»Das weiß ich doch. Aber man wird doch mal zwischendurch mit seiner Mutter telefonieren dürfen.«

»Ach, Mama. Gibt es etwas Wichtiges?«

Am anderen Ende wurde kurz und hörbar nach Luft geschnappt. »Nein, ich melde mich nur mal kurz. Du rufst mich ja nicht an.«

»Mama, du hast kein Telefon.«

Ihre Mutter tat, als hätte sie den letzten Satz nicht gehört.

»Wann kommst du mal wieder?«, fragte sie. »Du rufst nicht an, und du kommst mich nicht besuchen.«

Maylis seufzte.

»Den ganzen Sommer warst du nicht hier. Ich kann mich gar nicht erinnern, wann du das letzte Mal ...«

»Ich bin über Weihnachten bei euch gewesen«, warf Maylis ein. Bloß nicht daran denken, dachte sie. Die Woche mit ihrer Mutter und deren Freund Jean war ein einziger Albtraum gewesen, und sie hatte ständig für die beiden bezahlen müssen. Ob in der Bar oder bei der Reparatur des Autos: Überall hatte es immer geheißen: »Oh, ich kann mein Portemonnaie gerade nicht finden, kannst du mal kurz ...« Doch schlimmer noch hatte sie Carolines aufgesetzte Fröhlichkeit empfunden, die ihr beweisen wollte, wie glücklich sie sei. Und ein klammes Zimmer unter dem Dach. Maylis war nach fünf Tagen völlig erschöpft abgereist, obwohl sie eigentlich über Silvester hatte bleiben wollen. Aber als sie erfahren hatte, dass ihre Mutter eine Party geben wollte, und befürchtete, die Kosten für Unmengen von Wein und Fisch übernehmen zu müssen, und als sich zudem ein Loch im Dach direkt über ihrem Bett aufgetan hatte, war sie geflohen. Und hatte Silvester allein verbracht.

»... dieses Jahr wieder? Es war doch so schön beim letzten Mal. Hallo? Warum sagst du denn nichts? Oder du kommst gleich jetzt, im Herbst, wir haben traumhaftes Wetter. Die Touristen sind weg, wir sind ganz für uns. Ich wette, in Hamburg regnet es!«, kam es triumphierend hinterher.

»Nein, wir haben einen richtig schönen Altweibersommer«, sagte Maylis mit einem Blick auf die Regentropfen, die das Fenster hinunterliefen.

»Altweibersommer. Der Ausdruck sagt doch alles. Du bist doch kein altes Weib. Du musst doch mal raus.«

»Mama, ich fühle mich wohl hier.«

»Und sag nicht immer Mama zu mir. So alt bin ich noch nicht.«

»Entschuldige. Aber du bist sechzig.«

Noch ein Satz, den ihre Mutter nicht hören wollte.

»Weshalb ich anrufe: Jean ist unter den Finalisten für einen ziemlich wichtigen Kunstpreis hier in der Gegend. Und ein Museum hat eine seiner Arbeiten gekauft. Ganz fantastisch, das musst du dir ansehen.«

Maylis zuckte zusammen. Jean war Objektkünstler, und soweit Maylis wusste, hatten seine Projekte selten etwas anderes als neue Schulden und in einem Fall Ärger mit der Polizei eingebracht. Aber vielleicht irrte sie sich? »Was ist das für ein Preis?«, fragte sie.

»Ich kann noch nicht drüber reden. Das bringt Unglück.«

»Aber Mama ...«

»Nicht Mama! Caro!«

»Also gut. Ich drück ihm die Daumen. Darfst du denn sagen, ob der Preis dotiert ist?«

»Zehntausend Euro«, kam es triumphierend aus dem Hörer.

»Dann könnt ihr euch ja vielleicht endlich ein Telefon anschaffen.«

Immer wenn ein Gespräch eine unangenehme Wendung nahm, hatte ihre Mutter plötzlich keine Münzen mehr.

»Hallo? Verdammter Apparat! Ruf mich an, hörst du? Hallo?«

Dann war die Leitung unterbrochen.

Maylis stützte die Ellbogen auf den Tisch und legte die Stirn in die Hände. Mama, dachte sie erschöpft.

Ihre Mutter raubte ihr manchmal den letzten Nerv. Nicht nur, dass sie ihr aus lauter Frankreich-Romantik diesen bescheuerten Namen gegeben hatte. Maylis. Wie? Marlis?

Marie-Lise? Diesen Spitznamen hatte sie in der Schule vom ersten Tag an weggehabt, sogar von einigen Lehrern, die etwas gegen überkandidelte Eltern und ihre Brut hatten. Denn Maylis war zu allem Überfluss auch noch ohne Vater aufgewachsen, was Anfang der Siebziger nicht gerade üblich war. Ihr Vater hieß Edgar und war Franzose. Caroline hatte sich mit zwanzig während eines Urlaubs in ihn verliebt, war schwanger geworden und hatte ihn noch vor Maylis' Geburt verlassen. Die ersten drei Jahre von Maylis' Leben hatten sie in Südfrankreich verbracht, dann war ihre Mutter mit ihr nach Hamburg zurückgekommen, hatte geheiratet und sich einige Jahre später wieder scheiden lassen. Damals waren sie in die Wohnung in Eppendorf gezogen. Als Maylis ihr Politikstudium angefangen hatte, hatte Caroline gesagt: »Schluss jetzt, ich habe lange genug für dich gesorgt. Ich gehe zurück nach Frankreich.«

Seitdem lebte sie dort mit wechselnden Männern. Seit einigen Jahren war das Jean, ein Künstler, der wahrscheinlich noch nicht eines seiner Objekte verkauft hatte und sich mit Selbstgetöpfertem durchschlug, das sie auf den Märkten der Umgebung verkauften. Wenigstens nähte er keine Lavendelsäckchen. Sie wohnten in einem halb verfallenen, schwer zugänglichen Gehöft in den Bergen oberhalb von Toulon. Im Sommer war es dort unerträglich heiß, im Winter fegte der Mistral die Dachziegel vom Haus (daher die Wasserpfützen in ihrem Zimmer). Strom hatten sie mittlerweile, aber immer noch kein Telefon.

Maylis war bei ihrem Besuch entsetzt gewesen. Wie konnte man so leben? Von idyllischer Zurückgezogenheit hatte die Ruine kaum etwas. Das Haus und der verwilderte Garten, der zwar nach Thymian und Rosmarin duftete, aber von dornenstarrenden Disteln bewehrt war und unter einer dicken grauen Staubschicht lag, hatten auf Maylis deprimierend und trostlos gewirkt. Und Jean sah aus wie Che Guevara auf Urlaub. Aber Caro schien sich dort wohlzufühlen.

»Wie hältst du es nur in Hamburg aus? Diese Enge, und überall nur Konsum. Hier ist das richtige Leben«, fand Caro. Maylis eher nicht.

Als das Telefon noch einmal klingelte, befürchtete sie schon, ihre Mutter könnte wieder dran sein. Aber es war der Chef. Er hatte etwas zu erledigen und würde erst in einer guten Stunde zurück sein. Nur für den Fall, dass seine Mutter anrufen sollte.

»Ist gut«, sagte Maylis. »Ich richte es ihr aus, wenn sie sich meldet.«

Der Chef ist in letzter Zeit ziemlich oft weg, dachte sie. Seufzend machte sie sich wieder an die Abrechnung.

Kurz vor Ladenschluss betrat ihr Lieblingskunde den Laden. Maylis erkannte ihn an seiner fröhlichen Stimme. Sie glaubte, dass er studierte, obwohl er dafür eigentlich ein bisschen zu alt war. Aber seine nachlässige Kleidung und die Umhängetasche aus alten Lkw-Reifen, aus der Bücher und Papiere quollen, brachten sie auf den Gedanken. Viel Geld hatte er nicht, aber er war ein echter Genießer und offensichtlich ein fantasievoller Koch. Er wohnte in der Nähe, das hatte er mal erwähnt, und kam oft herein, um eine Kleinigkeit zu kaufen. Sie hätte gern gewusst, wie er hieß, aber weil er immer bar und nie mit Karte zahlte, hatte sie seinen Namen bisher nicht in Erfahrung bringen können. Und sie konnte ihn ja schlecht einfach fragen.

Oder vielleicht doch? Sie schob ihren Stuhl zurück und ging nach vorn in den Laden. Nach dem Telefonat mit ihrer Mutter musste sie mit einem normalen Menschen reden.

Der Student stand vor den Körben mit Salat. Er drehte sich zu ihr um und schenkte ihr sein umwerfend unbekümmertes Lächeln.

»Hallo. Da sind Sie ja.« Er legte den Zeigefinger an die Wange und wiegte den Kopf hin und her, als würde er angestrengt nachdenken. »Kaviar oder Hummer?«, fragte er dann.

Maylis lachte auf. Er würde weder das eine noch das andere nehmen, weil er es sich nicht leisten konnte. Mal abgesehen davon, dass es Hummer bei Feinkost Radke nur auf Vorbestellung gab.

»Wir haben heute frische Pasta. Pappardelle mit Bärlauch. Es ist nur noch ein kleiner Rest da, Sie bekommen ihn günstiger.«

Sie sah aus den Augenwinkeln, wie Wilhelm Radke, der gerade einem Kunden einen sehr teuren Rotwein schmackhaft zu machen versuchte, bei ihren Worten den Kopf in ihre Richtung drehte. Sie ließ sich dadurch nicht stören.

»Ich brauche ja nur eine Portion.«

Sie wies auf die zu Nestern gedrehten Pappardelle. Zwei lagen noch auf dem silbernen Tablett.

»Und dazu? Frische Tomaten? Ich würde Ihnen gern Pfifferlinge anbieten, aber die sind heute aus. Wir wäre es mit Salsa verde?« Sie zeigte auf die Schale mit der grünen Soße. »Sie ist schön scharf.«

Er strahlte sie gewinnend an. »Wunderbar. Und dann noch ein Stück Pecorino. Aber nur ein kleines.«

Maylis verpackte alles und ging mit ihm zur Kasse hinüber. »13 Euro 78«, sagte sie mit leisem Bedauern.

Er zuckte mit den Schultern. »Wer nicht genießt, wird ungenießbar«, sagte er und beugte sich über seine Geldbörse, um das Kleingeld abzuzählen.

»Sie könnten Fertignudeln kaufen«, schlug Maylis zögernd vor.

»Die esse ich doch die restliche Woche«, sagte er. »Aber nicht mehr lange.« Er begann zu lachen.

Maylis kannte niemanden, der so gern lachte und so unbeschwert war. Dieser Einkauf kostete ihn bestimmt einen Großteil seines Wochenbudgets, aber sie war sich sicher, dass er die Pasta perfekt zubereiten und das Essen genießen würde. Er sah einfach danach aus.

Ich würde gern einmal essen, was er kocht, dachte sie plötzlich.

Dabei fiel ihr wieder das fremde Handy ein, das dessen nette Besitzerin bisher nicht abgeholt hatte. Und plötzlich sah sie die Reh-Frau und den Studenten am selben Tisch sitzen und ein Abendessen genießen, mit einer guten Flasche Rotwein und einem anregenden Gespräch, bei dem sie sich näherkommen würden.

Aber der nette Student aß allein, und die Fremde von gestern hatte ihren Lachs auch allein essen müssen. Es war eine Schande. Ganz abgesehen davon, dass auch Maylis selbst immer allein aß – wenn sie denn eingekauft hatte.

Der Student hatte den Laden verlassen, ebenso der Kunde, der drei Flaschen Châteauneuf-du-Pape zu sechsundvierzig Euro die Flasche gekauft hatte.

»Sie immer mit Ihrer sozialen Ader«, brummelte Wilhelm Radke, aber in seinen Augen blitzte es gut gelaunt.

Maylis sah es und sagte: »Die hätten wir doch sowieso heute nicht mehr verkauft.«

»Dann eben morgen«, erwiderte er, und um den Chef herauszukehren, fügte er noch hinzu: »Die Äpfel sind übrigens falsch ausgezeichnet. 2,98 das Kilo, nicht 2,48.«

»Aber wir haben sie für 1,20 eingekauft!«

»Na und? Wenn Sie schon unsere Nudeln verschenken, will ich wenigstens an den Äpfeln verdienen.«

»Unser Student hat vorhin so eine Andeutung gemacht, dass er demnächst zu Geld kommen wird. Dann kauft er jeden Tag bei uns. Sie werden schon sehen! Das, was Sie meine soziale Ader nennen, ist in Wirklichkeit eine Investition.«

»Und Sie müssen wohl immer das letzte Wort haben.«

Vielleicht hätte sich daraus ein längerer Disput entwickelt, wenn nicht in diesem Augenblick die Türglocke gegangen wäre und eine Frau den Laden betreten hätte. Ein bisschen unsicher sah sie sich um, was komisch war, denn Feinkost

Radke stand ja groß über der Tür. Sie sah nett aus und war gut angezogen. Schmaler Mantel über schwarzer Hose und eine elegante Handtasche.

Berufstätige Frau mit Geschmack, schätzte Maylis. Sie machte einen Schritt auf sie zu, um sie zu fragen, wie sie helfen könne, aber der Chef war schneller. Er schoss geradezu auf die Frau los und nahm ihr die Klinke aus der Hand, um sie zu schließen. Dabei fasste er die Frau leicht am Ellbogen. Maylis hörte so etwas wie »Endlich kommst du mich mal in meinem Reich besuchen« und »Ich würde dir gern alles zeigen«. Der Chef war so aufgeräumt und charmant wie schon lange nicht mehr. Maylis hatte das Gefühl, überflüssig zu sein, und ging nach hinten, um das Büro für den Abend aufzuräumen. Frau Burfeind stand beim Brot und starrte ihren Chef mit offenem Mund an.

Eine halbe Stunde später schloss Maylis den Laden ab. Meistens machte das der Chef, aber der war mit der fremden Frau bereits gegangen. »Geschäfte«, hatte er Maylis zugerufen. Noch bevor die Tür hinter ihm ins Schloss gefallen war, war Frau Burfeind über sie hergefallen.

»Kennen Sie die Dame etwa?«

»Nein, ich habe sie noch nie gesehen.«

Frau Burfeind schüttelte den Kopf. »Was hat das denn zu bedeuten?«

»Sie haben es doch gehört: Geschäfte«, erwiderte Maylis ungerührt.

⚘

Statt nach Hause fuhr sie nach der Arbeit gleich ins Holi-Kino in der Schlankreye. Die zeigten immer ein gutes Programm, und sie hatte keine Lust, schon wieder einen Abend allein zu Hause zu verbringen. Sie war fast ein bisschen stolz auf sich, denn sie war schon seit Ewigkeiten nicht mehr ausgegangen. Wobei man einen einsamen Kinobesuch auch nur bedingt als Ausgehen bezeichnen konnte. Schon bald bedauerte sie ihren Entschluss, denn der Film gefiel ihr nicht besonders. Eine Frau, die alles verliert – Job und Haus und Ehe –, eine Zeit lang unglücklich durch New York läuft, dann ihren Mr. Right trifft und so ihrem Exmann alles heimzahlt. Das Ende war zu vorhersehbar, und die Heldin ging zu glatt durchs Leben. Solche Geschichten gab es doch nur im Film!

Zu Hause machte sie sich eine Tütensuppe.

Kapitel 4

Es war kurz vor halb acht, als Maylis die Treppe hinunterlief. Sie war auf dem Weg in den Supermarkt um die Ecke, der um diese Zeit schon geöffnet hatte. Sie war fest entschlossen, einen Großeinkauf zu machen, und freute sich auf ein üppiges Frühstück. Die Tütensuppe am Vorabend war definitiv der letzte Ausreißer in Richtung Fertignahrung gewesen. Das war unter ihrer Würde und vor allem unter ihren Möglichkeiten. So konnte es nicht weitergehen!

Wenn sie sich beeilte, würde sie sogar noch die Zeitung lesen können. Doch schon von den letzten Stufen der Treppe zum Hausflur aus konnte sie sehen, dass ihr Briefkasten auch heute leer war. Nur ihrer, in den anderen steckten fein säuberlich gefaltet die Morgenzeitungen. Sie warf einen Blick auf die Titel, aber sie war wohl die einzige Bewohnerin im Haus, die die Süddeutsche las. Sie sah über die Schulter zur Treppe, als würde sie dort den Zeitungsdieb entdecken, aber da war natürlich niemand. Stattdessen hörte sie die aufgeregten Stimmen von Ehepaar Kunckel durch die Wohnungstür.

»Wie lange willst du denn noch vor dem Kleiderschrank stehen? Wir wollten schon vor einer Viertelstunde los!« Das war ihre hohe Stimme.

»Warum hast du mir denn kein Hemd rausgelegt?«, kam die Antwort, jammernd und ebenfalls eine Oktave zu hoch.

»Andere Männer ziehen sich auch allein an.« – »Aber wenn ich das tue, ist es immer falsch.« – »Ist doch ganz egal, was für ein Hemd du trägst!« – »Dir vielleicht, aber mir nicht!«

Bevor sie Frau Kunckels Entgegnung hören konnte, war Maylis aus dem Haus.

Draußen schien die Sonne, und die Vögel zwitscherten, als wäre noch Hochsommer. Es waren nicht viele Leute unterwegs, und sie genoss die Stille.

Eine gute halbe Stunde später kam sie mit zwei gefüllten Tüten zurück. Sie hatte Butter und Joghurt, Schinken und Eier, Farmersalat und frisches Brot sowie Orangensaft und Obst gekauft. Dazu Appenzeller und Cracker. Dann war sie noch in das Reformhaus gegangen und hatte ihr Lieblingsmüsli gekauft. Und am Kiosk holte sie die Süddeutsche. Sie blieb sogar am Blumenstand stehen und spielte mit dem Gedanken, einen Strauß Rosen zu kaufen, aber sie konnte unmöglich noch mehr tragen.

Leise summend stieg sie die Treppe hinauf. Gesummt hatte sie schon lange nicht mehr. Ohne zu wissen, warum, hatte sie plötzlich gute Laune. Na ja, das war nicht ganz richtig. Im Grunde war sie ein fröhlicher Mensch. Sie war eine unverbesserliche Optimistin, sie konnte und wollte das Leben nur von der leichten Seite nehmen. Sie musste an Karl denken. Mit Anfang zwanzig war sie für ein paar Wochen mit ihm zusammen gewesen. Er hatte alle Menschen im Verdacht gehabt, ihn übervorteilen zu wollen, rechnete penibel jede Rechnung nach und klagte die meiste Zeit über die Schlechtigkeit der Welt. Als sie einmal spätabends nach Hause gekommen waren, hatte ihn ein harmloser Passant nach dem Weg gefragt. Karl war ohne ein Wort weitergegangen und hatte Maylis mit sich gezogen.

»Warum antwortest du ihm nicht?«, hatte sie gefragt.

»Organisierte Kriminalität«, war seine knappe Antwort gewesen.

»Wie bitte?« Maylis hatte gar nichts mehr verstanden.

»Einer lenkt dich ab, und die anderen rauben dich aus.«

Maylis hatte sich umgesehen. »Aber außer ihm und uns ist doch weit und breit kein Mensch zu sehen.«

»Das ist ja der Trick!«

Noch am selben Abend hatte sie sich von ihm getrennt.

Maylis war erklärtermaßen Menschenfreundin. Das war einer der Gründe gewesen, warum Max sich in sie verliebt hatte. Und aus diesem Grund hatte sie Karl ohne Reue verlassen können. Sie glaubte fest daran, wie jeder Mensch ein Recht auf Glück zu haben, und sie steckte andere mit dieser Gewissheit an. Es machte sie unglaublich anziehend, dass sie sich ernsthaft für ihre Mitmenschen interessierte. Deshalb vertrauten sie ihr Dinge an, die sie längst nicht jedem erzählen würden. Maylis gab ihnen das Gefühl, sie zu verstehen und sie nicht zu verurteilen. Was sie auch nicht tat, jedenfalls in den meisten Fällen.

Max hatte ihr diese Stärke ihrer Persönlichkeit als Erster bewusst gemacht. »Wie? Das hat meine Mutter dir erzählt? Davon wusste nicht mal ich etwas!«, hatte er nach ihrem ersten Besuch bei seiner Familie ausgerufen. »Du bist wirklich unglaublich!« Er hatte sie in die Arme gerissen und überschwänglich geküsst.

Und dann hatte ausgerechnet Max ihre Überzeugungen ins Wanken gebracht. Noch heute rätselte Maylis daran herum, wie er sie einfach hatte verlassen können, ohne ihr die Gründe zu erklären, ohne sich zu entschuldigen. Und Elena? Die war ihre beste Freundin gewesen und fand nichts dabei, ihr den Mann wegzunehmen und sich nie wieder bei ihr zu melden. Maylis' Intuition, auf die sie sich bisher immer verlassen hatte, hatte sie im Stich gelassen. Nicht bemerkt zu haben, dass ihr Mann und ihre beste Freundin sie betrogen, erschütterte ihr Grundvertrauen. Sie hatte die ganze Zeit gedacht, alles sei in Ordnung. Sie hatte die Realität völlig falsch eingeschätzt.

Trotzdem! dachte sie und nickte energisch. Die meisten Menschen sind anders. Und Ausnahmen sind nur dazu da, die Regel zu bestätigen. Vielleicht sollte sie sich zur Abwechslung mal wieder auf ihr Glück verlassen. Auf jeden Fall musste sie endlich über die Geschichte mit Max und Elena hinwegkommen. Die beiden hatten ihr lange genug das Leben vermiest.

Diesen Entschluss hatte sie schon häufiger gefasst, dann aber nicht die Kraft gefunden, ihn umzusetzen. Trotzdem glaubte sie, dass es diesmal gelingen könnte, ohne genau zu wissen, warum. Lag es an den Begegnungen der letzten Tage? An dem Studenten und der Reh-Frau? Daran, dass sie an der Aussicht auf ein leckeres Frühstück wieder Vergnügen finden konnte? Oder war einfach genug Zeit vergangen, seitdem Max sie verlassen hatte?

Unter solchen Grübeleien stieg sie langsam die Treppe hoch, und als sie den zweiten Stock erreichte, wurde da gerade eine Wohnungstür geöffnet, und Frau Winterkorn, die schon ihr halbes Leben hier wohnte, trat ins Treppenhaus.

»Guten Morgen, meine Liebe. Wie geht es Ihnen? Ist der Fahrstuhl etwa kaputt?« Sie sah auf die schweren Taschen in Maylis' Händen.

Auch Maylis sah an sich herunter. »Äh, nein, ich war so in Gedanken, dass ich die Treppe genommen habe. Der Fahrstuhl geht, machen Sie sich keine Sorgen.«

»Um mich mache ich mir keine Sorgen. Eher um Sie, wenn Sie sogar vergessen, den Fahrstuhl zu benutzen. Wenn man in meinem Alter vergesslich wird, ist das ganz in Ordnung und unvermeidlich, aber Sie sind doch noch jung...« Die alte Dame stieß ein hohes Lachen aus.

Maylis musste grinsen. Frau Winterkorn machte auf sie ganz und gar nicht den Eindruck einer verwirrten Alten.

»Soll ich Ihnen heute was aus dem Laden mitbringen?« Das tat sie ab und zu, denn Frau Winterkorn war nicht mehr so gut zu Fuß.

»Vielen Dank, nicht nötig«, kam die Antwort. »Mein Enkel ist zu Besuch, er wohnt bei mir, bis er eine eigene Wohnung gefunden hat. Er kauft für mich ein.« Sie machte einen Schritt auf Maylis zu und sagte verschwörerisch: »Er kocht sogar für mich!«

»Wow! Ist er neu in der Stadt?«

»Nicht ganz, er arbeitet schon seit Jahren hier. Aber bisher hat er auf dem Land gewohnt, hinter Bergedorf. Die Fahrerei ist ihm zu anstrengend geworden. Und ich habe ja Platz. Außerdem mögen wir uns.«

»Wie schön für Sie, da sind Sie nicht allein.« Maylis nahm ihre Einkaufstaschen wieder auf. »Ich muss dann mal. Ich habe noch nicht gefrühstückt und muss gleich los.«

»Einen schönen Tag für Sie.«

»Für Sie auch.«

Die kleinen, lange vermissten Glücksgefühle, die von dem ausgiebigen Frühstück und dem netten Gespräch mit ihrer Nachbarin herrührten, wirkten immer noch nach, als sie eine Stunde später im Laden stand. Kurz darauf kam ein Mann herein. Er trug einen Burberry-Trenchcoat, der schon bessere Tage gesehen hatte. Allerdings fand Maylis, dass ein Burberry niemals neu sein durfte, den musste man erben oder auf dem Flohmarkt erstehen. Sie wurde neugierig und schenkte dem Mann ihr schönstes Lächeln, obwohl sie fand, dass der lässig wehende Trenchcoat ihn ein bisschen wie einen Angeber aussehen ließ.

Der kauft höchstens ein paar Bananen und eine Quiche für die Mikrowelle, dachte sie.

Aber dann ging der Mann zum Weinregal hinüber und nahm einzelne Flaschen heraus, um die Etiketten zu lesen – auch die Rückseiten. Das mochte der Chef überhaupt nicht. Er hatte immer Angst, eine Flasche könnte zu Bruch gehen. Auch jetzt winkte er Maylis zu und machte eine Handbewegung in die Richtung des Mannes.

Maylis stellte sich neben den Kunden. Er nahm gerade eine weitere Flasche aus dem Regal, und sie bemerkte die Eleganz, mit der er das tat. Dem fiel bestimmt keine Flasche aus der Hand.

»Kann ich Ihnen helfen?«

»Vielleicht. Haben Sie diesen Visan auch von 1997? Er ist um Klassen besser als der '98er-Jahrgang.«

»Ich weiß. Aber der ist leider ausverkauft. Außerdem wäre er auch zehn Euro teurer gewesen.«

Der Mann wandte den Kopf in ihre Richtung und sah sie aus hellblauen Augen überrascht an. Das dunkle Haar fiel ihm in die Stirn. »Sie kennen sich aus.«

»Sie auch«, entgegnete sie trocken.

Er drehte sich ganz zu ihr herum und lächelte sie offen an. »Was soll ich stattdessen nehmen?«

Ohne hinzusehen, nahm Maylis eine Flasche aus dem Fach weiter links heraus. »Den hier. Zu geschmortem Fleisch hervorragend.« Es war ein Côtes du Rhône Grenache.

»Wunderbar. Ich mache heute Abend nämlich einen Coq au Vin. Mit viel Knoblauch.«

»Sie können kochen?« Maylis' Interesse war geweckt.

»Sie etwa nicht?«

Okay, der Punkt ging an ihn. Maylis wartete darauf, dass er das Flaschenetikett studieren würde, aber er machte keine Anstalten in diese Richtung. Entweder er vertraute ihrem Geschmack, oder er wollte mit ihr flirten. Beides würde ihr gefallen.

»Brauchen Sie sonst noch etwas?«

»Etwas französischen Käse zum Nachtisch.«

Er sagte Nachtisch, nicht Dessert. Schon wieder ein Punkt für ihn.

Maylis ging die paar Schritte vor zur Käsetheke, während er vor dem Drehständer mit der belgischen Schokolade stehen blieb und eine Tafel aussuchte.

Mit Nuss, wollen wir wetten, dachte sie. Und extra dunkel.
Aber er legte eine Tafel Vollmilch mit Minzesplittern auf den Tresen, ging dann noch einmal zurück und nahm eine weitere Tafel aus dem Ständer. Es war die letzte.

Muss ich sofort nachbestellen, notierte Maylis im Kopf. Das war die Lieblingsschokolade von Frau Winterkorn, Maylis hielt sie extra für sie vorrätig.

Dann stand der Mann wieder vor ihr. »Hm, was haben Sie denn anzubieten?«

Ob ich ihm etwas anzubieten habe? dachte sie amüsiert. Mich? Dann wurde sie wieder geschäftsmäßig: »Frischen Ziegenkäse aus den Cevennen, natur oder mit Asche ...«

»Wie sieht es mit einem Banon aus?«, unterbrach er sie.

Banon war ein handtellergroßer Ziegenkäse aus dem gleichnamigen Ort in der Provence, der Ausgangskäse war ungefähr derselbe wie für das Produkt aus den Cevennen, aber der Banon wurde in Kastanienblätter eingewickelt und bekam dadurch ein ganz besonderes Aroma. Allerdings zog Maylis die anderen Varianten vor. »Den haben wir zurzeit leider nicht. Lieferschwierigkeiten ... Sie scheinen ein Kenner zu sein.«

»Sie etwa nicht?« Er grinste sie frech an. »Na gut, dann nehme ich einen natur und einen mit Asche. Was empfehlen Sie dazu?«

»Einen gut gereiften Brique, einen Beaufort ...«

»Okay, ich nehme jeweils ein Stück.«

»Ich war noch nicht fertig mit meiner Aufzählung.«

»Macht nichts. Ich vertraue Ihrem Urteil.«

Aha, also doch kein Flirten. Eigentlich schade, fand sie.

»Dann nehmen Sie noch einen Bleu d'Auvergne dazu. Ein Blauschimmelkäse gehört für mich zu einer Käseplatte einfach dazu. Und Baguette.«

»Ist das Geschäftstüchtigkeit?«, fragte er amüsiert.

»Nein, Sinn für gutes Essen«, gab sie lächelnd zurück. »Darf es sonst noch etwas sein?«

»Danke. Das wäre alles. Sollte ich etwas vergessen haben, komme ich gern noch einmal wieder.«

Er bezahlte bei Annette, die ihre Unterhaltung mit Interesse verfolgt hatte, und verließ den Laden.

Schade, dachte Maylis. Er hat nicht noch einmal zu mir rübergeguckt.

»Interessanter Typ«, wisperte Annette in ihre Richtung, während Maylis den Schokoladenständer drehte, um nachzusehen, ob noch weitere Sorten fehlten. Dabei sah sie durch das Schaufenster auf die Straße hinaus.

»Was hattest du denn so lange mit dem zu reden?« Annette war neben sie getreten und beobachtete ebenfalls, wie der Coq-au-Vin-Koch seine Einkäufe in den Korb seines Fahrrades hievte und losfuhr.

Kein Rucksackträger, dachte Maylis. Dieser Mann benutzte keinen Rucksack, dafür aber gute deutsche Wörter, kannte sich bei Käse und Wein aus und spielte trotzdem nicht den Hochnäsigen, sah gut aus – und kochen konnte er auch noch. Zu gut, um wahr zu sein. Da gab es bestimmt irgendwo einen Haken.

»Ging um Käse«, gab sie zurück. »Außerdem ist sein Haar zu lang.« Aber insgeheim fragte sie sich, ob sie die Person beneiden sollte, für die er heute Abend kochen würde.

Im Laufe des Tages sah Maylis immer wieder auf, wenn die Türglocke ging. Vielleicht hatte ihr Kunde doch etwas für sein Festessen vergessen?

Kurz vor Ladenschluss kam an seiner Stelle endlich die junge Frau. Sie kam direkt auf Maylis zu, die schon angefangen hatte, den Käse für die Nacht in Cellophan zu verpacken.

»Habe ich mein Handy hier liegen lassen?«, fragte sie ein bisschen atemlos. »Ich habe schon alle Möglichkeiten durchgespielt, und Sie sind meine letzte Rettung.«

Maylis wickelte ein Stück Appenzeller ein und wischte sich die Finger mit einem Papierküchentuch ab. »Sie meinen so ein kleines mit einem blauen Anhänger?«, fragte sie. Die Wimperntusche der fremden Frau war verschmiert. An ihren geröteten Augen sah Maylis, dass sie geweint hatte. »Das war aber schon vorgestern.«

»Ich weiß. Ich war krank.«

Bestimmt krank vor Liebeskummer, dachte Maylis.

»Sie werden sich doch nicht an unserem Lachs den Magen verdorben haben?«, fragte sie und zog dabei bedeutungsvoll die Augenbrauen hoch. Die Frau sah sie verwirrt an, dann schien sie plötzlich zu verstehen.

»Nein, der Lachs war ganz ausgezeichnet. Ich habe ihn genossen«, sagte sie betont langsam. »Obwohl vier Scheiben Lachs mit Honig-Dill-Soße und eine ganze Flasche Champagner für eine Person schon ein bisschen üppig sind.« Sie überlegte einen Augenblick lang, dann sagte sie plötzlich: »Eigentlich war das Essen für zwei gedacht, aber er ist nicht gekommen.« Nach einer kleinen Pause platzte sie heraus: »Ich habe mit ihm Schluss gemacht.«

»Er hat es mehr als verdient.«

»Woher wissen Sie das?«

»Ich habe ihn angerufen. Per Wahlwiederholung. Entschuldigung, aber ich dachte, auf die Weise bekomme ich heraus, wie Sie heißen. Um Ihnen zu sagen, dass ich Ihr Handy habe. Er war sehr unangenehm am Telefon. Er dachte, Sie wären dran.«

Sie zuckte leicht zusammen. Dann streckte sie Maylis die rechte Hand hin. »Mein Name ist Charlotte Rossmann.«

Maylis ergriff ihre Hand und schüttelte sie heftig. »Herzlich willkommen bei Feinkost Radke. Ich heiße Maylis Klinger.«

Wilhelm Radke hatte seinen Namen gehört und machte ein paar Schritte in ihre Richtung. Es waren fünf Kunden im Laden, und drei von ihnen wurden noch nicht bedient.

»Ist er ein Kollege?«, flüsterte Maylis. »Entschuldigen Sie, wenn ich so offen frage, aber wo ich doch schon Ihr Handy benutzt habe ...«

Charlotte schüttelte resigniert den Kopf.

»Ihr Chef?«

Sie nickte.

»Sie werden sich einen neuen Job suchen müssen«, sagte Maylis und nickte Wilhelm Radke beschwichtigend zu. »Warten Sie, ich hole schnell Ihr Handy. Sonst muss ich mir auch einen neuen Job suchen.«

Radke hatte die letzte Bemerkung gehört und sah sie kopfschüttelnd an, als sie an ihm vorbei ins Büro ging. Dann setzte er wieder sein Verkäufergrinsen auf und wandte sich der Kundin vor ihm am Wursttresen zu.

»Es hat ein paarmal geklingelt, ich bin nicht rangegangen«, sagte Maylis, als sie es überreichte.

Charlotte warf einen raschen Blick auf die Nummern der Anrufer, dann steckte sie das Handy in ihre Manteltasche.

»Wie kann ich mich bedanken? Nicht nur für das Handy ...«

Maylis hob die Hände. »So etwas gehört bei uns zum Service. Kommen Sie doch mal wieder.«

Ein schiefes Lächeln flog über Charlotte Rossmanns Gesicht. »Versprochen.« Sie sah auf ihre Uhr. »Ich muss heute Abend noch nach München und komme erst am Freitag wieder. Heute brauche ich nichts. Ich muss mich beeilen.«

»Dann am Sonnabend?«

»Gern.«

Beim Aufräumen später fand sie ein Exemplar der Süddeutschen Zeitung, das jemand geviertelt und zwischen zwei Obstkisten gesteckt hatte, wahrscheinlich, um beide Hände zum Aussuchen von Obst frei zu haben. Es könnte die blonde Frau mit der großen braunen Handtasche gewesen sein. Sie hatte eine Zeitung unter dem Arm gehabt, als sie am Nachmittag hereingekommen war. Und Maylis glaubte sich zu erinnern, wie sie zum Obststand hinübergegangen war. Sie zog die Zeitung heraus, wobei die Seiten einrissen. Sie warf das Blatt in den Behälter für Altpapier. Sonst fand sie an diesem Abend nichts. Wie auch gestern nicht. Die Leute passten einfach zu gut auf ihre Sachen auf.

Im Hausflur roch es schwach nach Lorbeer und Knoblauch in Rotweinsoße. Als würde jemand Fleisch in einer dunklen Soße schmoren. Coq au Vin vielleicht? Ehe sie sichs versah, musste Maylis schon wieder an den Mann denken, der heute bei ihr im Laden gewesen war. Er hatte ihr Interesse erregt, und sie hatte das Geplänkel mit ihm genossen. Das war ihr schon seit Ewigkeiten nicht mehr passiert. Hatte sie eigentlich mit ihm geflirtet? Nein, ein richtiger Flirt war das wohl kaum gewesen. Die Souveränität, mit der er ihrem Urteil in Bezug auf Wein und Käse gefolgt war, gefiel ihr. Er hatte es offenbar nicht nötig, sich als der Klügere aufzuspielen. Und die Tatsache, dass er kochen konnte, gefiel ihr auch. Na ja, immerhin kaufte er die richtigen Sachen ein. Er konnte natürlich auch zu den Leuten gehören, die auch die besten Zutaten verkochten und versalzten. Aber irgendwie glaubte sie das nicht von ihm. Wenn sie es sich richtig überlegte, dann reizte sie sogar seine Lässigkeit. Sie passte zu ihm und wirkte nicht aufgesetzt. Ganz anders als Oskar Polker, ein Journalist und Stammkunde bei Feinkost Radke. Arrogant und dünkelhaft bis unter seine speckige Hutkrempe. Der bestgehasste Kunde des Ladens, zumindest was Annette und sie anging.

Maylis sah in ihren Briefkasten. Wie erwartet, war er leer.

Als der Fahrstuhl den zweiten Stock passierte, stieg ihr wieder der Duft von gut gegartem Fleisch in Weinsoße in die Nase.

Alle Achtung, Frau Winterkorn, dachte sie.

Helene Winterkorn wohnte in der einzigen Wohnung des Hauses, die noch nicht im Zuge der stadtteilüblichen Sanierung renoviert worden war. Vor zwei Jahren hatte ein neuer Eigentümer den Dachboden aus- und den Fahrstuhl eingebaut. Er versuchte, die alte Frau zum Ausziehen zu überreden, weil er die Wohnung teilen und dann beide Wohnungen verkaufen wollte. Er sprach von den Vorzügen einer kleinen Wohnung in einer betreuten Anlage. Sanft, aber unerbittlich hatte sich Frau Winterkorn all seinen Argumenten widersetzt. Ihr Auftritt auf der Hausversammlung war legendär gewesen. In tadelloser Haltung und in einem leicht verschossenen, aber eleganten Kostüm war sie hereingekommen, als alle anderen schon auf ihren Stühlen gesessen hatten. Sie selbst hatte nicht einmal Platz genommen. »Diese Wohnung gehört mir seit Kriegsende. Ich weiß nicht, ob Sie sich an dieses Datum erinnern.« Hier hatte sie betont zum Hauseigentümer hinübergesehen, der höchstens vierzig war. »Ich weiß allerdings genau, dass ich nicht ausziehen werde. Und dass meine Wohnung bleibt, wie sie ist.« Das waren ihre einzigen Worte gewesen. Auf dünnen wackligen Beinen war sie wieder gegangen.

Mit Gleichmut hatte sie das Anrücken der Bautrupps und das folgende wochenlange Gehämmer und Gebohre ertragen. Maylis hatte sich ein paarmal zu ihr geflüchtet, als die Zimmerleute direkt über ihrem Wohnzimmer auf dem Dachboden gearbeitet hatten.

»Wissen Sie, ich bin 1942 mit meinem Mann hier eingezogen, und wir haben ganz anderen Krach durchmachen müssen. Nachts die Überfälle der Gestapo und dann 1943 der Feuersturm über Hamburg. Bis 1980 haben wir hier gemeinsam gelebt, und ich verlasse diese Wohnung nur mit den Füßen voraus.«

»Meine Güte, wie alt sind Sie denn?«, war es Maylis entfahren.

Frau Winterkorn hatte ihr ein triumphierendes Lächeln geschenkt, das noch mehr winzige Falten in ihr ohnehin runzliges Gesicht zauberte. »Ich werde neunzig!«

Maylis dachte an das Gespräch zurück. Mittlerweile war Frau Winterkorn zweiundneunzig. Manchmal hielt Maylis ein Schwätzchen mit ihr, wenn sie ihr Lebensmittel aus dem Laden mitbrachte. Die alte Dame schenkte ihr dann gern eine Tafel belgische Minzschokolade, die sie vorher bei Feinkost Radke eingekauft hatte.

Noch einmal schnupperte Maylis dem Duft nach, der ihr das Wasser im Mund zusammenlaufen ließ. Es roch wirklich gut. Sie hätte zu gern gewusst, was für ein Typ dieser Enkel war, der so gut kochen konnte.

Sie spürte ihren Hunger und war froh, dass sie in letzter Minute noch ein Forellenfilet und einen Salat mitgenommen hatte. Im Kühlschrank stand ein Glas Sahnemeerrettich, eine Vinaigrette rührte sie mit geübten Handgriffen zusammen. Sie setzte sich an den Tisch und fing an zu essen.

Das Abendessen war schon die zweite Gelegenheit seit Langem, dass sie in ihrer Küche an einem ordentlich gedeckten Tisch saß. Sie hatte beinahe vergessen, wie gut das tat.

Ein sorgfältig gedeckter Tisch. Auch wenn man ganz allein davorsaß. Ein Essen, das mit Liebe und Sorgfalt zubereitet war. Im besten Fall eine Atmosphäre bei Tisch, die nährte, nicht nur durch das, was man aß, sondern auch durch die Aufmerksamkeit der anderen, durch Fragen und Zuhören. Als Kind hatte sie solche Mahlzeiten nicht gekannt. Die Tischrunden mit ihrem Stiefvater waren die Hölle gewesen. Es durfte nicht gesprochen werden, es durfte nicht getrunken werden. »Hier wird gegessen. Wir sind weder auf dem Basar noch in der Kneipe.« Manchmal, wenn sie aus der Schule gekommen war, ihr etwas auf der Zunge gebrannt, das sie unbedingt hatte loswerden müssen, etwas

Schönes oder etwas Unangenehmes. Sie hatte ihre Ungeduld zügeln müssen. »Bei Tisch wird der Mund nur aufgemacht, um zu essen!« Zu anderen Gelegenheiten musste sie lachen, einfach so, weil es verboten war. Sie biss sich auf die Zunge und presste die Lippen aufeinander. Je grimmiger er sie ansah, umso unwiderstehlicher wurde dieser Drang. Und dann platzte das Lachen aus ihr heraus, unbändig und laut, und manchmal fielen Speisereste zurück auf ihren Teller, und er hieb mit der flachen Hand auf den Tisch und brüllte sie an. »Jetzt ist aber Schluss!«

Auch als ihr Stiefvater nicht mehr bei ihnen gewohnt hatte – sie war damals dreizehn gewesen –, waren die Mahlzeiten mit ihrer Mutter vorwiegend schweigend verlaufen. So als würde er immer noch mit am Tisch sitzen. Zudem war Maylis in einem Alter gewesen, in dem das Verhältnis zu ihrer Mutter schwierig zu werden begann. Zwar wechselten Caroline und sie ein paar Worte, aber es waren belanglose Bemerkungen. Am Tisch saß man, um seinen Hunger zu stillen, und damit basta.

Und dann hatte sie von ihrem leiblichen Vater gelernt, was Essen auch sein konnte: ein Genuss für Körper und Seele, vor allem für die Seele. Eine laute, fröhliche Angelegenheit, bei der mit den Armen gefuchtelt wurde, das Brot mit den Händen gebrochen und in die sämige Soße getunkt, wo der Wein in Strömen floss, die Zungen löste, manchmal zu Tränen, vor allem aber zum Lachen rührte. Wo Leidenschaften geweckt wurden und Lieben, wo Freundschaften fürs Leben entstanden und verrückte Pläne geschmiedet wurden, die ein Leben völlig auf den Kopf stellten.

Nach dem ersten Urlaub mit ihrem Vater hatte Maylis beschlossen, künftig nur noch auf diese Weise zu essen, das Essen zu einem Fest der Sinne zu machen. Allein schon, um sich an ihrem Stiefvater zu rächen.

»Prost, Papa«, sagte sie jetzt und hob ihr Glas.

Sie stand noch einmal auf, um eine Kerze zu holen und sie anzuzünden, obwohl es draußen noch hell war. Mit Appetit aß sie ihr Abendessen und ließ dabei ihre Gedanken schweifen.

Schöner hätte es höchstens sein können, wenn Frau Winterkorn sie eingeladen hätte.

Kapitel 5

Am Sonnabend herrschte gewöhnlich Hochbetrieb. Der beste Tag der Woche, was den Umsatz anging. Dann kamen die Männer, die Väter, oft mit ihren Kindern. An diesem Tag sollte das Einkaufen Spaß machen und ohne Hetze erledigt werden. Zum Wochenende gab es bei Feinkost Radke allerhand zum Probieren, kleine Cracker mit verschiedenen Dips, einen besonderen Wein und für die Kinder Saft. Maylis hatte das Angebot eingeführt, und die Kunden nahmen es gern an. Auch kleine Zettel mit einfachen Rezepten lagen aus, die Zutaten sollten dann natürlich gleich hier gekauft werden.

»Heute kommen wieder die Männer, die unter der Woche keine Zeit für einen Einkaufsbummel haben, sich aber für begnadete Köche und sowieso für die besseren Hausfrauen halten und ihren Frauen mal zeigen wollen, wie man einen Haushalt so richtig schmeißt«, meinte Annette und richtete die Platten mit den Probierhäppchen an.

»Genau. Und die Frauen machen dann montags bis freitags den Dreck hinter ihnen weg«, antwortete Maylis.

»Und verarbeiten die übrig gebliebenen Reste, um sie nicht wegschmeißen zu müssen.«

»Da waren uns die Männer der alten Schule ja beinahe lieber. Die wussten nicht mal genau, wie man in die Küche kam.«

»Na, na«, mahnte Wilhelm Radke, als er zur Ladentür ging, um aufzuschließen. »Behalten Sie Ihre Gedanken bitte für sich. Ihre Schürze, Frau Fitz!«

Annette sah an sich herunter und konnte keinen Mangel entdecken.

»Die Schleife!« Der Ton des Chefs bekam etwas leicht Genervtes.

»Ich mach das schon«, sagte Maylis, stellte sich hinter ihre Kollegin und band die Schleife neu.

»Ich weiß nicht, warum ihm das so wichtig ist«, flüsterte Annette ihr über die Schulter zu.

»Lass ihn doch. Es gibt Schlimmeres.«

»Warum hast du eigentlich so gute Laune?«

»Hab ich das?«

»Nun sag schon! Was denn?«

»Ich weiß auch nicht. Es ist einfach so ein Gefühl, als würde demnächst etwas passieren.«

Kurz nach halb zehn drängelten sich die Kunden vor den Auslagen. Um die Ecke war ein Blumenhändler, und viele trugen dicke Herbststräuße und riesige Asterntöpfe in Gelb und Lila im Arm, die letzten Freilandrosen und Sonnenblumen. Gebäck und Schokolade, Antipasti, Fleur de Sel und Olivenöl wurden eingekauft.

»Was habe ich dir gesagt? Fast nur Männer«, flüsterte Maylis Annette zu, als sie zu ihr an den Obststand kam, um ein Bund Koriander zu holen.

Ein wenig neidisch sah sie auf die Zeitungen unter dem Arm vieler Kunden. Sie war die letzten Tage vergeblich zum Briefkasten gegangen. Gestern hatte sie das Magazin verpasst, und heute fehlte sogar die Wochenendausgabe. Irgendjemand war so unverschämt, ihr jeden Morgen die Zeitung aus dem Briefkasten zu klauen. Sie hatte schon mit dem Gedanken gespielt, sich auf die Lauer zu legen, aber das war ihr dann doch zu umständlich und vor allem zu peinlich. Sie hatte nur Verachtung für denjenigen, der zu geizig war, sich selbst eine Zeitung zu kaufen.

»Bekomme ich nicht noch zehn Euro raus?«

»Was?«

»Mein Wechselgeld!«

»Oh, entschuldigen Sie. Ich war in Gedanken.« Maylis reichte dem Herrn, der ihr geduldig die Hand hinstreckte, sein Geld und wandte sich dem nächsten Kunden zu. Sie kam schon eine ganze Weile nicht von der Kasse weg, während der Chef und Annette die Kunden bedienten. Heute war aber wirklich viel los!

Als es gegen Mittag etwas ruhiger wurde, sah sie immer wieder zur Tür. Sie wartete auf Charlotte Rossmann, die ja heute vorbeikommen wollte, und auf den Studenten. Gestern Abend vor dem Einschlafen hatte sie sich vorgestellt, wie es wäre, wenn die beiden sich bei Feinkost Radke träfen. Ihr Gefühl sagte ihr, dass sie gut zusammenpassen würden. Und insgeheim hoffte sie auch, der Coq-au-Vin-Koch würde auftauchen.

Stattdessen hatte Oskar Polker seinen Auftritt. Maylis seufzte ergeben, als sie ihn draußen vor dem Geschäft entdeckte. Polker schrieb für die Isebeker Welle, das kostenlose Wochenblatt des Viertels, hielt sich aber mindestens für Hanns Joachim Friedrichs. Nur dass er noch lebte und längst nicht so gut aussah. Im letzten Jahr hatte er einen Stadtteilkrimi veröffentlicht, und das hatte ihn den letzten Rest Bescheidenheit gekostet. Immer war er in Eile und unterwegs zu den ganz wichtigen Ereignissen. Er hinkte leicht, obwohl Maylis ihn im Verdacht hatte, dies nur vorzugeben, um mit seinem Ebenholzstock zu imponieren, den er an einem silbernen Löwenkopf schwang. Polker war eine Witzfigur, dabei aber kein Stück liebenswert.

Er tockte mit der Spitze seines Stocks auf die schwarzweißen Fliesen, was beträchtlichen Lärm verursachte. Annette bediente gerade eine ältere Dame und gab ihr immer neue Käsesorten zum Probieren. Der Chef war hinten im Lager und telefonierte mit der Generalin. Maylis packte zwei Baguettes für einen Kunden ein und kassierte. Also wartete Oskar Polker geräuschvoll klopfend darauf, endlich bedient zu werden. Er stellte sich bei Maylis an. Aus den Augenwinkeln sah sie, wie Annette feixend herübergrinste und ein weiteres Stückchen Käse für die Kundin abschnitt. »Probieren Sie den noch mal, Ziegen-Rohmilch aus Italien, den haben wir noch nicht so lange im Sortiment.«

Der Baguette-Käufer hatte seine Brote noch nicht vom Ladentisch genommen, als Oskar Polker schon lospolterte: »Man hat ja schließlich nicht den ganzen Tag Zeit!«

Maylis wandte sich dem Starjournalisten zu. »Was darf's heute sein?«

»Ob es darf, weiß ich nicht. Ich hoffe doch, dass das keine Anspielung auf meinen Bauchumfang sein soll.« Er sah sich rasch um, ob jemand seinen Witz mitbekommen hatte, doch der Mann mit den Baguettes würdigte ihn keines Blickes, nachdem Polker ihn so unsanft zur Seite geschoben hatte. Und Maylis sah ihn mit völlig unbewegtem Gesicht an.

Polker räusperte sich. »Na gut. Ähm. Ich bekomme heute Abend Gäste, wichtiger Besuch …«, raunte er.

Der Papst und die Kanzlerin oder wer? dachte Maylis.

»… und da brauche ich einen richtig guten Rotwein.«

»Ein roter soll es sein. Eher süß, nehme ich an?« Maylis legte ihrerseits alle Süße in ihre Stimme und ging zum Weinregal hinüber.

Polker hob abwehrend die Hände. »Ich bitte Sie. Doch nicht süß! Und auch nicht lieblich.«

Maylis tat hilflos. »Und woher soll er kommen? Mosel oder Nahe?« Polker machte ein Gesicht, als müsste er einer Dreijährigen das Gerundium erklären, während Maylis sich daranmachte, ihm laut die Etiketten vorzulesen.

»Ich – möchte – einen – guten – Rotwein«, ächzte Polker. »Wo ist denn Ihr Chef?«

Jetzt musste Maylis aufpassen, der Chef nahm zwar viele ihrer Freiheiten hin, aber dies hier ging eindeutig zu weit.

»Ach, Sie meinen einen *richtigen*.« Sie tat erleichtert, weil sie ihn offenbar endlich verstanden hatte. »Aus Frankreich!«

»Na also.« Die Stockspitze wurde energisch auf die Fliesen getockt.

»Der Chef hat neulichs diesen hier getrunken ...«

»Neulich!«

»Ja, das sagte ich doch: neulichs. Aber woher wissen Sie, wann der Chef seinen Wein trinkt?«

Polker seufzte ergeben. »Es heißt ›neulich‹, nicht ›neulichs‹!«

Maylis tat, als hätte sie nicht die Bohne von dem verstanden, was er ihr zu sagen versuchte. »Jedenfalls hat er gesagt, der ist ganz toll.« Fehlender Konjunktiv. Da stand der Herr Journalist drauf, hatte es von einer kleinen Verkäuferin auch nicht anders erwartet.

Polker sah auf das Etikett und las irgendwas mit Rothschild, was ihn überzeugte. Und mehr noch überzeugte ihn der Preis: fast vierzig Euro die Flasche. »Gut, vier Flaschen von dem.«

»Den muss ich von hinten holen.«

»Werden Sie ihn finden?«

Unschuldig sah sie ihn an. »Bin gleich zurück.«

Im Lager tauschte sie eine Flasche gegen einen schlechteren Jahrgang aus, in der Hoffnung, dass der Papst und die Kanzlerin genauso wenig von Wein verstanden wie Oskar Polker.

Als sie zurück war, fiel ihm ein, dass er auch noch etwas zu knabbern brauchte. Maylis verkniff sich, Mon Chéri vorzuschlagen.

»Oliven und Käsegebäck? Ist heute Morgen frisch aus dem Ofen.«

Polker nahm beides und ließ sich über den Betrag wie üblich eine Rechnung ausstellen.

»Wieder mal ein Geschäftsessen?«, fragte Annette süffisant, als sie die Tür hinter ihm geschlossen hatte, weil er unter dem einen Arm den Weinkarton, in der anderen Hand seinen Stock trug.

»Pfft«, machte Maylis nur.

Es war schon kurz vor eins, als der Student erschien.

»Haben die Nudeln geschmeckt?«, fragte Maylis, und er strahlte sie an.

»Lecker. Nur der Wein hätte besser sein können.«

»Der war ja auch nicht von uns.«

Er verlangte ein paar Scheiben von der italienischen Fenchelsalami. Nachdem Maylis sie für ihn geschnitten und eingepackt hatte, ging er hinüber zum Gemüsestand und suchte einen schönen Radicchio aus.

Maylis folgte ihm. Sie überlegte, ob sie ihm vorschlagen sollte, den Radicchio anzubraten und mit Balsamico abzulöschen. Aber wahrscheinlich wusste er schon, wie gut das schmeckte. »Eigentlich schade, dass so viele Menschen immer allein essen müssen, ohne nette Gesellschaft, meine ich«, sagte sie stattdessen mit einem tiefen Blick in seine Augen.

Er sah sie nachdenklich an. »Sie meinen, ich sollte Sie zum Essen einladen?«

»Auch keine schlechte Idee«, gab sie mit einem möglichst unschuldigen Lächeln zurück.

»Ich fürchte, ich verstehe nicht ganz. Heute Abend?«

Maylis schüttelte den Kopf. »Heute habe ich gar keine Zeit.«

»Also gut, dann ein andermal. Ich habe zwar ein bisschen das Gefühl, Sie wollen mich verschaukeln, aber das Abendessen schulden Sie mir.«

Er ging zur Kasse und wartete darauf, dass Maylis ihm folgte. Die wusste nicht, wie sie ihn noch länger aufhalten sollte, und gab ihm sein Wechselgeld.

»Auf Wiedersehen.« Sie sah ihm nach, wie er unschlüssig auf der Straße stand. Er machte zwei Schritte nach links, dann überlegte er es sich anders und drehte sich abrupt um. Und fand sich einen Schritt vor Charlotte Rossmann wieder.

Maylis ließ die nächste Kundin einfach stehen. Sie trat ans Fenster und sah gerade noch, wie der Student einen Schritt nach rechts machte, um Charlotte auszuweichen. Sie machte im selben Moment einen Schritt nach links, und sie standen wieder voreinander und versperrten sich den Weg. Er hob entschuldigend die Arme, ging um sie herum und setzte seinen Weg fort.

Maylis schürzte die Lippen.

Immerhin ein Anfang, dachte sie.

»Wie war München?«, fragte sie, als Charlotte Rossmann kurz darauf vor ihr stand.

Die sah sie überrascht an. »Das ist aber nett, dass Sie das noch wissen. Schönes Wetter war da unten, aber ich habe nicht viel davon mitgekriegt. Es hat gutgetan, ein paar Tage raus aus dem Büro zu sein. Sie schließen gleich, nicht wahr?«, fragte sie mit einem Blick auf Wilhelm Radke, der sich schon an der Kasse zu schaffen machte.

»Erst um zwei. Sie bekommen noch alles, was Sie wollen.«

Charlotte sah unentschlossen auf die Auslagen und verzog nachdenklich den Mund.

Jemand, der Hunger hatte und keine Idee, was er kochen sollte. Ein perfekter Kunde für Maylis.

»Mögen Sie scharfe Wurst? Und dazu rote Linsen?«

»Hört sich gut an.«

»Linsen stehen dort an der Wand, das dritte Regal von oben. Nehmen Sie die Berglinsen. Haben Sie Balsamico im Haus? Und rote Zwiebeln?«

»Nein«, antwortete Charlotte. »Ich fürchte, meine Küche gibt nicht viel her. Ich bin einfach viel zu selten zu Hause.«

Maylis lehnte sich an den Verkaufstresen, um zwei Merguez – scharf gewürzte Lammbratwürste aus Frankreich – herauszunehmen, die ganz vorn hinter der Scheibe lagen. Dabei spürte sie in der Tasche ihrer Jeans die Rundung der Kastanie, die sie heute Morgen im Laden gefunden hatte. Vielleicht war sie aus einem der herbstlichen Blumenkörbe gefallen, vielleicht hatte ein Kind sie verloren. Die Bäume standen die ganze Straße entlang, und viele Kinder bückten sich mit Leidenschaft nach den glänzenden Früchten.

Es gibt diese magischen Augenblicke, in denen wir alle Bedenklichkeiten zur Seite wischen und zu einer beinahe kindlichen Spontaneität zurückfinden. In denen wir uns trauen, auf andere zuzugehen, ohne zu überlegen, wie wir auf sie wirken oder was wir damit anrichten könnten. Ohne die Angst, zurückgewiesen zu werden. Und das Wunder geschieht: Mit unserer plötzlichen Offenheit entwaffnen wir den anderen, der in diesem magischen Augenblick ebenso empfindet wie wir. Anstatt entsetzt unser Ansinnen abzulehnen und sich sofort wieder zu verschließen, nimmt er die Herausforderung an.

Bei der Berührung der Kastanie wusste Maylis, dass gerade jetzt so ein magischer Augenblick war. Sie richtete sich wieder auf und sagte: »Ich habe Balsamico zu Hause. Wie wäre es, wenn ich für uns beide koche?« Gespannt wartete sie auf Charlottes Reaktion.

»Etwa mit Kartoffelpüree?« Die Reh-Frau bekam einen gierigen Blick.

Maylis musste lachen. »Nahrung für die Seele? Kein Problem!« Sie nannte Charlotte ihre Adresse. »Um acht?«

Den ganzen Weg nach Hause freute sie sich auf den bevorstehenden Abend mit der Reh-Frau und ging in Gedanken das Essen durch, das sie für sie kochen wollte.

Maylis hatte schon früher erlebt, dass es Essen gab, die ein Leben verändern konnten. Bei denen es nicht darauf ankam, wie gut das Gericht war (obwohl es hilfreich war, wenn es gut war), sondern bei denen eine Stimmung, eine Neugier auf die Person, die mit am Tisch saß, eine Lust an der Unterhaltung im Vordergrund standen. Am besten war es, wenn sie ihr Gegenüber vorher nicht kannte und dann rasch feststellte, dass er oder sie ein Seelenverwandter war, bei dem sie die Phase der Selbstdarstellung gleich überspringen konnten. Wo Informationen über die eigene Person dazu dienten, die andere ins Bild zu setzen, nicht, sie zu beeindrucken und ein Terrain zu markieren. Ein Satz, mit dem man ein Gefühl oder ein Erlebnis schilderte, und der oder die andere wusste, was gemeint war, weil er oder sie genau dasselbe erlebt hatte. Und schon war man dabei, zwischen zwei Gabelbissen seine Seele auszuschütten, und fühlte sich hinterher wie neugeboren.

Sie konnte sich an einige Gelegenheiten erinnern, an denen sie dieses außergewöhnliche Gefühl erlebt hatte: ihr erstes Essen in einem Pariser Restaurant mit einem Politikprofessor der Sorbonne, der Spezialist für ihr Magisterthema war. Die berauschende Erkenntnis, dass sie sich auf Französisch ausdrücken konnte und dass sie in diesem feinen Restaurant mit einem Professor saß und beide Seiten von dem Fachgespräch profitierten, hatte sie elektrisiert. So sehr, dass sie sich beinahe in den viel älteren Mann verliebt hätte, nur weil sie sich so gut mit ihm unterhielt. Das Essen war allerdings ausgezeichnet gewesen.

Der Abend mit Charlotte Rossmann gehörte auch zu diesen besonderen Gelegenheiten. Und nicht nur, weil es so lange her war, dass Maylis einen Gast zum Essen hatte.

Um kurz nach acht saß Charlotte an Maylis' Küchentisch, ein Glas Rotwein und den mitgebrachten Strauß Freilandrosen vor sich, während Maylis an der Spüle stand und die

Kartoffeln schälte. In ruhigen Bewegungen drehte sie die Kartoffeln in ihren Händen und schälte sie in gleichmäßigen Runden, ohne dass die Schale dabei abriss.

Während die Kartoffeln kochten, wärmte sie die Milch, in der ein dicker Kloß Butter schwamm, und dünstete die Linsen vor. In einer Pfanne ließ sie Rotwein mit Zucker karamellisieren und gab die in hauchfeine Hobel geschnittenen roten Zwiebeln dazu. Dann holte sie die großen weißen Teller und die Stoffservietten und begann, den Tisch im Esszimmer zu decken. Das Silberbesteck, das alt und groß und so dünn war, dass einzelne Zahnabdrücke sich eingeprägt hatten, lag in einer Schublade in der Küche. Sie gab Charlotte, die ihr die meiste Zeit stumm bei ihren Verrichtungen zusah, die Streichhölzer, damit sie die Kerzen in dem fünfarmigen silbernen Leuchter anzündete.

Dann gingen sie wieder in die Küche, Maylis ließ die Merguez in die zischende Butter gleiten. Während sie die heiße Milch zu den Kartoffeln goss und das Ganze auf altmodische Art per Hand stampfte, schüttelte sie ab und zu die Pfanne, in die sie auch die Linsen gegeben hatte.

»Ich frage dich gar nicht, ob ich dir etwas helfen soll. Das sieht so leicht aus, wie du da am Herd stehst«, sagte Charlotte.

»Ich koche eben gern. Es gibt mir eine Befriedigung, wenn alles auf den Punkt gegart, alles perfekt gewürzt ist. Und ich mag diese Arbeit. Sie entspannt mich. Das ist besser als Yoga.«

Maylis löschte die Zwiebeln mit einem Schuss Balsamico ab. Eine Stichflamme schoss aus der Pfanne. Ein betörender Geruch verbreitete sich in der Küche.

»Ich könnte sterben vor Lust auf dieses Essen«, sagte Charlotte.

»Musst du aber nicht.« Maylis reichte ihr die Flasche Wein und nahm selbst die Teller, auf die sie Kartoffelbrei, Linsen und Merguez angerichtet hatte. Obendrauf streute sie zwei, drei Korianderblättchen und etwas Fleur de Sel.

Sie sah zu, wie Charlotte einen letzten Gabelbissen in den Mund steckte und dabei genießerisch die Augen schloss.

»Mein Gott, war das köstlich. Wenn ich daran denke, dass meine Mutter früher immer Kartoffelpüree aus der Tüte gemacht hat ...« Sie nahm noch einen Schluck Wein.

Im Verlauf des Abends und bei zwei Flaschen Rotwein hatten sie festgestellt, dass sie einige Gemeinsamkeiten hatten, obwohl Charlotte fast zehn Jahre jünger war als Maylis. Beide hatten in Hamburg studiert, Maylis Politik und Romanistik, Charlotte Romanistik und Kommunikationswissenschaften.

»Das gab es zu meiner Zeit noch nicht«, warf Maylis ein.

»Mein Vater war Franzose«, sagte sie dann.

»War?«

»Er ist vor fünfzehn Jahren gestorben.«

Charlotte sah sie an. »Er muss noch sehr jung gewesen sein.«

Maylis nickte. »Es war ein Unfall. Er ist mit seinem Boot hinausgefahren und ertrunken. Ich hätte gern mehr Zeit mit ihm gehabt. Wir hatten uns erst einige Jahre zuvor kennengelernt.« Sie sah die Frage in Charlottes Augen. »Meine Mutter hat sich schon vor meiner Geburt von ihm getrennt. Ich bin ihm zum ersten Mal begegnet, als ich achtzehn war. Ich musste meine Mutter zwingen, mir seinen Namen zu sagen. Dann habe ich ihn besucht. Er lebte in Marseille.« Sie lächelte. »Er war Gastronomiekritiker.«

»Ach so, daher dein Kochtalent«, sagte Charlotte.

»Ja, wahrscheinlich ... Wir hatten nur sieben gemeinsame Jahre. Ich habe ihn bis zu seinem Tod jeden Sommer besucht. Wir sind mit seinem Boot rausgefahren, zum Angeln. Ich werde diese Stunden in der flirrenden Hitze niemals vergessen. Wir haben einfach die Tage an uns vorüberziehen lassen, haben nichts getan, außer ab und zu vom Boot ins Meer zu springen, um uns abzukühlen. Oft haben wir nicht mal miteinander gesprochen.« Maylis' Blick ging ins Leere.

»Vermisst du ihn?«

»Oh ja, sehr. Ich hätte gern noch mehr über ihn erfahren. Obwohl, eigentlich weiß ich alles, was ich wissen muss. Ich glaube, ich bin ihm sehr ähnlich.« Sie setzte sich auf. »Kennst du die Calanques?«

»Sind das nicht diese Buchten rund um Marseille?«

»Zwischen Marseille und Cassis. Wie Finger einer Hand ragt das Meer ins Land hinein. Das Wasser ist mal türkis, mal nachtblau, je nach dem Boden, durch den es sich gefressen hat. Und die Buchten sind von bis zu 400 Meter hohen, blendend weißen Felsen eingeschlossen. Edgar, so hieß mein Vater, und ich waren fast täglich dort. Wir haben geangelt und abends ein Feuer gemacht und die Fische gegrillt. Dazu gab es Tomaten und Olivenöl, das er bei den Bauern der Gegend kaufte. Edgar hatte immer Olivenöl auf seinem kleinen Boot, ebenso wie Wein. Er war Rotweintrinker, aber mir zuliebe hat er immer auch einen weißen Bandol besorgt. Die Flaschen hat er ans Boot gebunden und im Meer treiben lassen, damit sie kühl blieben. Es waren so wundervolle Tage.«

»Du hast gesagt, er war Restaurantkritiker?«

»Ja. Er hat für Marseiller Zeitungen geschrieben. Die vielen Franzosen, die an der Küste Urlaub machen, wollen schließlich wissen, wohin sie zum Essen gehen sollen. An manchen Tagen sind wir auch in Restaurants gegangen. Natürlich in eines der Lokale entlang der Küste. Immer gab es Fisch oder Meeresfrüchte, in manchen dieser Sommer habe ich nicht ein einziges Mal Fleisch gegessen.« Maylis nahm einen Schluck Wein. »Du hättest ihn mal erleben müssen, wenn der Kellner das Essen brachte. Er war ein Genießer durch und durch. Und er konnte ungemein lehrreich und unterhaltsam über das reden, was er aß.« Maylis seufzte tief und stützte ihr Kinn auf die Hand. »In diesen Sommern hat mein Vater seine Liebe zu gutem Essen an mich weitergegeben.«

»Dafür solltest du ihm dankbar sein. Ich bin es jedenfalls.«

Maylis lachte. »Noch Wein?«

»Aber sicher! Und meine nächste Frankreichreise geht ans Mittelmeer.«

»Ich beneide dich jetzt schon darum.«

»Warum arbeitest du in diesem Laden?« Charlottes Frage kam unvermittelt.

Maylis sah sie an. »Ist irgendwie unpassend, nicht wahr?«

»Ein wenig schon, mit deiner Ausbildung. Obwohl ich das Gefühl habe, du bist die gute Seele des Geschäfts. Du strahlst so etwas aus, etwas Beruhigendes.«

»Du wolltest sagen, etwas Mütterliches.« Maylis lachte wieder und wischte das Thema damit vom Tisch. Sie wollte jetzt nicht von Max reden. Ihr Vater und Max, das ging nicht zusammen.

Wenn zwei Frauen sich auf Anhieb gut verstehen und wenn jede eine Flasche starken Rotwein getrunken hat, kommen sie beinahe zwangsläufig auf das Thema Männer. Max und den Chef von Charlotte erwähnten sie dabei nur kurz, weil sie sich nicht die gute Laune verderben lassen wollten. Das Thema Partnersuche im Internet war unverfänglicher. Charlotte hatte da einige Erfahrung.

»Er hat sich über den Tisch nach vorn gebeugt, um mir etwas ins Ohr zu raunen, und ich habe seinen roten String gesehen, der von einer Lockenpracht überwuchert war. Ich bin einfach aufgestanden und gegangen ... Und ein anderer hat mich mal nach meinem Personalausweis gefragt. Ich hatte mein Portemonnaie vergessen und konnte die zwei Euro fünfzig für mein Wasser nicht bezahlen. Den Ausweis wollte er haben, damit er sein Geld auch bestimmt zurückbekam.«

Maylis kringelte sich vor Lachen. »Eine Geschichte habe ich auch. Obwohl ich den nicht übers Internet kennengelernt habe. Er war ein ganzes Stück kleiner als ich. Mein Busen war genau auf seiner Augenhöhe, als wir an einer Bar standen. Rate, wo er den ganzen Abend hingestarrt hat.«

Charlotte prustete los. »Die Sorte kenne ich. Die schummeln immer, wenn es darum geht, die Körpergröße anzugeben.«

»Ist es nicht deprimierend?«, fragte Maylis mit Lachtränen in den Augen.

»Können Männer einem nicht das Leben zur Hölle machen?«

»Aber so was von …«

»Aber zum Glück gibt es zum Ausgleich ab und zu solche Frauenabende.«

Gegen Mitternacht brach Charlotte auf. An der Tür umarmten sie sich spontan.

»Wenn ich ein Mann und das hier ein Date wäre, würde ich jetzt sagen, dass ich dich gern wiedersehen würde«, sagte Charlotte.

»Und ich würde dir meine Telefonnummer geben.«

»Bis bald?«

»Bis bald.«

Als Maylis im Bett lag, spürte sie den Rotwein, der sie angenehm schwindlig sein ließ. Sie drehte sich auf die Seite und ließ den vergangenen Abend Revue passieren. Dabei meinte sie so etwas wie ein leichtes Plopp in ihrer Brust zu spüren.

Es kam vom Zerplatzen eines der Ringe, die sich um ihr Herz gelegt hatten.

Mit einem Lächeln auf den Lippen schlief sie ein.

Kapitel 6

Sonntag war nicht gerade Maylis' Lieblingstag. Jedenfalls nicht, seit sie nicht mehr mit Max zusammenwohnte. Als er noch da gewesen war, hatte sie den Sonntag sehr gemocht. Ausschlafen, lange frühstücken, spazieren gehen, abends ins Kino oder ins Restaurant ... Sogar die Dinge, zu denen sie während der Woche keine Lust hatte wie Aufräumen oder Bügeln, machten ihr am Sonntag Spaß. Das hatte irgendwie damit zu tun, dass ihr der Tag wie ein Geschenk vorkam. Unter der Woche schob sie immer Berge von Unerledigtem vor sich her und hatte ein schlechtes Gewissen. – »Du bist eine Pietistin reinsten Wassers«, hatte Max sie in der ersten Zeit geneckt, später hatte er sich über ihre »Ungemütlichkeit« beschwert, die ihm zunehmend auf die Nerven gegangen war. Aber sonntags hatte sie sich stundenlanges Nichtstun erlaubt, faule Mußestunden – und Liebe am Nachmittag, jedenfalls solange Max und sie sich noch begehrt hatten.

Seit sie allein war, fürchtete sie sich vor den Sonntagen. Die Stadt war still, die wenigen Menschen auf der Straße gingen zu zweit oder schoben Kinderwagen. Wo verkrochen sich eigentlich die Singles am Sonntag? In den Museen? Dorthin ging Maylis gern, aber doch nicht jede Woche. An der Elbe oder im Stadtpark spazieren gehen? Um Paare mit Kindern zu sehen? Sie musste sich zwingen, sich zu irgendetwas aufzuraffen. Oft kaufte sie am Freitag ein spannendes Buch, um das Wochenende lesend auf dem Sofa zu verbringen.

An diesem Sonntag, nach dem Abend mit Charlotte, schlief sie länger als gewöhnlich. Als sie aufwachte, war es bereits neun Uhr. Sie nahm ihren Wecker und schüttelte ihn, weil sie glaubte, er sei kaputt. Ausgeruht und bester Laune sprang sie aus dem Bett. Sollte sie frühstücken gehen? Nein, lieber nicht. Allein im Café sitzen war blöd, von wegen nur Paare und so. Sie ging hinüber in die Küche und sah, dass die Sonne auf ihren Balkon schien. Sie öffnete die Tür und trat hinaus. Sie musste die Augen schließen, weil die Sonne sie blendete. Sie beschloss, draußen zu frühstücken. Ein bisschen kühl war es vielleicht, aber mit einem Bademantel und einer Decke würde es gehen.

Sie kochte sich einen starken Espresso und schäumte heiße Milch auf. Dann legte sie zwei Eier in brodelndes Wasser und steckte zwei Scheiben Brot in den Toaster. Sie nippte vorsichtig an ihrem Kaffee, während sie auf das Rasseln der Eieruhr wartete. Ein Küken, das sich drehte und tschilpte, wenn die sechs Minuten rum waren. Sie stellte alles auf ein Tablett. Weil der Tisch auf dem Balkon klein war, suchte sie die schönste Rose aus dem Strauß von Charlotte und stellte sie in eine kleine Vase.

Und jetzt noch Musik! Auf Alsterradio lief *Angels* von Robbie Williams, und sie sang mit.

Auf den Balkon passten genau ein Tisch und zwei Stühle plus ihr Regal mit den Kräutertöpfen. Sie rückte den einen Stuhl so, dass er in der Sonne stand. Der Schnittlauch hatte sich nach dem Regen wieder etwas erholt, und sie zupfte einige Stängel ab und schnippelte sie auf ihr Ei. Sie streckte sich wohlig und sah auf die Bäume im Hinterhof, die jetzt noch alle Blätter hatten. Im Winter konnte sie in die Fenster der gegenüberliegenden Häuser sehen, was sie oft tat. Sie sah ihren Mitbewohnern gern dabei zu, wie sie ihr Leben lebten, am Tisch saßen, in der Küche am Herd standen. Natürlich konnten die Nachbarn umgekehrt auch in ihre Fenster sehen. Aber bei ihr gab es nicht viel zu gucken.

Schräg unter ihr wurde eine Balkontür mit einem vertrauten Quietschen geöffnet. Maylis nahm an, dass Frau Winterkorn ebenfalls mal kurz die Sonne genießen wollte. Sie konnte sie aber nicht sehen, da der Balkon ihrer Nachbarin seitlich mit einer bewachsenen Pergola geschützt war.

Sie legte den Ellbogen auf das Geländer und beugte sich im Sitzen hinunter, um einen besseren Blick zu haben. »Guten Morgen!«, rief sie laut und deutlich, denn Frau Winterkorn hörte nicht mehr so gut.

Unter ihr erschien ein Kopf über der Brüstung. Ein Mann in weißem T-Shirt und karierter Schlafanzughose, der sich verwirrt die Haare raufte und sich umsah. Er blickte nach oben und entdeckte sie.

»Guten Morgen«, kam die Antwort. »Oh, Sie frühstücken draußen?« Er stutzte. »Ach, Sie sind das!?«

Maylis starrte ihn mit vollem Mund an. Sie brauchte einen Augenblick, bis sie verstand, wer da vor beziehungsweise unter ihr stand. Der Mann auf dem Balkon war der Mann, der am Donnerstag die Zutaten für den Coq au Vin bei Feinkost Radke gekauft hatte!

Sie hielt sich den Kragen ihres Bademantels vor der Brust zusammen, während sie hektisch kaute. Man sah so dämlich aus mit einer halben Scheibe Toast und Ei im Mund. Er registrierte ihre Bewegung und sah an sich hinunter. Dann winkte er ihr zu und ging wieder ins Haus. Die Balkontür wurde geschlossen, gerade als Maylis endlich zu Ende gekaut hatte und in der Lage gewesen wäre, etwas Nettes oder Interessantes zu sagen.

»Dann eben nicht«, sagte sie. Das gab's doch nicht. Der nette Mann, der bei ihr eingekauft hatte, war der Enkel von Frau Winterkorn und wohnte schräg unter ihr! Jetzt wusste sie auch, für wen die Minzschokolade bestimmt gewesen war. Süß, dass er die Lieblingssorte seiner Großmutter kannte. Und er hatte Maylis gleich erkannt, obwohl sie den abgetragenen, viel zu großen Morgenmantel ihres Vaters anhatte. Das fand sie auch nett. Aber er hätte durchaus noch ein bisschen mit ihr plaudern können, so von Balkon zu Balkon. Sie hatte sich jedenfalls nicht an seinem Schlafanzug gestört, ganz im Gegenteil. Sie lächelte und schnitt sich einen Toastsoldaten. Ihre Mutter hatte ihr als Kind das Brot in diese schmalen Streifen geschnitten, die in das geköpfte Ei getunkt wurden, um das Gelbe aufzusaugen. Maylis seufzte, während ihre Gedanken bei ihrer Mutter verweilten. Was Caroline wohl gerade tat? Vielleicht saß sie auch in ihrem Garten und genoss ein gutes Frühstück. Nein, wohl eher nicht. Hätte Caroline ein Telefon, würde Maylis sie jetzt anrufen. Taten Töchter das nicht am Sonntag? Ihre Mütter anrufen und ein paar Minuten mit ihnen plaudern, um sie zu beruhigen und ihnen zu sagen, dass alles in Ordnung sei? Maylis hätte gern Caroline angerufen, um zu wissen, dass *sie*, *Maylis*, sich keine Sorgen machen musste.

Sie fröstelte und bemerkte, dass ihr Kaffee in der Tasse kalt geworden war. Der Himmel hatte sich zugezogen, die Sonne war verschwunden. Sie räumte Teller, Tasse und Eierbecher zurück auf das Tablett und ging in die Küche, um sich noch einen heißen Kaffee zu kochen.

Der Dichter Charles Baudelaire hatte gesagt, das Lesen von Kochbüchern stelle einen Trost dar, wenn kein Restaurant in der Nähe sei. Diesen Satz würde Maylis sofort unterschreiben.

Der Kochkunstführer von Auguste Escoffier tat es ihr auch diesmal wieder an. Fünftausend Rezepte hatte der legendäre Meisterkoch vor hundert Jahren in diesem kiloschweren Buch zusammengetragen. Maylis nahm es aus dem Regal, das sie neben der Tür in ihrer Küche angebracht hatte – Kochbücher gehörten nun mal in die Küche. Das Buch war alt und dick und voller Fett- und sonstiger Flecken, die all die Köche hinterlassen hatten, die nach ihm gekocht hatten. Die Seiten aus dickem Papier waren zum Teil zusammengeklebt. Hier und da meinte sie den Geruch von Bratensoße oder Knoblauch wahrzunehmen, der zwischen den Seiten aufstieg. Allein die Namen, die Escoffier seinen Gerichten gegeben hatte: Hirn-Auflauf im Kästchen, Kalbskotelett Talleyrand, Cuisse de Nymphe à l'Aurore, was ungefähr mit Nymphenschenkel bei Sonnenaufgang zu übersetzen war und eiskalte Froschschenkel in Gelee mit Sahne, Moselwein und Paprika bedeutete, wobei das Paprikapulver für das Rot der Sonne herhalten musste. Der Wälzer war einfach eine Fundgrube für seltsame Köstlichkeiten, und Escoffier galt bis heute als Instanz in allen Streitfragen. Besonders mochte Maylis die Art, wie die Zubereitung beschrieben war: Ein paar Zeilen mussten auch für die kompliziertesten Gerichte genügen. Mengenangaben suchte man meistens vergebens, und ein Hinweis wie »Hirn in Scheiben schneiden, diese würzen« ließ dem Koch oder der Köchin Raum für Fantasie und Kreativität.

Genau dies war die Art, nach der Maylis kochte: mit Gefühl und Neugierde und Zutrauen in ihre eigene Zunge. Die meisten modernen Kochbücher waren doch ein Hohn für jeden, der sich nur ein bisschen in der Küche auskannte. Sogar die Zugabe von Salz war bis aufs Gramm festgelegt, und es wurde im Detail vorgebetet, wie man Rote Bete schälte. Nachdem man vorher erklärte, was Rote Bete überhaupt war!

Sie stellte den Escoffier wieder ins Regal und nahm den Courtine heraus, der direkt daneben stand. Robert Courtine war Restaurantkritiker gewesen wie ihr Vater, und er plauderte höchst amüsant über die Fressorgien und Absonderlichkeiten, die sich in Pariser Restaurants zugetragen hatten – vorzugsweise die Fressorgien berühmter Franzosen in berühmten Pariser Restaurants.

Maylis hatte die kulinarische Bibliothek von ihrem Vater geerbt, zwei Regale voller anekdotengesättigter, amüsanter und appetitanregender Bücher. Einige Wochen nach seinem plötzlichen Tod hatte sie die beiden Kisten mit französischen Büchern zur Gastronomie erhalten. Sie hütete sie wie einen Schatz.

»Du willst die alten Schinken doch nicht etwa behalten?«, hatte ihre Mutter sie gefragt.

»Oh, doch, genau das will ich!«, hatte Maylis wütend geantwortet.

Sie benutzte die Bücher als Grundstock für eine eigene Sammlung. Es half ihr, ihrem Vater näher zu sein, wenn sie Bücher rund um die Küche und ums Essen um sich versammelte. Außerdem hatte sie Feuer für das Thema gefangen, genau wie ihr Vater. So wie er ihr früher Geschichten über das Essen erzählt hatte, sammelte jetzt sie Anekdoten zum Thema. Sie kannte die Rezepte von Hunderten von berühmten Gerichten aus dem Kopf, ebenso wie die Speisefolge besonderer Diners, bei denen Geschichte geschrieben wurde, wie zum Beispiel, was es beim Staatsbesuch von Zar Nikolaus II. 1896 in Paris gegeben hatte (unter anderem Krabbensuppe, Kasserol Pompadour, Loire-Forelle, Deichlamm, Poularde, Steinhuhn und Ortolan, Leberpastete, Spargelspitzen mit Sauce mousseline, Eiscreme, Dessert) oder was die Gäste der ersten Klasse am 14. April 1912 auf der Titanic gespeist hatten, bevor das Schiff gesunken war (Kanapees und Austern, Kraftbrühe Olga, Lachs mit Sauce mousseline, Kalbsfilet und anderes Fleisch, Sorbet, Rebhuhn, Spargel, Leberpastete und so weiter und so weiter, das Ganze natürlich noch getrüffelt, »an« oder »auf«). Sie wusste, dass Honoré de Balzac einmal hundert Austern, zwölf Lammkoteletts, zwei gebratene Rebhühner sowie eine Seezunge normannisch und dazu etliche Vorspeisen und Obst gegessen hatte, während sein Verleger sich mit einer Suppe und Geflügel begnügt hatte.

Am meisten liebte sie eine Geschichte über Coco Chanel. Im Café de Paris nahe der Pariser Oper hatte die Modeschöpferin einmal so viel gegessen, dass sie die Knöpfe ihres Kleides öffnen musste. Als sie gehen wollte, ließen sich die Knöpfe nicht mehr schließen. Coco Chanel beschloss, ihre Kostüme zukünftig aus nachgebenden Jersey- und Tweedstoffen zu schneidern. Ein Essen, das zur Emanzipation der Frauen führte, wer hätte das gedacht!

Beim Blättern in Rezepten bekam Maylis Appetit, kein Wunder bei der Lektüre. Es war auch schon nach ein Uhr. Auf einmal hatte sie Lust, etwas ganz Besonderes zu kochen. Sie sah auf die Uhr. Um Fisch auf dem Fischmarkt zu kaufen, war es zu spät, und alle anderen Geschäfte hatten geschlossen. Das war übrigens noch ein Argument, das gegen den Sonntag sprach. Dann wurde es also nichts mit dem Kochen. Außerdem machte ein einsames Essen keinen Spaß, mochte es noch so gut sein.

Ich könnte Frau Winterkorn und ihren Enkel einladen, schoss es ihr durch den Kopf. Sie verwarf den Plan ebenso schnell, wie sie ihn gefasst hatte.

Sie sah aus dem Fenster, dann zog sie ihre Jacke an und verließ das Haus. Sie kämpfte wie üblich mit dem Fahrradschloss und nahm sich fest vor, gleich am Montag ein neues zu besorgen. Nachdem sie ihr Rad endlich befreit hatte, fuhr sie zuerst an der Außen-, dann an der Binnenalster entlang in die Innenstadt. Auf den Parkwegen spazierten Menschen mit ihren Hunden, viele joggten. Der Jungfernstieg war ausgestorben, wie immer sonntags. Aber einen Ort gab es, an dem garantiert viele Menschen saßen und gute Laune hatten ...

Als sie das Café de Lyon in der Nähe des Gänsemarktes betrat, standen bereits einige Leute im Eingang. Es gab immer wieder Gäste, die die Unverfrorenheit besaßen, sich einfach auf einen vermeintlichen freien Tisch zuzubewegen. Sie wurden sofort von einem der zahlreichen Kellner (Maylis zählte heute zehn) auf ihren Platz verwiesen. Alle Tische waren hier reserviert, neue Gäste hatten zu warten, bis man ihnen einen

Tisch zuwies. Maylis wusste das, dennoch bahnte sie sich einen Weg zwischen den Wartenden hindurch und ging auf den Tresen zu.

»Hallo, Pierre«, sagte sie zu dem Kellner, der hinter dem Tresen stand. »Darf ich?«

Er lächelte ihr zu und machte eine einladende Handbewegung.

Am Tresen, der die eine Längsseite des großen Raumes einnahm, war immer etwas frei. Maylis wählte einen Barhocker ziemlich am Ende, dort, wo die Kellner ihre Getränkebestellungen abholten. Hier ging es oft hektisch zu, wenn es voll war – was fast immer der Fall war. Im Raum herrschte eine lärmende Gemütlichkeit, und es war ziemlich warm. Maylis zog ihre Jacke und auch die Strickjacke aus, das Radfahren hatte sie erhitzt. Dann sah sie sich um. Alle Plätze auf der durchgehenden Lederbank und den kleinen Tischen davor waren besetzt. Das Dekor erinnerte an eine Brasserie in Paris: große Spiegel und Stuckdecke, eine Schiefertafel mit dem Tagesangebot über dem Tresen, in Regalen lagerte das Weinsortiment. Das Café de Lyon wurde von Dorothee Lagarde betrieben, einer Französin, die es vor 20 Jahren nach Hamburg verschlagen hatte. Sie wurde von ihren Freunden Doro genannt, mit Betonung auf dem letzten O.

»Wie immer?« Pierres französischer Akzent tat Maylis unheimlich gut. Dadurch klang es bei ihm wie *immöörr*.

»Wie immer«, antwortete sie. »Und vorher ein Glas Champagner.«

»Den spendier ich dir«, sagte er, als er das Glas vor sie hinstellte. »Dein Entrecôte ist schon in Arbeit.«

Er schob das Glas noch ein bisschen dichter vor sie hin. »Du warst schon sehr lange nicht mehr hier.«

»Hm. Und du weißt trotzdem noch, was ich gern esse.«

»War kein gutes Jahr für dich, stimmt's?«

»Stimmt.«

Er lachte sie an. »Du konntest früher schon maulfaul sein.«

»Das war einer der zahlreichen Gründe, warum Max mich verlassen hat.«

»Er kommt oft her, mit Elena.« Er sah, wie sie hektisch mit den Blicken den großen Saal absuchte, und beruhigte sie. »Nein, keine Sorge, sonntags nie, da spielt er Golf.« Er zögerte. »Jetzt mal ehrlich: Wie geht es dir?«

Maylis schenkte ihm ein strahlendes Lächeln. »Wenn ich euer wunderbares Entrecôte gegessen habe und dazu eine Riesenportion Pommes mit Remoulade, werde ich der glücklichste Mensch der Welt sein.«

Er runzelte die Stirn. »So genau wollte ich das gar nicht wissen.«

Pierre musste sich um einen anderen Gast kümmern, der ihm schon die ganze Zeit ungeduldig Zeichen gab. Maylis nippte an ihrem Champagner und spürte dem herben Prickeln an ihrem Gaumen nach. Manchmal musste es einfach Champagner sein. In dem großen Spiegel, der an der Rückseite der Bar angebracht war, konnte sie zwischen Gläsern, Flaschen und Tassen ihr Gesicht sehen. Ein kleines Dreieck mit zwei ziemlich großen Augen unter einem dunklen Pony. Darunter ein weiteres helles Dreieck: ihr Dekolleté, eingerahmt vom Kragen einer schwarzen Bluse. Keine Schminke, kein Schmuck. »Du hast Augen wie Audrey Hepburn«, hatte Max nach ihrer ersten gemeinsamen Nacht bewundernd zu ihr gesagt.

»Möchtest du einen kleinen Roten zum Fleisch?« Pierre schob sich zwischen sie und ihr Spiegelbild. Er trug einen riesigen Teller mit ihrem Steak drauf. Daumen und Zeigefinger der anderen Hand hielt er parallel zueinander, um die Füllhöhe des Glases anzuzeigen – seine Lieblingsgeste.

Maylis nickte. »Wie findest du eigentlich meine Augen?«

»Sie wecken in jedem Mann spontan das Gefühl, dich beschützen zu müssen.«

»Tatsächlich?«

Ihr Steak war genau richtig, daran hatte sich nichts geändert. Perfekt medium gegart und leicht marmoriert, sodass man es am Gaumen zerdrücken konnte. Während Maylis es in kleinen Stücken aß und zwischendurch mit den Fingern Pommes naschte, die sie in die Mayonnaise tunkte, winkte ihr Doro durch die Durchreiche zur Küche zu. Maylis winkte zurück und schloss die Augen, während sie genießerisch ein weiteres Stück Steak in den Mund schob, um Dorothee zu zeigen, wie gut es ihr schmeckte.

Sie kannte viele der Köche und Kellner noch aus der Zeit, als sie hier gearbeitet hatte. Während des Studiums hatte sie als Aushilfskellnerin angefangen. Das Café de Lyon war ein perfekter Arbeitsplatz für jemanden, der gutes Essen liebte und Französisch sprach, denn hier am Tresen trafen sich die Franzosen, die in Hamburg lebten. Die Trinkgelder waren auch nicht schlecht. Ein paarmal hatte Maylis in der Küche ausgeholfen, wenn ein Koch krank war. Denn dass sie etwas vom Kochen verstand, hatte sich bald herumgesprochen. Aber die Hektik dort hatte ihr nicht gefallen. Für sie war Kochen Meditation, keine Schwerstarbeit im Geschwindigkeitsrausch.

Später war sie manchmal mit Max zum Essen hergekommen. Die Austern von der französischen Atlantikküste waren legendär.

»Schön, dass du dich mal wieder sehen lässt. Brauchst du einen Job?« Doro kam aus ihrer Küche und wischte sich die Hände an ihrer Schürze ab, bevor sie sich etwas schwerfällig über den Tresen beugte, um Maylis je zweimal auf jede Wange zu küssen. Links, rechts, links, rechts, so machte man das hier. »Guck mich nicht so an, ich bin noch dicker geworden im letzten Jahr, aber bei diesem Arbeitsplatz ...« Sie machte eine weit ausholende Bewegung mit den Armen und nahm sich einen der Macarons, die es zum Kaffee gab.

»Kann man wohl sagen«, warf Pierre ein und sah sie mit einem ziemlich frechen Seitenblick an.

»Wie geht es dir?«, fragte Doro, ohne sich auch nur im Geringsten um ihn zu kümmern.

»Oh, sehr, sehr gut. Ich habe sie schon gefragt, und sie hat mir alles erzählt«, antwortete Pierre mit übertrieben aufgekratzter Stimme. »Sie hat mir einen Blumenkohl ans Ohr gequatscht.«

»Geh du mal an deine Arbeit, dahinten sitzen zwei neue Gäste an der Bar, die sehen verdammt durstig aus.« Dorothee nahm sich einen weiteren Keks. Wer es nicht wusste, würde niemals auf die Idee kommen, dass die beiden schon seit Jahren ein Paar waren.

»*Oui, chef*«, sagte Pierre und ging ans andere Ende des Tresens.

Dorothee sah ihm verliebt nach. Die beiden waren ein tolles Paar. »Noch einen Roten? Geht aufs Haus.«

»Nein, danke. Mehr vertrage ich tagsüber nicht.« Maylis wischte den letzten Rest Mayo mit einer Pommes vom Teller. Dann lehnte sie sich zurück. »Vielen Dank für das gute Essen. Und für das Gefühl, willkommen zu sein.«

»Dauert es wieder Jahre, bis du das nächste Mal den Weg zu uns findest?«

Maylis sah sie nachdenklich an und antwortete dann voller Ernst: »Ich hoffe nicht.«

Die rasche Fahrt mit dem Rad nach Hause tat ihr gut. Sie fühlte eine wohlige Sattheit und einen kleinen Schwindel, als sie die Haustür hinter sich schloss. Kein Wunder, wenn sie schon tagsüber Champagner und Rotwein trank. Aber da war noch etwas. Etwas in ihrer Brust fühlte sich leichter an als vorher. Sie musste an das Bild der Ringe denken, die ihr Herz beengten und die einer nach dem anderen gesprengt wurden. Als hätte etwas ihre Seele in leichte Schwingungen versetzt.

Sie legte eine CD von Van Morrison ein, der sie immer in gute Laune versetzte, und holte den Staubsauger. Dann machte sie mit dem Gerät ein paar Tanzschritte durch die Wohnung.

Als sie mit Putzen fertig war, war sie mit sich zufrieden. Sie sah auf die Uhr. Gleich Viertel nach acht. Sie hatte schon lange keinen Sonntag mehr so gut über die Runden gebracht. Sie legte sich aufs Sofa und guckte den *Tatort*. Heute waren Boerne und Thiel aus Münster dran. Das versprach lustig zu werden, und es waren wenigstens keine Kommissarinnen im Spiel, denn bei denen wusste Maylis nie, woran sie war. Irgendwie hatten die alle ein bisschen was von ihr, fand Maylis. Charlotte Sänger war doch mindestens so allein und verschroben-melancholisch wie sie selbst. Nebenbei zog Andrea Sawatzki sich für den *Tatort* viel besser an als im wirklichen Leben. Sah man die Kommissarin mal ausgehen, sich mit Freunden treffen? Nein, jeden Abend saß sie allein zu Hause. Ihr Kollege wohnte im selben Haus, aber mit dem hatte sie meistens Krach. Und Charlotte Lindholm? Diese Beziehung zu ihrem Softie-Martin war doch irgendwie schräg, oder? Immerhin hatte sie ein Kind, aber der Vater war nicht nur weg, sondern auch noch tot. Und Martin musste sich um den Kleinen kümmern, wenn sie nächtelang auf Verbrecherjagd war. Und dann hatte sie noch eine Mutter, die ihr ständig vorschreiben wollte, wie sie zu leben hätte. So eine Mutter hatte Maylis auch. Und was war mit Lena Odenthal? Lebte auch mit ihrem Kollegen zusammen, ohne was mit ihm zu haben. Und Inga Lürsen hatte auch keinen Mann und war bekennende Rabenmutter. Und dann war da noch die aus Leipzig, wie hieß die noch? Eva Saalfeld, genau, die als neuen Kollegen ausgerechnet ihren geschiedenen Mann zugewiesen bekam und nicht wusste, ob sie ihn noch oder wieder wollte oder nicht.

Da war Maylis' eigenes Liebesleben doch völlig normal, oder etwa nicht?

Kapitel 7

Die neue Woche fing gut an. Das schöne Wetter war zurückgekommen. Die Sonne schien und ließ die Blätter der Kastanienbäume in Gelb- und Orangetönen glühen. Die Luft war mild, und Maylis beschloss, es zu wagen, keine Strümpfe zu tragen. Vielleicht war es die letzte Gelegenheit in diesem Jahr.

Mit Torsten Brenner hatte sie leichtes Spiel. Er kam eine gute Stunde später als üblich und gab sich nur halbherzig Mühe, den sportlichen Charmeur zu spielen. Als die schwere Tür zum Hof hinter ihm mit einem Knall zufiel, stöhnte er vor Schmerz auf und griff sich an den Kopf. Er war völlig verkatert. Aber er gehörte zu den Männern, die auch unrasiert und mit scharfen Linien um die Augen immer noch unverschämt gut aussehen. Sehr männlich irgendwie. Er nuschelte ein knappes »Moin«, als er an Maylis vorüberging. Kein Spruch, keine Einladung, kein Kompliment. In diesem Zustand tat er Maylis leid. Hätte sie seine Einladung zu einem Picknick angenommen, würde es ihm heute vielleicht besser gehen. Ohne zu überlegen, bot sie ihm einen Kaffee an. Er drehte sich zu ihr herum, und als sie das hoffnungsvolle Aufblitzen in seinen Augen sah, bereute sie ihre gute Tat sofort.

»Oder müssen Sie gleich weiter?«, fragte sie rasch.

Der Glanz in Torsten Brenners Augen verlosch wieder. »Ich habe heute keine Zeit, vielen Dank. Die anderen Kunden warten.« Schweigend entlud er seinen Wagen und stapelte die Gemüsekisten im Laden auf.

Als er kurze Zeit später aus der Hofeinfahrt auf die Straße fuhr, winkte er Maylis weder zu, noch hupte er. Wahrscheinlich wäre das Geräusch zu schmerzhaft für ihn gewesen.

»Wenn er doch häufiger den guten Eindruck, den er durch sein Aussehen macht, nicht durch sein Geplapper wieder zerstören würde«, sagte Maylis zu Annette, die neben sie getreten war, um Torsten Brenner ebenfalls nachzusehen.

»Du bist einfach zu kritisch«, entgegnete die. »Wie war dein Wochenende?«

»Schön.«

»Tatsächlich?«

»Glaubst du mir nicht?«

»Doch, klar. Du hast ja nur schöne Wochenenden.«

»Und dazu noch nette Kolleginnen.«

»Meine Güte, da kommen Frau Becker und Hannibal.« Annette stieß sie in die Seite und streckte den Finger aus: »Guck mal!«

Beide sahen fassungslos zu, wie Hilde Becker ihren Hannibal vor der Ladentür umständlich aus seinem Körbchen befreite. Sie konnten die würgenden Geräusche des Hundes deutlich hören, während Frau Becker beruhigend auf ihn einredete.

»Lass es raus, mein Hannibal, das passiert jedem mal«, sagte sie zu ihm. Wieder musste Maylis ihre Stimmmodulation bewundern. Sie flötete sanft und vermied jedes scharfe S oder T.

Dass der Hund direkt vor den Eingang kotzte, war schlimm genug, aber wirklich entsetzt waren Maylis und Annette über sein Aussehen. Sie hatten Hannibal bisher immer nur in seinem Körbchen gesehen, aber jetzt starrten sie auf einen dieser Hunde, die wie eine stramm aufgerollte Yogamatte auf vier sehr dünnen, sehr kurzen und sehr verwachsenen Stöckchen aussehen. Vorn an der Yogamatte klebte ein spitzes Schnäuzchen mit zwei Ohren dran, das sie bereits kannten. Hannibal ließ inzwischen ein keuchendes Geräusch hören. Sein Fell war dunkel gefleckt, und stellenweise zeigten sich kreisrunde kahle Stellen. Als würde man von oben auf eine Gruppe Mönche mit Tonsuren heruntersehen, die die Köpfe zusammensteckten.

»Mein Gott, der arme Hund«, entfuhr es Maylis.

»Hunde haben, glaube ich, ein anderes Schönheitsideal wie wir Menschen«, versuchte Annette sie zu trösten.

»Als wir Menschen«, war alles, was Maylis dazu einfiel.

»Glaubst du, dass er deshalb immer in diesem Korb sitzen muss, weil sie nicht will, dass man ihn so sieht?«

»Ich bin sicher, Frau Becker findet ihren Hannibal wunderschön. So schön, dass sie ihm gleich ein Stück getrüffelte Leberpastete spendieren wird.«

»Sie und Frau Burfeind kennen sich doch von früher. Ich dachte immer, sie seien befreundet. Warum kommt Frau Becker dann eigentlich immer vormittags, wo Frau Burfeind doch nachmittags arbeitet?«

Maylis sah Annette grinsend an. »Vielleicht sucht sie am Nachmittag einen anderen Laden heim?«

Annette prustete los, bis das geschnarrte »Guttten Morrrgen« von Frau Becker sie zur Räson brachte.

Maylis flüchtete sich in die Gemüseecke, wo die Stiegen von Torsten Brenner noch ausgepackt werden mussten.

»Möchtest du Mortadella oder lieber gekochten Schinken, mein Schatz?« Die Mutter fragte ihren Sohn jetzt schon zum dritten Mal, obwohl der höchstens fünf war und es ihm offensichtlich komplett einerlei war. Er versuchte, die Aufmerksamkeit seiner Mutter stattdessen auf einen Ständer mit Lollis in Herzform zu lenken, der auf dem Tresen für Backwaren stand. Ein roter mit gelben Vanillestreifen hatte es ihm angetan. Aber sie hörte ihn gar nicht.

»August-Alexander mag nur würzigen Käse. Nicht das, was einem die Verkäuferinnen immer als Kinderkäse andrehen wollen.«

Annette schien nicht zu wissen, was sie antworten sollte.

Geduldig hörte sie sich an, wie sich August-Alexanders Mutter über den Genießergaumen ihres Sohnes ausließ.

Maylis dachte währenddessen über Sinn und Unsinn von Doppelnamen nach. Viele Menschen mussten glauben, Namen wie Hans oder Jan würden irgendwie nach nichts klingen, so als wären Hans oder Jan nicht da, wenn sie nicht noch einen anderen Namen angehängt bekämen, jedenfalls nicht richtig. Um August-Alexander zu rufen, brauchte es schon ein bisschen Zeit, da musste man sich schon bemühen. Hinter so einem Namen konnte nur eine Persönlichkeit stecken.

Die Mutter des Jungen berichtete Annette gerade, dass ihr Sohn lieber schwarze Oliven in Kräutern der Provence aß als grüne. Maylis nutzte einen unbeobachteten Moment und winkte den Kleinen zu sich. Einen Lolli durfte sie ihm nicht einfach geben, da hatte sie schon ganz böse Erfahrungen mit erbosten Eltern gemacht, die nicht wollten, dass ihre Kinder Süßes aßen. Aber gegen eine Kastanie, glänzend dunkelbraun, konnte niemand etwas haben. Oder konnte man mit einer Kastanie einen teuren Geländewagen verwüsten, der in zweiter Reihe direkt vor dem Laden parkte?

Für Skrupel war es jetzt zu spät, denn August-Alexander nahm die Kastanie und ließ sie in seiner Hosentasche verschwinden.

»Ich habe auch eine Kastanie, die man essen kann«, sagte Maylis und hielt ihm eine Laugenkastanie hin. August-Alexander strahlte.

Gegen Mittag kam der Chef und wollte sie sprechen. Mit einem leicht unguten Gefühl folgte ihm Maylis nach hinten ins Büro.

Wilhelm Radke war kein schöner Mann, eher Durchschnitt. Er war schwer, fast grobschlächtig, ein Eindruck, der durch die dunklen Haare, die er mit Gel aus der Stirn kämmte, und eine dunkle Brille mit dickem Gestell noch verstärkt wurde. Aber er zog sich sorgfältig an, das hatte er schon immer getan. In letzter Zeit wurde er manchmal geradezu kühn, was seine Garderobe anging. Heute trug er ein hellblaues Hemd mit weißem Kragen. Radke war der einzige Mann, bei dem Maylis Hemden mit weißen Kragen ertragen konnte. Zu ihm passten sie irgendwie, der Kragen hatte so etwas Unschuldiges, genau wie Radke. Darüber trug er einen edlen dunkelblauen Pulli. Früher waren es oft Pullover in gedeckten Farben und mit Fantasiemustern gewesen. Keine Ahnung, wo man die heute noch bekam. Maylis tippte, dass seine Mutter die für ihn besorgt hatte. Darüber zog er einen Kittel in dem Beige, aus dem auch die Schürzen waren, die die Frauen im Laden trugen. »Leberwurstbraun« hatte die Farbe mal jemand genannt. Maylis hatte das übertrieben gefunden. Den beigen Kittel zog der Chef nur aus, wenn er den Laden verließ. Wilhelm Radke hatte eine sehr große Nase, und sein Haar begann am Hinterkopf schütter zu werden. Er war ein harter Verhandlungspartner, wenn es um sein Geschäft ging, aber er konnte charmant und großzügig sein, und sein Erfolg als Geschäftsmann machte ihn für viele Frauen bestimmt anziehend.

»Sie werden gemerkt haben, dass ich in der letzten Zeit oft weg war«, begann er das Gespräch, nachdem Maylis ihm gegenüber Platz genommen hatte.

»Das macht nichts, Sie wissen doch, dass wir auch ohne Sie gut zurechtkommen«, sagte Maylis, ohne groß zu überlegen. Dann fiel ihr ein, dass er das falsch verstehen könnte.

Er sah sie scharf an, doch dann entspannte er sich wieder.

»Das weiß ich. Ich werde aber auch in der nächsten Zeit häufiger aus dem Haus sein ...«

»Oh«, machte Maylis.

»... und da möchte ich, dass sich hier ein paar Dinge ändern.«

»Aber der Laden ...«

»Der Laden bleibt selbstverständlich. Da müssen Sie und Ihre Kolleginnen sich überhaupt keine Sorgen machen. Wir sind schließlich ein alteingesessenes Geschäft mit fünfzigjähriger Tradition. Bei uns haben schon Berühmtheiten eingekauft.« Er beugte sich nach vorn und legte die Ellbogen auf den Tisch. Fast glaubte Maylis, er würde ihre Hand nehmen. »Sehen Sie, Frau Klinger, ich habe mein ganzes Leben in diesem Geschäft verbracht. Im letzten Jahr bin ich fünfzig geworden, und ich kann mich an kaum einen Tag erinnern, an dem ich nicht hier hinter dem Tresen gestanden habe.« Er räusperte sich und lehnte sich zurück, um die Arme vor der Brust zu verschränken. Seine Stimme wurde fest. »Aber jetzt ist der Zeitpunkt gekommen, an dem ich auch mal an mich denken muss. Es gibt im Leben eines Mannes schließlich Dinge, die nichts mit seinem Beruf zu tun haben.«

Er betrachtete seine Fingernägel und suchte nach Worten, und Maylis musste plötzlich an die Frau im schmalen Mantel denken.

»Ich möchte in Zukunft am Freitag und am Sonnabend zu Hause bleiben, wann immer es möglich ist. Wenn natürlich Sie oder Ihre Kolleginnen krank sind oder Urlaub haben, werde ich einspringen, aber generell wird das die neue Vorgehensweise sein. Auch in meinem Privatleben wird sich etwas ändern. Ich werde nämlich demnächst heiraten.« Er sah sie mit einer Mischung aus Verlegenheit und Stolz an.

»Herzlichen Glückwunsch! Ich freue mich für Sie.« Mehr fiel Maylis im Moment nicht ein, aber es kam von Herzen.

»Bitte behalten Sie das noch für sich. Meine Mutter weiß noch nichts davon. Sie wird nicht besonders begeistert sein, fürchte ich. In meinem Alter ...«

»Für die Liebe ist es nie zu spät«, sagte Maylis.

»Ich habe Sie aber nicht nur deshalb um dieses Gespräch

gebeten, um Ihnen zu sagen, dass ich heiraten werde. Ich möchte Sie bitten, sich Gedanken zu machen, wie wir Feinkost Radke fit für die Zukunft machen könnten.« Er schwieg einen Moment, um Maylis Gelegenheit zu geben, ihre Überraschung zu verdauen. »Ich weiß, dass Sie da einige Ideen im Kopf haben. Und dann denken Sie bitte auch einmal darüber nach, ob Sie sich vorstellen könnten, das Geschäft zu übernehmen, noch nicht jetzt gleich, versteht sich, aber später. Ich werde ja auch nicht jünger.« Er stand auf. »Das war's für heute. Lassen Sie sich das alles durch den Kopf gehen, denken Sie in Ruhe darüber nach. Ich bin für den Rest des Tages unterwegs. Falls meine Mutter anruft, sagen Sie ihr, ich sei zu einer Weinprobe.« In der Tür drehte er sich noch einmal um. »Frau Klinger, ich verlasse mich darauf, dass Sie dieses Gespräch vertraulich behandeln.«

»Das ist doch selbstverständlich«, sagte Maylis. Als sie auf die Uhr sah, stellte sie fest, dass es gerade mal eins war. Der Chef ging heute noch früher als sonst, und vorher hatte er noch schnell eine Bombe platzen lassen.

Für den Rest des Tages war Maylis so unkonzentriert, dass Frau Burfeind allen Grund hatte, ihr missbilligende Blicke zuzuwerfen. Wenn du wüsstest, was ich weiß, dachte sie, als Frau Burfeind sich beschwerte, weil sie Rosinenbrötchen mit Appenzeller belegte. Seufzend nahm sie die Käsescheiben wieder von dem Brötchen und legte sie auf die Körnerecken.

Wenn wenigstens Annette da wäre, mit der könnte sie reden, aber so kreisten ihre Gedanken in ihrem Kopf, während sie Butter auf Mohnbrötchen schmierte und diese mit Käse und Salat belegte. Gegen vier Uhr kamen viele Leute auf einen Kaffee vorbei, und viele nahmen gern einen Snack dazu.

Natürlich hatte sie manchmal herumgesponnen, was man mit einem Laden wie Feinkost Radke, in bester Eppendorfer Lage und im Besitz der Eigentümer, alles anstellen könnte. Ein

Bistro, ein familiäres Restaurant, eine dieser neuen Suppenküchen, in denen man günstig und gut zu Mittag essen konnte, eine Weinstube ... bloß nicht noch ein Coffeeshop, das war klar.

Sie und der Chef hatten im letzten Jahr bereits damit angefangen, das Sortiment vorsichtig zu verändern. Die alten Kunden, die von Anfang an dabei gewesen waren, starben weg, so war das leider, und die neuen Kunden – junge Familien und Singles – wollten andere Sachen, internationale Produkte, Biowaren und so weiter.

Und wie gern würde Maylis Zeitschriften und ausgewählte Bücher ins Sortiment nehmen.

Dann könnte ich sofort mein Abo der Süddeutschen kündigen, dachte sie grimmig. Die Zeitung war auch heute wieder nicht im Briefkasten gewesen.

Und wie wäre es mit Dichterlesungen? Oh, nein, dann würde sie Oskar Polker einladen müssen! Aber Kochkurse konnte sie sich gut vorstellen. Was hätte sie alles für Möglichkeiten, wenn ihr der Laden gehören würde!

Aber dazu würde es ohnehin nicht kommen. Wovon sollte sie das bezahlen? Radke würde ihr den Laden ja wohl kaum schenken. Und eine Erbschaft hatte sie nicht zu erwarten. Da würde es wohl eher andersherum kommen: Sie würde die Rente ihrer Mutter aufbessern ...

Eine Hand wedelte vor ihrem Gesicht herum, und Frau Burfeind sagte von der Seite einmal scharf ihren Namen.

Als Maylis zu sich kam, stand Monsieur Coq au Vin vor ihr. Es war seine Hand, die vor ihrem Gesicht winkte.

»Hallo?«, fragte er.

Maylis hielt immer noch das Buttermesser in der Hand.

»Hallo«, gab sie zurück.

»Machen Sie mir ein Brötchen mit Käse, bitte?«

»Natürlich. Entschuldigung, ich war in Gedanken. Rosinenbrötchen mit Appenzeller?«

Frau Burfeind starrte sie mit offenem Mund an. Das werde ich dem Chef erzählen, sagten ihre Augen.

Der Enkel von Frau Winterkorn bemerkte den Blick. Mit einem unwiderstehlichen Lächeln sagte er: »Ich vertraue Ihrem Geschmack vollkommen. Die Käseauswahl, die Sie mir empfohlen hatten, war erstklassig. Wenn Sie sagen, Rosinenbrötchen mit Appenzeller muss man gegessen haben, dann nehme ich gleich zwei Hälften.« Er zwinkerte ihr zu.

Maylis lächelte. »Sagen Sie mir einfach, was Sie haben möchten.«

»Sie sind witzig«, sagte er.

»Danke, das wusste ich noch nicht. Ist das gut oder schlecht?«

»Sie machen komische Sachen. Sie frühstücken zum Beispiel in einem altmodischen Bademantel auf dem Balkon, obwohl es zu kalt ist.«

Frau Burfeinds Kopf schnellte herum.

»Ich habe eine alte Ausgabe mit Märchen, noch von meiner Großmutter. Das Schneewittchen darin sieht aus wie Sie.«

»So alt fühle ich mich noch gar nicht.«

Er lachte. »Ich glaube, mit Ihnen kann man Spaß haben.«

»Glaub ich eher nicht«, entgegnete Maylis so trocken, wie sie konnte. »Kommen wir zum Geschäft. Mohnbrötchen mit Appenzeller? Sind gerade frisch geschmiert.«

Er ließ sich die Brötchen einpacken. »Und dann bitte noch eins von den Zitronentörtchen. Für meine Oma«, sagte er.

»Die mit dem Märchenbuch?«

»Sie wissen doch, wer meine Großmutter ist. Sie kennt Sie jedenfalls, hat sie mir erzählt. Sie hat gesagt, Sie würden ihr ab und zu Schokolade mitbringen. Das ist nett von Ihnen.«

Na gut, genug der Spielchen, dachte Maylis. »Dann können wir uns ja auch vorstellen – wo wir doch quasi Nachbarn sind. Ich heiße Maylis Klinger.« Sie reichte ihm die Hand über den Kassentresen hinweg.

Er fasste sich an den Kopf. »Und ich bin ein Idiot ...«
»Ungewöhnlicher Name.«
Lachfältchen zeigten sich um seine Augen herum. »Meine Güte, haben Sie eine scharfe Zunge! Jetzt aber in vollem Ernst: Mein Name ist Paul Abendland, und ich freue mich aufrichtig, Sie kennenzulernen.«
»Der Name ist auch nicht schlecht«, antwortete Maylis und strahlte ihn an. »Grüßen Sie Ihre Oma von mir.«
»Mach ich.« Ein letztes Lächeln, dann war er aus der Tür.

Nach Feierabend fuhr Maylis zum Fahrradhändler in der Breitenfelder Straße, um endlich ein neues Schloss zu kaufen. Sie bemühte sich umsonst, ihr Rad anzuschließen. Jetzt war das Schloss offenbar komplett hinüber. Ein Verkäufer sah sie und kam auf sie zu.
»Neues Schloss gefällig?«
Maylis, die immer noch an ihrem Rad herumzerrte, sah zu ihm auf. »Bitte.«
»Sie sollten das Rad überholen lassen. So ein schönes Modell muss man pflegen. Ich wette, Ihr Licht geht nicht. Die gehen immer über den Sommer kaputt, und auf einmal ist es abends dunkel.« Er ging um das Rad herum. »Darf ich? Wow, was haben Sie denn da? Das ist ja eine Rarität.«
»Es ist fünfundzwanzig Jahre alt.«
»Das haben Sie aber nicht in Deutschland gekauft.«
»Nein, in Frankreich.« Das Rad hatte ihrem Vater gehört. Sie sah ihn damit in halsbrecherischer Fahrt die Route des Crêtes an der Küste hinunterrasen. Er hatte es ihr in dem Jahr ihres zwanzigsten Geburtstags geschenkt, weil er wusste, wie sehr sie dieses Rad liebte. Als sie zurück nach Deutschland gefahren war, hatten sie es gemeinsam auseinandergenommen, um es in ihren Golf zu quetschen. Der Rahmen war in den

französischen Nationalfarben Blau, Weiß, Rot gestrichen, das gekrönte M für Motobécane prangte auf der Mittelstange.

»Ich fass es nicht, ein Original-Motobécane! Die Firma gibt es schon lange nicht mehr, wussten Sie das? Sind von den Japanern aufgekauft worden.« Er machte, was alle machen, wenn sie ein Fahrrad prüfen, Vorderrad anheben und Rad laufen lassen, Bremse drücken, die Schaltung begutachten, auf die Reifen drücken, ein besorgtes Gesicht aufsetzen.

»Sie haben da ein Sammlerstück. Noch ein Grund, es zu pflegen.«

»Erst mal brauche ich ein funktionierendes Schloss.«

»Sollen Sie haben.«

Innerhalb von zwei Minuten war er mit einem schwarz glänzenden Teil zurück, das mindestens drei Kilo wog und zwanzig Euro kosten sollte.

»Das ist doppelt so dick wie mein altes«, beschwerte sich Maylis.

»Ich habe Ihnen doch gesagt, dass Ihr Rad was Besonderes ist. Wundert mich, dass es bisher noch keiner geklaut hat. Steht es etwa über Nacht draußen?« Wieder ging er um das Rad herum und setzte sich probehalber drauf. »Mann, der Originalsattel«, stöhnte er.

»Okay, ich nehme das Schloss.«

»Ich habe gleich Feierabend«, sagte er und lächelte sie an.

Sie brauchte einen Moment, um zu begreifen, was er damit meinte. Dann lachte sie auf. »Nein danke. Ich muss los.«

»Schade. Aber dann bringen Sie mir wenigstens das Rad, damit ich es winterfest mache.«

Maylis bezahlte und fuhr dann, so schnell sie konnte, durch die milde Abendluft nach Hause. Sie hatte plötzlich eine unbändige Lust, sich zu bewegen. Gegen ihren Willen musste sie lachen. Der hatte sie doch tatsächlich angebaggert. Das war ihr schon seit Ewigkeiten nicht mehr passiert. Und er hatte ganz passabel ausgesehen. Aber sie war sich nicht sicher, ob er sich nicht doch mehr für ihr Fahrrad als für ihre Person interessiert hatte ...

Als sie in ihre Straße einbog und nur noch wenige Häuser von ihrem eigenen entfernt war, hatte sie eine Begegnung der dritten Art. Auf dem Fußweg kniete (in der Fat-Burner-Stunde im Fitnessstudio nannte die Trainerin diese Haltung Vierfüßlerstand) eine kopflose Gestalt vor einem Wohnmobil. Der Kopf steckte im Inneren des Fahrzeugs. Der Rest des Körpers, gekleidet in ausgeblichene Jogginghose und Adiletten, kniete auf einem quietschgelben Badezimmervorleger. Maylis sprang vom Rad, um sich die Gestalt näher anzusehen. Dann erschien plötzlich der Kopf, der zu dem Körper gehörte. Es war Herr Kunckel, der ihr einen guten Abend wünschte. Stolz wies er auf sein Hymermobil. »Fast neu. Und ganz günstig erstanden. Ich bin gerade dabei, mich mit dem Gefährt vertraut zu machen.« Er nickte ihr zu, dann steckte er seinen Kopf wieder in die Ladeluke.

Als sie die Treppe zu ihrer Wohnung hinaufging und an der Wohnung von Frau Winterkorn vorbeikam, hatte sie kurz die Hoffnung, Paul Abendland zu treffen. Wäre doch nett, wenn er ausgerechnet in diesem Moment aus der Tür treten würde. Sie würden sich unterhalten, und er würde sie spontan zu einem Glas Wein einladen. Sie blieb einen Augenblick stehen und lauschte, aber hinter der Tür blieb alles still.

In ihrer Wohnung machte sie sich eine Flasche Weißwein auf, weil sie nachdenken wollte. Das Gespräch mit Wilhelm Radke klang noch in ihr nach. Die Idee, Feinkost Radke eines Tages zu übernehmen, war beim Licht ihrer Küchenlampe betrachtet zu schön, um wahr zu sein, und gleichzeitig natürlich absoluter Blödsinn. Mal ganz abgesehen von dem Kapital, das sie nicht hatte. Aber wollte sie sich wirklich an einen Laden binden? Man übernahm ja nicht mal eben ein Traditionsgeschäft und machte es dann ein Jahr später wieder zu. So etwas machte man nicht. Feinkost Radke war eine Institution im Viertel, der Laden war wichtig für viele Menschen. Diese Verantwortung war Maylis zu groß. Obwohl sie die Vorstellung eines eigenen Geschäfts sehr reizte. Aber sie hatte keine Ahnung, wie ihre Zukunft in, sagen wir mal, fünf oder zehn oder zwanzig Jahren aussehen würde. Als sie noch mit Max zusammen gewesen war, war das anders gewesen. Sie hatte immer gedacht, eines Tages Kinder mit ihm zu haben, sie wären einfach eine Familie, und alles wäre gut gewesen. Aber in ihrer jetzigen Situation? Das Angebot von Wilhelm Radke war überaus verlockend und regte zum Träumen an. Aber mehr als ein Traum würde es nie werden. Immerhin stand sie ganz allein vor allen Entscheidungen.

Sie steckte den Korken wieder auf die Flasche und stellte sie zurück in den Kühlschrank. Sie würde erst mal zum Sport gehen, dabei konnte sie immer sehr gut nachdenken. Wenn sie sich beeilte, würde sie gerade noch rechtzeitig kommen.

Kapitel 8

Die Süddeutsche fehlte. Schon wieder. Maylis erwartete es inzwischen schon gar nicht mehr anders. Aber heute war sie vorbereitet. Sie hatte einen Zettel geschrieben und ein Stück Tesafilm auf ihren Handrücken geklebt. Jetzt zog sie ihn ab und befestigte ihre Notiz an ihrem Briefkasten.

Herzlichen Glückwunsch. Sie haben einen ausgezeichneten Geschmack, was Ihre Lektüre angeht. Nur leider habe ich diese Zeitung abonniert. Es ist MEINE! Wenn Sie tatsächlich so arm sind, dass Sie sich keine eigene leisten können, dann nehmen Sie mein Exemplar als gern gegebene tägliche Spende. (Obwohl Sie sie nach der Lektüre wieder zurücklegen könnten!) Wenn Sie sich eine eigene Zeitung kaufen könnten und nur zu geizig sind, dann sollen Sie an Bleivergiftung sterben!

Hochzufrieden las sie den Zettel noch einmal durch. Klar, Zeitungen wurden schon lange nicht mehr im Bleidruck hergestellt, aber es klang irgendwie dramatischer. Sie bugsierte ihr Rad vom Hof durch die Tür ins Treppenhaus. Sie hatte es am Vorabend in den Fahrradschuppen gebracht. Wenn sie nun schon mal ein besonderes Rad besaß … Dann machte sie sich auf den Weg ins Geschäft.

Der Chef erschien um kurz nach elf, um zu sehen, ob alles in Ordnung war, dann ging er wieder. Vor dem Laden wartete seine Freundin auf ihn. Annette machte große Augen, als sie sah, wie er ihre Hand nahm und sie auf den Mund küsste.

»Donnerwetter. Hast du das gesehen?«, fragte sie atemlos.

»Hmm«, machte Maylis.

»Die gehen Hand in Hand! Auf der Straße! Wo sie alle sehen können!« Sie sah den beiden nach, wie sie um die Ecke in den Hof bogen, wo sein Auto parkte. Sie holte Luft, um etwas zu sagen, doch in dem Augenblick betrat eine Kundin den Laden. Teuer gekleidet und in einer Parfumwolke, gegen die sogar der alte Munster nicht anstinken konnte.

Als sie den Laden wieder verlassen hatte, machte Maylis die Tür zum Lager und die zum Hof auf, Annette die Tür zur Straße.

»Dafür braucht die einen Waffenschein!«, sagte Maylis.

Annette reagierte nicht darauf. »Du wusstest Bescheid, stimmt's? Nun sag schon!« Ihre Stimme klang gereizt.

»Er will sie heiraten. Er hat es mir gestern gesagt. Aber ich soll nicht darüber reden. Wenn seine Mutter das erfährt, gibt es eine mittlere Katastrophe. Und kein Wort zu Frau Burfeind!«

Annettes Ärger darüber, dass Maylis Bescheid gewusst hatte und sie nicht, war schon wieder verpufft. »Er hat es verdient, finde ich. Er war immer ein netter Chef«, sagte sie versonnen und faltete ihre Hände wie zum Gebet.

Maylis, die nahe der Tür zum Lager stand, um aufzupassen, dass niemand über den Hof von hinten den Laden betrat, drehte sich zu ihrer Kollegin um. »Trotzdem: Er ist nicht mehr der Jüngste und weder besonders gut aussehend noch sexy. Wie in Gottes Namen hat er es geschafft, eine Frau kennenzulernen und sich zu verlieben? Und sie dazu zu bringen, sich in ihn zu verlieben? Wie machen die Leute das?«

Annette zuckte mit den Schultern. »Du wirst es nicht glauben, aber sie gehen dahin, wo andere Menschen sind. Sie sind bereit, sich mit ihnen zu unterhalten, nett zu ihnen zu sein. Sie interessieren sich für sie, fragen sie, was sie so machen und solche Dinge. Auf diese Weise lernen Menschen sich kennen, und wenn sie Glück haben, sind sie sich sympathisch und verlieben sich ineinander. Und außerdem ist Radke um die fünfzig. Auch nur zehn Jahre älter als du.«

Maylis setzte zu einer Antwort an, da erschien – tock, tock, tock – Oskar Polker in der Tür.

»Wonach riecht es denn hier?«, fragte er missbilligend. »Ist der Chef nicht da?«

Maylis schloss die Tür hinter sich und ging ins Büro. Sollte Annette ihm doch Wein für sein Abendessen mit dem Papst aussuchen. So viel wie er verstand sie auch davon.

Annettes letzte Bemerkung hatte sie getroffen. Na gut, sie wurde im nächsten März vierzig. Aber vierzig war nicht fünfzig, oder? Außerdem hatte sie erst gestern die Einladung eines attraktiven Mannes ausgeschlagen. Und Paul Abendland hatte sie mit Schneewittchen verglichen. Maylis stand auf, um einen Blick in den Spiegel neben der Tür zu werfen. Sollte sie wirklich eines Tages ihr Leben ändern, könnte sie damit beginnen, sich mal wieder die Wimpern zu tuschen.

Gegen Mittag kam Charlotte Rossmann. »Ich wollte mich nur für den schönen Abend bedanken«, sagte sie und wusste dann nicht weiter. »Ich habe gerade Mittagspause.«

»Ich auch«, antwortete Maylis spontan.

»Darf ich mich revanchieren und dich einladen? Es gibt ein indisches Bistro hier um die Ecke, die kochen vegetarisch.«

Maylis sah fragend zu Annette hinüber. Eigentlich sollten immer zwei Verkäuferinnen anwesend sein, und der Chef war ja wieder mal nicht da, und Frau Burfeind würde erst in einer Stunde kommen.

Annette hob die Arme und machte eine Bewegung, als würde sie Maylis aus dem Laden scheuchen. »Ist doch nichts los heute. Ich komme auch allein klar.«

»Okay, ich bin in spätestens einer Stunde zurück. Schaffen wir das?«, fragte sie Charlotte.

Die nickte.

Kurz darauf stellte der Kellner im Tassajara eine duftende Auberginen-Zucchini-Moussaka auf den Tisch, die mit Ziegenkäse überbacken war. Die Kruste war perfekt gebräunt. Maylis lief schon beim Anblick das Wasser im Mund zusammen, und als sie die leichte Meerrettichsoße mit Zitronennote probierte, die das Gericht umspielte, wusste sie, dass sie dank Charlotte ein neues Lieblingsrestaurant entdeckt hatte.

»Das schmeckt göttlich«, seufzte sie und nahm eine weitere Gabelspitze der Soße. »Wie war es im Büro?«, fragte sie dann.

»Es ist einfach furchtbar, ihn jeden Tag zu sehen und mit ihm reden zu müssen, als wäre nichts gewesen. Er ist völlig kalt mir gegenüber. Ich verstehe nicht, wie ich mich in den Mann verlieben konnte. Aber ich habe zum Ende des Jahres gekündigt. Ich habe mir alles ausgerechnet. Mit meinem Resturlaub muss ich nur noch knappe vier Wochen hingehen.«

»Wenn du es nicht mehr aushältst, kannst du dich immer noch krankschreiben lassen.«

Charlotte nickte. »Ich muss mir einen neuen Job suchen.«

»Wie lange lief das zwischen euch?«, fragte Maylis vorsichtig.

»Seit drei Jahren. Ich war kaum in der Firma, da fing er an, mich anzubaggern. Und ich Idiotin bin drauf reingefallen. Meine Freunde haben mich gewarnt, man fange nichts mit seinem Chef an, aber ich wusste es ja besser. Darüber ist sogar eine Freundschaft in die Brüche gegangen.«

»Das kenne ich. Wir sind offensichtlich zwei einsame Seelen, die viel gemeinsam haben.«

»Deshalb hat mir der Abend mit dir auch so gutgetan.«

Maylis sah sie an. »Ich bin gerade dabei, mich aus dieser Einsamkeit herauszuwinden. Ich kann selbst nicht genau sagen, woran es liegt, aber ich fühle, dass ich mich wieder mehr öffnen muss. Ein Jahr Trauer ist genug. Ich will nicht verbittern, dafür bin ich zu jung.«

»Nimmst du mich mit?«, fragte Charlotte mit einem schüchternen Lächeln. »Ich weiß, wir kennen uns kaum, und ich will dir auf keinen Fall auf die Nerven gehen, aber ich habe das Gefühl, wir tun uns gut.« Sie verstummte. »Entschuldigung, das war jetzt bestimmt zu viel.«

Maylis nahm den letzten Bissen und lächelte mit hochgezogenen Augenbrauen. »Was glaubst du, wie lange es her ist, dass ich meine Mittagspause nicht mutterseelenallein hinter meinem Schreibtisch verbracht habe? Das habe ich dir zu verdanken.«

Charlotte reichte ihr über den Tisch hinweg die Hand. »Abgemacht?«

»Abgemacht.«

Auf dem Weg zurück ins Geschäft musste sie sich beeilen. Sie war noch zwei Straßen entfernt, als sie abrupt stehen blieb. Vor einem Hauseingang standen Frau Burfeind und Madame Rosa und unterhielten sich. An der Art ihres Umgangs sah man, dass die beiden sich gut kannten. Aber nicht aus dem Laden, denn solange Maylis bei Feinkost Radke arbeitete, war Madame Rosa nie zu einem anderen Zeitpunkt als Mittwochvormittag gekommen, und Frau Burfeind arbeitete seit Jahren ausschließlich nachmittags.

Jetzt winkten sie sich zum Abschied zu, und Frau Burfeind setzte ihren Weg fort. Maylis beschleunigte ihren Schritt, um sie einzuholen.

»Guten Tag«, sagte sie, als sie auf gleicher Höhe mit ihr war.

Frau Burfeind sah sie überrascht an. »Waren Sie heute aushäusig für die Mittagspause?«

»Ja, ich hatte etwas zu erledigen.«

Schweigend gingen sie nebeneinanderher.

»Darf ich Sie etwas fragen?«, begann Maylis.

»Was denn?« Sehr freundlich klang das nicht, aber Frau Burfeind blieb immerhin stehen. Sie gehörte zu den Menschen, die, wenn sie älter werden, stehen bleiben müssen, wenn es wichtig wird.

»Sie haben da eben mit Madame Rosa ...« Frau Burfeind runzelte verständnislos die Stirn. »... ich meine, mit der Dame ganz in Rosa gesprochen. Ich kenne sie, weil sie jeden Mittwochvormittag ins Geschäft kommt und ziemlich viele Lebensmittel und Wein einkauft. Ich bin neugierig und würde so gern wissen, warum sie das tut und wer sie ist.«

Frau Burfeind guckte jetzt gar nicht mehr böse. Sie lächelte sogar. »Sie kennen Helga Hansen nicht?«

»Heißt sie so?«

Frau Burfeind nickte feierlich. »Sie ist Schauspielerin. Früher, kurz nach dem Krieg, gehörte sie zum Ensemble des Schauspielhauses. Sie war berühmt und hat alle großen Rollen gespielt. Vor, wann war das ...« Sie tippte sich mit dem Zeigefinger an die Lippen, während sie nachrechnete. »Ja, das muss zwanzig Jahre her sein, da hatte sie einen Autounfall. Ihr Mann und ihre Tochter kamen dabei ums Leben. Seitdem hat sie nie wieder auf der Bühne gestanden. Schrecklich muss das für sie gewesen sein.«

»Und woher kennen Sie sie?«

»Na, hören Sie mal! Helga Hansen kommt schon zu Feinkost Radke, seitdem es das Geschäft gibt. Und ich war schließlich von Anfang an dabei, also, fast ... Sie wohnt in dem Haus, vor dem Sie sie eben gesehen haben. Ich war mal bei ihr eingeladen. Die Wohnung ist das reinste Museum. Überall Fotos, Spielpläne, Plakate ...«

»Hat sie denn wieder geheiratet? Ich meine, weil sie so viel einkauft. Jedenfalls zu viel für eine Person.«

»Nein, geheiratet hat sie nicht. Sie lebt allein, aber sie veranstaltet einmal die Woche einen Abend für junge Kollegen, eine Art Salon. Dort werden kleine Szenen gespielt, geprobt, vorgesprochen, was Schauspieler eben so machen.«

»Das ist aber interessant!« Ein Salon. Wie altmodisch und wie romantisch. Das passte zu Madame Rosa beziehungsweise zu Helga Hansen.

Sie waren vor dem Geschäft angekommen. Maylis wollte mit Rücksicht auf Frau Burfeind am Eingang vorbeigehen und durch den Torweg über den Hof. Aber Frau Burfeind hielt sie am Arm zurück.

»Ist doch egal«, sagte sie und betrat das Geschäft wie alle anderen durch den Straßeneingang. »Wo ich doch heute auch zu spät bin. Das ist mir noch nie passiert. Aber ich kann eine alte Kundin ja schlecht auf der Straße stehen lassen. Das ist ja auch eine Art Dienst, nicht wahr?«

»Also, Frau Burfeind!«, rief Maylis aus und brauchte einen Moment, ehe sie ihrer Kollegin folgte, die trotz ihrer Gesundheitsschuhe leichtfüßig über die Schwelle schritt.

Annette Fitz starrte sie an, als habe sie eine Erscheinung, und kleckerte das Basilikumpesto neben das Schälchen.

Bevor sie Feierabend machte, kam sie bei Maylis im Büro vorbei.

»Was ist hier eigentlich los? Der Chef ist kaum noch da und will heiraten, du spazierst mit Frau Burfeind durch die Vordertür ...«

»Du hast etwas vergessen. Madame Rosa heißt richtig Helga Hansen und war mal Schauspielerin.«

»Woher weißt du das schon wieder?«

»Von Frau Burfeind.«

»Ist das jetzt deine neue Freundin?«

»Heute war sie mal richtig nett.«

Annette sah auf ihre Uhr. »Egal, ich muss jetzt los. Hainer wartet. Bis morgen.« Damit war sie weg, und Maylis machte sich an die Angebotslisten des Weinhändlers, bei dem ihr Chef die Weinprobe gemacht hatte.

Der Nachmittag verlief ruhig. Bis auf den Kurzbesuch der Generalin. Sie war spät dran, sonst kam sie immer am Vormittag. Und sie war erbost.

Frau Burfeind warf Maylis einen beunruhigten Blick zu, als

Gerda Radke in den Laden stürmte. Sie knallte die Tupperdose mit dem Selbstgerührten auf den Tresen.

»Was ist denn hier los?«

Maylis und Frau Burfeind warfen sich einen fragenden Blick zu. Was war denn?

»Wenn der Chef aus dem Haus ist, tanzen die Mäuse auf dem Ladentisch«, schimpfte sie.

»Aber was ist denn?«

»Wo ist mein Sohn überhaupt?«, fragte die Generalin, ohne sich um Frau Burfeinds Frage zu kümmern.

Maylis machte einen Schritt nach vorn. Obwohl sie noch nicht wusste, was sie antworten sollte.

Aber da kam ihr Frau Burfeind zu Hilfe. »Ist heute nicht Dienstag? Aber da wollte er doch zu dieser Verkostung gehen. Ein Fischhändler am Hafen. Neue Salate und so. Erinnern Sie sich nicht, Frau Klinger?«

Nein, Maylis erinnerte sich nicht. Sie hatte das Bild vor Augen, wie ihr Chef und seine Freundin Hand in Hand weggingen. Aber sie nahm die Anregung dankbar auf. »Stimmt. Ich glaube, ich habe die Einladung hinten gesehen.«

»Er ist in letzter Zeit oft weg. Denken Sie nicht, ich würde das nicht mitbekommen«, giftete die Generalin.

»Aber Gerda, bei uns ist doch alles in bester Ordnung, auch wenn Wilhelm nicht da ist«, rief Frau Burfeind, die sich in ihrer persönlichen Ehre angegriffen fühlte.

»Und was ist das?« Mit anklagend ausgestrecktem Zeigefinger wies die Generalin auf einen hellen Fleck mitten auf der roten Fußmatte.

Wie war der dahin gekommen? fragte sich Maylis.

»Das war der Junge mit dem Eis«, sagte Frau Burfeind und hatte schon einen Lappen in der Hand, um das Malheur zu beseitigen.

»Kinder mit Eis dürfen hier doch gar nicht rein«, schimpfte Frau Radke, die froh war, einen Grund für ihren

Zorn gefunden zu haben. »Wie oft soll ich das denn noch sagen?«

Maylis dachte an Hannibal und seufzte tief, was ihr einen misstrauischen Blick der Generalin eintrug. Zum Glück ging sie gleich wieder.

Beim Aufräumen am Abend entdeckte sie zwei Auberginen, die nicht mehr ganz frisch aussahen und braune Stellen hatten. Solche Früchte kauften die Kunden bei Feinkost Radke nicht. Sie wollte sie wie üblich in die Tonne für Verdorbenes werfen, dann entschied sie sich anders. Sie würde heute Abend die Moussaka nachkochen, die sie zu Mittag gegessen hatte. Sie nahm noch ein Stück frischen Meerrettich und eine Limette für die Soße mit, die sie allerdings bezahlte. Und statt der Zucchini würde sie eine Mischung aus frischen und getrockneten Tomaten ausprobieren. Dann konnte sie auch endlich die Kräuter vom Balkon verwenden, bevor das Wetter sie endgültig verdarb.

Kapitel 9

Am nächsten Morgen, oh Wunder, steckte ihre Zeitung wieder nicht im Briefkasten. Eine Woche ging das jetzt schon so. Auf ihren Zettel hatte jemand folgende Notiz gekritzelt: *Auweia, tut mir echt leid. Ich lege die Zeitung heute zurück, okay?*

Maylis schnappte vor Wut nach Luft. Das war doch wohl der Gipfel der Unverschämtheit! Da machte sich auch noch jemand über sie lustig! Sie riss den Zettel von ihrem Briefkasten. Natürlich stand kein Name drauf. Solche Leute waren ja zu allem Überfluss auch noch feige. Sie zerknüllte das Papier und stopfte es in ihren Briefkasten, weil sie nicht wusste, wohin damit. Aus der Wohnung im Erdgeschoss kamen die erregten Stimmen von Ehepaar Kunckel. Noch lauter als sonst, denn die Tür stand offen, um Platz für ein Stromkabel zu lassen, das quer über den Hausflur auf die Straße und bis zum Wohnmobil führte. So konnte Maylis nicht mal die Haustür hinter sich zuknallen.

Als sie im Laden ankam, war der Chef noch nicht da. Er trieb es wirklich ein bisschen weit in letzter Zeit. Sie nahm ihren Schlüssel und schloss auf, betrat das Geschäft und schloss hinter sich gleich wieder ab. Es war kurz vor neun Uhr. Bevor sie nach hinten ging, stellte sie schon mal die Kaffeemaschine an, damit sie aufheizen konnte. Kurz nach neun kamen meistens die ersten Kunden, die einen Kaffee zum Mitnehmen wollten. Die Maschine war eine Simonelli Appia, ein italienisches Fabrikat. Maylis hatte sie gemeinsam mit dem Chef ausgesucht. Die Maschine war eher schmal, hatte aber dennoch zwei Brühgruppen. Für den begrenzten Platz an der Rückseite der Brottheke war sie perfekt. Im Aufenthaltsraum hängte Maylis ihre Jacke an die Garderobe und band sich die lange Schürze vor. Die frischen Brötchen standen in einem Karton hinten vor der Hoftür, ebenso wie die Baguettes und Croissants. Sie verkniff sich, gleich in ein Buttercroissant zu beißen. Sie musste erst den Laden vorbereiten.

Sie stapelte die Backwaren in die Regale und fegte die Krümel weg. Jetzt musste sie noch schnell ein paar Brötchen schmieren. Mit geübten Bewegungen nahm sie die Folie von den Käselaiben und holte die ersten Schalen mit Frischkäse und Krabbensalat aus der Kühlung. Dann schnitt sie einige Scheiben Salami und Wacholderschinken für die Brötchen, füllte die Milch in den Aufschäumer und wärmte sie schon mal vor. Sie musste sich beeilen, um alles bereit zu haben, wenn die ersten Kunden kamen. Die waren meistens zu ungeduldig, um zu warten, bis sie ein Brötchen schmierte. Sie sah auf die Straße, aber Wilhelm Radke war immer noch nirgends zu sehen. Zuletzt stellte sie noch die Kasse an und holte das Wechselgeld aus dem Tresor.

Jetzt war alles bereit. Sie ließ den Blick noch einmal durch den Laden schweifen, alles war in Ordnung, sie konnte aufschließen. Das Obst würde sie später nach und nach aus dem Kühlraum holen und einräumen. Wenn sie alleine im Laden war, konnte sie eben nicht alles gleichzeitig machen. Es war Punkt neun Uhr. Als sie den Durchgang zwischen Brottheke und Gemüseregal passierte, entdeckte sie eine Postkarte, die zwischen zwei Apfelstiegen gerutscht war. Die musste sie am Abend übersehen haben. Auf der Vorderseite prangte ein buntes *Love*. Sie drehte die Karte herum und fand drei gemalte rote Herzen, die immer größer wurden und aussahen, als würden sie heftig schlagen, darunter ein Satz auf Japanisch oder Chinesisch, das konnte sie nicht unterscheiden. Die Adresse stand auf Deutsch da, eine Karen Mohnhaupt in der

Hartungstraße in Hannover. Die Briefmarke fehlte. Maylis drückte die Karte an ihr Herz. Sie liebte romantische Postkarten. Nicht auszudenken, wenn diese Liebeserklärung, denn darum handelte es sich zweifellos, ihre Empfängerin nicht erreichen würde. Sie sah wieder auf den Satz auf Japanisch oder Chinesisch, vielleicht war es ein Heiratsantrag? Eine Entschuldigung nach einem Streit? Eine Einladung zu einem romantischen Wochenende?

Maylis steckte die Karte in die Tasche ihrer Schürze. Sie freute sich schon darauf, den Postillon d'Amour zu spielen und die Karte abzuschicken. Als sie zur Tür sah, stand der Student schon davor. Sie sah wieder auf die Karte, dann in das lächelnde Gesicht eines ihrer Lieblingskunden, und schloss auf.

»Guten Morgen, Sie sind ja früh dran heute.«

»Hallo! Einen schnellen Kaffee, bitte.«

»Kommt sofort. Auch etwas zu essen?«

»Nein, ich bekomme nichts runter.«

Maylis fiel auf, wie nervös er war. Er sah auf die Uhr und dann wieder in seine Tasche, wie um sich zu vergewissern, dass er nichts vergessen hatte. Außerdem trug er heute keine Jeans, sondern eine Tuchhose und dazu ein Sakko.

»Ich habe gleich ein Vorstellungsgespräch«, sagte er plötzlich und zuckte ein bisschen hilflos mit den Schultern. »Und ich will den Job unbedingt.«

Aha, deshalb hatte er sich so gut angezogen. Stand ihm auch nicht schlecht. Sie reichte ihm den Kaffee, er legte Kleingeld auf den Tresen und wandte sich zum Gehen.

»Warten Sie«, sagte sie. »Nicht weglaufen!« Sie rannte nach hinten und nahm einen flachen, ovalen Stein von ihrem Schreibtisch. Er war schwarz und ganz glatt und kühl und passte genau in ihre Handfläche. Durch die Mitte lief eine hellgraue Linie. Dieser Stein in den Farben des gefliesten Fußbodens war einer der ersten Gegenstände, die sie bei Feinkost

Radke gefunden hatte. Sie war fest davon überzeugt, dass er magische Kräfte hatte.

Sie ging wieder nach vorn und gab ihn dem Studenten in die Hand. »Nehmen Sie ihn, er bringt Glück.«

Er sah sie überrascht an und wiegte den Kopf. »Glauben Sie?«

»Ich weiß es«, sagte Maylis. »Kommen Sie später vorbei und berichten, wie es gelaufen ist?«

»Mache ich. Tschüss.«

Jetzt war es schon fünf nach neun. Der Chef war immer noch nicht da, und Annette kam auch zu spät. Was war denn heute nur los? Während Maylis das Obstregal mit grünen und blauen Trauben bestückte, dachte sie über den Studenten nach. Obwohl er ja kein Student mehr war, wenn er sich um einen Job bewarb. Sie musste ihn unbedingt nach seinem Namen fragen. Wieder stellte sie ihn sich neben Charlotte vor. Sie war sicher, dass die beiden ganz wunderbar zusammenpassen würden. Beide waren ein bisschen schüchtern und emotional, beide liebten gutes Essen. Das war eine gute Basis. Sie lächelte: Feinkost Radke als Flirtbörse und Eheanbahnungsinstitut. Das sollte sie dem Chef mal vorschlagen.

Ein paar Minuten stand sie ganz allein in dem leeren Laden. Nur das Geräusch der Kühlung war zu hören, ein ziemlich dunkles, beruhigendes Brummen. Meistens überhörte sie es, nur in besonderen Augenblicken drang es an ihr Ohr. Jetzt war ein solcher besonderer Augenblick. Irgendwie hatte Maylis das Gefühl, alles sei in Ordnung und genau so, wie sie es haben wollte.

Der Augenblick währte nur kurz, denn Frau Becker erschien mit Hannibal. Misstrauisch sah sie sich um.

»Sind Sie allein? Wo ist denn Herr Radke? Und Ihre Kollegin?« Sie hob die Nase, als würde sie wittern. »Irgendetwas

stimmt hier nicht, das spüre ich. Was meinst du, Hannibal?«
Hannibal schnüffelte gelangweilt.

»Ich habe beide mit Trüffelleberwurst vergiftet, zerhackt und vorerst im Kühllager verstaut, bis Frau Radke Hackepeter aus ihnen macht«, lag Maylis auf der Zunge.

»Was kann ich für Sie tun?«, fragte sie stattdessen. »Leberpastete für Hannibal?«

»Aber nur ein kleines Scheibchen. Sein Magen, wissen Sie ...«

Wie zur Bestätigung begann Hannibal, sich die spitze Schnauze zu lecken und heftig zu schlucken. Dann sog er mit einem Laut, als würde er schnarchen, heftig Luft durch die Nase. Ein weiterer Kunde betrat den Laden und sah sich suchend nach der Quelle dieses merkwürdigen Geräusches um.

Maylis, die gerade am Kaffeeautomaten stand, betätigte den Milchaufschäumer, obwohl niemand Kaffee bestellt hatte, in der Hoffnung, das Zischen würde Hannibals Röcheln übertönen. Als sie ihn wieder ausstellte, hörte sie, dass hinten im Büro das Telefon klingelte. Sie sah von dem Kunden zu Hilde Becker und zurück.

»Ich möchte bitte vier Brötchen und ein bisschen Käse und Marmelade fürs Frühstück«, sagte der Mann.

»Ich war aber zuerst an der Reihe«, sagte Frau Becker.

»Vielleicht gehen Sie einen Moment vor die Tür, bis ... der Hund sich beruhigt hat«, schlug Maylis vor.

»Ein Hund? Seit wann dürfen denn Hunde hier rein?«, fragte der Mann. Er sah sich suchend um, bis er Hannibal in seinem Korb entdeckt hatte. »Also, das geht zu weit!«

»Frau Becker, bitte«, sagte Maylis jetzt etwas strenger zu Frau Becker. Sie ging zur Tür und hielt sie auf.

Frau Becker schoss an ihr vorbei. »Ich komme wieder, wenn Wilhelm da ist«, zischte sie.

Seelenruhig machte Maylis die Tür wieder zu und ging hinter den Brottresen. Das Telefon klingelte immer noch. Sie konnte sich jetzt nicht darum kümmern.

»Vier Brötchen? Gemischt?«

Eines stand fest, wenn ihr der Laden wirklich eines Tages gehören sollte, bekäme Hannibal Hausverbot. Und Frau Becker gleich mit.

»Musste das sein?« Der Chef sah sie resigniert an. »Mussten Sie ausgerechnet Frau Becker aus dem Laden weisen?«

Maylis hatte ihm die Geschichte gleich gebeichtet, als er gegen halb zehn endlich erschienen war. Übrigens nur zwei Minuten nach Annette, die noch nicht mal ihre Schürze umhatte, als er eintraf. Und übrigens in einem ziemlich roten Hemd, das aus ihm einen ganz anderen Mann machte. Mindestens zehn Jahre jünger und unternehmungslustiger.

Maylis hob abwehrend die Hände. »So war das nun auch wieder nicht. Ich habe sie gebeten, nach draußen zu gehen, bis es Hannibal besser geht. Er hat so komische Geräusche gemacht. Und ein anderer Kunde hat sich über ihn beschwert. Er hat mit dem Gesundheitsamt gedroht.« Das stimmte zwar nicht, aber es wäre ja durchaus möglich gewesen.

Radke war sehr wütend und ließ ein Donnerwetter los. Nachdem er Dampf abgelassen hatte, sah er sie lange an. »Eigentlich war das mal fällig«, sagte er dann langsam. »Und sie ist nicht wiedergekommen?«

»Sie wollte auf Sie warten.«

»Mann, Sie machen vielleicht Sachen. Glauben Sie nicht, dass Sie so leicht davonkommen.«

Maylis hatte ohnehin damit gerechnet, dass die Sache noch ein Nachspiel haben würde.

Für Maylis reichte es an diesem Vormittag. Sie freute sich auf ihren freien Nachmittag. Aber vorher noch auf Madame Rosa alias Helga Hansen.

Da bog sie auch schon um die Ecke, wie immer in Rosa, groß und nur ein bisschen gebeugt vom Alter, in kleinen, vorsichtigen Schritten. Maylis öffnete ihr die Tür.

»Das ist aber nett. Vielen Dank«, sagte Madame Rosa. Sie trug heute ein Kostüm im Chanel-Stil, dazu hochhackige Pumps und ihren zartrosa Mantel. Und eine selbst tönende Brille mit rosafarbenem Rand. Die Gläser waren dunkel eingefärbt, denn die Sonne schien.

»Ich brauche Baguette und Käse für sieben Personen, dazu …« Sie legte den Finger an die Nase, um zu überlegen.

»Warum machen Sie keine Suppe?«, fragte Maylis, ohne zu überlegen. »Lässt sich gut vorbereiten und geht schnell.«

Die ehemalige Schauspielerin sah sie überrascht an. »Hm, Suppe. An was hatten Sie gedacht?«

»Vielleicht eine Kartoffelsuppe mit scharfer Chorizo? Hier, probieren Sie mal. Aus Spanien.« Sie schnitt drei hauchdünne Scheiben ab und reichte sie Frau Hansen auf einen hölzernen Pikser gespießt über den Tresen. »Koriander haben wir auch. Das geht gut zusammen.«

Frau Hansen kostete und schenkte ihr ein bühnenreifes Lächeln. »Wunderbar, Ihr Vorschlag. Genau das mache ich.«

»Haben Sie Kartoffeln zu Hause?«

»Nein, die brauche ich auch. Eine mehlige Sorte, bitte.«

»Was denn sonst?«, fragte Maylis.

Maylis sah ihr nach, wie sie mit den beiden Taschen die Straße entlangging. Sie hatte etwas von einer Schauspielerin. Und etwas von einer großen Dame. Sie hätte gern noch ein bisschen länger über Madame Rosa nachgedacht, aber der Laden war voll. Sie wandte sich dem nächsten Kunden zu. »Was darf es sein?«

Später kam der Chef zu ihr ins Büro. Bevor sie ging, machte sie noch die Bestellung beim Konditor für Sonnabend. Er sah ihr über die Schulter. »Vergessen Sie nicht die Schokoladentorte. Die geht zurzeit sehr gut.«

»Habe ich schon aufgeschrieben.«

Er blieb vor ihrem Schreibtisch stehen. »Haben Sie schon Zeit gefunden, über meinen Vorschlag nachzudenken? Obwohl ich seit heute Morgen Zweifel an Ihrer Qualifikation habe.« Das sollte ein Witz sein, das sah sie an seinem Schmunzeln.

Maylis gab sich ungerührt. »Ich finde, wir sollten einen Lieferservice einrichten.«

Der Chef sah sie mit gerunzelter Stirn an, was bedeutete, dass er nicht recht wusste, was er von der Sache halten sollte. Maylis nutzte die Gelegenheit. »Na ja, gerade heute hätten wir einen brauchen können. Frau Hansen war da und hat drei Kilo Kartoffeln, Käse und Wurst gekauft. Den Rotwein konnte sie nicht mehr tragen, ich bringe ihn ihr nachher vorbei.«

»Ich habe Ihr Verkaufsgespräch beobachtet. Der Vorschlag mit der Suppe war gut.«

»Stellen Sie sich mal vor, wir hätten die Suppe gleich fertig anbieten können.«

»Wie bitte?«

»Ach, das war jetzt nur nebenbei. Wo waren wir? Richtig, beim Lieferservice. Es ist doch so, dass Feinkost Radke viele Kunden hat, die schon seit Jahren, wenn nicht Jahrzehnten kommen. Denken Sie an Frau Hansen, Frau Becker, Herrn Polker und all die anderen. Für die wird der Einkauf zunehmend schwieriger. Lassen Sie uns doch einen Studenten einstellen, der abends eine Stunde zur Verfügung steht, um den Kunden die schweren Sachen nach Hause zu tragen. Bis direkt an den Kühlschrank, bequemer geht es doch nicht.«

»Ich habe eigentlich gedacht, wir wollten das Geschäft moderner machen.« Radke kratzte sich am Kopf.

»Tun wir auch«, erwiderte Maylis eifrig. »Wir bieten jedem

etwas. Den Älteren die Dinge, die sie gewohnt sind, plus einen Lieferservice. Und für die Jungen nehmen wir neue Produkte ins Sortiment und ...«

»Und?« Er zog das Wort in die Länge, als befürchtete er Schlimmes.

Maylis holte tief Luft. »... und stellen zwei oder drei Bistrotische auf.« So, jetzt hatte sie es gesagt.

Radke brauste auf, wie sie es erwartet hatte: »Wie stellen Sie sich das vor? Wo sollen die hin? Und vor allem: Wer kocht? Wir sind ein Feinkostgeschäft, kein Restaurant!«

»Niemand redet von einem Restaurant. Ich denke an Kleinigkeiten. Brötchen bieten wir doch ohnehin schon an. Und viele Kunden wünschen sich etwas dazu, einen Salat, eine Suppe, Antipasti. Nudeln sind schnell gekocht, und das Pesto dazu haben wir auch bereits im Sortiment ...«

»Antipasti, Antipasti! Können Sie sich vorstellen, was meine Mutter dazu sagen wird? ›Seit fünfzig Jahren sind wir bei Feinkost Radke ohne Bistro ausgekommen.‹« Er ahmte ihren Tonfall nach.

Maylis musste lachen, und Radke räusperte sich tadelnd.

»Ihre Mutter muss sich doch zukünftig an so einige Veränderungen gewöhnen. Und was das Kochen angeht, das übernehme ich. Ich kann das.«

Er sah sie zweifelnd an, räumte dann aber ein: »Sie haben ja schon immer gute Vorschläge für die Kunden, was sie kochen sollen ...«

»Sehen Sie?«, erwiderte Maylis.

»Und wo sollen die Tische hin?«

Das war tatsächlich ein Problem. Der einzige Ort, wo sich ein oder zwei kleine Tische aufstellen ließen, war zwischen dem Obststand und der Käsetheke, also mitten auf dem Weg, der nach hinten ins Lager und ins Büro führte. »Wir könnten die Obstkörbe ausrangieren ...«

»Kommt nicht infrage!«

»Die andere Möglichkeit wäre, die hintere Wand zu versetzen und einen Teil der rückwärtigen Räume dem Laden zuzuschlagen. Hinten wäre auch dann noch genügend Platz. Ich habe das schon ausgemessen.«

»Aber dann müssten wir für die Zeit des Umbaus den Laden schließen. Kommt nicht infrage!«, lautete das Urteil des Chefs.

Maylis hatte seine ablehnende Reaktion vorausgesehen. »Was halten Sie von folgendem Kompromiss: Wir versuchen es für den Anfang mit einem Tisch, das sollten wir aber bald tun. Und einen Umbau könnten wir an einem Wochenende vornehmen. Vielleicht müssten wir einen Sonnabendvormittag schließen, aber mit der richtigen Firma wären wir am Sonntagabend fertig. Und im Sommer können wir dann zusätzliche Tische auf den Bürgersteig stellen.«

Radke hob abwehrend die Hände vor der Brust. »Ich bin sicher, Sie haben schon eine Handwerkerfirma im Kopf.«

Maylis sagte nichts, aber es stimmte.

»Wissen Sie, was Tische auf dem Bürgersteig für einen Kampf mit der Bürokratie bedeuten?«

Maylis hatte ihn im Verdacht, mehr Angst vor dem Kampf mit seiner Mutter zu haben.

Annette stand in der Tür. »Tut mir leid, der Laden ist voller Kunden, ich brauche Unterstützung.«

»Ich komme«, sagte Wilhelm Radke. Aber vorher drehte er sich noch einmal zu Maylis um. »Das mit dem Lieferservice ist eine gute Idee. Kümmern Sie sich darum?«

»Natürlich. Sobald ich Zeit dafür finde.«

»So schnell wie möglich«, antwortete ihr Chef.

»Und meinen anderen Vorschlag lassen Sie sich durch den Kopf gehen?«

Er seufzte. »Machen Sie sich nicht zu viele Hoffnungen. Und jetzt einen schönen Feierabend.«

Aber bis Maylis gehen konnte, half sie noch eine Stunde im

Laden, der plötzlich rappelvoll war. Zu dritt hatten sie alle Hände voll zu tun. Gegen zwei Uhr hatte sie dann endlich Feierabend.

Sie ging in den Aufenthaltsraum und nahm die Schürze ab. Dabei ertastete sie die Postkarte, die sie am Morgen zwischen den Äpfeln gefunden hatte. Sie zog sie heraus und ging zurück ins Büro, um eine Briefmarke aus ihrem Schreibtisch zu holen. Diese Marke würde Feinkost Radke zahlen, das war Service am Kunden.

Die Tür zum Büro stand halb offen. Der Chef saß an seinem Schreibtisch und flötete ins Telefon: »Dann bis heute Abend, mein Täubchen. Ich kann es kaum erwarten.«

Sie wollte sich unbemerkt zurückziehen, aber er hatte sie schon gesehen und winkte sie herein. Er legte auf und erhob sich lächelnd. Es schien ihm absolut nichts auszumachen, dass sie sein Gesäusel mit angehört hatte, wenn auch unabsichtlich. Mit federnden Schritten ging er an ihr vorbei.

Maylis musste grinsen, während sie eine Briefmarke aufklebte. Als sie mit dem Karton Rotwein für Frau Hansen durch den Laden ging, stand der Chef an der Kaffeemaschine und wartete darauf, dass sein Espresso durchlief, während er sich zwei Trüffelpralinen aus der Auslage nahm. Er wusste, dass sowohl Frau Burfeind als auch sie das bemerkten. Das hätte er früher höchstens heimlich getan.

»Bis morgen«, sagte Maylis und war aus der Tür.

Was die Liebe doch aus Menschen machen kann, dachte sie mit einem tiefen Seufzer und wandte sich nach links, in die Richtung, wo Madame Rosa wohnte.

Nach fünf Minuten hatte sie das Haus erreicht. Sie las die Schilder und klingelte im ersten Stock. Der Summton ertönte, und sie stieß die Tür auf. Der Eingang war herrschaftlich, mit deckenhohen Spiegeln zu beiden Seiten und Marmorfliesen, die mit einem roten Teppich ausgelegt waren. Vor dem Fahrstuhl befand sich eine schmiedeeiserne Tür – wie in den alten französischen Filmen. Normalerweise wäre Maylis die eine Treppe zu Fuß hinaufgegangen, aber das Vergnügen, mit dieser alten Vorrichtung zu fahren, ließ sie sich nicht nehmen. Zudem war der Karton mit den sechs Flaschen Côte du Rhône auf die Dauer ganz schön unhandlich. Die eiserne Tür fiel mit einem lauten Knall ins Schloss, und die Kabine ruckelte nach oben. Im ersten Stock war die Wohnungstür angelehnt, und Maylis trat ein.

»Hallo? Frau Hansen?«, rief sie.

»Ich bin hier in der Küche. Am Ende des Flurs.«

Madame Rosa stand vor dem Herd und rührte in einem Topf. Es roch ziemlich gut, aber Helga Hansen schien nicht zufrieden zu sein. »Irgendetwas fehlt«, klagte sie.

Maylis stellte den Wein auf den Tisch und trat neben sie. Helga Hansen hielt ihr einen gefüllten Löffel unter die Nase.

»Sie ist zu dick«, entschied Maylis, nachdem sie in den Topf gesehen hatte. »Da fehlt Brühe. Und wo ist Ihr Gewürzregal?«

Frau Hansen wies auf ein Glas Gemüsefond und auf ein Gewürzregal mit altertümlichen Porzellangefäßen, die in Sütterlin beschriftet waren, und trat einen Schritt zurück. Maylis rührte ein paar Zutaten in die Suppe und goss Fond nach, am Schluss noch ein bisschen Sahne und einige Tropfen Kürbiskernöl. Die Suppe war plötzlich cremig fluffig und hatte einen seidenen Schimmer.

»Ganz fantastisch, wie Sie das hinbekommen haben«, sagte Madame Rosa. Sie nahm noch einmal einen Löffel von der Suppe und spitzte die Lippen, um zu probieren.

»Kurz vor dem Servieren geben Sie die Chorizo und den Koriander dazu, und fertig.«

Maylis war schon auf dem Weg zur Tür. Die Wände des langen, dunklen Flurs waren mit Fotos und Theaterplakaten geradezu gepflastert, es waren nur winzige Streifen der grün gemusterten Tapete frei geblieben. Das hatte sie schon beim

Hereinkommen bemerkt, aber jetzt nahm sie sich die Zeit, alles genauer zu betrachten. Es war, wie Frau Burfeind gesagt hatte: Im Vorübergehen erkannte sie Gustaf Gründgens und Theo Lingen, beide neben einer Frau, die durchaus Helga Hansen in jungen Jahren sein konnte. Sie blieb vor einem Zeitungsausschnitt stehen, der die Schauspielerin bei der Verbeugung auf einer Bühne zeigte. *Umjubelter Auftritt in Zürich*, lautete die Überschrift. »Toll«, sagte sie.

Frau Hansen war neben sie getreten. »Ach, das alles ist lange her und vergessen«, sagte sie. »Viel wichtiger ist, dass Sie meine Suppe gerettet haben. Man soll im Jetzt leben und nicht der Vergangenheit nachtrauern. Die kommt ohnehin nicht zurück.«

»Ist das Ihr Ernst?«, fragte Maylis zweifelnd.

»Aber sicher! Erinnerungen kann man nicht essen. Und eine gute Suppe auf dem Tisch kann viel mehr bewirken als Jammern über das Verlorene.«

Maylis nickte stumm. Vielleicht hatte die alte Dame recht.

»Apropos Suppe: Kann man Sie eigentlich buchen?«, fragte Madame Rosa und lachte dabei ihr hohes, perlendes Schauspielerinnenlachen. Sie wollte Maylis zum Abschied einen Zehn-Euro-Schein in die Hand drücken, aber die lehnte ab. Die Sache hatte ihr Spaß gemacht, sie wollte kein Geld dafür.

Ihr erster Blick, als sie eine halbe Stunde später den Hausflur betrat, galt ihrem Briefkasten. Dort prangte die Zeitung. *Danke!*, hatte jemand quer über die Titelseite geschrieben. Maylis schnaubte. So eine Frechheit! In ihrer Wohnung ging sie von einem Zimmer ins nächste. Dann setzte sie sich hin, um die Süddeutsche zu lesen, merkte aber schnell, dass sie sich nicht konzentrieren konnte. Sie stand wieder auf und ging ins Wohnzimmer hinüber. Dabei kam sie an dem Spiegel im Flur vorbei. Sie blieb stehen und betrachtete ihr Spiegelbild. Sie drehte den Kopf nach rechts und links und nahm ihr Haar im Nacken zusammen. Dann schnappte sie sich ihre Tasche und verließ die Wohnung.

Sie nahm den Bus ins Schanzenviertel und ging zu einem der zahlreichen Friseure, die es dort gab. Das hatte sie sich seit Ewigkeiten nicht mehr gegönnt. Fast zehn Zentimeter wurden abgeschnitten, bis ihr Haar auf Kinnlänge gekürzt und extrem durchgestuft war.

»Was für eine Veränderung«, sagte Yvonne, die Friseurin. »Sie sehen viel jünger aus, und jetzt kommen Ihre schönen Augen besser zur Geltung.« Das fand Maylis auch.

»Und ich würde es mal mit Lippenstift probieren«, gab Yvonne ihr noch als Tipp mit.

Nebenan war ein Laden für Naturkosmetik. Sie probierte einige Lippenstifte aus und entschied sich für einen hellroten Beerenton. Ihr Gesicht bekam dadurch ein bisschen was Dramatisches, fand sie, aber es gefiel ihr.

Mit roten Lippen ging sie ins Herrn Fritz. Sie hatte Glück und fand einen freien Tisch am Fenster. Das Café war in einem ehemaligen Milchgeschäft untergebracht, man sah noch die alten Fliesen, es war fast ein bisschen wie bei Feinkost Radke. Und es war der letzte Schrei am Schulterblatt, fast immer proppenvoll. Die Torten waren aber auch sensationell. Am Kuchentresen konnte sie sich nicht zwischen Schokoladentorte, Cheesecake und Apfel-Vollkorn-Schnitte entscheiden. Ich bin bestimmt nicht die Einzige, der es so geht, dachte Maylis. Wenn mir der Laden gehören würde, würde ich Probiergrößen anbieten. Drei kleine Stückchen zum Preis von einem großen.

Schließlich wählte sie eine Mango-Zitronen-Mousse-Torte mit Johannisbeergelee und zum Nachtisch einen Felchlin-Trüffel mit dunkler Schokolade. Sie balancierte ihren Teller zum Tisch und verbrachte die nächste knappe Stunde damit, aus dem Fenster zu sehen und das verrückte Volk zu beobachten, das vorüberging. Vom Punk über die Edelmutti mit Designerbuggy bis hin zum asketischen Intellektuellen war hier alles vertreten.

Aus Feinkost Radke könnte man genauso einen Szene-Laden machen, dachte sie. Alte Fliesen haben wir auch, und dazu eine Marmorsäule mitten im Raum.

Allerdings war Maylis keine Konditorin. Backen konnte sie nicht. Und Eppendorf war nicht die Schanze. Sie sah sich an den Nachbartischen um. Alte Leute saßen hier nicht, also Leute, die alt waren und auch dazu standen. Hier war man jung gebliebener Sechziger, der Kinderwagen schob und das Schlüsselband aus der Hosentasche baumeln ließ. Außerdem gab es in Eppendorf schon einige alteingesessene Cafés. Nein, kein Café, und kein Laden nur für junge Leute. Das wollte sie nicht. Wo sollte dann zum Beispiel Madame Rosa hingehen?

Als sie den letzten Rest Torte von ihrem Teller kratzte, fühlte sie sich, als hätte sie eine wichtige geschäftliche Entscheidung getroffen. Hatte sie ja irgendwie auch. Übermütig und gut gelaunt verließ sie das Café. Sie würde noch einen Bummel durch das Viertel machen, zumal die Luft mild war und die Nachmittagssonne schien. Als sie am Fenster einer Boutique vorbeikam, um noch einmal ihre neue Frisur zu begutachten, hing dort ein Kleid. Enges, geknöpftes Oberteil, weit schwingender Rock, schwarz, weiblich. Sie ging hinein und probierte es an.

»Dazu gehört diese Jacke«, sagte die Verkäuferin zu ihr, die das gleiche Kleid in Dunkelblau trug.

Maylis zog den leicht glänzenden leuchtend blauen Blouson über das Kleid, dann zog sie beides wieder aus und ihre Jeans wieder an. Die Jacke passte auch dazu. Maylis kam sich sexy und ein bisschen extravagant vor.

»Schuhe?«, fragte die Verkäuferin.

»Hohe?«

»Größe 39, schätze ich.«

Maylis nickte, und die Frau kam mit einem Karton zurück, in dem ein Paar geschnürte Ankleboots mit dicken, hohen Hacken lagen. Sie passten wie angegossen.

»Okay, packen Sie alles ein, bevor ich wieder Vernunft annehme und es mir anders überlege.«

»Ich beeile mich.« Die nette Verkäuferin zwinkerte ihr zu.

Als sie nach Hause kam, war es sieben Uhr. Sie packte die Tüten aus und hielt sich das Kleid an. Sie überlegte kurz, dann ging sie ins Bad und schminkte sich die Augen. Anschließend entfernte sie das Etikett von Kleid und Jacke und zog beides an. Jetzt noch die Schuhe. Sie stellte sich vor den großen Spiegel im Flur und zog die Lippen nach. Sie drehte sich und ließ den Rock um die Beine schwingen. Ich sehe *très française* aus, dachte sie, wie eine schöne, erfolgreiche, charmante Pariserin. Immerhin war sie ja auch eine halbe Französin.

Sie ging summend zu Fuß die Treppe hinunter, um auszuprobieren, ob sie auf den Schuhen gehen konnte. Es klappte besser, als sie gedacht hatte.

Die Tür von Frau Winterkorns Wohnung öffnete sich gerade in dem Augenblick, als sie die letzte Stufe nahm. Paul Abendland stand vor ihr.

»Wow, ich muss mich festhalten. Sie sehen einfach umwerfend aus! Lippen wie Blut und Haar wie Ebenholz. Schneewittchen eben.« Er streckte ihr die Hand hin.

Maylis nahm für eine Sekunde seine Hand, die sich trocken und warm anfühlte. Lachend drehte sie sich einmal kurz vor ihm und wollte dann weitergehen.

»Warten Sie, ich muss Ihnen etwas sagen«, sagte er. Aus dem Inneren der Wohnung kam die Stimme von Frau Winterkorn.

»Was ist, Paul?«

Er drehte sich um. »Nein, Oma, ich habe nicht mit dir gesprochen. Wo wollen Sie denn hin?«, rief er Maylis nach, die bereits die Treppe hinunterging.

»Ich bin verabredet«, erwiderte sie.

»Ich will auch gerade los, wenn Sie kurz warten, könnten wir zusammen ... Nein, Oma, alles in Ordnung!« Ein bisschen hilflos drehte er den Kopf zu ihr und dann wieder zur Wohnungstür. »Entschuldigen Sie ... Ja, Oma, ich komme.«

Maylis lächelte ihn an und sagte: »Vielleicht ein andermal.«

Hochzufrieden saß sie eine Viertelstunde später in der kleinen Bar bei sich um die Ecke. Sie hatte sich ein Glas Weißwein und eine Portion Antipasti bestellt. Die Reaktion der übrigen Gäste hatte sie davon überzeugt, dass sie gut aussah. Der Kellner war sogar gleich an ihren Tisch ... *gestürzt* wäre übertrieben gewesen, aber er war gleich gekommen, um ihr aus der Jacke zu helfen.

Mehr hatte sie gar nicht gewollt. Sich einfach die angenehme Gewissheit verschaffen, dass man sie beachtete, als Frau. Paul Abendland hatte ihr ebenfalls ein Kompliment gemacht. Und er hatte ihr etwas sagen wollen, was eigentlich? Hätte sie auf ihn warten sollen? Aber nein, er war ja verabredet gewesen. Außerdem hatte er sie wieder Schneewittchen genannt. Und sie war lieber eine aufreizende Pariserin als Schneewittchen.

Kapitel 10

Drei Tassen Kaffee, schwarz und heiß. Wenn Sie die intus haben, halten Sie Ihren Kopf einige Minuten lang unter fließendes eiskaltes Wasser. Danach empfiehlt Philip Marlowe einen Blick in die Morgenzeitungen, um zu überprüfen, ob man die Schlagzeilen lesen kann. Wenn das der Fall ist, soll man sich langsam anziehen und zwei Eier kochen, maximal vier Minuten.

Mochte ja sein, dass Raymond Chandlers Romanfigur durch diese Rosskur wieder nüchtern wurde. Bei Maylis ließen die Kopfschmerzen auch nach den zwei Eiern und zwei Aspirin obendrauf nicht nach. Ganz abgesehen davon, dass sie keine Zeitung hatte, um zu überprüfen, ob sie die Schlagzeilen entziffern konnte.

Stöhnend hielt sie sich den Kopf. Was war denn eigentlich gestern Abend passiert? Sie erinnerte sich, zwei Cocktails in der Bar getrunken zu haben. Cocktails, obwohl sie wusste, dass die eine beinahe tödliche Wirkung auf sie hatten. Dann hatte sie sich noch zu einem dritten Americano einladen lassen, von einem Mann, der gut aussah und nett plaudern konnte. Er war immer näher an sie herangerutscht. Irgendwie hatte sie gerade noch die Kurve gekriegt, als er mal kurz auf die Toilette gegangen war. Und zu Hause hatte sie dann aus lauter Übermut noch ein Glas Wein getrunken.

Und heute hatte sie einen mörderischen Kater. Sie sah in den Spiegel und zog eine Grimasse. Torsten Brenner sah verkatert dreimal besser aus als sie. Männern stand das eben. Frauen sahen nach einer durchzechten Nacht einfach nur verschwitzt, verknittert, faltig und ungekämmt aus. Da half auch eine Dusche nichts. Mit zittrigen Beinen und dröhnendem Schädel verließ sie die Wohnung, um zur Arbeit zu gehen. Als die Fahrstuhltür hinter ihr zuknallte, hielt sie sich den Kopf und stöhnte auf.

»Junge, Junge, das muss ja eine heiße Nacht gewesen sein«, bemerkte Paul Abendland anzüglich. Sie hatte ihn gar nicht gesehen, aber er stand vor den Briefkästen. Er sah sie auf eine ziemlich unverschämte Art und Weise von oben bis unten an.

»Im Gegensatz zu Ihnen habe ich mich wenigstens amüsiert«, knurrte sie. Damit war sie schon aus der Tür, sie brauchte unbedingt frische Luft.

»Oh Gott, wie siehst du denn aus?«, fragte Annette, als Maylis die Tür hinter sich zuzog.

»Sag bloß nichts. Vor allem nicht so laut. Außerdem ist das mein Part. *Ich* stelle *dir* diese Frage«, entgegnete Maylis. »Ist der Chef schon da?«

»Zum Glück nicht.«

Maylis ging nach vorn in den Laden und nahm sich vier große Orangen.

»Lass, ich mach das schon«, sagte Annette und presste die Früchte aus. Maylis stürzte das Glas in einem Zug hinunter. Annette holte ihr einen doppelten Espresso. Nachdem sie den auch getrunken hatte, ging es Maylis ein wenig besser.

»Deine Freundin war gestern noch hier«, begann Annette, während sie das Obst einräumte. »Diese Charlotte. Warst du mit ihr aus?«

Maylis schüttelte sachte den Kopf. Sie stand einfach nur neben Annette, unfähig, einen klaren Gedanken zu fassen. Ihr wurde schon schwindlig, wenn sie Annette nur dabei zusah, wie sie sich bückte, um eine Obstkiste zu heben. »Was wollte sie denn?«, fragte sie schwach.

»Weiß nicht, sie lässt dich grüßen. Und der ewige Student war da. Der war auch enttäuscht, weil du nicht da warst. Er kam zwei Minuten nach dieser Charlotte in den Laden. Die beiden sahen aus, als hätte ich ihnen die Petersilie verhagelt.« Sie sah zu Maylis hoch, eine Kiste Kiwis in den Händen. »Was machst du eigentlich mit unseren Kunden? Du sollst ihnen Lebensmittel verkaufen.« Sie schüttelte den Kopf. »Wie dem auch sei: Sie sind dann gemeinsam abgezogen. Gekauft haben sie übrigens nichts.«

»Wer, Charlotte und der Student?«, fragte Maylis dazwischen.

Annette nickte und schob die Kiwis an ihren Platz. »Manchmal frage ich mich, ob das hier ein Lebensmittelgeschäft oder eine therapeutische Praxis ist.«

Oder ein Eheanbahnungsinstitut, dachte Maylis. Bei dem Gedanken ging es ihr noch ein wenig besser.

Den ganzen Vormittag saß sie im Büro herum und schlug die Zeit tot, indem sie Kringel auf die Schreibtischunterlage malte. Der Schmerz in den Augen, wenn sie auf den Bildschirm des Computers starrte, war heftig. Der Chef guckte zweimal zur Tür herein, dann tat sie so, als würde sie hektisch tippen. Sie nahm an, er wusste, wie es ihr ging. Man musste sie ja nur ansehen.

Zu Mittag aß sie sich einmal durch die Wursttheke. Scharfe Salami und Krabben in Mayonnaise auf Laugencroissant, dazu jede Menge Kaffee und Cola. Zum Nachtisch eine Tafel Nougatschokolade. Wenn sie verkatert war, musste sie essen – viel, scharf und fettig. Als Oskar Polker auftauchte, ging sie zum Angriff über.

»Lass, ich mach das schon«, sagte sie zu Annette.

Dann wandte sie sich mit einem zuckersüßen Lächeln zu ihrem Lieblingskunden (nach Hilde Becker) um und schaffte es, ihm im Verlauf des relativ kurzen Verkaufsgesprächs in voller Unschuld ein »Einzigstes« und ein »Neulichs« unterzujubeln, woraufhin er entnervt mit den Augen rollte und sich mit seinen Einkäufen zu Frau Burfeind an die Kasse flüchtete.

»Was hat der arme Mann Ihnen denn getan?«

Maylis schnellte herum und fasste sich gleich darauf an den Kopf. Paul Abendland. Er sah sie mit einem amüsierten Lächeln an.

»Geht es Ihnen immer noch nicht besser?« Er sah ihren bösen Blick und setzte hastig hinzu: »Ich bin ernsthaft besorgt! Ehrenwort. Heute Morgen sahen Sie ein bisschen krank aus. Lange nicht so gut wie gestern Abend.«

Maylis atmete hörbar aus. »Wie kommen Sie darauf, der Mann hätte mir etwas getan?«

Er lächelte. »Sie haben mit Absicht Deutschfehler gemacht – und ganz offensichtlich seine Ohren damit beleidigt.«

Sie zuckte mit den Schultern. »Wir sollen den Kunden möglichst weit entgegenkommen, sagt unser Chef. Und Herr Polker ist fest davon überzeugt, dass Verkäuferinnen zu dumm sind, um einen richtigen Superlativ zu bilden. Soll ich ihm seine Illusionen rauben?«

Er unterdrückte ein Lachen, aber sie sah die Lachfältchen um seine Augen. »Wie weit würden Sie mir denn entgegenkommen?«

»Unser Angebot gilt nur für Stammkunden.«

»*Touché!* Sie sind die scharfzüngigste Frau, die ich seit Langem getroffen habe.«

»Das ist reine Fassade. Im Grunde hat sie ein butterweiches Herz.« Annette! Maylis ging die Fantasie von zerhackten Kolleginnen im Kühlhaus durch den Kopf.

»Das beruhigt mich sehr«, sagte Paul zu Annette. »Obwohl ich das aber auch schon geahnt hatte.«

Irgendwie wurde Maylis das hier auf einmal zu persönlich. Außerdem erfasste sie in diesem Augenblick eine neue Welle der Übelkeit. »Ich muss wieder nach hinten. Annette, bedienst du den Kunden?«

Damit warf sie die Tür hinter sich zu, was in ihrem Kopf zu einer kleinen Explosion führte.

Gegen fünf schickte der Chef sie nach Hause. »Gehen Sie ins Bett«, sagte er. »Und morgen früh bitte pünktlich!«

Maylis hatte sich gerade auf dem Sofa ausgestreckt und die Augen geschlossen, als es an der Tür klingelte.

Stöhnend rappelte sie sich wieder auf.

Vor der Tür stand Paul Abendland. Er trug ein Tablett vor sich her, auf dem eine geblümte Terrine mit Deckel stand.

»Rezept von meiner Oma. Hühnersuppe mit viel Ingwer. Ich habe nach ihren Anweisungen gekocht, und sie hat mir gesagt, ich soll Ihnen unbedingt einen Teller bringen.«

Maylis sah ihn unwillig an.

»Und sie hat mir verboten, wieder runterzukommen, bevor Sie die Suppe aufgegessen haben. Nun lassen Sie mich schon rein, sonst wird sie kalt.«

Er schob die Tür auf und ging einfach an ihr vorbei. Maylis fehlte die Kraft, um sich zu wehren. Sie registrierte, dass er vorsichtig über ihre Jacke und die Schuhe stieg, die sie achtlos auf den Boden geworfen hatte, als sie nach Hause gekommen war. Sie ging wieder ins Wohnzimmer und ließ sich aufs Sofa fallen.

»Wo haben Sie die Löffel?«, rief er aus der Küche.

»In der Küche.«

»Sehr witzig!«

Sie hörte ihn Schubladen aufziehen und wieder schließen. Dann kam er zu ihr ins Wohnzimmer.

»Hinsetzen und essen«, befahl er. »Ich koche in der Zwischenzeit einen Tee.«

Sie setzte sich mühsam auf. »Eisenkraut, bitte«, rief sie ihm nach.

»Sammeln Sie Kochbücher?«

»Hm.« Sieht man doch, dachte sie.

Die Suppe tat gut wie Medizin. Vielleicht war es aber auch die Anwesenheit von Paul Abendland. Er saß ihr gegenüber und sah ihr beim Essen zu, während er an seinem Tee nippte. Er hatte ihren Tee doch tatsächlich in die Eisenkraut-Rosentasse gefüllt. Das konnte er doch unmöglich wissen!

Maylis betrachtete ihn ungestört, während er sich im Zimmer umsah. Er sah ziemlich gut aus, das war auch mit hämmernden Kopfschmerzen unübersehbar. Die langen Beine hatte er übereinandergeschlagen. Aus den hochgekrempelten Ärmeln seines weißen Hemdes sahen sehnige, leicht gebräunte Arme hervor, die von hellbraunen Härchen bedeckt waren. Er trug einen blauen Siegelring an der linken Hand, einen ziemlich dicken goldenen Reif. Ring an der linken Hand, was bedeutete das noch mal? Verlobt? Verheiratet?

»Sie waren beim Friseur«, sagte er plötzlich. »Das steht Ihnen sehr gut. Ich würde zu gern wissen, was Sie gestern Abend getrieben haben.« Er lächelte sie wieder auf diese leicht unverschämte Art und Weise an. Aber Maylis wollte sich nicht provozieren lassen. In ihrer Verfassung würde sie vielleicht den Kürzeren ziehen.

»Sie waren auch beim Friseur«, sagte sie stattdessen. Ihr fiel gerade auf, dass seine Haare im Nacken kürzer waren als vorher.

»Hm. Hätten wir zusammen gehen können.«

»Kann ich noch ein bisschen von dieser Suppe haben?«

Er sprang auf und lief in die Küche hinüber. Vorsichtig stellte er ihr den gefüllten Teller auf die Knie. Dabei kam er ihr so nahe, dass sie seinen Duft wahrnahm. Er roch gut, ohne dass sie hätte sagen können, wonach. Düfte waren ja ohnehin irrational. Aber für sie roch dieser Mann verdammt gut, gefährlich gut. Sie schloss für eine Sekunde die Augen und atmete tief ein.

»Riecht verführerisch, nicht wahr?«

»Verdammt verführerisch. Woher weiß Ihre Großmutter eigentlich, dass ich die genau heute brauche?« Sie bedauerte, dass er sich wieder auf seine Seite des Couchtisches setzte.

»Ich habe ihr erzählt, dass ich Sie heute Morgen getroffen habe und dass Sie schlecht aussahen«, antwortete er. »Sie scheint Sie sehr zu mögen, ich musste sofort los und ein schönes, fettes Suppenhuhn kaufen.«

»Sagen Sie ihr, sie hat mir das Leben gerettet.«

»Geht es Ihnen etwas besser?« Seine Stimme klang hoffnungsvoll-besorgt. Er sah ihr forschend ins Gesicht. Sie versuchte, dem Blick aus seinen hellblauen Augen standzuhalten, musste dann aber doch wegsehen.

Sie spürte in ihren Körper hinein. Der Kopfschmerz hatte nachgelassen, und sie konnte ein bisschen freier atmen. Und ihr Magen rebellierte nicht mehr.

»Ja«, sagte sie voller Erleichterung. »Nicht gut, aber besser.« Sie wollte aufstehen, um ihn zur Tür zu bringen, aber er kam zu ihr herüber und drückte sie sanft wieder in die Sofakissen.

»Ich wollte Ihnen doch noch etwas sagen …«, begann er. »Es ist mir ein bisschen unangenehm.«

Was konnte ihm schon peinlich sein? Das Einzige, was hier peinlich war, war ihre momentane Verfassung. Sie sah ihn fragend an.

»Na ja, Ihre Zeitung …« Jetzt fiel ihr auf, dass auf dem Tablett auch ein Exemplar der Süddeutschen lag.

»Irgend so ein Idiot klaut sie jeden Tag aus meinem Briefkasten. Und macht sich auch noch lustig über mich.«

»Der Idiot bin ich.«

»Was?« Sie richtete sich auf, und die heftige Bewegung jagte einen dumpfen Schmerz durch ihr Hirn. Sie ließ sich wieder in die Kissen sinken.

»Regen Sie sich bloß nicht wieder auf. Ich kann alles erklären.«

»Na, da bin ich ja mal gespannt.«

Er sei selbst auch Abonnent und habe sich die Zeitung nachschicken lassen, als er in die Wohnung seiner Großmutter gezogen war. Jedenfalls habe er das gedacht und, als er die Zeitung im Briefkasten sah, gemeint, es sei seine.

»Haben Sie denn nicht auf den Adressaufkleber geachtet?«

»Tun Sie das etwa?«

Ehrlich gesagt, nein.

»Na ja, wie gesagt, es tut mir echt leid. Ich kann verstehen, dass Sie sauer sind. Ich möchte das gern wiedergutmachen. Ich bin nämlich weder geizig noch feige.«

Auf diesen Vorschlag wollte sie im Moment nicht eingehen.

»Aber wo ist dann Ihre Zeitung?«, fragte sie stattdessen.

»Was weiß ich. Vielleicht klaut sie irgendjemand anderes aus einem anderen Briefkasten.«

Maylis musste lachen.

»Sie sehen so nett aus, wenn Sie lachen«, sagte er, und seine Stimme wurde doch tatsächlich ein bisschen weich.

»Mir ist aber nicht so recht nach Lachen. Ich bin einfach hundemüde.«

Er stand auf und breitete die Decke, die immer über der Sofalehne lag, über ihr aus. Er steckte sie sogar leicht hinter ihrem Rücken fest. Sie spürte die angenehme Berührung. Als er die Wohnung verließ, war Maylis schon eingeschlafen.

Mitten in der Nacht wurde sie wach. Sie fuhr sich mit der Hand über das Gesicht, ihre Wangen waren tränennass. Woher kamen die Tränen? Hatte sie geträumt? Sie bemerkte, dass sie im Wohnzimmer auf dem Sofa lag, und Paul Abendland fiel ihr ein. Plötzlich wusste sie, warum ihre Gefühle sie überwältigt hatten. Sie spürte wieder die sanfte Berührung seiner Hand auf ihrem Oberarm und wie er die Decke um sie festgesteckt hatte. Das hatte sie an ihre Kindheit erinnert, als ihre Mutter sie mit einem ähnlichen Ritual ins Bett gebracht hatte. Sie war eingeschlafen in der Gewissheit, sicher umsorgt zu sein. Eine Gewissheit, die sie in den letzten Jahren schmerzlich vermisst hatte. Genauso wie das wohltuende Gefühl, selbst jemanden zu haben, um den man sich kümmern konnte. Jemanden, von dem man wollte, dass es ihm gut ging. Sie fragte sich, warum sie ausgerechnet jetzt, mitten in der Nacht, diese Gedanken hatte und sich so von ihnen gefangen nehmen ließ. Es musste an ihrem Kater liegen, dass sie so verletzlich war.

Sie ging hinüber in ihr Schlafzimmer, zog sich aus und legte sich in ihr Bett.

Kapitel 11

Am Freitagmorgen war sie immer noch benommen. Ihr Kopf fühlte sich an wie in Watte gepackt. Und die Gedanken der letzten Nacht ließen sich nicht vertreiben. Sie beschloss, joggen zu gehen, auch wenn das heute eine Quälerei werden würde. Sie drehte eine kleine Runde, lief bis in die Grünanlagen rund um die Uniklinik und wieder zurück.

Als sie zurückkam, steckte ihre Zeitung im Briefkasten. Verschwitzt nahm sie sie an sich. Ein kleines rotes Post-it klebte darauf.

Guten Morgen! Geht doch alles viel besser mit einer Zeitung am Morgen. Wiedergutmachung folgt. Paul A.

Sie freute sich über die Zeilen. Sie wusste auch, was sie als Wiedergutmachung verlangen würde: ein Abendessen, von ihm selbst gekocht.

Sie sah in den Briefkasten. Zwischen zwei Postwurfsendungen und ihrer zerknüllten Notiz an den Zeitungsdieb steckte ein Brief. Von einem *Anwaltsbüro Günter, Albrecht und Partner, Fachanwälte für Familienrecht*. Sie kannte den Absender nicht, aber etwas Gutes hatte der Brief bestimmt nicht zu bedeuten.

Sie nahm die Treppe im Laufschritt nach oben, das machte sie immer nach dem Joggen. Trotz ihrer unguten Vorahnung beschloss sie, erst zu duschen, bevor sie den Brief öffnete. Wenn er wichtig war, wollte sie angemessen aussehen, wenn sie ihn las.

Sie stellte die Espressomaschine an und ging rasch unter die

Dusche. Dann machte sie sich einen Kaffee und ein Brot mit selbst gekochter Erdbeermarmelade. Sie nahm einen großen Bissen und riss dann den Brief auf. Das Anwaltsbüro Günter, Albrecht und Partner teilte ihr mit, dass ihr Ehemann, Max Klinger, die Scheidung eingereicht hatte. Aufgrund der bereits vollzogenen Trennung und des geregelten Versorgungsausgleiches war bereits ein Scheidungstermin anberaumt, in vier Wochen. Maylis war völlig baff. Sie starrte auf die Nachricht, ihr Brot schief in der Hand, und kam erst wieder zu sich, als ein großer Klecks Marmelade auf dem Briefkopf landete.

Es war ja zu erwarten gewesen, dass es früher oder später so kommen würde, aber so ohne jede Vorwarnung, in einem offiziellen Schreiben von einem Anwalt, ohne ein persönliches Wort von Max, das traf sie tief. Das Scheitern ihrer Ehe war jetzt amtlich. Eine Beziehung, die so hoffnungsvoll begonnen hatte, war endgültig kaputt. Für Maylis bedeutete das, an einem wichtigen Punkt in ihrem Leben gescheitert zu sein. Als sie ihr Jawort gegeben hatte, da war sie fest davon überzeugt gewesen, dass es für immer gelten würde.

Auf dem Weg mit dem Rad ins Geschäft überholte sie ein Paar. Die beiden hielten sich so eng umschlungen, dass sie beinahe über ihre Füße stolperten. Der Mann küsste die Frau auf das Ohrläppchen, und sie lachte ihn verliebt an. So waren Max und Maylis auch gewesen. Am Anfang ihrer Liebe hatten sie manchmal von einer Straßenecke zur nächsten eine Ewigkeit gebraucht, weil sie sich zwischendurch ständig hatten küssen müssen. Nie hätte sie sich vorstellen können, dass ihre Liebe eines Tages schal werden und aufhören könnte. Was hatten sie alles gemeinsam erlebt, was hatten sie für Pläne gemacht. Von dem gemeinsamen Wunsch, Kinder zu haben, gar nicht zu reden.

Und jetzt ließ er ihr über einen Anwalt die Scheidungspapiere zukommen. Mein Gott, er würde Elena heiraten! Sie spürte, wie ihr bei dem Gedanken die Luft eng wurde. Sie hielt an und stieg vom Rad, bis das Zittern ihrer Hände nachließ. Elena, ihre ehemals beste Freundin, die sie seit dem Studium kannte; Elena, der sie mehr von sich erzählt hatte als jedem anderen Menschen. Sie wusste nicht, ob es Schmerz oder Wut war, das ihr die Tränen in die Augen trieb. Wahrscheinlich beides. Sie stieg wieder auf ihr Rad und fuhr vorsichtig weiter. Bevor sie das Geschäft betrat, atmete sie tief durch und nahm sich zusammen.

Die Generalin rauschte gegen elf zur Tür herein. Sie knallte die Schüssel mit dem Hackepeter auf den Tresen und rief: »Frau Klinger, kommen Sie bitte mit nach hinten.«

Annette zog die Augenbrauen hoch und wedelte mit den Händen, als habe sie sich verbrannt.

Mist, dachte Maylis. Hilde Becker und Hannibal hatten gepetzt, genau wie sie es befürchtet hatte.

»Wie kommen Sie dazu, eine unserer besten Kundinnen aus dem Laden zu weisen?« Die Generalin machte sich nicht die Mühe eines Vorgeplänkels.

Maylis schluckte. »Der Hund wollte gerade wieder kotzen …«

»Nicht diese Ausdrucksweise, bitte!«

»Er fing an zu würgen, und ein anderer Kunde war im Laden. Er hat sich beschwert.« Sie straffte sich, ihre Stimme wurde fester. »Frau Radke, Hunde haben in einem Lebensmittelgeschäft nichts zu suchen. Wenn das Gesundheitsamt uns draufkommt, geraten wir in Teufels Küche. Außerdem kann man Frau Becker schon lange nicht mehr als eine unserer besten Kundinnen bezeichnen. Sie kauft kaum etwas. Fünfzig Gramm Leberpastete für den Hund und ab und zu etwas Käse.«

Jetzt schluckte die Generalin. »Wie reden Sie denn mit mir?«

»Tut mir leid, aber so ist es.«

Die Ladenglocke ging, und Maylis hörte die schweren

Schritte des Chefs. Ein Wispern von Annette, und einen Augenblick später stand er im Raum.

»Was ist hier los?«

»Es geht um Hilde Becker«, sagte Maylis.

»Es geht darum, dass Frau Klinger sie hinausgeworfen hat. Das ist eine Unverschämtheit«, schimpfte die Generalin.

»Nicht sie, ihren Hund«, murmelte Maylis.

»Jetzt werden Sie nicht auch noch frech!«

Der Chef holte tief Luft. »Mutter«, sagte er dann, »der Köter kommt mir ab sofort nicht mehr in den Laden. Niemand von uns hat Lust, ständig seine Hinterlassenschaften aufzuwischen. Vielleicht sagst du deiner Freundin mal, wenn sie aufhört, das arme Tier mit Leberpastete vollzustopfen, und ihn ab und zu selbst laufen lässt, normalisiert sich auch seine Verdauung!«

Er übt für den Moment, in dem er ihr seine Hochzeitspläne beichtet, dachte Maylis, während die Generalin blass wurde.

»Frau Klinger sagt, Hilde würde so gut wie nichts kaufen.«

Der Chef räusperte sich. »Da hat sie leider recht. Schon seit Jahren nicht mehr. Meistens hat sie eine volle Edeka-Tüte bei sich, wenn sie zu uns in den Laden kommt.«

Gerda Radke bekam einen lauernden Blick. »Davon hat sie mir nie etwas gesagt. Sie tut immer so, als wäre sie eine unserer besten Kundinnen.«

»Ist sie nicht, da kann ich dich beruhigen.«

Die Generalin ließ sich schwer atmend auf den Schreibtischstuhl fallen. »Aber Frau Klinger hätte nicht so unverschämt zu ihr sein dürfen«, fing sie wieder an. Sie gab sich nur ungern geschlagen.

»Ich glaube nicht, dass Frau Klinger unverschämt war«, entgegnete ihr Sohn. »Vielleicht hätten wir sie gar nicht in diese Situation bringen dürfen. Wir hätten die Dinge viel früher klarstellen müssen. Hunde haben in einem Lebensmittelgeschäft nichts zu suchen.« Er nahm die Schultern zurück, dann drehte er sich zu Maylis herum. »Frau Klinger, Sie besorgen ein Schild *Hunde verboten*. Möglichst groß.« Er sah die Generalin kampfeslustig an. »Ich will nichts hören, Mutter. Dies ist mein Geschäft. Und in mein Geschäft kommt ab sofort kein Hund mehr. Auch nicht Hildes Hannibal.«

»Ich habe doch gar nichts gesagt!«

»Frau Klinger, das wäre dann alles. Ach, eins noch: Haben Sie sich um den Studenten für den Lieferservice gekümmert?«

»Noch nicht.«

»Dann aber los. Ich hatte doch gesagt, dass Sie das gleich machen sollen.« Er wedelte mit der Hand, als würde er eine Fliege verscheuchen. Maylis machte, dass sie aus dem Büro kam.

Vorn im Laden sah Annette sie mitfühlend an. »War's schlimm?«

»Alles in Ordnung. Er hat gemeckert.« Sie grinste. »Aber mit ihr! Ab sofort hat Hannibal Hausverbot. Ich werde ein Schild besorgen, sobald hinten die Luft rein ist.«

»Oh, Gott. Hoffentlich bin ich nicht da, wenn Frau Becker das erfährt.«

»Zweihundert Gramm?« Maylis hielt den Beaufort in die Höhe und legte das Messer an, um die Größe des Stücks anzuzeigen, das sie von dem Käse abschneiden wollte.

Bevor die Frau eine Antwort geben konnte, klingelte ihr Handy. Lautstark meldete sie sich und fing ein Gespräch an, ohne Maylis noch eines Blickes zu würdigen. Das war bereits das zweite Mal innerhalb der drei Minuten, die Maylis sie bediente. Und auch in diesem Gespräch ging es um absolute Nebensächlichkeiten. Was wer wann zu wem gesagt hatte und so weiter. Die Frau legte auf, doch bevor sie auf Maylis' Frage nach der Größe des Stücks Käse antworten konnte, klingelte das Handy schon wieder.

Das war mehr, als Maylis heute ertragen konnte. Es waren

keine weiteren Kunden im Laden. Sie legte den Käse zurück in die Auslage, drehte sich um und ging quer durch den Laden nach hinten. Die Kundin ließ sie einfach stehen. Die Generalin war nicht mehr da, sonst hätte sie das nicht gewagt, aber mit dem Chef würde sie fertig werden. Wenn sie heute schon mal dabei waren, die Kunden zu erziehen ... Hinter sich hörte sie die empörte Stimme der Frau: »Wo ist denn die Verkäuferin hin? Also, das gibt es doch nicht!«

»Ich bediene Sie weiter. Meine Kollegin musste ans Telefon«, sagte Annette.

Gute Antwort, dachte Maylis.

Vor der Tür zum Hof stapelten sich leere Kartons. Sie machte sich daran, sie zu zerreißen und die Pappen aufeinanderzustapeln. Fast eine Stunde brachte sie damit zu. Genau die richtige Arbeit für jemanden, der voller Wut und Trauer war. Am liebsten hätte sie den Anwaltsbrief gleich mit zerrissen und im Altpapiercontainer versenkt. Stattdessen stieß sie bei jedem Schnitt, den sie mit dem Cuttermesser durch die Pappen zog, Flüche gegen Max aus. Bis ihr irgendwann keine mehr einfielen.

Als Annette Feierabend hatte, war sie immer noch mit ihrer Arbeit beschäftigt.

»Was ist denn bloß los mit dir?«, fragte sie. »Wie du die Kundin hast stehen lassen, alle Achtung. Die war vielleicht sauer!«

»Ich muss mir das nicht gefallen lassen. Diese ungehobelten Leute, die telefonieren und einen behandeln wie Luft!«

»Warum lässt du das so dicht an dich heran? Sonst kannst du doch auch darüber hinwegsehen. Was ist denn los mit dir?«

Maylis wusste genau, woran es lag. »Mein Mann verlangt die Scheidung. Und er lässt es mich durch seinen Anwalt wissen.«

»Der, der neulich in der Zeitung war?«

»Ich habe nur den einen.«

»Und er hat dich nicht mal vorgewarnt? Das Schwein!«
»Wem sagst du das.«
»Und jetzt?«
Sie sah Annette ratlos an. Sie wusste nicht, was jetzt kommen sollte oder was sie zu tun hatte. Sie hatte die Nachricht immer noch nicht richtig verdaut, irgendetwas in ihr weigerte sich nach wie vor, sie zu akzeptieren. Sie brauchte Abstand, sie musste mal raus aus Hamburg. »Ich lasse mich scheiden, aber vorher fahre ich ans Meer. Ich gehe jetzt zum Chef und nehme mir frei.«

Sie marschierte ins Büro, wo Wilhelm Radke in einer Hochglanzbroschüre blätterte. Als er sie bemerkte, zog er ungeschickt einen Katalog für Werbepräsente darüber. Schließlich war bald Weihnachten. Aber Maylis hatte schon gesehen, dass es eines dieser Hochzeitsmagazine war.

»Ich brauche morgen frei. Ich muss übers Wochenende weg.«
Er sah auf.
»Muss das sein?«
»Ja, es geht nicht anders.«
»Aber heute sind Sie noch da?« Er guckte ein bisschen verlegen. »Ich würde heute gern früher gehen, Sie verstehen?«
»Ich verstehe«, sagte Maylis. »Dafür kommen Sie dann morgen früh.«
Er nickte.

Lass mich heute etwas finden, dachte Maylis, als sie mit Frau Burfeind den Laden für den Abend aufräumte. Sie fuhr mit den Fingern die schmale Lücke zwischen Tresen und Taschenablage entlang, aber dort war nichts. Sie hob die Obstkisten an, vergebens. Und beim Fegen kehrte sie nur ein paar Krümel und Papierschnipsel zusammen. Sie bückte sich danach und stellte fest, dass es eine zerrissene HVV-Fahrkarte war. Hamburger Verkehrsverbund, Tarifbereich 2. Sie überlegte gerade, ob sie das als schlechtes Zeichen deuten sollte, als die

Türglocke ging. Es war der Student. Maylis freute sich unglaublich, ihn zu sehen. Er war das gute Zeichen.

»Wie war Ihr Vorstellungsgespräch?«, fragte sie, ohne ihn zu begrüßen.

Er wiegte den Kopf hin und her, wie er es immer machte, wenn er so tat, als könnte er sich nicht zwischen Kaviar und Hummer entscheiden. Heute war er wieder in Jeans und Karohemd und Anorak.

»Ich glaube, ich habe mich gut verkauft. Am Montag wollen sie mir Bescheid geben. Bevor ich es vergesse...« Er kramte im Seitenfach seiner Tasche und holte den Stein hervor. »Er hat mir Glück gebracht, glaube ich. Vielen Dank.«

Maylis nahm den Stein an sich. Er fühlte sich gut in ihrer Hand an, wie immer. Sie ließ ihn in die Tasche ihrer Schürze gleiten.

»Wie schön. Das freut mich. Und? Brauchen Sie etwas Leckeres, um Ihren Erfolg zu feiern?«

»Ich weiß ja noch nicht einmal, ob es ein Erfolg war.« Er sah sie zögernd an. »Eigentlich brauche ich heute gar nichts. Aber ich wollte Sie um einen Gefallen bitten.«

Maylis stützte ihr Kinn auf die Hand, in der sie den Besen hielt, und sah ihn fragend an.

»Ich war Mittwochnachmittag schon mal hier, um Ihnen Bescheid zu geben, na ja...«

»Ich hatte Sie ja darum gebeten«, half Maylis nach, »aber Mittwoch ist mein freier Nachmittag.«

»Genau. Also, ich war hier, aber Sie nicht...«

»Wie gesagt, Mittwoch...«

»Ja, ich weiß...«

»Aber jetzt bin ich wieder da«, sagte Maylis.

Er nickte erleichtert. »Gleichzeitig mit mir war eine Frau hier.« Er lächelte. »Ich glaube, die wollte auch zu Ihnen und nichts kaufen. Wir waren wohl beide ein bisschen enttäuscht, Sie nicht anzutreffen...«

»Und?« Maylis' Herz machte einen Hüpfer.

»Sie sagte, also, ich meine, diese Frau, sie meinte, sie würde Sie kennen, und Sie seien die Seele des Geschäfts.«

Jetzt komm mal zur Sache, dachte Maylis und schmunzelte.

»Wissen Sie, wie sie heißt, und würden ... würden Sie mir ihre Telefonnummer geben?«

»Meine Nummer?« Maylis machte es eine diebische Freude, ihn zappeln zu lassen.

»Ihre nehme ich auch gern, aber eigentlich ...« Er sah ihr verschmitztes Lächeln. »Sie sind gemein! Sie wissen doch ganz genau, was ich will!«

»Sie heißt Charlotte Rossmann. Und ich habe ihre Telefonnummer. Wem soll ich sie denn geben?«

Er atmete erleichtert aus und streckte ihr die Hand hin. »Tobias Wolke. Mit etwas Glück bald mäßig, aber regelmäßig verdienender Assistenzarzt im UKE.«

»Na, Hauptsache, kein Anwalt. Ich heiße übrigens Maylis Klinger.« Sie gab ihm die gewünschte Telefonnummer und obendrein noch ihre eigene. Dabei sah sie sich um, ob Frau Burfeind irgendwo lauerte und zuhörte. Dieses Gespräch hätte sie ihr niemals als harmlos verkaufen können.

Auf dem Weg nach Hause war Maylis von einem Hochgefühl erfüllt. Den Brief des Anwalts hatte sie für den Augenblick vergessen. Ihre Ahnung hatte sie nicht getrogen. Charlotte und Tobias mochten sich, genau wie sie es erwartet hatte. Wie romantisch von ihm, zu ihr zu kommen und nach Charlottes Telefonnummer zu fragen. Und wie mutig! Was die beiden wohl miteinander geredet hatten, nachdem sie gemeinsam das Geschäft verlassen hatten? Maylis würde Charlotte bei Gelegenheit danach fragen.

Sie fuhr, ohne auf den Weg zu achten, und befand sich

plötzlich in der Löwenstraße. Hier wohnten Max und Elena. Sie war schon lange nicht mehr hier gewesen. Tatsächlich hatte sie die Gegend gemieden wie die Pest, wenn sie ehrlich war. Seit der Trennung vor einem Jahr hatte sie sich von jedem Ort ferngehalten, an dem sie auf Max oder Elena hätte stoßen können. Und trotzdem war sie ihnen ein paarmal über den Weg gelaufen. Das letzte Mal war einige Monate her an einem Sonnabend in der Innenstadt gewesen. Sie waren ihr entgegengekommen, Arm in Arm und mit den Tüten verschiedener Boutiquen beladen. Maylis wollte sich noch in ein Geschäft flüchten, aber es war zu spät. Elena hatte sie bereits gesehen und Max am Arm gezupft, um ihn ebenfalls auf sie aufmerksam zu machen. Maylis' Beine hatten gezittert, ihre Hände waren sofort schweißnass gewesen.

Die Begegnung war schrecklich verlaufen. Sie hatten kurz Hallo gesagt und verlegen gefragt, wie es denn gehe. »Wir müssen dann mal!« Mit diesen Worten hatte Max wieder den Arm um Elena gelegt, und sie waren weitergegangen, während Maylis wie erstarrt mitten auf dem Bürgersteig stehen geblieben war.

Jetzt musste ihr Unterbewusstsein ihr einen Streich gespielt und sie vor dieses Haus geführt haben, in dem die beiden wohnten. Wenn sie dort noch wohnten, denn Elenas Wohnung war nicht besonders groß, und Max stand der Sinn ja eigentlich nach Höherem.

Ehe sie es sich anders überlegen konnte, stellte sie ihr Fahrrad ab und ging zur Tür, um einen Blick auf das Klingelschild zu werfen. Elenas Name stand noch da, und daneben der von Max. Das tat weh.

Sie ging wieder zu ihrem Rad und schob es auf die andere Straßenseite, um besser zu den Fenstern im ersten Stock hinaufsehen zu können. Die Tür zu Elenas kleinem Balkon stand offen, obwohl die Abendluft kühl war. Es war niemand zu sehen, weder draußen noch durch die Fenster, die zum

Wohnzimmer und zur Küche gehörten. Elenas Balkon war winzig – »Genug für zwei Klappstühle und eine Kiste Bier«, hatten sie immer gesagt. Wie oft hatte Maylis dort mit ihrer Freundin gesessen. Sie hatten Wein getrunken und die Leute beobachtet, die vorübergingen. »Dieser Balkon gehört nur uns.« Auch das hatte Elena immer wieder gesagt, denn für drei war er einfach zu klein. Männer hatten in dieser Frauenrunde keinen Platz gehabt, auch Max nicht.

Der Schmerz über den Verlust ihrer besten und ältesten Freundin überfiel sie jäh und heftig und war in diesem Augenblick noch größer als die Wunde, die ihre verlorene Liebe gerissen hatte. Sie spürte, wie ihr Tränen in die Augen stiegen. Und ein beinahe übermächtiges Bedürfnis überkam sie, hinüberzugehen und Elena zu fragen, was damals eigentlich passiert war.

In diesem Moment trat Elena in einem Kimono auf den Balkon hinaus, und Maylis wurde heiß und kalt. Mein Gott, sie durfte sie hier auf keinen Fall sehen! Das würde Maylis niemals erklären können. Panisch schob sie ihr Rad ein paar Schritte weiter hinter den knorrigen Stamm einer Platane. Jetzt kam auch Max nach draußen, er hatte zwei Gläser in der Hand, es sah aus wie Rotwein. Er reichte Elena eines, sie prosteten einander zu und nahmen einen Schluck.

Wahrscheinlich stoßen sie auf seine baldige Scheidung an, dachte Maylis. Und der Platz auf dem Balkon gehört jetzt ihm.

Sie musste noch einige Minuten warten, bis die beiden wieder hineingingen, bevor sie unbeobachtet wegfahren konnte. Sie weinte so heftig, dass sie kaum etwas sehen konnte.

Kapitel 12

Maylis hatte kein Auto, weil sie in der kleinen Welt, in der sie sich bewegte, keines brauchte. Wer in Eppendorf ein Auto besaß, brauchte auch einen Garagenstellplatz, wenn er nicht jeden Abend stundenlang auf der Suche nach einem Parkplatz um den Block fahren wollte. Sie kannte Hamburger, die zu Fuß gingen, weil sie gerade einen guten Parkplatz hatten und den nicht aufgeben wollten. Das war doch verrückt! Da zog Maylis die Fahrten mit ihrem geliebten Motobécane vor. Und wenn es regnete, nahm sie den Bus oder ein Taxi.

An diesem Sonnabend hätte sie nichts dagegen gehabt, die Tasche fürs Wochenende einfach in den Kofferraum zu stellen und loszufahren.

Stattdessen nahm sie um halb acht Uhr morgens die U-Bahn zum Dammtorbahnhof und von dort den Zug um acht. Während der Fahrt hing sie ihren trüben Gedanken nach, und gegen Mittag kam sie in der Frühstückspension Maleens Knoll in Sankt Peter-Ording an. Sie kannte das Haus von einigen Aufenthalten mit ihrer Mutter, später war sie mit Max hier gewesen, und nach der Trennung von ihm nie wieder – bis heute.

Das Haus mit acht Zimmern unter einem Reetdach lag direkt hinter den Dünen, mit Strandkörben im Garten und einem netten Vermieterehepaar.

»Um diese Zeit ist nicht mehr viel los«, sagte Frau Owschlag, die Vermieterin, während sie vor Maylis herging, um ihr das Zimmer zu zeigen. »Rufen Sie trotzdem das nächste Mal früher an. Wäre doch schade, wenn Sie anderswo wohnen müssten. Ich habe das mit Ihrem Mann übrigens in der Zeitung gelesen. Er war ein paarmal mit Ihrer besten Freundin abgebildet. Das war bestimmt nicht leicht, und es tut mir leid. Ich nehme an, Sie waren deshalb so lange nicht mehr hier.«

Maylis wollte weder über Max noch über Elena sprechen. Sie waren früher sogar mal zu viert hier gewesen, als Elena noch mit Michael zusammen gewesen war. »Ich habe es mir erst gestern überlegt. Ich musste mal raus aus Hamburg.«

Frau Owschlag seufzte. »Und ich würde gern mal wieder hinfahren. Immer nur Meer und Himmel sind auf die Dauer auch nichts. Den ganzen Sommer über bin ich hier nicht weggekommen. Aber ich habe es mir fest vorgenommen, wenn es nach den Herbstferien ruhiger wird.«

Sie blieben vor einer Zimmertür stehen, neben der eine große Sechs aus Holz prangte. Es war das rote Zimmer. Jedes Zimmer der Pension war in einer anderen Farbe eingerichtet, und jedes war auf seine eigene Art gemütlich. In diesem waren die alten Dielen ochsenblutrot gestrichen, ebenso wie einige Möbelstücke: ein kleiner Nachtschrank, ein Stuhl. Das Rot tauchte in Kissen und Vorhängen wieder auf und in einem Nolde-Druck an der Wand, der einen Ast mit leuchtend roten Hagebutten zeigte.

»Schön«, sagte Maylis und stellte ihre Tasche ab. Sie machte ein paar Schritte durch das Zimmer, um auf den Balkon hinauszusehen. Er lag zur Meerseite hin, aber sehen konnte man das Wasser von hier aus nicht, da die Dünen dazwischenlagen.

»Rot steht für die Liebe«, sagte hinter ihr Frau Owschlag mit einem geheimnisvollen Unterton.

Sie hatte einen Hang zur Esoterik und brachte die Farbe des Zimmers gern mit der Person in Verbindung, die sie dort einquartierte. Das hatte Maylis schon bei früheren Aufenthalten festgestellt.

»Dieses Mal haben Sie sich geirrt«, antwortete Maylis, und ihr gelang sogar ein kleines Lächeln, um Frau Owschlag von weiteren Nachfragen abzuhalten.

Die ließ sich davon nicht beirren. »Liebeskummer hat auch mit Liebe zu tun«, sagte sie und hob dabei vielsagend die Augenbrauen. »Ich lasse Sie dann mal allein. Ich wünsche einen schönen Aufenthalt.«

Endlich am Strand! Als Maylis die Straße vor der Pension überquert und den eingezäunten Weg durch die Dünen genommen hatte, lag er vor ihr, unendlich weiß und weit. Der Strand von Sankt Peter war an einigen Stellen einen Kilometer breit. Besonders bei Ebbe war die Wasserlinie erst nach einem langen Fußmarsch zu erreichen, bei dem man sich dem verheißungsvollen Glitzern nur langsam näherte. Hinter den Dünen führten Holzstege die erste Hälfte des Weges durch den Sand, den Rest musste man sich erlaufen, teils über eine von Wasser und Wind bretthartes Oberfläche, teils durch weichen Sand, in dem die Füße versanken.

Am Ende des hölzernen Stegs zog Maylis Schuhe und Strümpfe aus. Der Sand war kühl, und als sie eine kleine Wasserlache durchqueren musste, zuckte sie kurz zurück. Das Wasser kam ihr eisig vor. Aber eigentlich mochte sie dieses Gefühl, die Kälte an ihren Füßen und das anschließende Kribbeln, wenn sie die Schuhe wieder anzog.

Es war Ebbe, daher krempelte sie ihre Jeans hoch, um den großen Priel zu durchwaten und auf die Sandbank zu gelangen, die sich parallel zum Strand hinzog. Sie wandte sich nach links, in Richtung Ortsmitte. Es war ein klarer Tag, und auf der grenzenlos erscheinenden Strandfläche zeichneten sich die hohen Pfahlbauten, für die Sankt Peter berühmt war, gestochen scharf vor dem Hintergrund ab. Treppen führten hinauf zu den hölzernen Podesten, auf denen Restaurants, Toiletten und die Seenotrettung untergebracht waren. Im Sommer standen sie im zuckrigen Sand, aber im Winter, bei Flut und

Sturmflut, waren sie oft unterspült. An manchen Tagen mussten sie ganz geschlossen bleiben, weil die Stelzen, auf denen sie standen, einige Meter hoch im Wasser standen. Maylis ließ den Strandabschnitt mit den Pfahlbauten hinter sich und erreichte die riesige Freifläche für Kitesurfer und Strandsegler. Sie blieb stehen und sah den Sportlern zu, deren bunte Schirme vor dem blauen Himmel leuchteten. Ausprobiert hatte sie das Kitesurfen noch nie, ihr war dieser Sport zu wild.

Als sie weiterging, verfiel sie rasch in eine schnelle Gangart, den Blick fest auf den Horizont gerichtet. Wie hatte sie dieses Gefühl vermisst, die kraftvolle, energische Bewegung, weit ausgreifende Schritte und niemand, der ihr entgegenkam, dem sie ausweichen musste! Sie spürte den leichten Wind und die Sonne im Gesicht.

Nach kurzer Zeit wurde ihr warm, sie öffnete den Reißverschluss ihrer Jacke und zog sie aus. Den Anorak stopfte sie zu den Schuhen in ihren Rucksack, um die Arme frei zu haben. Nur selten blieb sie stehen, weil ihre Augen etwas am Boden entdeckt hatten, eine besonders schöne Herzmuschel oder eine Strandkrabbe. Einmal stockte ihr der Atem, weil sie glaubte, einen Klumpen Bernstein gefunden zu haben, aber als sie sich bückte, um ihn aufzuheben, erkannte sie, dass es bloß ein goldfarbener Stein war. Schön, aber eben nur ein Stein. Sie hatte an diesem Strandabschnitt noch nie Bernstein gefunden, obwohl sie und ihre Mutter früher ganze Tage damit zugebracht hatten, danach zu suchen. Dabei hatten sie gespielt, sie seien Goldsucher in Alaska.

Nachdenklich drehte sie den Stein in der Hand. Es hatte tatsächlich Dinge gegeben, die sie gemeinsam mit Caroline getan hatte, Momente, in denen sie sich nahe gewesen waren.

Sie richtete sich wieder auf und sah über das blaue Meer. Die Flut kam, und mit ihr näherte sich von Norden ein Krabbenkutter. In dem gleißenden Gegenlicht waren die ausgebreiteten Netze in allen Einzelheiten zu erkennen. Das

Schiff sah aus wie aus dem Bilderbuch, weiße Möwen umkreisten es mit heiseren Schreien. Der Kutter war wohl auf dem Weg nach Büsum, um seinen Fang abzuliefern.

»Das Meer erzählt jedem von uns eine Geschichte.«

Diesen Satz hatte ihr Vater früher zu ihr gesagt, an einem anderen Meer. Sie beschattete die Augen mit der Hand, um den Krabbenkutter besser sehen zu können. Sie wusste nicht genau, was Edgar mit diesem Satz gemeint hatte, aber für sie bedeutete er, dass sie dem Meer zuhören musste. An seiner Küste kam sie ihrer eigenen Geschichte auf die Spur. Angesichts der Weite und der Ewigkeit des Meeres würden auch ihre Gedanken weit und kühn werden, so hoffte sie.

Und welche war ihre Geschichte? War das ewige, gleichmäßige Kommen und Gehen der Wellen ein Sinnbild für das Auf und Ab in ihrem Leben? Standen die großen Brecher für die aufwühlenden Ereignisse, die leise zischelnden Wellen, die im Sand versickerten, für den unaufgeregten Alltag? Musste sie sich einfach damit abfinden, dass das Leben es mal gut mit ihr meinte und sie dann wieder vor sich herwirbelte?

Die Flut stieg weiter, und mit ihr wurden die Wellen nach und nach mächtiger. Der Wind frischte auf. Ein besonders großer Brecher wagte sich weit auf den Strand hinauf und umspülte Maylis' Knöchel bis zu den Waden. Der Saum ihrer Hose wurde durchnässt. Das machte ihr nichts weiter aus, sie krempelte die Hosenbeine noch ein Stück höher. Aber während sie der stürmischen Welle nachsah, wie sie sich zurückzog, um von der nächsten überrollt zu werden und sich aufzulösen, da wurde sie ein Sinnbild für die bevorstehende Scheidung von Max. Dass Max die Scheidung eingereicht hatte, machte ihre Trennung endgültig. Ihre Ehe würde aufgelöst werden wie diese Wellen. Wenn Maylis bis jetzt manchmal noch heimlich geglaubt hatte, zwischen ihr und Max würde alles wieder ins Reine kommen, so war diese Möglichkeit für immer und unwiderruflich dahin.

Maylis ließ ihren Tränen freien Lauf. Sie hatten etwas Befreiendes, und hier, am weiten Strand und unter dem Brausen des Windes, sah sie niemand.

Irgendwann nahm Maylis ihre Wanderung wieder auf, und die Muskeln in ihren Oberschenkeln machten sich bemerkbar, bis sie wieder in ihren schnellen Trott gefunden hatten. Die gleichmäßige Bewegung tat ihr gut und machte ihre Gedanken frei. So als würde der weite Horizont auch ihr Hirn weit machen und sie zu Einsichten inspirieren, für die sie in der Enge Hamburgs nicht den Mut fand.

Die Geschichte mit Max ist vorbei, dachte sie. Aber das muss nicht heißen, dass es in meinem Leben keine neue Liebe geben kann. Ich habe jetzt lange genug meine Trauer vor mir hergetragen. Ich habe mich komplett von der Welt zurückgezogen und meine Freunde vernachlässigt und verloren. Ich habe sogar meinen Job aufgegeben, den ich vorher gern getan habe, und mich bei Feinkost Radke hinterm Tresen verschanzt. Ich bin ein Trauerkloß, der sich in seinem Elend suhlt. Vielleicht ist es an der Zeit, dass ich mich wieder dem Leben zuwende.

Atemlos blieb sie stehen, um diesen Gedanken zu verfolgen, der sich in einem Moment der körperlichen Erschöpfung, der sie unachtsam hatte werden lassen, in ihren Kopf geschlichen hatte.

Wie wäre es, wenn sie sich wieder dem Leben zuwenden würde? War das Abendessen mit Charlotte Rossmann nicht bereits ein Schritt in diese Richtung gewesen? Ebenso wie die Tatsache, dass ein Mann wie Paul Abendland sie reizen konnte? Und wenn dieses Wochenende einen neuen Anfang brachte?

»Als wenn man das rational entscheiden könnte«, sagte sie plötzlich laut und erschrak über ihre eigene Stimme.

Sie spürte die abendliche Kälte durch ihren Pullover und holte ihren Anorak aus dem Rucksack. Sie beschloss, umzudrehen und in die Pension zurückzukehren.

Auf dem Rückweg machte sie einen Abstecher zu Maleens Knoll. So hieß nicht nur ihre Pension, so wurde auch eine Düne genannt, auf der sich eine Aussichtsplattform befand. Der eingezäunte Weg schlängelte sich durch die Landschaft, in der sich der weiße Sand mit Strandhafer und einzelnen Hagebuttensträuchern abwechselte. Ab und zu gab es auch Moosflächen, auf denen im Sommer winzige gelbe und violette Blüten-Farbtupfer saßen. Niemand außer ihr war hier, und es war auf einmal wieder sehr warm, weil die Dünen den Wind abhielten. Eine Treppe führte zur Aussichtsplattform hinauf. Eine Informationstafel erzählte die Geschichte dieses Ortes, aber Maylis kannte sie schon lange auswendig.

Maleen hatte sich in einen Seemann verliebt. Als sein Schiff auslief, stieg sie jeden Abend auf die höchste Düne, um nach ihm Ausschau zu halten. Jeden Abend entzündete sie eine Laterne. Aber er kam nicht zurück. Die Dorfbewohner gewöhnten sich über die Jahre an das abendliche Licht in den Dünen. Als es eines Abends dunkel blieb, sahen sie nach und fanden Maleen tot vor. Vier Wochen später wurde ein ertrunkener Seemann an Land gespült, der den gleichen Ring trug wie Maleen. Die Düne, auf der sie nach ihm Ausschau gehalten hatte, wurde von da an Maleens Knoll genannt.

Und? Was hatte Maleen von ihrer Warterei gehabt? Nichts. Sie hatte ihre Abende mutterseelenallein auf einer Düne verbracht und war sogar darüber gestorben.

Nicht besonders schlau, dachte Maylis.

Als sie wieder auf ihrem Zimmer war, war es schon sieben Uhr, und sie war von ihrem kilometerweiten Marsch ziemlich erschöpft. Sie duschte heiß und lange und schob sich dann den Sessel an die Balkontür, um das Licht zu genießen. Am Himmel zeigte sich gerade noch das letzte flammende Abendrot.

Dann leuchtete es noch einmal purpurn auf, und die Dämmerung setzte ein.

Schade, dachte sie, ich hätte bis zum Sonnenuntergang am Strand bleiben sollen.

Sie hatte nach dem Tag an der frischen Luft einen mörderischen Hunger. Außerdem hatte sie nicht zu Mittag gegessen, fiel ihr jetzt ein.

Sie griff nach ihrer Jacke und wollte sich ins Gambrinus aufmachen, ein Restaurant, das sie kannte und in dem man sehr gut aß. Sie hatte die Türklinke schon in der Hand, als sie zögerte und noch einmal ins Bad ging. Sie legte ein leichtes Make-up auf und zog die Lippen nach. Und sie beschloss, am nächsten Tag im Ort ein Parfum zu kaufen.

Sie aß so gut wie schon lange nicht mehr. Sie blätterte nur aus Interesse in der Speisekarte, denn sie wusste von vornherein, dass sie die hiesige Spezialität bestellen würde: butterweiches, über Stunden geschmortes Salzwiesenlamm mit Selleriepüree und hausgemachten Schupfnudeln. Dazu trank sie einen kräftigen Merlot. Die Soße war zum Niederknien. Sie aß den Teller restlos leer und bestellte zum Nachtisch rote Grütze mit geschlagener Sahne. Die Grütze war ebenfalls hausgemacht, »aus den letzten Gartenfrüchten des Jahres«, wie der Kellner betonte. In die Früchte schien die ganze Kraft des Sommers eingegangen zu sein, sie waren von einer betörenden Reife und Geschmacksintensität.

Gegen zehn war sie zurück in ihrem roten Zimmer, satt und müde. Sie wollte eigentlich noch lesen, aber nach nicht mal zwei Seiten fielen ihr die Augen zu.

Das Frühstück machte der Frühstückspension alle Ehre.

Frau Owschlag ließ es sich nicht nehmen, die Marmeladen selbst zu kochen, wobei sie eine erstaunliche Kreativität an den

Tag legte. Feige mit Banane, Tomate mit Kiwi und Erdbeer-Vanille waren nur einige Sorten, die Maylis auf dem Buffet vorfand. Eier, Krabben und Lachs, frische Biobrötchen und eine Obst- und Gemüseauswahl vom Feinsten waren ebenfalls aufgebaut. Der Frühstücksraum lag in einem dieser alten, verglasten Wintergärten, die vor 100 Jahren an Nord- und Ostsee gebaut wurden, mit weißen Sprossenfenstern, die sich nach oben schieben ließen, und knarrendem Fußboden. Der Blick war nach allen Seiten hin offen. Maylis wählte einen kleinen Tisch in der Ecke, der bereits von der Sonne erreicht wurde.

»Kann sein, dass wir heute noch schlechtes Wetter bekommen«, sagte Frau Owschlag, während sie eine Kaffeekanne und ein Milchkännchen aus antikem Hotelsilber auf den Tisch stellte.

»Dann mache ich mich am besten gleich auf den Weg an den Strand. Also natürlich erst, nachdem ich Ihr göttliches Frühstück genossen habe. Wo sind denn die anderen Gäste?« Im Moment saß sie allein im Frühstücksraum, obwohl noch einige weitere Tische eingedeckt waren.

»Langschläfer«, sagte Frau Owschlag. »Die bleiben aber auch länger und können es sich leisten.«

»Kann ich meine Tasche hier stehen lassen und sie heute Nachmittag abholen, bevor ich zum Bahnhof gehe?«

»Selbstverständlich. Wann wollen Sie los?«

»Von *wollen* kann keine Rede sein, aber ich habe vor, den Zug um halb fünf zu nehmen.«

»Um die Zeit muss ich in die Stadt, ich kann Sie zum Bahnhof mitnehmen.«

»Ehrlich? Das ist aber nett!« Maylis strahlte.

Heute nahm sie nicht den weiten Weg am Wassersaum entlang, sondern ging durch die Dünen und den angrenzenden

Kiefernwald, der sich parallel zum Meer hinzog, um ins Stadtzentrum zu kommen. Sie hatte ihr Vorhaben vom Vorabend, Parfum zu kaufen, nicht vergessen. Außerdem mochte sie die kleine Einkaufsstraße, die es in Sankt Peter gab. Es waren nicht sehr viele Touristen unterwegs, an diesem Sonntagmorgen ohnehin nicht. Maylis setzte sich auf eine Bank an der Promenade und sah den wenigen Passanten zu. Ältere Ehepaare in gleichfarbigen Windjacken, junge Familien, die in Buggys Sonnenschirme, Buddeleimer und Gummistiefel transportierten. Auch einige Verliebte, die eng umschlungen den Weg zum Strand nahmen. Die Leute führten ihre neuen Outdoorjacken spazieren, obwohl es eigentlich noch nicht kalt genug dafür war.

»Einmal Coco von Chanel, das Eau de Parfum«, sagte sie zu der Verkäuferin in der Parfümerie.
»Gern, die große oder die kleine Flasche?«
»Die kleine, bitte.«
»Darf es sonst noch etwas sein?«
Die Verkäuferin war ihr sympathisch, weil sie ungefähr in ihrem Alter war. Sie fand es deprimierend, von perfekt geschminkten Zwanzigjährigen bedient zu werden, von denen mindestens die Hälfte ohnehin glaubte, ab vierzig sei jede Verwendung von Kosmetik reine Geldverschwendung.
»Sie sollten einen Kajal benutzen. Sie haben wunderschöne Augen, und unter Ihrem kurzen Pony dürfen Sie sie gern betonen.«
Maylis sah sie fragend an.
»Wenn Sie Zeit haben, probieren wir es aus.«
»Warum eigentlich nicht? Wenn es nicht zu lange dauert.«
Frisch geschminkt und in einer dezenten Wolke von Coco de Chanel verließ sie eine Viertelstunde später die Parfümerie und ging in das Delikatessengeschäft nebenan. Berufliche Neugierde trieb sie hierher, und natürlich ihr Interesse an

gutem Essen. Der kleine Raum war friesisch blau eingerichtet. Die weißen Kacheln an den Wänden waren blau bemalt, die Etiketten und Schleifen waren ebenfalls blau. In großen und kleineren Körben wurden Lammfleisch, Wildsalami, Käse und Schnaps aus der Region angeboten, daneben Friesenwaffeln und Eierlikör. Viele Touristen kauften Präsentkörbe als Mitbringsel für zu Hause. Maylis entschied sich für eine kleine eingeschweißte Lammsalami für ihr Abendbrot.

Es war halb zwölf, als sie die lange, im Zickzack verlaufende Seebrücke hinunter zum Wasser ging. Heute wollte sie den gestrigen Weg in der umgekehrten Richtung nehmen. Das Meer lag zu ihrer Linken, und sie hatte Sonne und Wind im Rücken. Am Horizont erkannte sie den Westerhever Leuchtturm mit den beiden symmetrischen Nebengebäuden.

Als sie die Pfahlbauten erreichte, war es bereits Mittag, und sie beschloss, sich in einem der Restaurants auf die Terrasse zu setzen und einen Kaffee zu trinken.

Sie fand einen Platz in der Ecke, direkt an der verglasten Terrassenbrüstung, die den auffrischenden Wind abhielt und sie zur Not auch vor Regentropfen schützen würde. Der Himmel hatte sich bezogen, Frau Owschlag hatte offensichtlich recht gehabt, als sie sagte, es würde noch regnen. Auf den Bänken waren bereits Wolldecken ausgelegt, aber Maylis brauchte keine. Eine eher lustlose Kellnerin nahm ihre Bestellung auf und stellte ihr dann den Kaffee hin. Die Sonne verschwand immer häufiger hinter einer Wolkendecke, und Maylis setzte ihre Sonnenbrille auf, weil der jähe Wechsel zwischen Sonne und Schatten ihre Augen anstrengte. Sie sah über das Meer und den Strand. Es waren nicht besonders viele Spaziergänger unterwegs, dafür jede Menge Kitesurfer, die den auflebenden Wind nutzten. Strahlend bunt hoben sie sich von der Wasseroberfläche ab, die zunehmend dunkel wurde. Sie zog ihre Jacke fester um sich und genoss den Blick von ihrem erhöhten Aussichtspunkt. Sie hatte wahrscheinlich den letzten schönen Tag dieses Spätsommers erwischt, bevor die Herbststürme einsetzten. Träge folgte sie mit dem Blick den Bahnen der Surfer und zählte die Sekunden, die sie brauchten, um nach einem Sturz ins Wasser wieder auf dem Brett zu stehen.

Plötzlich stutzte sie. Der Mann, der auf demselben Weg kam wie sie vor einer halben Stunde, kam ihr bekannt vor. Sie nahm die Brille ab, um ihn besser identifizieren zu können. Kein Zweifel, es war Paul Abendland, und er kam auf das Stelzenrestaurant zu. Für ein paar Minuten, als er um das Gebäude herumging, um zur Treppe zu gelangen, die auf der Landseite nach oben führte, verlor sie ihn aus den Augen. Maylis sah sich nervös nach ihm um. Und wenn er doch weitergegangen war? Das wäre schade. In dem Augenblick trat er auf die Terrasse. Sein Blick glitt über die freien Plätze, er machte ein paar unschlüssige Schritte, dann entdeckte er sie. Er hielt inne, dann machte sich ein Lächeln auf seinem Gesicht breit. Mit langen Schritten kam er auf sie zu.

»So eine Überraschung! Was machen Sie denn hier?« Er hielt Maylis die Hand hin, und sie sah aufrichtige Freude in seinem Blick.

»Hallo«, erwiderte sie. »Ja, das ist wirklich eine Überraschung. Zum Glück bin ich Realistin, sonst müsste ich annehmen, Sie verfolgen mich.« Sie drückte ihm die Hand.

Er hielt sie fest, einen Augenblick zu lange, wie sie fand. Und er blieb einfach an ihrem Tisch stehen. »Darf ich?«

Maylis richtete sich auf. »Entschuldigung. Natürlich.«

Er setzte sich ihr gegenüber und sah sie aufmerksam an. Maylis musste den Kopf ein wenig drehen, um an ihm vorbei aufs Meer zu sehen. Obwohl sein Gesicht im Schatten lag, konnte sie sehen, dass es Farbe bekommen hatte, er hatte wohl genau wie sie einen langen Strandspaziergang hinter sich.

»Jedes Mal wenn ich Sie sehe, sehen Sie noch schöner aus. Beim letzten Mal waren es die neue Frisur und das atemberaubende Kleid.«

»Beim letzten Mal war ich so derangiert, dass Sie mir Hühnersuppe gebracht haben, schon vergessen?«

Er lächelte. »Das war eine Ausnahme, das zählt nicht. Also, sagen Sie schon: Was haben Sie diesmal mit sich angestellt?«

Sie nahm zum ersten Mal seine Stimme wahr. Sie war dunkel und leicht rauchig, unaufgeregt, ohne große Höhen und Tiefen, was ihr etwas sehr Beruhigendes gab. Seine Aussprache war klar und deutlich. Er sprach so, wie sie sich das von einem Schauspieler vorstellte. Eine Stimme, die sofort Vertrauen weckte und an die man sich anlehnen wollte – wenn man sich an Stimmen anlehnen könnte wie an eine Schulter.

»Ich habe leider gar nichts angestellt«, sagte sie. »Nur frische Luft und ein wenig Make-up.«

»Verstehe ich richtig: Sie schminken sich, wenn Sie am Meer spazieren gehen, aber nicht, wenn Sie in Hamburger Kneipen versacken wollen?«

Sie musste laut lachen. Dieser Mann brachte sie immer zum Lachen! »Das hat sich einfach so ergeben.«

»Ich würde zu gern wissen, was Sie sonst noch so alles für verrückte Ideen haben. Mit Ihnen wird es bestimmt nie langweilig.«

Das sollten Sie mal meinem Exmann erzählen, dachte sie.

Die Kellnerin von vorhin erschien. Verblüfft beobachtete Maylis, wie sie ziemlich ungeniert mit Paul flirtete. Von ihrer Lustlosigkeit war nichts mehr zu sehen. Paul schien es nicht zu merken. Ungerührt bestellte er einen Kaffee, und sie ging wieder.

»Waren Sie schon einmal hier?«, fragte er Maylis mit seiner samtweichen Stimme.

»Schon oft.«

Er sah sich um. »Für mich ist es das erste Mal. Es ist umwerfend. Ich habe noch nie einen so grenzenlosen Strand gesehen.«

»Warum sind Sie denn heute hergekommen?«

»Wegen Helene. Sie hat den ersten Sommer nach dem Krieg hier mit ihrem Mann gelebt, als das Leben in Hamburg so schwierig war. Ihre älteste Freundin, bei der sie damals gewohnt hat, lebt immer noch in Sankt Peter, und sie hat mich gebeten, sie zu ihr zu fahren.« Er sah auf die Uhr. »In zwei Stunden soll ich sie wieder abholen.«

Oh, er hatte also noch zwei Stunden Zeit. Es wäre schön, wenn sie die gemeinsam verbringen würden. »Ihre Großmutter ist erstaunlich unternehmungslustig für ihr Alter.«

»Das stimmt. Sie hält mich ganz schön auf Trab. Aber ich mag Frauen, die mich auf Trab halten«, sagte er mit einem unergründlichen Blick.

Die Bedienung brachte den Kaffee und himmelte Paul mit Kulleraugen an.

Fehlt bloß, dass sie ihm den Kaffee über die Hose schüttet, damit sie ihn wieder abwischen darf, dachte Maylis.

Paul Abendland schenkte der Kellnerin ein umwerfendes Lächeln.

»Vielen Dank«, sagte er dann. »Trinken kann ich ihn allein.«

Die Kellnerin schob das Tablett noch ein bisschen weiter über den Tisch und gewährte dabei einen tiefen Einblick in ihr großzügiges Dekolleté. Unwillkürlich sah Maylis an sich herunter: dunkelblauer Anorak, geschlossen bis oben hin, nicht die Spur eines Ausschnitts. Aber es war ja auch immerhin fast Herbst, und es würde gleich regnen. Zum wiederholten Male fragte sie sich, wie diese Frauen das aushielten: ärmellose T-Shirts und bauchnabelfrei im Winter. Und was zogen die im Sommer an?

»Sie nehmen weibliche Verehrung ziemlich lässig«, meinte sie eine Spur bissig, als sie wieder allein waren.

»Deshalb macht es mir ja so zu schaffen, dass Sie so kühl bleiben. Das bin ich nicht gewohnt.« Er grinste sie auf seine entwaffnende Art an.

Sie musste schon wieder lachen.

»Wissen Sie, dass Sie ein ganz bezauberndes Lächeln haben? Das ist mir als Erstes an Ihnen aufgefallen.«

Maylis lächelte noch einmal, nur für ihn. Es fiel ihr gar nicht schwer.

»Eigentlich habe ich Hunger. Was halten Sie von einem Stück Apfelkuchen vom Blech, noch warm, mit Sahne? Ich habe eben gesehen, wie sie ihn aus dem Ofen gezogen haben.«

»Ob sie mir auch ein Stück bringt?«, fragte Maylis zweifelnd mit Blick auf die Kellnerin, die am Nachbartisch beschäftigt war.

Ihre Skepsis war berechtigt. Maylis' Stück war wesentlich kleiner als das von Paul, noch dazu ein Kantenstück.

»Die hat was gegen mich«, stellte Maylis fest, nachdem sie gegangen war. »Wahrscheinlich würde sie gern auf meinem Platz sitzen.«

Paul griff nach ihrem Teller und stellte seinen vor sie hin.

»*Ich* habe aber nichts gegen Sie«, sagte er.

Schweigend aßen sie ihren Kuchen, der wirklich ausgezeichnet schmeckte. Zwischen zwei Bissen versuchte Maylis, Paul möglichst unauffällig zu beobachten. Es war komisch: Sie fühlte sich sehr wohl in seiner Gesellschaft, aber die Aussicht, die nächsten beiden Stunden mit ihm zu verbringen, machte sie gleichzeitig nervös. Was sollte sie mit ihm reden? Sie kannte ihn ja kaum. Aber eigentlich wollte sie genau das: mit ihm zusammen sein und ihn besser kennenlernen.

»Haben Sie noch Zeit? Wollen wir ein Stück laufen?«, fragte er, als hätte er ihre Gedanken gelesen. »Dann können Sie mir ein bisschen was von sich erzählen. Außerdem kennen Sie die Gegend besser als ich.«

»Na ja, verlaufen kann man sich hier nicht, das Meer dient

ganz gut als Orientierung. Entweder liegt es rechts von einem oder links. Obwohl das nicht ganz stimmt. Im Nebel verlaufen sich jedes Jahr Touristen auf den Sandbänken. Ab und zu ertrinkt auch jemand, wenn die Flut kommt.«

»Dann ist es doch gut, wenn Sie auf mich aufpassen. Wollen wir?«

»Gern!«

Sie zahlten, und er machte nicht den Versuch, sie einzuladen, was sie irgendwie passend fand.

Sie konnte es nicht fassen, als sie sah, dass die Kellnerin Paul einen Zettel zusteckte. Bestimmt stand ihre Telefonnummer drauf. Maylis freute sich, als er den Zettel unauffällig in den Papierkorb warf, der neben der Eingangstür stand.

Sie gingen dicht am Wasser entlang. Die Ebbe kam und legte immer größere Abschnitte des Strands frei. Möwen auf der Suche nach Krebsen und Muscheln flogen vor ihnen auf.

Der Himmel riss auf, und die Sonne kam noch einmal heraus. Nach einer guten halben Stunde kamen sie an einen Strandabschnitt, an dem Strandkörbe auf einem hölzernen Podest standen.

»Kommen Sie!« Paul Abendland stieg die Stufen hinauf und drehte einen Strandkorb in die Sonne. Sorgfältig wischte er für sie den Sand von der Sitzfläche.

Eine Zeit lang saßen sie schweigend nebeneinander im Windschatten. Maylis hatte die Augen geschlossen und spürte die wärmenden Sonnenstrahlen im Gesicht. Und an ihrer Seite, am Oberarm und am Knie, spürte sie ab und zu die Berührungen von Paul Abendland. Sie hielt die Arme verschränkt vor der Brust, aus lauter Angst, zufällig mit ihrer Hand die seine zu berühren.

Er bringt mich durcheinander, dachte sie. Wie lange ist es her, dass ein Mann das konnte?

Sie genoss die Berührungen über die Maßen und ließ sich wie unabsichtlich noch ein winziges Stück gegen ihn sinken.

Er sollte jetzt bloß nichts sagen. Sie wollte hier einfach noch ein paar Minuten so sitzen bleiben.

Was er wohl gerade dachte? Ob er ähnlich fühlte wie sie? Ach nein, er war weibliche Bewunderung ja gewohnt. Sie lächelte.

Sie bemerkte durch die geschlossenen Augen, dass der Himmel sich verdunkelte. Die Haut auf ihren Wangen wurde sofort kühl. Oder er beugt sich gerade über dich, um dich zu küssen, dachte sie amüsiert. Dann spürte sie einzelne Regentropfen im Gesicht. Also kein Kuss. Sie machte verwirrt die Augen auf und fragte sich, ob sie für ein paar Minuten eingedöst war.

»Es fängt an zu regnen«, sagte er. Er stand auf und zog die Rücklehne des Strandkorbs nach vorn und die Sonnenblende herunter. So waren sie einigermaßen geschützt.

»Gemütlich.« Mit diesen Worten setzte er sich wieder neben sie.

»Mmh«, gab sie zur Antwort.

»Kann es sein, dass man sich mit Ihnen immer wohlfühlt?« Er sah ihr direkt ins Gesicht. »Auch bei Regen? Auch wenn man nicht redet?«

Maylis senkte den Kopf. »Nein, das kann nicht sein, denn dann würde mein Mann sich nicht von mir scheiden lassen«, entfuhr es ihr mit einem harten Unterton. Sie biss sich auf die Lippe. Warum hatte sie ihm das erzählt? Jetzt hatte sie die Stimmung kaputt gemacht.

»Sie sind verheiratet?« Seine Stimme war weiterhin neutral, aber interessiert.

»Auf dem Papier.«

»Das tut mir leid.« Er schwieg für einen Augenblick. »Ich übrigens auch.«

»Was auch?«

»Ich bin auch frisch geschieden. Deshalb wohne ich übergangsweise bei Helene. Meine Frau hat die Wohnung behalten.«

»Haben Sie Kinder?«
Er schüttelte den Kopf. »Und Sie?«
»Fehlanzeige.«
»Man sollte denken, das macht es leichter, aber das stimmt nicht, nicht wahr?«
Sie sah ihn immer noch nicht an. Ihr Blick war auf die verblassten roten und grünen Streifen des Strandkorbs vor ihr gerichtet.
»Nein. Es tut einfach nur weh. Auch wenn es schon lange vorbei ist. Aber eine Scheidung macht alles unwiderruflich.«
Er stand auf.
»Kommen Sie, wir sollten gehen. Der Regen hört wohl so schnell nicht wieder auf. Außerdem wird es Zeit für mich, Helene abzuholen.«
Schweigend liefen sie nebeneinanderher auf den Holzsteg zu, der vom Strand zur Straße führte. Aber es war ein anderes Schweigen als zuvor, ein bedrücktes.
Von wegen, mit dem Alten abschließen und ein neues Leben nach Max anfangen, dachte Maylis verbittert. Ich kann immer noch nicht über meine Trennung reden, ohne völlig aus der Fassung zu geraten.
Plötzlich fasste Paul Abendland sie am Oberarm und hielt sie zurück. Sie blieb stehen.
»Das war wohl für uns beide nicht das angenehmste Thema gerade eben. Ich bin ein Trottel, dass ich davon angefangen habe ...«
»*Ich* habe davon angefangen, ich weiß auch nicht, wieso.«
»Tatsächlich? Wie dem auch sei: Ich habe mich riesig gefreut, Sie hier getroffen zu haben, und ich fand unser Zusammensein sehr schön. Wollen wir unsere Eheprobleme nicht einfach für einen Augenblick wieder vergessen und versuchen, den Rest des Tages zu genießen?«
»Gut. Reden wir von etwas anderem.«

Trotzdem gingen sie weiter, ohne ein Wort zu sagen. Aber die Stille fühlte sich leichter an.

»Hier wohne ich«, sagte Maylis, als sie die Pension erreicht hatten.

»Das sieht nett aus. Wie die großen Hotels auf Rügen und Usedom, nur in klein. Welches ist Ihr Zimmer?«

Maylis wies auf die roten Vorhänge im ersten Stock.

»Und Ihr Auto?«

»Ich bin mit dem Zug gekommen.«

Er klatschte in die Hände. »Wunderbar. Dann nehme ich Sie mit dem Auto mit zurück. Es steht gleich dort drüben.« Er wies mit dem Arm auf den Parkplatz auf der anderen Straßenseite. »Das ist doch viel bequemer, und Sie können mir die Unterhaltung mit Helene abnehmen. Sie ist manchmal wirklich anstrengend.« Er hielt plötzlich inne. »Sie fahren doch mit mir zurück?«

In seinen Augen las sie so etwas wie Bestürzung, vielleicht auch eine Befürchtung. Wenn sie gezögert hatte, dann entwaffnete sie dieser Blick.

»Ich hole nur schnell meine Sachen. Steht alles schon an der Rezeption.«

»Ich helfe Ihnen.«

Frau Owschlag sah sie bedeutungsvoll an, als sie ihr erklärte, warum sie sie nicht zum Bahnhof mitnehmen müsse.

»Habe ich Ihnen doch gesagt«, flüsterte sie halblaut und zeigte dabei mit dem Kopf in die Richtung von Paul Abendland, der an der Tür wartete.

Maylis sah sie verständnislos an. »Was denn?«

»Na, das mit dem roten Zimmer und der Liebe.« Als sei das die selbstverständlichste Angelegenheit der Welt. »Übrigens ein ausnehmend gut aussehender Mann. Und seine Aura lässt hoffen. Machen Sie da bloß keinen Fehler.«

Maylis fand dieses Gespräch eigentlich kindisch, aber ihre Neugierde war geweckt. »Seine Aura?«

»Sehen Sie die denn nicht?« Frau Owschlag sah zu Paul Abendland hinüber, der die Prospekte durchsah, die auf dem Empfangstresen lagen. »Mitfühlend, lebensbejahend, verantwortungsbewusst. Das sind die Besten.«

»Und das können Sie sehen?«, fragte Maylis wispernd.

»Sie etwa nicht?«, kam die Gegenfrage.

»Was haben Sie denn mit der Frau geflüstert?«, fragte Paul kurz darauf. Er hatte ihr die Tasche abgenommen und stellte sie in den Kofferraum seines Wagens.

»Ach, Frauensachen«, erwiderte Maylis.

Sie stiegen ein und fuhren bis zum Haus von Helene Winterkorns Freundin, das am Ende der Straße lag, dort, wo der Kiefernwald begann. Ein winziges weißes Haus mit einer Fahnenstange im Garten und einem Friesenwall davor.

Helene Winterkorn freute sich sehr, als sie Maylis hinter ihrem Enkel auftauchen sah.

»Liebes Kind! Was für eine Überraschung! Manchmal ist die Welt aber auch klein!«

Sie blieben noch ein paar Minuten, um Frau Winterkorns Freundin kennenzulernen, eine weißhaarige alte Dame wie aus dem Bilderbuch, die aber von dem Besuch ihrer Freundin ziemlich mitgenommen wirkte.

»Das war das letzte Mal, dass wir uns gesehen haben«, erklärte Frau Winterkorn, nachdem sie mit einiger Mühe auf dem Beifahrersitz Platz genommen hatte.

»Sie war doch nur ein bisschen erschöpft. Morgen ist sie wieder fit«, entgegnete ihr Enkel.

»Ich rede nicht von ihr, sondern von mir.«

⁓

Die Rückfahrt verlief schweigsam. Helene Winterkorn war eingenickt, und Maylis saß im Fond und träumte vor sich hin. Die viele Bewegung und die frische Luft der letzten beiden

Tage, vielleicht auch die emotionale Anspannung und das Grübeln über ihr Leben, hatten sie schläfrig gemacht.

Ab und zu bemerkte sie Paul Abendlands Blick im Rückspiegel, der auf ihr ruhte. Es störte sie komischerweise nicht. Es war ein bisschen so, als würde er auf sie aufpassen.

»Tut mir leid, dass wir so wortkarg sind, aber offensichtlich sind Ihre Passagiere übermüdet. Und Sie hatten mich ja auch nur mitgenommen, damit ich Ihre Großmutter unterhalte, nicht Sie.«

Sie sah noch den Kranz aus Lachfältchen um seine Augen. Dann musste sie eingenickt sein.

Sie wurde erst wieder wach, als sie in Hamburg vor einer roten Ampel halten mussten.

Der Abschied im Treppenhaus war ein bisschen verlegen. Sie sah Paul Abendland an, dass er sie noch etwas fragen wollte, er tat es dann aber doch nicht, denn seine Großmutter war schon aus dem Fahrstuhl gestiegen und wartete ungeduldig vor der Wohnungstür.

»Gute Nacht«, sagte er schließlich nur.

»Werde ich morgen meine Zeitung zum Frühstück haben?«, fragte sie.

»Ehrenwort. Ich muss morgen sehr früh aus dem Haus. Wenn Sie wollen, bringe ich sie Ihnen bis vor die Haustür.«

»Das reicht aber nicht als Wiedergutmachung.«

»Ich werde mich doch nicht um einen Abend mit Ihnen bringen. Ich dachte an ein Essen, es ist nur ein bisschen schwierig ...« Er machte eine Bewegung in Richtung von Frau Winterkorn. »Ich würde gern für Sie kochen.«

»Das könnten wir ja auch bei mir machen.«

»Ehrlich? Das wäre wunderbar.«

»Paul, was ist denn noch? Kannst du jetzt bitte aufschließen?«, fragte Frau Winterkorn. »Gute Nacht, Frau Klinger.«

Paul Abendland schloss ihr die Tür auf und stellte die Tasche in den Flur.

»Gute Nacht, Frau Winterkorn«, rief Maylis ihr nach.

Paul Abendland drehte sich noch einmal zu ihr um. »Gute Nacht, Maylis. Es war so schön, dass ich Sie getroffen habe.« Er machte noch einen Schritt auf sie zu. »Darf ich?« Dann küsste er sie leicht auf die Wange.

Maylis schloss kurz die Augen. »Das finde ich auch«, sagte sie dann.

Als sie ihre Wohnung betrat, war sie wieder hellwach, obwohl ihre Glieder vom vielen Gehen schwer waren. Sie ließ sich ein Bad ein und sah im Spiegel, dass sie vor sich hin lächelte. Was hatte Paul Abendland gesagt? Dass sie ein bezauberndes Lächeln habe. Also gut, dann würde sie in nächster Zeit mehr lächeln. Als sie sich in das heiße Wasser gleiten ließ, wusste sie, dass sie schon lange kein so schönes Wochenende mehr erlebt hatte.

Kapitel 13

»Du warst tatsächlich übers Wochenende weg? Auch über Nacht?« Annette sah sie an, als hätte Maylis ihr erzählt, sie wäre Tigerdompteurin geworden oder hätte mal eben die Haspa-Filiale nebenan überfallen.

»Und ich hatte heute Morgen meine Zeitung direkt an der Wohnungstür.«

Paul Abendland hatte Wort gehalten und sogar einen Gruß auf die Zeitung gekritzelt. *War wunderschön gestern. Bis bald, Paul,* stand dort. Maylis musste sich nicht an ihren Vorsatz vom Vorabend erinnern, um bei dem Gedanken ihre Kollegin breit anzulächeln.

Annette schüttelte verständnislos den Kopf. »Also irgendetwas ist anders an dir. Das höchste der Dinge, die du sonst von deinen Wochenenden erzählst, ist, dass du im Kino warst – allein natürlich – oder ein altes Kochbuch auf dem Flohmarkt gefunden hast. Und jetzt hast du so gute Laune. Und du warst tatsächlich *verreist*?«

Gegen ihren Willen musste Maylis lachen, und Annette lachte mit.

»Nun sag schon: Was ist in Sankt Peter passiert? Nein, lass mich raten. Du warst allein, weil du mal raus musstest, mit dir ins Reine kommen und so.« In der theatralischen Geste einer Frau am Rande des Nervenzusammenbruchs hielt sie sich eine der Salatgurken, die sie gerade einsortierte, an die Stirn.

»Ich habe am Strand einen unserer Kunden getroffen.«

Die Salatgurke flog zu den anderen und kam sehr unschön auf ihnen zu liegen. »Was? Wen? Lass mich raten: deinen Koch mit den langen Haaren?«

»Genau den. Der war übrigens beim Friseur.«

»Dann heißt das, du willst doch nicht in diesem Laden versauern?«

Maylis bedachte sie mit einem sarkastischen Blick. »Natürlich nicht. Ich warte, bis die Generalin tot ist, dann heirate ich den Chef und übernehme den Laden.«

»Schmeißt du mich dann raus?«

»Da kannst du Gift drauf nehmen.«

Just in diesem Moment kam der Chef aus dem Lager. Er hatte den Weg über den Hof genommen, deshalb hatten sie ihn nicht gehört. Er sah ein bisschen abgehetzt aus, war aber bester Laune.

Maylis sah auf die Uhr, es war Viertel nach neun.

»Ist Brenner noch nicht da?«, fragte er.

»Nein, ich weiß auch nicht, wo der heute bleibt«, antwortete Maylis. »Ach, da ist sein Lieferwagen!« Sie sahen ihn am Geschäft vorbeifahren und hörten, wie er durch die Toreinfahrt in den Hof bog.

»Machen Sie das heute?«, fragte Maylis den Chef.

»Nein, ich bringe das *Hunde-verboten*-Schild an.«

»Also gut.« Seufzend ging Maylis nach hinten, um Torsten Brenner aufzumachen.

Der war geknickt, das merkte sie gleich. Aber das war ihr lieber als seine aufgekratzte Fröhlichkeit. Dann sah sie den Blumenstrauß hinter seinem Rücken.

Oh, nein, dachte sie, nicht schon wieder.

Der Lieferant hielt ihr den Strauß hin. Er war schön, das musste sie zugeben, ein Riesenbouquet aus üppigem Rittersporn mit Hortensien.

»Für mich?«, fragte sie lahm.

Er griff nach ihrer Hand und zog sie ins Büro. Sie wehrte sich, aber er ließ nicht los.

»Hören Sie mich an!«, flehte er.

»Um Gottes willen, nein!«

»So meine ich es doch gar nicht. Ich habe eine Frau kennengelernt!«, platzte er heraus.

Maylis atmete hörbar aus.

»Ich wollte es Ihnen schonender beibringen. Obwohl ich ja im Grunde schon lange weiß, dass ich nicht der Richtige für Sie bin.« Seine Stimme klang ein wenig trotzig.

»Sie haben jemanden kennengelernt?«

Er nickte heftig. »Auf dem Großmarkt. Also, eigentlich kenne ich sie schon lange, aber jetzt habe ich festgestellt, dass sie super zu mir passt.«

»Und ... weiß sie das auch? Erwidert sie Ihre Gefühle?«

»Ja, das tut sie.«

»Und warum bringen Sie dann mir Blumen und nicht ihr?«

Er grinste. »Ihr habe ich einen Ring gekauft. Und ich dachte mir, weil wir beide doch so lange ... weil Sie davon ausgegangen sind, dass ich ...« Er wusste nicht weiter.

Maylis nahm ihm den Strauß ab und reichte ihm feierlich die Hand.

»Herzlichen Glückwunsch«, sagte sie dann. »Ich wünsche Ihnen von Herzen alles Gute.«

»Sie sind mir nicht böse, oder?«

»Kein Stück.«

»Ich wusste es. Manchmal frage ich mich, ob ich nicht einen Fehler ...«

»Bestimmt nicht«, versicherte ihm Maylis. »Und jetzt sollten wir ausladen. Die Kunden warten.«

Der Rest des Tages verlief ruhig.

Als Maylis jedoch am Dienstag zu ihrer späten Schicht um elf den Laden betrat, war alles in heller Aufregung. Gerade waren Hilde Becker und Hannibal da gewesen. Der Chef hatte mit ihr geredet und sie auf das Schild aufmerksam gemacht. Ihre Kinnlade war heruntergefallen, dann war sie aus dem Geschäft gestürmt.

»Sie hat mir fast ein bisschen leidgetan«, sagte Annette.

»Ach, komm!«, war alles, was Maylis dazu sagte.

Am Mittwoch traf sie sich nach der Arbeit mit Charlotte.

»Du hast Tobias meine Telefonnummer gegeben, oder? Er wollte mir nicht sagen, von wem er sie hat. Obwohl, ich hätte es mir denken können.«

»Er war am Freitag im Geschäft. Ich habe ihn ein bisschen zappeln lassen, bevor ich sie ihm gegeben habe. Und er hat dich angerufen?« Maylis beugte sich ein Stück weit über den Tisch.

»Ja, am Sonnabend. Wir haben uns zu einem Spaziergang um die Alster getroffen. Er ist nett.«

»Er ist Arzt. So einen kann man immer brauchen.«

»Tu bloß nicht so abgebrüht. Du bist eine Romantikerin, das habe ich gleich gemerkt.«

Charlotte und sie saßen an einem der langen Tische vor dem Kaufrausch und tranken Kaffee. Der Laden mit dem angeschlossenen Café war eine Institution in Eppendorf. Das Angebot von Schmuck, Dessous, Mode und hippen Handtaschen ließ tatsächlich die eine oder andere Kundin in einen Kaufrausch verfallen.

»Ich, eine Romantikerin? Ich lasse mich gerade scheiden! Ich hatte letzte Woche Post vom Anwalt.«

Charlotte guckte betroffen. »Was?«

Ohne groß zu überlegen, erzählte Maylis ihr alles. Sie wusste instinktiv, dass sie Charlotte vertrauen konnte. Und es war so heilsam, mit jemandem darüber zu sprechen. Vielleicht hatten auch ihre Meditation am Meer und der Nachmittag mit Paul Abendland etwas damit zu tun, dass sie über diese Wunde sprechen konnte. Paul hatte sie allerdings seit dem Wochenende nicht gesehen. Leider.

Charlotte stand auf, drängelte sich an einem Mann vorbei, der neben ihr auf der Bank saß, und ging zum Tresen.

»Ich habe Prosecco bestellt«, verkündete sie, als sie sich wieder neben Maylis setzte.

»Haben wir was zu feiern?«

»Wir ersäufen jetzt all die Scheißkerle, die uns wehgetan haben.«

Der Mann neben ihr sah sie entnervt an und stand auf, um sich an einen anderen, weiter entfernten Tisch zu setzen.

Der Kellner, ein Schauspieler und Frauenschwarm, der in einer Serie den Sonnyboy gespielt hatte, stellte die beiden Gläser vor sie hin.

»Ist das nicht ...«, wisperte Charlotte.

»Er ist es«, erwiderte Maylis. »Ich weiß auch nicht, wieso alle Schauspieler ohne Engagement hier arbeiten.« Sie überlegte kurz, ihn zu fragen, ob er Helga Hansen kannte, ließ es dann aber sein. »Ich glaube, die sind hier angestellt, damit alle Frauen teure Dessous kaufen.«

Charlotte hob ihr Glas. »Auf uns. Und auf die Männer, die nach den Scheißkerlen kommen.«

»Denkst du dabei an Tobias?«

»Er ist unglaublich nett und charmant.«

»Ich weiß. Aber nett und charmant hört sich nicht gerade nach tosender Leidenschaft an.«

»Und ich glaube, er kann keiner Fliege etwas zuleide tun.«

»Das habe ich von meinem Mann auch geglaubt.«

Charlotte nahm einen Schluck Prosecco. »Wie dem auch sei: Ich kann doch jetzt keine neue Beziehung anfangen. Die Geschichte mit Hans ist noch zu frisch.«

»Deinem Chef?«

Charlotte nickte.

»Wie kommst du damit zurecht?«

Charlotte senkte den Blick. »Ich bemühe mich, ihm aus dem Weg zu gehen. Und ansonsten spiele ich die Toughe. Zum Glück wissen meine Kollegen nichts von uns, das stelle ich mir ganz schrecklich vor.«

»Ich habe am Wochenende auch einen Spaziergang mit einem Mann gemacht. Seit Jahren mal wieder.«

»Was? Erzähl!«

Das tat sie. Aber vorher bestellte sie noch zwei Prosecco.

Als Maylis gegen zehn Uhr abends in ihren Hausflur wankte, musste sie immer noch kichern. Sie und Charlotte waren im Kaufrausch gewesen, bis es zugemacht hatte, und dann noch in der ersten Kneipe, an der sie vorübergekommen waren. Eine von beiden hatte angefangen, Rachepläne zu schmieden. Sie hatten sich die verrücktesten Sachen ausgedacht und sich prächtig amüsiert.

Am Donnerstag winkte der Chef sie eilig nach hinten ins Büro. »Telefon, ein Franzose, ich verstehe kein Wort.«

Maylis legte den Preisauszeichner ins Regal zu den Konserven, die sie gerade etikettierte, und machte sich noch keine Sorgen. Es kam ab und zu vor, dass ein französischer Weinhändler direkt bei Feinkost Radke anrief.

»*Oui, allô?*«, meldete sie sich, nachdem der Chef ihr den Hörer gereicht hatte.

»*C'est Jean à l'appareil.*« Seine Stimme klang gepresst.

Maylis spürte einen Stich in der Magengegend. Jean hatte sie noch nie angerufen. Sie legte die Hand über die Sprechmuschel und wandte sich an Wilhelm Radke: »Entschuldigung. Das ist privat. Etwas mit meiner Mutter.«

Radke stand sofort auf und verließ den Raum.

»Was gibt es?«, fragte Maylis in den Hörer.

»Deine Mutter liegt im Krankenhaus Sainte-Anne in Toulon. Die Ärzte gehen von einem leichten Schlaganfall aus. Ich dachte, ich sage dir besser Bescheid.«

Maylis spürte kalte Angst in sich aufsteigen. »Wie geht es ihr?«

»Den Umständen entsprechend. Sie hat Mühe mit dem Sprechen. Aber die Ärzte sagen, dass sie wieder ganz in Ordnung komme.«

»Wann ist das passiert?«

»Gestern.«

»Warum hast du mich nicht eher angerufen?« Sie war wütend.

»Ich hatte deine Telefonnummer nicht, und deine Mutter war vorher nicht ansprechbar. Ich kümmere mich gut um sie, mach dir keine Sorgen.«

»Gib mir ihre Nummer im Krankenhaus.«

»Das geht nicht. Sie darf nicht telefonieren.«

Also musste es schlimm um sie stehen.

»Und wie kann ich dich erreichen?«

Er gab ihr die Telefonnummer eines Nachbarn.

»Ich melde mich«, sagte sie und legte auf.

Sie stützte den Kopf in die Hände und schloss die Augen. Die Gedanken jagten sich in ihrem Kopf. Ihre Mutter war doch erst sechzig, in dem Alter bekam man keinen Schlaganfall! Und Jean schien die Sache nicht so richtig ernst zu nehmen. Wahrscheinlich hatte er nicht mal Geld, um regelmäßig nach Toulon ins Krankenhaus zu fahren. Wer kümmerte sich dann um Caroline?

Sie beschloss, im Krankenhaus anzurufen. Sie suchte die Nummer bei Google heraus und hatte kurz darauf die Zentrale am Apparat. Dort weigerte man sich, ihr Auskunft zu geben. Nicht am Telefon, wegen Datenschutz.

»Aber ich bin die Tochter!«, rief sie.

Fehlanzeige. »*Nous regrettons. Ce n'est pas possible.*«

Maylis knallte den Hörer auf die Gabel. Sie war so schlau wie vorher. Sie musste sich unbedingt mit eigenen Augen vergewissern, dass es ihrer Mutter gut ging und dass sich jemand um sie kümmerte.

Sie suchte ihren Chef auf, der inzwischen die Ware etikettierte.

»Was ist mit Ihrer Mutter?« Er klang besorgt.

»Schlaganfall. Ich muss zu ihr.«

»Okay, wie lange brauchen Sie?« Wilhelm Radke wusste, dass ihre Mutter in Südfrankreich lebte.

»Keine Ahnung, ein paar Tage.«

Er gab ihr feierlich die Hand. »Nehmen Sie sich alle Zeit der Welt. Machen Sie sich keine Sorgen um den Laden. Das schaffen wir, nicht wahr, Frau Burfeind?« Frau Burfeind nickte ihr vom Brottresen her aufmunternd zu. »Und alles Gute für Ihre Mutter.«

In diesem Augenblick war Maylis ihrem Chef und ihrer Kollegin aufrichtig dankbar.

Die Landung in Marseille war unsanft. Aber der Ausblick vom Flugzeug auf die Landebahn, hinter der sich das Mittelmeer erstreckte, entschädigte Maylis dafür. Die Sonne ging gerade unter, und es sah aus, als wäre das Meer eine goldene Eisbahn.

Maylis wartete ungeduldig auf ihr Gepäck, dann nahm sie einen Bus zum Bahnhof in Marseille und von dort den Zug nach Toulon. Es war warm, bestimmt zwanzig Grad. Maylis zog ihre Jacke aus. Leider war sie zu unruhig, um sich an dem milden Klima zu erfreuen.

Der durchgehende Zug brauchte nur vierzig Minuten bis Toulon. Maylis kamen sie wie eine Ewigkeit vor. Sie hatte Jeans Nachbarn von Hamburg aus angerufen und gesagt, dass sie am Abend kommen würde. Es ging noch eine Maschine nach Marseille an diesem Tag, und sie bekam einen Platz. Die ganze Zeit war sie unruhig und ungeduldig. Sie wollte endlich ihre Mutter sehen. Vor dem Bahnhof von Toulon nahm sie ein Taxi ins Krankenhaus. Um acht Uhr abends stand sie endlich vor dem Bett ihrer Mutter.

»Mama!« Sie nahm vorsichtig Carolines Hand.

»Maylis! Hat Jean dich doch angerufen? Das sollte er nicht. Du hättest nicht zu kommen brauchen, es ist nichts. Aber ich freue mich sehr, dich zu sehen.«

Die Stimme kam ihr ein bisschen langsamer vor als sonst, aber klar und deutlich. Und Caroline sah nicht krank aus, sie hatte sich sogar die Augen geschminkt und trug einen dezenten Lippenstift. Nur ihr Nachthemd und die Braunüle im Handrücken verrieten sie. »Das ist nur, um mich aufzupäppeln«, sagte sie, als sie Maylis' Blick bemerkte.

»Ach, Mama. Du hast mir so einen Schrecken eingejagt. Natürlich bin ich gleich gekommen. Immerhin hattest du einen Schlaganfall.«

»Ach was! Das war nicht mehr als eine Kreislaufschwäche. Das MRT war völlig unauffällig. Ich habe vorgestern den ganzen Tag im Garten gearbeitet, und abends war mir einfach so schwindlig, und meine Beine wollten mir nicht gehorchen. In meinem Alter bekommt man keinen Schlaganfall.«

»Na, deine Eitelkeit hast du dir immerhin bewahrt!«, stellte Maylis erleichtert fest.

Ihre Mutter setzte sich im Bett auf und zupfte den Ausschnitt ihres Nachthemds zurecht. »Reich mir mal den Morgenmantel rüber.«

Maylis sah sich suchend um. Es hingen zwei Morgenmäntel vor dem Schrank, und sie wusste nicht, welcher davon ihrer Mutter gehörte. Die Erkenntnis traf sie wie ein Schlag. Andere Töchter kannten doch bestimmt die Sachen ihrer Mutter. Sie sahen sich einfach viel zu selten.

»Der weiße mit den Mohnblüten«, sagte Caroline hinter ihr.

Maylis nahm ihn vom Haken und reichte ihn ihrer Mutter. Caroline stand auf, erstaunlich beweglich, wie Maylis registrierte, und schlüpfte in ein Paar Schuhe, die vor dem Bett standen.

»Wo willst du denn hin?«

»Lass uns einen Kaffee trinken gehen. Es gibt unten eine Kantine.«

»Darfst du denn aufstehen?«

Ihre Mutter sah sie an und betonte jedes Wort: »Ich. Bin. Nicht. Schwer krank. Ich werde morgen entlassen. Ich bin nur noch zur Beobachtung hier.« Sie hakte Maylis ein. »Schön, dass du hier bist. Aber schade, dass ich extra ins Krankenhaus muss, damit du kommst.«

Auf dem Weg in die Kantine erzählte sie, wie froh sie sei, ihrer Bettnachbarin zu entkommen, die einfach nur spießig sei und ihr schon ihre ganze traurige Lebensgeschichte erzählt habe.

Sie saßen eine Stunde zusammen, und Maylis erzählte von Hamburg und von den Plänen, die es für Feinkost Radke gab. Als sie merkte, dass ihre Mutter müde wurde, brachte sie sie wieder auf ihr Zimmer.

Auf der Station trafen sie den diensthabenden Arzt, und Maylis fragte, wann ihre Mutter entlassen werden würde.

»Nach der Visite, so gegen elf. Machen Sie sich keine Sorgen, Ihrer Mutter geht es gut. Sie muss es nur etwas langsamer angehen lassen. Nicht wahr, Madame Klinger?« Er zwinkerte Caroline zu, aber die zuckte mit den Schultern.

»Holst du mich ab?«, fragte sie Maylis. »Dann muss Jean nicht kommen.«

»Na klar. Bis morgen, schlaf gut.« Maylis umarmte sie.

Vor dem Krankenhaus, im gelben Licht der Straßenlaternen, die die Platanen beleuchteten, atmete sie erleichtert auf. Ihrer Mutter ging es gut, sie hatte noch mal Glück gehabt. Morgen früh würde sie sie abholen und nach Hause bringen. Und für die Nacht würde sie sich ein Hotel suchen, sie wollte nicht allein mit Jean in dem Haus sein. Außerdem wäre es Unsinn gewesen, die 20 Kilometer bis nach Bandol mit dem Taxi zu fahren und am nächsten Morgen wiederzukommen. Als sie durch die Stadt schlenderte und die Menschen sah, die in dem milden spätsommerlichen Klima auf den Terrassen der Bars und Bistros saßen, freute sie sich über diesen unverhofften Abend. Sie fand ein kleines Hotel, wo die *patronne* sich sehr über den unerwarteten Gast freute und sie herzlich begrüßte. Sie führte Maylis in ein charmantes, etwas barockhaft überladenes Zimmer. Weil es groß war, fielen die dunklen Möbel nicht so ins Gewicht. Und es gab sogar einen Balkon, der auf einen Innenhof hinausführte, wo Lavendel und Rosen ihren Duft bis zu ihrem Zimmer hinauf verströmten. Sie stellte ihre Tasche ab und rief Jeans Nachbarn an, um Jean mitzuteilen, dass sie Caroline am nächsten Tag abholen und nach Hause bringen würde. Dann machte sie einen Spaziergang zum Meer.

Am Quai Cronstadt setzte sie sich auf die Terrasse eines Restaurants und bestellte *moules-frites* und einen Rosé. Während sie die Muscheln aus den Schalen zog und die Pommes frites mit der Hand aß, beobachtete sie das Treiben auf der Promenade. Unterschiedlicher konnten zwei Meere nicht sein: hier das lebendige, farbenfrohe Mittelmeer als Kulisse für weinselige Geselligkeit, und vor ein paar Tagen war sie noch an der Nordsee mit ihrer herben Schönheit gewesen, wo die Menschen eher für sich blieben und in sich gekehrt am Strand entlangwanderten. Bei dem Gedanken schlich sich Paul Abendland in ihr Bewusstsein. Seit Sonntag hatte sie bis auf seinen netten Gruß auf der Zeitung nichts von ihm gehört. Wie es wohl wäre, wenn er jetzt hier neben ihr sitzen würde? Bestimmt angenehm und witzig. Obwohl sie sich gerade auch allein sehr wohlfühlte.

Sie ließ sich noch ein Glas Wein bringen und hing ihren Gedanken nach, bis ihr kühl wurde und sie beschloss, schlafen zu gehen.

Die nette *patronne* wünschte ihr eine gute Nacht und empfahl ihr für den nächsten Tag einen Besuch des *marché provençal*. Der Gedanke ließ ihr Feinschmeckerherz höherschlagen.

Am nächsten Morgen stand sie früh auf, frühstückte im Hotel auf die französische Art mit starkem Kaffee und einem Croissant und machte sich auf den Weg zum provenzalischen Markt. Schon von Weitem sah sie die bunten Markisen, die die Stände überdachten.

Artischocken. Eisenkraut in armdicken *bouquets*. Ungefähr hundert verschiedene Sorten von Oliven, grüne und schwarze, eingelegt, mit Zitrone oder Knoblauch, gefüllt mit Mandeln oder Anchovis, präsentiert in hölzernen Bottichen. Berge von Früchten, nach Farben und Größen liebevoll aufgestapelt. Die Fischhändler mit ihren Austern, ganzen Fischen und lebenden Krebsen. Die Stände, an denen Pizza frisch aus dem Ofen oder die unvergleichlichen Hähnchen in ihrem Sud angeboten wurden, die mit der deutschen Massenware nicht zu vergleichen waren. Trockenfrüchte und Gewürze. Und über allem das Geschrei der Händler, die ihre Ware anpriesen und hemmungslos mit Komplimenten um sich warfen, um die Kundinnen anzulocken. »*Un euro, un euro!*«, riefen die nordafrikanischen Obsthändler mit rollendem R und kehligen Stimmen und hielten ihr prall gefüllte Tüten vor die Nase. »*Goutez, Madame, goutez!*«

Das ließ Maylis sich nicht zweimal sagen, sie probierte Orangen und cremige Datteln, Oliven und verschiedene *saucisses*, Hartwürste, die mal scharf, mal süß waren. An einem Stand mit Olivenöl wurde sie beinahe schwach, aber wie sollte sie eine Flasche Öl im Flugzeug heil nach Hamburg transportieren? Sie hatte schon verschiedene Oliven und eine Wurst gekauft. Als sie in die Ecke mit den Blumenhändlern kam, sah sie auf die Uhr. Sie musste los, es war Zeit, ins Krankenhaus zu fahren.

Vor einem Stand mit frischen Nudeln blieb sie dennoch kurz stehen, um die verschiedenen Pestos zu begutachten. Der Händler reichte ihr ein Stück Baguette, auf das er einen Löffel seines hausgemachten Steinpilzpesto gegeben hatte. Maylis probierte und schloss bewundernd die Augen. Das Pilzaroma war kräftig und natürlich.

»*Mais quel sourire!*«, sagte der Mann. Schon wieder ein Mann, der ihr ein Kompliment für ihr Lächeln machte! Dann musste ja wohl etwas dran sein.

Sie lächelte immer noch, als sie im Taxi saß. Kurz spielte sie mit dem Gedanken, es wie ihre Mutter zu machen und auszuwandern. In Südfrankreich lebte es sich entschieden angenehmer und bunter als in Hamburg. Und es gab mehr Gründe, um zu lächeln.

Caroline wartete bereits fix und fertig angezogen in ihrem Zimmer. Erleichtert sah Maylis, dass sie ausgeruht und gesund aussah. Tatsächlich platzte ihre Mutter schier vor Ungeduld, weil sie endlich das Krankenhaus verlassen wollte. Sie hatte sich sogar die Nägel lackiert, und Maylis fragte sich, wie sie im Krankenhaus an Nagellack gekommen war.

»Ist das schön, dass du mich abholst«, sagte Caroline und umarmte Maylis. »Ist etwas? Du bist so gut gelaunt.«

»Ich war auf dem Markt.«

»Aha. Dann ist alles klar. Man hat das Gefühl, im Vorzimmer des Paradieses zu sein, nicht wahr? Der Markt von Toulon ist einer der schönsten der Region. Aber jetzt los. Es wird Zeit, dass ich hier rauskomme.«

Maylis hatte das Taxi mit ihrem Gepäck vor dem Krankenhaus warten lassen. Sie stiegen ein und fuhren los. Als der Wagen eine gute halbe Stunde später die schmale Auffahrt zum Haus von Caroline und Jean hinauffuhr, erschrak Maylis beim

Anblick seiner Schäbigkeit. Das niedrige, lang gestreckte Gebäude war früher bestimmt mal schön und behaglich gewesen, aber jetzt war die Farbe von den Fensterläden geplatzt, der Garten davor war verwildert, und hier und da standen Skulpturen aus Holz und Metall, die Jean machte, sperrige Dinger, mit denen sie nichts anfangen konnte.

Jean kam aus dem Haus und küsste Caroline ziemlich leidenschaftlich, während Maylis den Fahrer bezahlte. Dann wandte Jean sich zu ihr herum und begrüßte sie mit zwei Wangenküssen. »Vielen Dank, dass du gekommen bist«, sagte er. »Wie lange kannst du bleiben?«

Das hatte Caroline sie noch gar nicht gefragt. »Am Montagabend fliege ich zurück.«

»Gut, dann zeige ich dir dein Zimmer. Ich habe das Dach repariert«, fügte er grinsend hinzu. »Aber um diese Jahreszeit regnet es ohnehin nicht.«

Sie gingen ins Haus, und Maylis sah, dass sich in der Küche der Abwasch stapelte. Aber auf dem Tisch stand ein Strauß mit mindestens zwanzig Sonnenblumen, und Jean küsste ihre Mutter schon wieder. Es war merkwürdig, der eigenen Mutter beim Küssen zuzusehen. Maylis wandte den Blick ab. Dann ging sie mit Jean nach oben. Sie musste zugeben, dass das Zimmer bei Sonnenschein viel netter aussah als bei Regen. Jean hatte auch hier einen Blumenstrauß auf einen kleinen Frisiertisch gestellt. Der Platz war geschickt gewählt. Durch den Spiegel sah es aus, es stünden dort zwei Sträuße. Auf dem Bett lag eine leicht verschossene Tagesdecke in den Farben der Provence, darauf lagen frische Bettwäsche und Handtücher.

»Kannst du das Bett beziehen?«, fragte er sie. »Ich bin da nicht so gut drin.«

»Kein Problem. Danke für die Blumen.«

Sie bezog ihr Bett und packte ihre Tasche aus, dann ging sie wieder hinunter. Sie sah Caroline durch das Fenster auf der Terrasse sitzen und machte sich daran, ein bisschen Ordnung zu schaffen. Sie wusch ab und stellte das Geschirr in die hölzernen Schränke. Die Schranktüren waren noch aus Vollholz und mussten schon alt sein, aber auch ihnen hätte ein neuer Anstrich gutgetan. Die Kanten waren abgestoßen, die Farbe fehlte großflächig. Aber das Geschirr war schön, dickes Porzellan in Gelb und Orange. Sie fegte noch den Boden und wischte den Tisch ab. Dann fuhr sie mit Jeans altem Citroën die kurvenreiche Strecke nach Bandol, um einzukaufen, ein Blick in den Kühlschrank hatte ihr gezeigt, dass dort nichts zu holen war. Sie musste grinsen, als sie an ihren eigenen Kühlschrank in Hamburg dachte. Dort sah es oft genauso aus. Sie bedauerte, nicht auf dem Markt in Toulon eingekauft zu haben, aber das Angebot in dem gut sortierten Carrefour war auch nicht zu verachten. Selbst kleinere französische Supermärkte hatten ein Angebot, mit dem deutsche Edekas und Rewes einfach nicht mitkamen. Auf der Rückfahrt in Jeans schunkelnder staubgrauen Ente kam sie sich vor wie eine waschechte Französin und sang laut mit, als *Ella, elle l'a* im Radio lief.

Als sie zurück im Haus war und die Lebensmittel in den Kühlschrank geräumt hatte, war es Nachmittag geworden. Ihre Mutter schlief oben, und Maylis machte einen Spaziergang durch den Garten. Der sah nicht viel besser aus als das Haus, sie musste aber zugeben, dass ein komplett verwilderter Garten auch etwas Anziehendes haben konnte. Die ehemaligen Wege waren noch erkennbar, und sie bahnte sich einen Pfad durch wild ausgeschossenes Buschwerk und Sommerblumen. Sie sah auch eine Gruppe von drei Olivenbäumen – vom gemähten Gras darum herum schloss sie, dass Jean und Caroline vorhatten, die Früchte zu ernten. Auf der Rinde der Bäume sonnten sich kleine Mauereidechsen, und im Schatten der Kronen hatten sich unzählige kleine Schnecken mit weißen Häusern versammelt. Man hätte an Schneeflocken denken können, wenn es nicht zu warm dafür gewesen wäre. Nachdem sie hier eine Blüte gepflückt und dort an einem Kraut gerochen hatte, ging sie zurück zum Haus und setzte sich auf die Terrasse, um die Spätsommersonne zu genießen. Sie zog sogar ihre Strickjacke aus, so warm war es.

»Ist schon ein paradiesischer Flecken hier, nicht wahr?«, rief Jean, der in jeder Hand eine Gießkanne trug, ihr zu.

»Hm«, machte Maylis und schloss die Augen.

Caroline kam zu ihr. Maylis bot ihr den Stuhl an und setzte sich auf eine flache Steinmauer, die ursprünglich mal ein Beet eingefasst hatte und jetzt mit den dunkelvioletten Ausläufern einer Bougainvillea überwuchert war. Caroline sah Jean nach, der einen schmalen Trampelpfad durch das Gestrüpp nahm.

»Wohin geht er?«, fragte Maylis.

»Ins Gewächshaus.«

»Ihr habt ein Gewächshaus? Das habe ich gar nicht gesehen, obwohl ich eben durch den Garten gegangen bin.«

»Es liegt jenseits der Mauer am Ende des Grundstücks. Es gehörte ursprünglich dem Nachbarn.«

»Und warum habe ich dann Gemüse im Supermarkt gekauft?«

»Du hast nichts gesagt«, meinte ihre Mutter mit einem Schulterzucken. »Jean ist ein begnadeter Gärtner. Seine Tomaten sind ein Gedicht.«

»Hauptsache, er findet sie in dieser Wildnis wieder.«

Caroline lachte. »Du bist so eine Spießerin. Ich bin sicher, du würdest hier erst mal mit der Planierraupe anrücken und alles begradigen. Hier ist die Provence, nicht Hamburg-Eppendorf.«

Maylis rollte mit den Augen. »Ganz ehrlich, ich frage mich, wovon ihr lebt. Hat Jean eigentlich eine Arbeit, ich meine, außer seiner Kunst?«

»Er ist Künstler. Und überhaupt: Findest du die Vorstellung, ausschließlich der Mann sollte für das Familieneinkommen zuständig sein, nicht ein bisschen überholt?«

Da hatte ihre Mutter natürlich recht, Maylis fühlte sich ertappt. »Ich will einfach, dass es dir gut geht, versteh das doch. Du hast mir einen Schrecken eingejagt.«

Caroline richtete sich auf und legte ihre Hand auf Maylis' Unterarm. »Jetzt hör mir mal zu. Ich bin 60 Jahre alt, darauf weist du mich ja oft genug hin. Du kannst also davon ausgehen, dass ich weiß, was ich tue. Denn dement bin ich noch nicht. Ich lebe gern so, wie ich lebe, ich lebe gern hier, und ich teile mein Leben freiwillig mit Jean. Auch wenn dir das nicht gefällt.«

»Ich mache mir einfach Sorgen um dich.«

»Das steht dir nicht zu. Mütter machen sich Sorgen um ihre Töchter, nicht umgekehrt.« Caroline breitete die Arme aus. »Sieh mich an! Ich fühle mich fabelhaft. Und siehst du irgendetwas, das mir fehlt?« Sie sah ihre Tochter mit einem ironischen Blick an. »Ach ja, ich weiß, was du meinst: Geld. Zugegeben, ich hätte gern etwas mehr, aber ich werde nicht daran sterben, wenn es nicht so ist. Wir brauchen nicht viel. Trotzdem vielen Dank, dass du den Einkauf bezahlt hast.« Sie lachte. Dann wurde sie wieder ernst. »Vielleicht solltest du dir zur Abwechslung mal Sorgen um dich selbst machen.«

»Was meinst du damit?« Aber sie wusste, was kommen würde.

»Was ich damit meine? Du versauerst! Du lebst, als wäre dein Leben schon vorbei. Du gehst kein Risiko ein. Weder emotional noch finanziell. Ich wette, du hast noch nie dein Konto überzogen. Du schöpfst deine beruflichen Fähigkeiten nicht aus. Wenn ich Max in die Finger kriege, werde ich ihn umbringen! Was hat er bloß aus dir gemacht?«

»Er will sich scheiden lassen. Ich habe einen Brief von seinem Anwalt bekommen. Der Termin ist in vier Wochen.«

»Vielleicht gelingt es dir dann endlich, einen Schlussstrich zu ziehen. Ich mache mir einen Kaffee. Möchtest du auch?«

Maylis nickte und sah Caroline nach, die ins Haus ging. In diesem Augenblick hätte sie Max auch umbringen können.

Maylis bot an, das Abendessen zu kochen. Sie war inzwischen von der Sonne durchglüht. Die Stille um sie herum, der faule Nachmittag und die traumhafte Umgebung hatten sie in einen Zustand der Entspannung versetzt, den sie lange nicht mehr gekannt hatte. Das war ein weiterer Unterschied zur Nordsee, die einen immer irgendwie forderte, wo man gegen den Wind ankämpfen musste und wo die Weite auch eine Herausforderung darstellte. Die geschützte Umgebung in diesem Garten mit seinem Gesumme und den Düften war dagegen einfach nur beruhigend. Wenn Maylis richtig entspannt war und das Gefühl hatte, alle Zeit der Welt zu haben, dann kochte sie am liebsten.

Sie ging noch einmal durch den Garten und entdeckte hinter einer Zypressenhecke versteckt das Gewächshaus. Sie wunderte sich, wie aufgeräumt es hier war. Drinnen war es stickig und feucht. In ordentlichen Reihen wuchsen neben den Tomaten auch Auberginen und Knoblauch. Aber besonders die Tomaten taten es ihr an. Sie sah verschiedene Sorten, von denen sie nur die großen Coeur de Boeuf erkannte. Aber es gab auch andere, kleine grüne mit gelben Streifen, violette und sogar fast schwarze. Sie biss in die erste Frucht, die ihr unter die Finger kam, und war begeistert von dem intensiven Geschmack des sonnendurchwärmten Fleisches. Sie hatte mal gelesen, dass der Geschmack von Tomaten am intensivsten war, wenn man sie direkt nach dem Pflücken aß. Hier hatte sie den Beweis, dass das stimmte. Ein Tropfen Saft lief ihr über die Finger, aber sie nahm sich gleich die nächste Tomate. Sie probierte jede einzelne Sorte und spürte die unterschiedlichen Festigkeiten und Geschmäcker auf der Zunge. Kein Wunder, dass sie so süß waren, wenn sie hier sechzehn Stunden Sonne täglich bekamen! So pur schmeckten sie wahrscheinlich am allerbesten, sie brauchte nicht einmal Fleur de Sel oder Olivenöl dazu. Mit den geschmacksneutralen Wasserbomben aus dem Supermarkt hatten diese Früchte absolut nichts gemein. Während sie genießerisch in eine kleine Tomate mit schwarzen Punkten biss, die Sorte, die sie noch nicht probiert hatte, sah sie sich um. Die eine Hälfte des Gewächshauses war von wuchernden Kiwipflanzen beschattet. Einige der Glasplatten auf dem Dach waren wegen der Hitze entfernt worden und standen an eine Wand gelehnt. Die reifen Kiwis hingen in Trauben bis in Augenhöhe herab. Der Duft an diesem Ort war betörend, nach Knoblauch und reifen Tomaten auf der einen Seite, nach süßen, reifen Kiwis auf der anderen.

Sieh mal einer an, dachte sie und schloss die Augen, um sich den Gerüchen hinzugeben. Jean hat wirklich ein Talent. Wenn nicht als Künstler, so bestimmt als Gärtner.

Sie erntete vorsichtig einige reife Coeur de Boeuf, denn die anderen Tomaten waren ihr zu schade, um sie für Soße zu verwenden, und trug sie ins Haus. Dort setzte sie Wasser auf, brühte die Tomaten, um sie besser häuten zu können, und schnitt sie in exakt gleich große Würfel. Dann machte sie noch einen Rundgang durch den Garten und pflückte sämtliche Kräuter, die sie finden konnte: Rosmarin, wilden Thymian, Oregano und etwas, das aussah und roch wie Liebstöckel. Neben dem Herd stand ein Blechkanister mit Olivenöl. Sie gab einen Tropfen auf den Zeigefinger, um es zu probieren. Es war fast grün und von einer milden Schärfe am Gaumen, so, wie sie es liebte. Sie goss einen kräftigen Strahl in einen großen gusseisernen Topf und gab die Tomatenstücke hinein, dazu noch eine Menge Knoblauch und Zwiebeln und die Kräuter, dann ließ sie das Ganze erst einmal köcheln. Zu lange konnte man Tomatensoße gar nicht kochen. In einem Schrank fand sie ein Glas wilden Honig und stellte ihn neben den Herd. Damit würde sie der Soße kurz vor dem Servieren den letzten Pfiff geben.

In der Zwischenzeit machte sie sich an den Nudelteig. Es gab keine Maschine, daher rollte sie den Teig auf dem Tisch hauchdünn aus und schnitt ihn in feine Tagliatelle-Streifen, eine Aufgabe, die bei ihr den gleichen Effekt wie eine Meditation hatte.

Deshalb erschrak sie auch, als Jean plötzlich hinter ihr stand.

»*Mon Dieu*, riecht das gut!« Er trug eine Schale mit kleinen Kiwis herein, die nicht richtig grün, sondern eher goldfarben waren. »Das sind die besten«, erklärte er. »Soll ich dir helfen?«

»Nein, nein, ich mache das schon«, sagte sie rasch. »Es riecht so gut, weil deine Früchte einfach göttlich sind. Was machst du mit ihnen?«

»Essen«, sagte er mit einem entwaffnenden Lächeln. »Und verschenken. Es sind ja zu viele. Ist es schon Zeit für einen Aperitif?«

»Immer.«

Sie deckte die fertig geschnittene Pasta mit einem leicht feuchten Handtuch ab. Dann rührte sie die Soße noch einmal um, legte den Deckel auf und folgte Jean auf die kleine Terrasse vor dem Haus, die jetzt von der Abendsonne beschienen war. Caroline schenkte ein paar Tropfen Cassissirup in Gläser und füllte sie mit eiskaltem Weißwein auf. Dazu gab es die Oliven, die Maylis auf dem Markt in Toulon gekauft hatte. Gesprochen wurde nicht viel, es war einfach zu schön, hier mitten in der duftenden Provence zu sitzen und zu träumen.

Als es Zeit war, kochte Maylis die Pasta und gab die Tomatensoße, die sie vorher durch ein feinmaschiges Sieb gestrichen hatte, geriebenen Parmesan und frisch gemahlenen Pfeffer darüber.

»An dir ist eine Köchin verloren gegangen«, schwärmte Jean nach dem Essen und wischte sich den letzten Rest Tomatensoße von den Lippen.

»Alles eine Sache der Zutaten«, entgegnete Maylis.
»Und der Hingabe«, sagte ihre Mutter nachdenklich.

Den Sonntagvormittag verbrachte Maylis dösend und lesend im Garten. Am Nachmittag forderte Jean sie zu einem Spaziergang auf, er wollte ihr die Umgebung zeigen. Sie gingen weiter den Hügel hinauf, und Maylis musste sich in der Wärme ganz schön anstrengen. Rechts und links vom Weg erstreckte sich undurchdringliches, dornenbewehrtes Gestrüpp. Jean ging vor ihr, und sie wunderte sich über die Mühelosigkeit, mit der er ausschritt. Er war ein kräftiger Mann mit einer breiten, behaarten Brust. In den kurzen Hosen konnte sie das Muskelspiel seiner durchtrainierten Waden sehen. Jetzt, wo Maylis ihn näher betrachtete und ihre Wut auf ihn in den Hintergrund gerückt war, musste sie zugeben, dass er doch recht anziehend aussah. In seiner etwas verlotterten Art hatte er etwas von Serge Gainsbourg. Sie begann zu verstehen, warum Caroline sich in diesen Bohemien verliebt hatte.

Ab und zu blieb er stehen, um auf sie zu warten. Sie sprachen kaum, nur ab und zu gab Jean eine Erklärung oder zeigte ihr etwas. Dafür begleitete sie das Zirpen der Zikaden. Schließlich erreichten sie ein Plateau mit hoch aufragenden Felsformationen. Eine sah aus wie ein Elefantenkopf mit Rüssel. Die Landschaft hatte etwas Karges, Bizarres. Hier wuchsen nur niedrige Pflanzen wie Moose und Flechten und dazwischen die blauen Blüten von wildem Thymian. Vor ihnen erstreckte sich die raue Landschaft bis zu einer Bergkette, auf der anderen Seite sahen sie unter sich das Meer.

»Das wollte ich dir zeigen«, sagte er. »Ich liebe diese Landschaft. Ich könnte nie woanders leben. Ich habe es mal mit Bordeaux versucht, aber nach einem Jahr bin ich wieder zurückgekommen.«

»Bordeaux?«

»Ja, ich habe dort in einer Computerfirma gearbeitet. Ich bin IT-Experte.«

Maylis sah ihn mit großen Augen an. Jean war Informatiker?

Er lachte. »Das war nichts für mich. Ich wusste es eigentlich schon während des Studiums, aber ich habe mich verpflichtet gefühlt, meinen Abschluss zu machen. Meine Eltern haben sich ziemlich krummgelegt, um mir die Ausbildung zu bezahlen ... Wie dem auch sei, ich werde nie wieder etwas tun, was gegen meine Natur geht. Aber was ich gern tue, das tue ich mit Leidenschaft. Und ich liebe deine Mutter. Ich sorge für sie, auch wenn das vielleicht auf andere Art geschieht, als du dir das wünschst.«

Maylis sah ihn an. »*Maman* hat gestern zu mir gesagt, es würde mir nicht zustehen, mir so etwas zu wünschen. Ich glaube, sie hat recht. Hauptsache, sie ist glücklich. Und ich glaube, das ist sie.«

Jean sah sie prüfend an, dann lächelte er.

Maylis hatte das Gefühl, dass diese Erklärung der eigentliche Grund für seine Einladung zu dieser Wanderung gewesen war. Sie fand es rührend, dass er einen guten Eindruck auf sie machen wollte, obwohl sie sicher war, dass er im Zweifel auch auf ihre Meinung pfeifen würde.

Kapitel 14

»Ich muss morgen zurück nach Hamburg«, sagte sie am Sonntagabend zu ihrer Mutter. »Aber ich nehme das Flugzeug am Abend, weil ich vorher eine Bootstour in die Calanques machen will. Kommst du mit?«

Beide wussten, dass es ihr um mehr als um einen touristischen Ausflug ging.

»Gern«, sagte Caroline.

Sie brachen früh am nächsten Morgen auf. Jean brachte sie mit dem Auto nach Cassis, wo sie zwei Plätze auf einem der Boote mieteten. Es war eines der neueren Schiffe mit Glasboden, die den Touristen einen Blick unter Wasser ermöglichten. Jetzt, gegen Ende der Saison, waren nicht mehr viele Leute unterwegs, und sie setzten sich ganz ans Heck, wo sie ungestört waren.

Maylis sah die atemberaubende Landschaft an sich vorüberziehen. Das türkisfarbene Wasser lag still vor ihnen. Die erste der Buchten war die Calanque de Port Miou. Die weißen Kalksteine, die hier über die Jahrhunderte abgebrochen worden waren, hatten weltweit Verwendung gefunden. Unter anderem beim Bau des Sockels der New Yorker Freiheitsstatue.

»Du warst mit deinem Vater hier, nicht wahr?«, fragte Caroline verträumt. Sie ließ ihre Hand durch das Wasser gleiten.

»Ja, oft. Er hatte ein Boot. Es hieß übrigens *Maylis*. Wir haben in diesen Buchten geankert, sind schwimmen gegangen und haben geangelt.«

»Ich weiß fast nichts von ihm. Das alles ist so lange her, und wir waren ja nur ein paar Monate zusammen.«

»Schade. Ich hätte euch gern mal zusammen erlebt.«

Caroline sah sie an. »Es tut mir leid, aber als du Edgar kennenlerntest, war es für mich zu spät.« Sie dachte nach. »Eigentlich weiß ich das Wenige von ihm nur, weil du es mir erzählt hast. In den Sommern, die du hier in Frankreich mit ihm verbracht hast, habe ich in Hamburg gelebt. Und als ich zurück nach Frankreich gegangen bin, war er schon tot.«

»Er hat dich aber auch nie interessiert.« Maylis dachte an die Kochbücher, die sie von ihrem Vater geerbt hatte und die ihre Mutter als Schinken bezeichnet hatte.

»Erinnerst du dich noch an einen Freund, mit dem du vor Jahrzehnten mal zusammen warst? Würdest du ihn heute wiedersehen wollen?«

»Wenn ich ein Kind mit ihm hätte, vielleicht.«

Caroline ging nicht darauf ein. »Von ihm musst du das Talent und die Liebe zum Kochen haben.«

»Hat er das schon getan, als du ihn kanntest?«

Sie lachte. »Nein, absolut nicht. Damals haben wir von Baguette und Käse gelebt. Und von Wein. Ich weiß nicht, wann diese Leidenschaft bei ihm angefangen oder was sie ausgelöst hat.«

»Und wir können ihn nicht mehr fragen.«

»Hat er eigentlich geheiratet? Hatte er weitere Kinder neben dir?«

»Nein. Er hat manchmal eine Frau namens Corinne erwähnt, aber ich habe sie nie getroffen. Ich weiß nur, dass er einen Traum hatte: Eines Tages wollte er ein Restaurant an der Küste aufmachen.«

»Und?«, fragte Caroline vorsichtig. »Hast du einen Traum?«

Maylis überlegte, bevor sie antwortete. »Darüber habe ich mir nie so richtig Gedanken gemacht. Früher war es mein Traum, eine glückliche Familie zu haben. Einfach nur das, nichts Großes. Dafür ist es jetzt zu spät …«

»Wer sagt das denn? Du bist noch nicht mal vierzig!«

»Das mag sein, aber ich gehöre nicht zu den Frauen, die ein Kind ohne Mann großziehen.« Sie sah ihre Mutter mit einem Seitenblick an. »Ich weiß genau, dass ich dafür einfach nicht die Richtige bin. Das hat nichts damit zu tun, dass ich über lange Jahre ohne Vater aufgewachsen bin. Es liegt mir einfach nicht.«

»Na gut, Kinder waren früher mal dein Traum. Aber was ist dein Traum jetzt? Sag es mal einfach so heraus, ohne zu überlegen.«

Maylis musste lachen. »Du meinst so einen völlig verrückten Traum, wo man nicht eine Sekunde darüber nachdenkt, wie man ihn verwirklichen kann?«

»Genau das macht doch einen Traum aus«, entgegnete ihre Mutter.

»Also gut. Ich hätte gern einen Partner. Und ein eigenes Restaurant wäre auch nicht schlecht.«

»Und was hindert dich daran?«

Maylis schluckte. Sie dachte an Paul Abendland, und ein warmes Gefühl durchströmte sie. Sie überlegte, ob sie ihrer Mutter von ihm erzählen sollte, dann ließ sie es sein. Die Geschichte mit Paul Abendland war völlig unverbindlich. Sie hatten gerade mal einen Kaffee zusammen getrunken und einen Spaziergang gemacht. Daraus ließ sich nun wirklich nicht der Beginn einer Liebesgeschichte ableiten. Und dass sie immer wieder an ihn denken musste, wollte sie Caroline nicht erzählen, aus Angst, sich wie ein verliebter Teenager anzuhören.

»Und das Restaurant?«, hakte Caroline mit einer für sie ungewohnten Besorgnis in der Stimme nach.

»Mein Chef will demnächst aufhören und hat mir angeboten, das Geschäft zu übernehmen …«

»Feinkost Radke? Das muss doch eine Goldgrube sein!«

»Na ja, die Zeiten waren auch schon mal besser, aber es reicht.«

»Und? Wie stehst du dazu?«

»Ich weiß noch nicht. Wir haben erst vor ein paar Tagen darüber gesprochen, ich muss mir das alles überlegen. Aber ich hätte ein paar Ideen, wie man das Geschäft attraktiver und damit auch die Arbeit interessanter machen könnte.«

»Mit so einem Geschäft an der Backe wärst du ziemlich gebunden«, gab Caroline zu bedenken.

»Ich habe auch nicht das Bedürfnis wie du, ständig umzuziehen oder ein neues Leben anzufangen.« Die Antwort kam ein bisschen schärfer, als sie beabsichtigt hatte.

»Ist ja schon gut«, sagte Caroline. »Wir sind eben verschieden.«

Sie hatten die letzte Bucht erreicht. An ihrem Ende gab es einen kleinen Sandstrand, davor ankerten einige Jachten. Das Boot wendete und fuhr zurück in den Hafen von Cassis. Direkt am Wasser zog sich die Promenade mit den Fischrestaurants und ihren bunten Markisen und den alten Häusern mit ihren Balkonen zum Wasser hin. Das Hafenbecken wurde von dem steil ansteigenden Felsmassiv eingerahmt, am Ende der Bucht erhob sich das Cap Canaille, dessen Steilküste über 360 Meter in die Tiefe stürzte.

»Schade, dass wir noch keinen Sonnenuntergang haben, dann leuchten die Felsen«, sagte Maylis.

»Ich weiß«, sagte Caroline mit einem Lächeln. »Ich wohne hier.«

Jean wartete bei ihrer Ankunft auf sie, und sie setzten sich in eines der Cafés direkt am Hafen und bestellten Meeresfrüchte und eine Flasche trockenen Cassis. Der Geschmack der leicht salzigen Austern paarte sich perfekt mit der kalten Butter auf dem knusprigen Baguette. Maylis bestand darauf, zu bezahlen.

»Wie du willst«, sagte Jean grinsend. »Aber dafür fahre ich dich zum Bahnhof.«

Der Abschied von ihrer Mutter fiel Maylis leichter, als sie gedacht hatte.

»Ich habe gesehen, dass es dir wieder gut geht. Und ich glaube tatsächlich, dass Jean ein guter Mann für dich ist.«

»Er ist genau der Richtige!«, sagte Caroline und nahm Jean an die Hand.

»Ich werde morgen versuchen, deine Tomatensoße nachzukochen. Ich werde deine Mutter mästen«, sagte er. Er trat auf Maylis zu und nahm sie in seine kräftigen Arme. Dann entfernte er sich ein paar Schritte, damit Maylis sich von ihrer Mutter verabschieden konnte.

»Bitte ruf mich ab und zu an«, sagte sie, nachdem sie sich aus Caros Armen gelöst hatte. »Ich möchte wissen, wie es dir geht.«

»Versprochen«, sagte Caroline. »Wenn du versprichst, uns bald mal wieder zu besuchen.«

Sie winkten sich noch einmal zu, dann stieg Maylis in den Zug.

In Marseille hatte sie noch zwei Stunden Zeit, bevor sie sich auf den Weg zum Flughafen machen musste. Sie hatte auf der Karte gesehen, dass es vom Bahnhof nicht weit bis zum Alten Hafen mit den Fischständen und den Restaurants war. Sie machte sich zu Fuß auf den Weg und war froh, dass sie nur eine leichte Tasche dabeihatte. Allerdings brauchte sie für den guten Kilometer viel länger als gedacht, denn auf ihrem Weg in Richtung Canebière kam sie durch ein Viertel mit engen Straßen, in denen arabische oder nordafrikanische Geschäfte lagen. Sie spazierte über Orientteppiche, die auf den Fußwegen auslagen. Im nächsten Geschäft gab es Koffer, die in langen Reihen auf der Straße standen. Vor jedem Geschäft wurde sie angesprochen. *»Bijou, bijou«*, raunte man ihr zu und bot ihr billigen Schmuck und Schmuggelzigaretten an.

An der Ecke zur Canebière fand sie ein Geschäft ganz nach ihren Wünschen. Das Sortiment bewegte sich rund um Küche und Herd: Geschirr, gusseiserne Töpfe in riesigen Ausmaßen, arabische Tajine-Gefäße aus Ton, in denen Couscous zubereitet werden konnte, bunt bemalte Keramiken für Oliven, zart geschliffene Weingläser, Tischwäsche aus feinstem Leinen … Sie wusste gar nicht, wohin sie zuerst schauen sollte. Eine ältere Dame näherte sich ihr vorsichtig. Sie war offensichtlich die Besitzerin, und jetzt verstand Maylis auch dieses etwas durcheinandergewürfelte Sortiment: Es hatte sich einfach im Laufe von, sagen wir, einigen Jahrzehnten angesammelt.

»Sie wünschen?«, fragte die Verkäuferin.

»Alles«, antwortete Maylis, und die alte Dame lächelte wissend.

»Haben Sie alte Kochbücher?«, fragte Maylis hoffnungsvoll.

Die Verkäuferin schüttelte den Kopf. »Nur das Kochbuch meiner Großmutter.«

»Und das würden Sie nie aus der Hand geben, weil es das Gedächtnis der Familie ist.«

»Sie wissen Bescheid«, sagte die alte Dame mit einem Lachen.

Maylis ging einen anderen dunklen Gang in diesem verwunschenen Geschäft entlang. Schwere schwarze Schneckenpfannen stapelten sich neben fein bemalten *bols*, großen Kaffeeschalen, die in Deutschland eher als Müslischalen durchgingen.

Neben der Kasse war ein Sortiment von Kräutermischungen in winzigen bunten Blechdosen mit silbernen Schraubdeckeln aufgereiht. Gewürze für Fischsuppen, für arabische Couscous, für Nudeln.

»Meine Güte, wie niedlich!«, rief sie aus.

»Die sind von Les Amis de Flavigny. Ich kenne die Leute

persönlich. Sie haben einen Bauernhof übernommen, nicht weit von hier, Richtung Aubagne, die Kräuter kommen von dort.« Die alte Frau öffnete eines der Döschen und hielt sie ihr vor die Nase. »Hier. Riechen Sie mal!«

Sie roch getrocknete Tomaten, Knoblauch und Anis. Eine betörende Mischung.

»Wie viele verschiedene Sorten gibt es?«

»Mal sehen ... acht habe ich hier, aber sie produzieren ständig neue, je nachdem, welches Kraut gerade wächst.«

»Ich nehme sie alle. Und können Sie mir die Adresse der Hersteller geben?«

Nach den dunklen, engen Straßen des afrikanischen Viertels kam ihr der Hafen hell und weit vor. Am Hafenkopf hatten die Fischer ihre mobilen Stände aufgebaut. Fische und Meeresfrüchte lagen dort aus und wurden lauthals angepriesen.

»Es gibt nur vier oder fünf Restaurants in Marseille, die eine Bouillabaisse mit frisch gefangenen Fischen zubereiten. Jeder, der dir eine Bouillabaisse für zwanzig Euro anbietet, kippt das Zeug aus der Dose in den Topf und schmeißt alten Fisch hinterher. Glaub mir«, hörte sie die Stimme ihres Vaters. Mit ihm war sie seltsamerweise nie dazu gekommen, dieses Marseiller Traditionsgericht zu essen. Sie würde es jetzt tun. In Erinnerung an ihn. Sie hatte noch eine knappe Stunde, bevor sie zum Flughafen musste, das müsste passen. Sie hatte zwar in Cassis gegessen, aber das waren ja schließlich nur Austern gewesen, und wann würde sich ihr mal wieder die Gelegenheit zu einer echten Fischsuppe bieten?

Eines der Lokale, die Edgar ihr genannt hatte, lag direkt vor ihr. Sie steuerte es an. Auf der Terrasse standen mit rotem Samt bezogene Bänke. Davor in Reih und Glied kleine Tische, dazwischen jeweils ein Ständer mit einem silbernen Weinkühler. Denn Wein gehörte zur Bouillabaisse dazu, ebenso wie die

Rouille, eine mit Cayennepfeffer geschärfte Mayonnaise, sowie die kleinen, hart gerösteten Toastscheiben.

Sie saß noch nicht, als schon ein Kellner angeflitzt kam. Er stellte ein paar Oliven und eingelegte Zwiebeln vor sie hin. Maylis bestellte eine Terrine Fischsuppe, dazu einen offenen Cassis.

Der Wein war so eiskalt, dass das Glas beschlug. Sie trank in kleinen Schlucken und naschte Oliven, während sie das Treiben am Alten Hafen beobachtete.

Die Fischsuppe kam. Drei kleine Brotscheiben, mit der Rouille bestrichen, lagen im Teller, der jetzt mit der sämigen, kräftigen und rötlich braunen Suppe bedeckt wurde. Während Maylis löffelte, filetierte der Kellner die Fische, die in der Suppe gegart waren, zum Servieren aber herausgenommen wurden und auf einer großen Platte vor ihr lagen. Mindestens sieben Fischsorten mussten es sein, neben den winzigen Felsenfischen, aus denen der Fischfond gekocht wurde. Nur die feinsten Fische und Krustentiere hatten das Recht, in die Bouillabaisse zu kommen. Es war unmöglich, alles zu essen, aber Maylis bemühte sich, jeden Fisch mindestens zu probieren. Und die Languste aß sie komplett. Mit den Fingern brach sie die Schalen auf, wie es hier alle taten, und leckte sich die Finger. Ein göttlicher Genuss!

Ohne mit der Wimper zu zucken, zahlte sie die siebzig Euro und legte zehn Euro Trinkgeld obendrauf. Für einmal wunschlos glücklich sein war das nicht zu viel Geld.

»*Vous permettez?* Erlauben Sie?«

Maylis wandte sich zum Nachbartisch, an dem ein älterer Herr saß. Auch er hatte eine Terrine Fischsuppe vor sich.

»Ja?«, fragte sie.

»Sie müssen jetzt unbedingt schwimmen gehen. Der Fisch in Ihrem Bauch wird Ihnen Flügel verleihen. Daran erkennt man übrigens, ob man eine gute oder eine schlechte Bouillabaisse gegessen hat«, fügte er verschmitzt hinzu.

Was für ein schönes Bild! Maylis dankte dem Mann und stand auf. Sie hatte leider keine Zeit mehr für einen Sprung ins Meer, sie musste zum Flughafen.

Als sie in Hamburg ankam, war es schon dunkel, und es regnete. Der Kontrast zwischen dem blauen, warmen Mittelmeer und dem düsteren Hamburg hätte nicht größer sein können.

Zu Hause kochte Maylis sich Nudeln aus der Packung und öffnete eines der beiden Marmeladengläser, in die sie den Rest der Tomatensoße gefüllt hatte, die sie in Bandol gekocht hatte. Sie meinte, die Landschaft zu riechen.

Kapitel 15

Zum Glück musste sie am nächsten Morgen erst um elf im Geschäft sein. Alles kam ihr komisch vor, so fremd. Das graue Hamburg, das Frühstück allein, die Fahrt mit dem Rad ins Geschäft. Und auf den Straßen roch es nach Autoabgasen, nicht nach Rosmarin und reifen Tomaten.

Annette war froh, sie zu sehen. »Meine Güte, ist das langweilig, nur mit Frau Burfeind und dem Chef.« Sie war ihr nach hinten gefolgt, wo Maylis ihre Jacke auszog.

»War was Besonderes?«

»Jetzt sag doch erst mal, wie es deiner Mutter geht!«

»Es war nicht so schlimm. Nicht mal ein Schlaganfall, wie die Ärzte anfangs befürchtet hatten, sondern eine Kreislaufschwäche. Sie hat das Krankenhaus schon wieder verlassen. Wir haben eine Bootstour gemacht.«

»Puh, Gott sei Dank«, sagte Annette. »Und? Ist es dort unten noch schön warm?«

»Traumhaft.«

Und dann begann Maylis zu erzählen und geriet richtig ins Schwärmen. Je mehr Details sie berichtete, umso mehr wurde ihr bewusst, wie sie das Wochenende in der Wärme und der traumhaften Landschaft genossen hatte. Sie fand sogar nette Worte für Jean.

»Mannomann, so viel hast du schon lange nicht mehr geredet. Und ist dir bewusst, dass du an zwei Wochenenden hintereinander weg warst?«, fragte Annette grinsend.

Maylis schlug mit ihrem Tuch nach ihr. »Und was war hier los?«

Annette stieß ein kurzes Lachen aus. »Beim nächsten Mal

solltest du vorher Bescheid sagen, wenn du verreist. Jeden Tag kam hier jemand rein, der dich sprechen wollte. Der Chef ist schon misstrauisch geworden.«

»Tatsächlich?«, fragte Maylis überrascht. »Ich war doch nur drei Tage weg. Aber wer hat denn nach mir gefragt?«

Annette zählte die Personen an den Fingern ab: »Deine Freundin Charlotte, der Student, der übrigens Tobias heißt, wie er mir verraten hat ... Dann war Madame Rosa hier und wollte dich nach einer Suppe fragen, ich weiß aber nicht mehr, welche ...«

»Und?«, fragte Maylis. Sie wartete darauf, dass ihre Kollegin Paul Abendland erwähnen würde.

»Und dein Koch. Der hat sogar schon zweimal nach dir gefragt.«

Na also, dachte Maylis glücklich.

Auch Wilhelm Radke war sehr froh, sie wieder im Laden zu haben.

»Ich bin einfach beruhigt, wenn ich weiß, dass Sie sich hier um alles kümmern«, sagte er. »Ich habe übrigens einen Studenten engagiert, für den Lieferservice. Er kommt zweimal die Woche, dienstags und freitags, jeweils um 17 Uhr. Das heißt, an diesen beiden Tagen können wir den Kunden unseren neuen Service anbieten.«

»Wir sollten das bekannt machen. Vielleicht eine Anzeige schalten.«

»Habe ich auch schon drüber nachgedacht, aber ich glaube, wir machen erst mal Werbung über den Ladentisch. Wenn jemand viel und schwere Sachen kauft, schlagen wir vor, zu liefern.«

»Kostenlos?«

»Natürlich kostenlos, ab einer Kaufsumme von zwanzig Euro. Der Lieferservice kann das Rad benutzen, das hinten im Hof steht. Es hat einen großen Korb vorn und hinten, das müsste gehen.«

»Und wir liefern überallhin?«

»Nein, nur im Umkreis von, sagen wir, zwei Kilometern. Und nur an Kunden, die zu Fuß kommen. Die anderen haben ja selbst ein Auto oder ein Rad.« Er überlegte. »Was meinen Sie dazu?«

»Klingt gut. Aber was ist mit Madame Rosa? Die kommt immer am Mittwoch.«

»Sie immer mit Ihren Spitznamen! Ich nehme an, Sie meinen Frau Hansen? Die habe ich tatsächlich total vergessen.«

»Ich kann ihr die Sachen vorbeibringen, nach Feierabend oder schnell zwischendurch. Das habe ich letzte Woche auch getan.«

Der Chef nickte. »Gut, so machen wir es. Ähm, ich bin heute Abend nicht da, wenn dieser Herr Bohnsack zum ersten Mal kommt. Können Sie sich um ihn kümmern und ihm alles zeigen?«

»Kein Problem. Wann wird er bezahlt?«

»Läuft alles korrekt über die Bücher. Er bekommt sein Geld am Ende des Monats. Trinkgeld kann er natürlich behalten. Und schärfen Sie ihm noch mal ein, dass Freundlichkeit und Zuverlässigkeit das A und O sind.« Sie hörten die Stimme von Gerda Radke vorn im Laden. »Meine Mutter ist da. Ich gehe mal schnell hin. Machen Sie die Post? In den letzten Tagen sind einige Rechnungen gekommen. Passen Sie mit der vom Weinkontor auf, ich glaube, die haben uns die falschen Flaschenpreise berechnet.«

»Mache ich. Ich hole mir nur schnell einen Kaffee.«

Eigentlich ist es doch ganz schön, wieder hier zu sein, dachte sie und fuhr den Computer hoch.

Mittags kam Frau Burfeind, und auch sie schien froh zu sein, dass Maylis wieder da war. Jedenfalls meckerte sie nicht mit ihr.

Jochen Bohnsack war ein großer kräftiger Kerl mit guten Manieren. Maylis gab ihm einen Karton mit Likör und Käse mit, den er zu einer älteren Dame eine Straße weiter bringen sollte. Schon nach 20 Minuten war er zurück, und Maylis belud sein Rad mit einer Lieferung für eine junge Frau, die mit zwei Kleinkindern eingekauft hatte. Ihr Sohn wollte unbedingt auf ihren Arm, und sie wusste nicht, wie sie die Einkäufe tragen sollte. Sie freute sich aufrichtig, als Maylis vorschlug, ihr die Sachen gegen Abend zu bringen.

»Kostet das extra?«, hatte sie gefragt.

»Nein, das ist Service.«

Abends beim Aufräumen suchte Maylis den Laden ab, konnte aber nichts finden. Sie nahm sich einen Radicchio und ein Stück Parmesan sowie ein Baguettebrötchen mit.

Im Hausflur hörte sie Kunckels schimpfen und zetern. Einige Dinge änderten sich eben nie. Im Briefkasten lag ein Zettel von Paul Abendland.

Ihre Zeitung war heute Morgen nicht im Briefkasten. Ich war es nicht, Ehrenwort! Ich hoffe, Sie sind wieder zu Hause und haben sie selbst rausgenommen!? (Wo waren Sie eigentlich? Ich habe Sie vermisst.) Sollten Sie wieder da sein, möchte ich Sie für Samstagabend zum Essen einladen. Bei mir, beziehungsweise bei Helene. P.

»Ich komme gern«, sagte sie zu sich selbst. Dann schrieb sie den Satz unter die Nachricht und warf ihn in den Kasten mit der Aufschrift *Winterkorn*. Summend ging sie zum Fahrstuhl. Sie behielt ihre gute Laune für den Rest der Woche.

Der Samstagvormittag im Geschäft verging wie im Fluge. Es war voll. Oskar Polker kam, wie immer in Eile und durchdrungen von seiner Wichtigkeit. Maylis schaffte es, weil sie so gute Laune hatte, nett zu ihm zu sein, und bediente ihn liebenswürdig und zuvorkommend. Am Ende hielt sie ihm sogar die Tür auf.

»Geht doch!«, grummelte er zufrieden und schlug zur Betonung mit seinem Stock auf.

Maylis hatte den Türknauf noch in der Hand, als Charlotte vorbeikam.

»Hallo. Ich wollte nur schnell sehen, ob du wieder da bist. Wollen wir nachher einen Kaffee zusammen trinken? Um eins im Kaufrausch?«

»Lieber um halb drei. Wir haben bis zwei geöffnet. Vorher komme ich hier nicht weg.«

»In Ordnung. Bis dann.«

Summend wandte Maylis sich dem nächsten Kunden zu, einem unentschlossenen Mann, dem sie behutsam zureden musste, damit er sich zwischen den vielen Käsesorten entscheiden konnte.

Kurz darauf läutete hinten das Telefon. Der Chef und Frau Burfeind waren am Bedienen, also ging Maylis ran.

»Ich bin's.«

»Mama! Was ist passiert?«

»Gar nichts«, kam es entrüstet aus dem Hörer. »Ich wollte bloß fragen, ob du wieder gut angekommen bist.«

»Das hast du noch nie gemacht.«

»Es ist nie zu spät, seine Gewohnheiten zu ändern.«

»Natürlich, ich freue mich. Bei mir ist alles in Ordnung, der Laden ist nur gerade ziemlich voll, wir haben alle Hände voll zu tun ... Und wie geht es dir?«

»Blendend. Das schöne Wetter hält immer noch. Und weißt du, was Jean und ich machen? Du wirst es nicht glauben. Tomatensoße! Wir kochen sie ein. In rauen Mengen. Wir haben schon bei allen Nachbarn Schraubgläser ausgeborgt. Sie schmeckt nicht ganz so gut wie deine, aber immerhin! Er lässt dich übrigens grüßen.«

»Du musst ein Quäntchen Leidenschaft mit hineingeben!

Das fällt dir doch nicht schwer, wenn du sie mit Jean zusammen kochst.«

Caroline lachte. »Also das ist dein Geheimnis. Ich werde es mir merken. Was machst du am Wochenende?«

Maylis lächelte. »Ich habe ein Date mit einem Mann.« Dass seine Oma dabei sein würde, musste sie ja nicht erwähnen.

»Wow! Viel Spaß! Und, Maylis?«

»Ja?«

»Noch mal danke, dass du gekommen bist.« Damit legte Caroline auf.

»Ein gutes Omen, bitte lass mich ein gutes Omen finden«, sagte sie beim Fegen leise vor sich hin.

»Wie bitte?«, fragte Frau Burfeind.

»Ich habe nichts gesagt«, log Maylis. Sie richtete sich auf, umfasste die Spitze des Besenstiels mit beiden Händen und stützte ihr Kinn darauf. »Frau Burfeind?«

»Ja?« Frau Burfeind sah nur kurz von den leeren Brotregalen herüber, die sie gerade ausfegte. Die Krümel rieselten auf die Fliesen.

»Was machen Sie eigentlich am Wochenende?«

»Ich? Nichts Besonderes. Meine Wohnung aufräumen – dazu komme ich unter der Woche nicht –, ein Spaziergang, ein Besuch im Café. Als mein Mann noch lebte, sind wir oft rausgefahren, um zu wandern. Wir hatten eine kleine Wandergruppe. Aber da sind nur Paare, und seitdem er nicht mehr da ist … Und am Sonntagabend gucke ich den *Tatort*. Der ist mir heilig. Und Sie?«

Sollte Maylis ihr erzählen, dass die meisten ihrer Wochenenden genauso aussahen, bis auf die Wandergruppe? Lieber hätte sie sich die Zunge abgebissen. Stattdessen sagte sie: »Ich bin zum Essen verabredet.«

»Jaja, Sie sind ja auch noch jung.«

Nachdenklich fegte Maylis weiter. Unter dem Käsetresen

sah die Ecke eines Stück Papiers hervor. Mit dem Besen konnte sie es nicht hervorziehen, also bückte sie sich. Es war ein Lesezeichen, wie man sie häufig als Werbung in Büchern findet. Maylis erkannte die abgebildete Frau sofort. Eine schöne Frau mit einem kurzen dunklen Bubikopf und einem scharfen Profil, ganz in Schwarz gekleidet und mit einer dreireihigen Perlenkette um den Hals und einer Zigarettenspitze in der Hand: Coco Chanel. Sie drehte das Lesezeichen um, in der Hoffnung, eine Nachricht auf der Rückseite zu finden. Aber da war nichts.

Sie hatte zwar keine Ahnung, was das mit ihr zu tun hatte, aber sie nahm diesen Fund als gutes Zeichen.

Sie sah Charlotte gleich, als sie das Café betrat. Draußen war es inzwischen zu kalt geworden zum Sitzen. Sie saß an einem der kleinen Tische am Fenster. Und ihr gegenüber saß Tobias. Sie schienen sich gut zu unterhalten, jedenfalls bemerkten sie Maylis erst, als sie direkt vor ihnen stand.

»Wie ich sehe, haben Sie Charlotte tatsächlich angerufen.«

Tobias zwinkerte ihr zu.

Charlotte stand auf und küsste sie auf beide Wangen. »Wo warst du denn? Im Laden wollte man es mir nicht sagen. Es hieß immer nur, du seist weggefahren.«

»Datenschutz«, sagte Maylis mit einem Schulterzucken.

»Und? Wo warst du? Ich habe dich vermisst.«

Das Gefühl war neu für Maylis. Schon lange hatte sie niemand mehr vermisst. Sie setzte sich zu den beiden an den Tisch und bestellte einen frisch gepressten Orangensaft. »Ich war in Frankreich, am Mittelmeer. Bei meiner Mutter. Es ging ihr nicht so gut.«

»In Frankreich?«, fragte Charlotte. »Dort, wo dein

Vater ...« Sie sah zu Tobias hinüber, der der Unterhaltung nicht ganz folgen konnte.

Maylis nickte. »Aber diesmal ging es um meine Mutter.«

»Und wann bist du zurückgekommen?«

»Montagabend.«

»Und? Pläne fürs Wochenende?«

Maylis lächelte spitzbübisch. »Ein Date zum Essen. Heute Abend. Und ihr?«

»Ich würde gern mit Charlotte tanzen gehen«, sagte Tobias, »aber sie wollte vorher unbedingt mit Ihnen ...« Er zögerte, dann korrigierte er sich: »... mit dir sprechen. Ich darf doch Du sagen?«

Maylis nickte. Sie hatte ganz und gar nichts dagegen.

»Na ja, ich dachte, wir würden gemeinsam etwas unternehmen«, sagte Charlotte.

Maylis konnte sich eine Verabredung zu viert mit den beiden und Paul Abendland sehr gut vorstellen. Aber ein Abend mit Paul allein erschien ihr im Augenblick noch verführerischer. »Das holen wir nach«, sagte sie.

Sie trank rasch aus. Sie wollte nach Hause. Als sie ihren Fahrradschlüssel in der Handtasche suchte, fiel ihr Blick auf die Postkarte mit Coco Chanel. »Du wirst für Charlotte und für mich als gutes Omen dienen müssen.«

Im Treppenhaus schnupperte sie neugierig, aber sie konnte keine Essensdüfte ausmachen. Offensichtlich hatte Paul – nachdem er seine Nachrichten nur mit dem Vornamen unterschrieb, beschloss sie, ihn ebenfalls nur Paul zu nennen –, auf jeden Fall hatte Paul noch nicht mit dem Kochen angefangen. Also schied langsam Geschmortes schon mal aus. Was er ihr wohl auftischen würde? Sie tippte auf kurz gebratenen Fisch, dazu eine feine Estragonsoße und einen raffinierten Salat. Das würde sie zumindest kochen, wenn sie eine Frau beeindrucken wollte. Und zum Apéro Champagner. Und hinterher würde sie für alle Fälle getrüffelte Schokolade oder eine Mousse au Chocolat anbieten, falls ihr Gast zu viel von dem Champagner getrunken hatte und eine Grundlage für den weiteren Abend brauchte.

Auf dem Esstisch lag noch immer der Brief der Anwaltskanzlei. Sie überflog noch einmal den Text. Der Termin war für den 16. November festgesetzt, ein tolles Datum – Elenas Geburtstag. Sie glaubte nicht, dass Max sich dieses Datum extra ausgesucht hatte, aber es kam ihr doch wie eine Verhöhnung vor. Sie faltete den Brief und legte ihn in die Schublade ihres Schreibtisches. Sie musste den Termin nicht in ihren Kalender eintragen, sie würde ihn nicht vergessen. Jetzt ärgerte sie sich, dass sie Pauls Nachricht für ihre Antwort benutzt und in seinen Briefkasten geworfen hatte. Wie schön wäre es gewesen, *diesen* Brief offen liegen zu lassen.

An manchen Tagen beglückwünschte sie sich zu ihrem großen Badezimmer, das neben der Dusche auch noch eine Wanne zu bieten hatte. Sie ließ Wasser ein, viel zu heiß, wie immer, und gab reichlich Badeöl dazu. Rundherum stellte sie Kerzen auf. Sie stand schon mit einem Fuß im Wasser, als sie Lust auf Musik bekam. Mit nackten Füßen ging sie über den Flur und legte eine CD von Tom Waits ein. Zu den Klängen von *Waltzing Matilda* ließ sie sich in die Wanne gleiten.

Eine Stunde später stand sie fix und fertig geschminkt vor ihrem Kleiderschrank. Sie wollte das neue schwarze Kleid anziehen. Oder doch lieber nicht, weil Paul sie bereits darin gesehen hatte?

So ein Quatsch, dachte sie. Ich habe ihm doch darin gefallen, also ziehe ich es gefälligst wieder an.

Um halb acht war sie fertig. Sie setzte sich auf ihr Sofa und freute sich auf den Abend mit Paul. Zwei Wochen war es her, dass sie sich gesehen hatten. Sie vermisste ihn. Sie sah wieder sein Lächeln und den nachdenklichen Blick vor sich, als er sie im Rückspiegel beobachtet hatte.

Es klingelte an der Wohnungstür. Sie sah auf die Uhr. Sie war doch nicht zu spät dran? Oder war Paul vielleicht auf die entzückende Idee gekommen, seinen Gast abzuholen? Sie ging öffnen.

Vor ihr stand Max.

»Hallo.« Er sah sie unsicher an.

»Du? Was willst du hier?«, fragte Maylis. Sie merkte, wie ihr das Blut ins Gesicht schoss.

Er sah es und gewann seine Selbstsicherheit ein Stück weit zurück. »Darf ich reinkommen?«

Bevor sie nachdenken konnte, trat sie zur Seite und ließ ihn in die Wohnung. Er ging vor ihr her durch den Flur ins Wohnzimmer. Für einen Augenblick hatte sie das Gefühl, alles sei wie früher. Aber das war es nicht.

Er drehte sich zu ihr herum und sah sie bewundernd an. »Du siehst toll aus.« Er räusperte sich.

»Du auch«, hätte Maylis beinahe gesagt. Sein Haar war an den Schläfen grau geworden, aber nicht das Grau, bei dem man an alte Männer dachte, sondern das Grau, das auf Abenteuer und Weltgewandtheit schließen ließ. Er war sehr gut gekleidet, ein teurer dunkler Anzug, den er lässig mit einem T-Shirt trug. Es hatte ihr schon immer gefallen, wie er sich kleidete.

Sie standen sich immer noch gegenüber und sahen sich an.

»Willst du dich vielleicht setzen?«, fragte Maylis schließlich.

»Wenn ich darf.« Er setzte sich in den Sessel, in dem er früher immer gesessen hatte. Maylis nahm gegenüber auf dem Sofa Platz.

»Hast du den Brief bekommen?« Seine Stimme war ein bisschen rau.

»Du meinst den von deinem Anwalt?«

Er nickte. »Tut mir leid, ich wollte dir vorher Bescheid sagen, aber die haben das Schreiben zu früh rausgeschickt.«

»Hätte das etwas an deiner Entscheidung geändert?« Ihre Stimme klang hart.

»Nein.«

Er beugte sich vor und legte die Unterarme auf die Oberschenkel. Auf diese Weise kam er ihr ziemlich nahe. »Wie geht es dir?«

»Warum fragst du? Das geht dich nichts mehr an.«

»Du hast recht. Aber ich muss in letzter Zeit oft an dich denken.«

»Ist nicht nötig. Vergiss mich einfach.«

»Maylis!«

»Was willst du?« Sie merkte, wie ihre Stimme einen leicht schrillen Tonfall bekam. »Du bekommst es doch wohl nicht mit der Angst zu tun, weil unsere Trennung mit einer Scheidung offiziell wird und du kein Hintertürchen mehr hast?« Das waren ihre eigenen Ängste, musste sie sich eingestehen. Eigentlich gemein von ihr, sie ihm unterzuschieben, aber sie konnte sich nicht bremsen. Sie wollte ihn verletzen, ihn in die Enge treiben. Ein böser Ausdruck trat in ihre Augen. »Oder hat sie dich etwa dazu gezwungen?«

»Elena?«

»Wer sonst? Oder ist es mit ihr auch schon wieder aus?«

»Lass Elena aus dem Spiel. Sie hat damit nichts zu tun.«

»Sie hat damit nichts zu tun? Sie war mal meine beste Freundin, schon vergessen?«

»Sie hat sich damals große Vorwürfe gemacht.«

»Oh, die Arme. Davon habe ich aber leider gar nichts gemerkt.«

Er stand auf und ging im Zimmer auf und ab. Dann drehte er sich wieder zu ihr herum. »Hör doch. Wir wollen doch hier nicht die alten Geschichten aufwärmen. Das zwischen uns damals, das war doch etwas ganz Besonderes.« Er legte sehr viel Bedeutung in den letzten Satz.

Maylis barg ihr Gesicht in den Händen. Ja, das zwischen uns war etwas ganz Besonderes, dachte sie. Etwas, was ich vielleicht nie wieder in meinem ganzen Leben erleben werde.

Und das machte ihr Angst, jeden Tag ein bisschen mehr. Weil sie seitdem ihrer Intuition nicht mehr traute. Sie hatte geglaubt, das mit Max und ihr würde ewig halten. Er war ihre große Liebe gewesen, und sie hatte geglaubt, sie wären ein glückliches Paar. Sie hatte volles Vertrauen in die Beziehung gehabt, auch wenn es mal nicht so gut gelaufen war. Sie hatte geglaubt, nichts könnte sie auseinanderbringen. Und dann war er von einer Minute auf die nächste gegangen. Sie hatte nicht mal gemerkt, dass er eine andere Frau geliebt hatte. Damit hatte er diese Gewissheiten zerstört. Und Maylis wusste nicht, ob sie sich je wieder auf einen Mann einlassen könnte, nach dem, was Max ihr angetan hatte. Das würde sie ihm nie verzeihen!

»Maylis?«

Sie erschrak. Hatte sie diese Gedanken womöglich laut ausgesprochen? An seinem abwartenden Gesichtsausdruck sah sie, dass dem nicht so war. Niemals hätte sie ihm gestanden, dass er eine solche Macht über sie hatte. Stattdessen sagte sie: »Unsere Liebe war etwas Besonderes? Mag ja sein. Das Ende war dafür ziemlich banal, nicht wahr? Du bist ohne ein Wort aus dieser Wohnung marschiert – wegen einer anderen Frau.«

Er senkte den Kopf. »Das war feige.«

»Das hat mich fast umgebracht!«, rief sie. Tränen stiegen ihr in die Augen. »Du hast unsere gemeinsamen Jahre kaputt gemacht. Du hast mir nicht einmal die Erinnerung gelassen. Und du hast mir nicht die Chance gegeben, zu erfahren, was ich falsch gemacht habe.« Jetzt weinte sie richtig.

Er reichte ihr ein Taschentuch. Ein Stofftaschentuch, säuberlich gebügelt und gefaltet. Der Anblick rührte sie zutiefst und ließ sie aufschluchzen. Früher hatte sie ihn mit diesen Altmännertaschentüchern aufgezogen, diese Macke im Grunde aber immer gemocht. »Deine Wimperntusche«, sagte er.

»Das kann dir doch egal sein«, schrie sie. Nur langsam beruhigte sie sich wieder. »Tut mir leid. Ich wollte dir keine Szene machen, obwohl, warum eigentlich nicht?« Sie sah die Angst in seinen Augen flackern, und das freute sie. Ihr gelang sogar ein etwas verunglücktes Grinsen. »Keine Angst, ich habe mich wieder eingekriegt.«

Er atmete hörbar aus.

»Was willst du eigentlich von mir?«

»Elena weiß nicht, dass ich hier bin ...«

»Keine Angst, von mir erfährt sie es nicht.«

»Jetzt lass doch mal deinen Sarkasmus. Ich bin gekommen, weil ... weil ich einfach mit dir reden wollte. Reinen Tisch machen.«

Sprachlos sah sie ihn an. »Reinen Tisch? Nach über einem Jahr? Und warum? Damit du dich besser fühlen kannst?« Wütend stand sie auf. »Ich brauche jetzt einen Schnaps.« Sie ging in die Küche und kam mit einer Flasche Grappa und zwei Gläsern zurück. Sie hielt die Flasche in die Höhe. »Die stammt noch aus unseren gemeinsamen Zeiten. Das ist doch passend. Willst du auch einen?«

Er nickte.

Sie schenkte ein und merkte, dass ihre Hände leicht zitterten.

Der Schnaps brannte in der Kehle. Sie musste husten, schenkte aber gleich noch einmal nach und kippte auch das zweite Glas. In ihrem Körper breitete sich Wärme aus.

»Komm, hör auf, du verträgst das doch gar nicht.«

»Na und? Meine Sache!« Sie schenkte ihm und sich noch ein drittes Glas ein. »Prost!« Energisch warf sie den Kopf in den Nacken. Dann ließ sie den Kopf gegen die Rückenlehne sinken und schloss für einen Moment die Augen.

»Hier hat sich gar nichts verändert«, hörte sie ihn sagen.
»Warum auch?«
Überrascht sah er sie an. »Weil Zeit vergangen ist? Weil wir nicht mehr zusammen sind? Ist denn bei dir alles so geblieben, wie es war? Gibt es keinen neuen Mann in deinem Leben?« Er wandte sich um, als würde er nach Hinweisen suchen, dass hier ein Mann ein und aus ging.

»Was geht dich das an?« Sie war plötzlich unendlich müde.

»Ich habe gehört, dass du deinen Job in der Stiftung aufgegeben hast.«

»Ja.«

»Warum? Du hast doch immer gern dort gearbeitet.«

»Jetzt nicht mehr.«

»Und? Was machst du jetzt?«

»Ich arbeite in einem Feinkostgeschäft.« Sie merkte selbst, dass sich das nach wenig anhörte.

Er nickte.

»Und du wohnst immer noch hier. Sonst hätte ich dich gar nicht gefunden.«

»Es gibt Telefonbücher.«

»Du hast dich noch nie eintragen lassen.«

Sie schwiegen.

»Du siehst wirklich umwerfend aus«, sagte er plötzlich mit einer Stimme, die sie auch von früher kannte, weich und verlangend.

»Lass das«, zischte sie.

»Ach, Maylis.« Er seufzte.

Die Schnäpse ließen sie jede Vorsicht vergessen. »Ach, Maylis!«, äffte sie ihn nach. »Mir geht es gut. Ich brauche dein Mitleid nicht. Guck mich doch an!« Sie stand auf und drehte sich in ihrem Kleid vor ihm. Der Rock schwang hoch und ließ ihre Knie und einen Teil der Oberschenkel in den gemusterten Seidenstrümpfen sehen. Früher hatte sie manchmal für ihn getanzt und sich dabei ausgezogen. Das hatte ihn regelmäßig um den Verstand gebracht – und sie auch.

Aber das war früher und galt heute nicht mehr. Sie blieb mitten im Schwung stehen und kam ein bisschen unelegant halb auf der Sofalehne zu sitzen. Das Zimmer drehte sich weiter um sie herum. Sie stützte den Kopf in die Hände.

Max räusperte sich. »Wegen der Scheidung ... Vor Gericht wird auch ein möglicher Versorgungsausgleich Thema sein. In unserem Fall ist ja alles klar, ich will nur sichergehen, dass da nicht plötzlich Unstimmigkeiten auftreten.«

Ach, daher wehte der Wind! »Da mach dir mal keine Sorgen. Ich will dein Geld nicht. Wir haben beide während der Zeit unserer Ehe gearbeitet und ungefähr gleich viel verdient.«

»Dann ist es ja gut. Ich wollte das bloß klarstellen.«

»Ich werde dir keine Schwierigkeiten machen.« Sie hatte Mühe, die Stimme zu halten. Die Wörter kamen wie Kaugummi aus ihrem Mund.

»Ich hole uns mal Wasser.« Max stand auf und ging in die Küche. »Du hast deine Kochbuchsammlung ja noch erweitert«, rief er von dort.

»Siehst du, bei mir ist doch nicht alles beim Alten geblieben.«

Sie hörte das leise Quietschen der Kühlschranktür, dann das Zischen einer Wasserflasche, die geöffnet wurde. Sie hatte dieses tröstliche Geräusch über die Jahre vergessen. Die Gewissheit, dass noch jemand in der Wohnung war, der für sie sorgte, mit dem sie sprechen konnte, der einfach da war. Die Erkenntnis ihrer Einsamkeit traf sie wie ein Schlag ins Gesicht. Ihr fiel nichts Besseres ein, als sich noch einen Grappa zu genehmigen.

Max kam mit zwei bis zum Rand gefüllten Gläsern zurück und reichte ihr eines. Sie verschüttete die Hälfte auf ihr Kleid. Er reichte ihr noch mal sein Taschentuch. Seine Finger berührten ihre.

»Kannst du mich bitte mal kurz in den Arm nehmen? So wie früher?« Mein Gott, welcher Teufel ritt sie, ihn darum zu bitten?

Aber er stand schon dicht vor ihr und zog sie zu sich hoch. Sie stand abrupt auf und schwankte. Er stützte sie, sie machte eine Bewegung auf ihn zu, und dann lag sie in seinen Armen. Wie vertraut sich das anfühlte! Vorsichtig fuhr sie mit den Händen über seine Hüften, sie fühlten sich ein kleines bisschen stärker an als früher. Sie wusste nämlich noch genau, wie es gewesen war, wenn ihre Arme ihn umfassten. Er legte seine Arme um sie und barg ihren Kopf an seiner rechten Schulter, jetzt strich er mit der Hand über ihr Haar, auch das wie früher.

Sie hob den Kopf, um ihn anzusehen, und entdeckte das vertraute Glitzern in seinen grauen Augen. Und plötzlich küsste sie ihn oder er sie, das konnte sie später nicht genau sagen. Sie hörte ihn aufstöhnen, und er riss sie an sich.

Er murmelte atemlos ihren Namen, bevor er sie erneut küsste, mit einer Leidenschaft, die ihr die Knie weich werden ließ. Dieses vertraute Gefühl, diese Küsse, die sie so gut kannte und die doch ganz neu waren, waren überwältigend.

Meine Güte, was tue ich hier? dachte sie in einer Mischung aus Verzweiflung und Euphorie. Ich muss völlig verrückt sein. Ich muss sofort damit aufhören!

Sie fühlte seine weichen Lippen in ihrer Halsbeuge, eine Berührung, die sie früher schon sehr erregt hatte. Er hatte das nicht vergessen. Sie wollte jetzt nicht mehr nachdenken. Stattdessen presste sie sich mit ihrem Körper an ihn.

Kurz darauf lagen sie auf dem Sofa, Max halb über ihr, das Gewicht seines Körpers auf ihrem.

Das schrille Geräusch der Türklingel drang wie durch einen Nebel zu ihr durch.

Max sah irritiert auf, dann beugte er sich wieder über sie, um ihren Hals und das Dekolleté mit Küssen zu bedecken.

Es klingelte wieder, zweimal hintereinander und ziemlich lange.

»Verdammter Mist! Wer ist das?«, hörte sie Max sagen.

Beim vierten Klingeln, lange und von einem Klopfen an der Tür begleitet, kam Maylis endlich wieder zu sich. Sie machte sich von Max los und stand auf. Auf unsicheren Beinen ging sie zur Tür und machte auf, gerade als es wieder klingelte.

Draußen stand Paul.

Sie sah auf ihre Armbanduhr und musste die Augen zusammenkneifen, um die Uhrzeit zu erkennen. Es war halb neun.

»Ich wollte fragen, ob mit Ihnen alles in Ordnung ist«, sagte er. »Wir waren zum Essen verabredet, wissen Sie noch?«

»Klar weiß ich das noch«, nuschelte sie. Sie folgte seinem Blick und sah an sich herunter. Die Knöpfe ihres Kleides waren bis fast zum Bauchnabel geöffnet, ihr schwarzer BH war ziemlich gut zu sehen.

Jetzt kam auch Max um die Ecke. »Was gibt es denn?«

Sein T-Shirt war aus der Hose gezogen, und sein Haar war zerwühlt.

Maylis versuchte ein Lächeln. »Darf ich vorstellen? Max, mein Mann, Paul, mein Nachbar. Ich bin heute Abend bei ihm zum Essen eingeladen.«

»Dafür ist es jetzt leider zu spät«, sagte Paul. »Es ist alles verkocht.«

Die beiden Männer belauerten sich, während Maylis ihre Kleidung in Ordnung brachte.

»Tja«, sagte sie lahm.

»Ich geh dann mal. Ich bin heute Abend nämlich auch noch verabredet. Bin ohnehin zu spät dran«, sagte Max etwas zu laut.

Er ging ins Wohnzimmer, um seine Anzugjacke zu holen, und Maylis fragte sich, wann er die ausgezogen hatte. »Mach's gut. Wir sehen uns dann ja.«

»Hm, beim Scheidungstermin«, nuschelte Maylis.

»Wiedersehen«, sagte Max zu Paul, der immer noch im Flur herumstand. Sie hörten ihn die Treppen hinuntergehen.

»Sie machen vielleicht Sachen«, sagte Paul zu ihr.

»Tut mir echt leid wegen des Essens«, sagte sie, »aber das können wir ja nachholen.« Sie wusste nicht, was sie sonst noch sagen sollte. Sie musste sich an die Wand lehnen, weil sie Mühe hatte, das Gleichgewicht zu halten.

»Ich glaube, Sie gehen jetzt erst mal ins Bett«, schlug er vor.

»Aber allein!«, gab sie zurück und hob dabei schelmisch den Zeigefinger, als würde sie ihm drohen. Dabei beugte sie sich zu weit nach vorn und musste sich an ihm festhalten.

»Natürlich allein, mit wem denn wohl sonst?«, fragte er, und seine Stimme klang jetzt eine Spur ungehalten.

Sie sah ihm nach, wie er zur Tür ging. Dort drehte er sich zu ihr um. »Schaffen Sie das?«, fragte er zweifelnd.

»Klaschaffichdas!« Damit knallte sie die Tür zu.

Kapitel 16

Kleinlaut. Beschämt. In sich gekehrt. Voller Selbstzweifel und Zorn. So verbrachte Maylis den Sonntag. Im Bademantel und auf dicken Socken lief sie ziellos durch die Wohnung und wurde zunehmend nervöser.

Was hatte sie sich bloß dabei gedacht, mit Max rumzuknutschen? Sie konnte einfach nicht begreifen, was sie am Abend vorher an ihm gefunden hatte. Das war reine Rührseligkeit gewesen – oder sexueller Notstand. Am meisten ärgerte sie sich darüber, dass sie eine Sache, die sie für ausgestanden gehalten hatte, wieder aufgerührt hatte. Max war aus ihrem Kopf gewesen, und jetzt war er wieder drinnen. Wer weiß, was noch alles passiert wäre, wenn Paul nicht plötzlich vor der Tür gestanden hätte? Und den hatte sie einfach sitzen lassen mit seinem Fisch. Was er wohl von ihr dachte? Na ja, das konnte ihr jetzt auch egal sein. Wenn er je ein Interesse an ihr gehabt hatte, dann war das jetzt ja wohl auch vorbei, nachdem er sie mit ihrem Ex erwischt hatte.

Sie stand mit einem Kaffee an der offenen Balkontür, als sie Geräusche auf dem Balkon von Frau Winterkorn vernahm. Entsetzt macht sie einen Schritt zurück. Sie wollte Paul auf keinen Fall sehen. Für den Rest des Tages traute sie sich nicht mehr hinaus, aus lauter Angst, er würde unten stehen, und sie müsste mit ihm reden. Sie hätte sich entschuldigen müssen, aber was hätte sie sagen sollen? Konnte man für ihr Verhalten Verständnis haben? Wohl eher nicht. Wahrscheinlich hielt Paul sie für eine Säuferin. Immerhin hatte er sie gestern sturzbetrunken und ein paar Wochen vorher völlig verkatert gesehen. Sie musste einen super Eindruck bei ihm hinterlassen haben!

Gegen Mittag rief Max an. Sie musste sich setzen, als sie seine Stimme erkannte.

»Tut mir leid wegen gestern«, sagte er. »Ich habe mich hinreißen lassen.« Knapp und geschäftsmäßig. Er hatte sich wieder voll im Griff.

»Und mir tut es erst leid«, sagte sie giftig.

»Ich muss dir noch etwas sagen ...«

Was denn noch? Sie sog tief die Luft ein, bevor sie fragte: »Ja?«

»Wenn wir uns vor Gericht sehen ...«

»Ja?«, fragte sie wieder.

»Elena will mitkommen.«

»Und? Von mir aus.« Aber so gleichgültig war ihr das beileibe nicht.

»Ich möchte nur, dass du vorgewarnt bist. Sie ist schwanger.«

Nachdem er aufgelegt hatte, weinte Maylis hemmungslos.

Den ganzen Montag betete sie, Paul würde alles im Haus haben und nicht auf die Idee kommen, bei Feinkost Radke einzukaufen. Sie blieb fast den ganzen Tag im Büro, wälzte Kataloge für Gastro-Einrichtungen und surfte auf der Suche nach schönen Bistros und Läden im Internet. Wenn sie schon in ihrem Privatleben völlig versagte, wollte sie wenigstens ihren Job gut machen.

Als gerade keine Kunden im Laden waren, maß sie den Raum aus, besonders die freie Fläche um die Säule herum. Sie wollte wissen, wie groß ein Tisch sein durfte, den sie hier aufstellen wollte.

»Ich bin mal kurz weg«, sagte sie gegen Mittag zum Chef.

Sie ging in eine Reihe von Antiquitätengeschäften, die es in Eppendorf gab. Sie war auf der Suche nach alten Etageren. Diese kleinen Gestelle, auf denen drei Tellerchen übereinanderstanden, waren für sie Inbegriff von Romantik und Gastlichkeit. Gleichzeitig stöberte sie nach Glashauben und Dessertellern. In einem Laden fand sie eine alte gläserne Vitrine, die aus einer Bäckerei stammte, wie ihr der Besitzer des Ladens erzählte. Sie war ungefähr sechzig Zentimeter hoch, und auf jeden der gläsernen Regalböden passte eine Torte.

»Wie viel wollen Sie dafür?«, fragte sie.

»250.«

»Und wenn ich die beiden silbernen Etageren dazunehme? Und die Kanne aus Hotelsilber da drüben?«

»Alles zusammen für 300. Mein letztes Wort.«

»Gut, ich komme nachher wieder.«

Sie musste natürlich erst den Chef fragen. Obwohl das eher eine Formsache war.

»Ich geh dann mal«, sagte Annette und nahm ihre Schürze ab. »Gerade noch rechtzeitig, denn da kommt Herr Polker!« Sie wies auf die Straße und grinste Maylis an, dann war sie im hinteren Raum verschwunden. Maylis setzte ein professionelles Lächeln auf.

Der Journalist betrat das Geschäft. Mit einem leidenden Gesichtsausdruck entdeckte er Maylis. In diesem Augenblick ging die Türklingel erneut, und Frau Winterkorn betrat den Laden.

»Guten Tag, meine Liebe«, sagte sie mit ihrer fröhlichen Stimme zu Maylis. Oskar Polker sah beim Klang der Stimme auf, dann stürmte er auf die alte Dame zu.

»Frau Winterkorn! Welche Freude, Sie mal wieder zu sehen. Wie geht es Ihnen?« Er warf den Stock schwungvoll durch die Luft, sodass er einen Halbkreis beschrieb und in seiner Linken landete. Es sah dabei aus wie ein Zirkusdirektor. Frau Winterkorn wich erschrocken zurück, wohl aus

Angst, eins mit dem Ding übergebraten zu bekommen. Oskar Polker reichte ihr seine freie rechte Hand.

»Danke, mir geht es gut. Dem Alter entsprechend«, entgegnete sie liebenswürdig. An Maylis gewandt, sagte sie: »Herr Polker und ich kennen uns schon seit Jahren.«

»Frau Winterkorn hat mal für mich gearbeitet«, trompetete Polker dazwischen, »obwohl ich viel jünger bin als sie.«

»Aber das ist doch so lange her.«

»Nichts da! Warum mit seinen Verdiensten hinter dem Berg halten? In den Anfängen unserer Zeitung, nach dem Krieg, da war Frau Winterkorn die gute Seele unserer Redaktion, nicht wahr?«

Maylis sah von ihm zu ihr und zurück. Man sollte nicht für möglich halten, wie klein so ein Hamburger Stadtteil sein konnte. Jeder schien hier jeden zu kennen, zumindest von den Alten. »Sie haben für die Zeitung gearbeitet?«, fragte sie ihre Nachbarin.

»Ich war damals Mädchen für alles, und ab und zu habe ich eine kleine Sache geschrieben. Ich war froh, die Stelle zu bekommen. Mein Mann verdiente damals sehr schlecht.«

»Die Redaktion lag gleich hier um die Ecke«, fügte Herr Polker hinzu.

»Ja, daher kenne ich auch dieses Geschäft. Wir haben über die Eröffnung berichtet, erinnern Sie sich?«, fragte Frau Winterkorn.

Polker nickte. »Damals gab es Freibier und Würstchen für alle. Wir hatten das vorher angekündigt, und es kamen viel mehr Leute als erwartet. Der Laden ist schier aus den Nähten geplatzt.«

Frau Winterkorn lachte. »Frau Radke wusste damals nicht, ob sie froh sein sollte oder nicht.«

»Und wie lange haben Sie für die Zeitung gearbeitet?«, wollte Maylis wissen.

»Oh, ein paar Jahre, bis ich unerwartet noch einmal schwanger wurde, da war natürlich alles vorbei. Damals habe ich noch eine Tochter bekommen, die Mutter von Paul.«

Pauls Mutter? Das Thema wollte Maylis jetzt lieber nicht weiter vertiefen. »Was bekommen Sie denn heute, Herr Polker?«, fragte sie deshalb rasch.

»Sie werden doch wohl die Dame zuerst bedienen!«, rief er entrüstet.

Das ließen sich die Damen, wobei sich Maylis auch dazuzählte, nicht zweimal sagen.

»Bitte drei Scheiben von dem Cevennen-Schinken.«

»Hauchfein geschnitten wie immer?«

»Genau!«

Nur drei Scheiben? Für zwei Personen? Maylis biss sich auf die Zunge, damit ihr bloß nicht die Frage rausrutschte, wo denn ihr Enkel sei. »Drei Scheiben, das sind aber nur knapp dreißig Gramm.« Vielleicht würde sie auf diese Weise etwas erfahren.

Doch Frau Winterkorn überhörte die Bemerkung. »Haben Sie Rucola?«

»Selbstverständlich. Wie viel?«

»Ein Bund. Und zwei von den Abate-Birnen. Schön weich.« Sie lächelte auf eine entzückende, irgendwie mädchenhafte Weise. »Sonst kann ich sie nicht so gut beißen.«

»Ich suche Ihnen die schönsten raus, die ich finden kann.«

Während sie die Früchte einzeln in die Hand nahm, um die reifsten herauszusuchen, fühlte sie den Blick von Frau Winterkorn auf sich ruhen. Mit ihren kleinen vorsichtigen Schritten kam sie zu Maylis herüber. »Sie haben mich am Sonnabend um einen wunderbaren Petersfisch gebracht.«

Maylis wurde rot.

Frau Winterkorn beugte sich zu ihr herüber. »Mein Enkel war womöglich noch enttäuschter als ich.«

»Oh«, mehr brachte sie nicht heraus. Aus den Augenwinkeln sah sie, wie Oskar Polker neugierig die Ohren spitzte.

»Er ist für eine Woche weggefahren, beruflich.«

»So? Was macht er eigentlich? Beruflich, meine ich?«

»Hat er Ihnen das nicht erzählt?«

»Ich kenne ihn praktisch gar nicht.«

»Da wäre so ein gemeinsames Abendessen ja eine gute Gelegenheit gewesen. Aber Paul hat mir erzählt, dass Sie sich den Magen verdorben hatten. Wie schade!«

Oh, das hatte er ihr gesagt? Nicht, dass sie betrunken und halb nackt gewesen war? Wie nett von ihm!

Oskar Polker wurde langsam ungeduldig. Er räusperte sich und kam einen Schritt näher. Frau Winterkorn warf ihm einen milden Blick zu, und er wendete sich rasch ab und tat, als würde er höchst interessiert die Etiketten der verschiedenen Olivenöle studieren.

»Wirklich bedauerlich«, sagte Frau Winterkorn, die sich wieder zu Maylis umgedreht hatte.

Bedauerlich, dass er weg ist, dachte Maylis. Und dann auch gleich für eine ganze Woche … Gleichzeitig war sie erleichtert, weil sie ihm nicht gegenübertreten musste. Vielleicht hatte er bis zu ihrem nächsten Treffen ihren Ausrutscher vergessen?

»Hat er denn mittlerweile eine eigene Wohnung gefunden? Er hat mir erzählt, er würde nur vorübergehend bei Ihnen wohnen, bis er etwas Eigenes hat.«

Helene Winterkorn lächelte. »Nein, obwohl er sich schon viele angesehen hat. Ich bin gar nicht unglücklich darüber. Bei mir ist doch so viel Platz, und es ist schön, wenn noch jemand da ist.«

Da haben Sie bestimmt recht, dachte Maylis.

Tock, tock, machte Herr Polker.

»Brauchen Sie sonst noch etwas?«

»Eine Flasche Olivenöl. Herr Polker, können Sie mir eine empfehlen?«

Er warf erschrocken die Arme hoch. »Ich? Oh nein, ich fürchte, da bin ich nicht der Richtige. Aber sonst: immer gern zu Diensten.«

»Nehmen Sie das kretische«, mischte sich Maylis ein. »Ist im Moment mein absoluter Favorit. Und es ist im Angebot.« Maylis nahm eine Flasche aus dem Regal. »Und wie wäre es mit Schokolade?« Sie ging zum Ständer hinüber und stellte fest, dass die Lieblingssorte von Frau Winterkorn ausverkauft war. Sie hatte vergessen, sie zu bestellen. »Oh, tut mir leid, die kriegen wir erst morgen wieder rein.«

»Macht gar nichts«, sagte Frau Winterkorn. »Vielleicht bringen Sie mir dann morgen eine Tafel vorbei, wenn es Ihnen nichts ausmacht?«

»Sehr gern«, sagte Maylis und ging vor zur Kasse.

Frau Winterkorn kramte umständlich ihr abgegriffenes Portemonnaie aus der Tasche ihres Mantels und suchte passendes Geld heraus. Dann verstaute sie ihre Einkäufe in einem Häkelnetz.

Maylis kam hinter dem Tresen hervor, um ihr die Tür aufzuhalten, aber Oskar Polker war schneller. »Auf bald, verehrte Frau Winterkorn«, rief er ihr nach. Dann drehte er sich zu Maylis um. »So, und nun zu uns beiden. Ich erwarte Gäste und brauche einen Rotwein.«

Ehe Maylis zu ihrem üblichen Frage-und-Antwort-Spiel ansetzen konnte, sagte er rasch: »Ich nehme denselben wie beim letzten Mal. Vier Flaschen, bitte.«

Je näher der Feierabend rückte, umso bedrückter wurde sie. Die Ereignisse des Wochenendes lagen ihr auf der Seele, und sie hatte Angst davor, allein in ihrer Wohnung zu sitzen. Bevor sie es sich anders überlegen konnte, rief sie Charlotte an, und sie verabredeten sich im Tassajara.

Charlotte lachte sich halb tot, als Maylis ihr in allen Einzelheiten von dem Abend mit Max und Paul erzählte. Irgendwann hatte sie Maylis so weit, dass die die Sache auch von einer komischen Seite sehen konnte.

»Du würdest ihn gern besser kennenlernen, stimmt's?«

Maylis nickte traurig. »Ich fürchte, das habe ich gründlich vermasselt.«

»So, wie du ihn mir beschrieben hast, ist er doch sehr verständig. Außerdem ist er selbst auch geschieden. Vielleicht kennt er diese nostalgischen Gefühle für den Expartner. Noch einen Wein?« Sie winkte bereits nach dem Kellner.

»Nein. Wer weiß, wem ich dann um den Hals falle. Ich kann mich in letzter Zeit einfach nicht benehmen.«

Charlotte musste schon wieder lachen. »Ist doch Biowein.«

Aber Maylis blieb ernst. »Ich frage mich, was in meinen Mann gefahren ist.«

Charlotte warf die Hände in die Luft. »Pffh! Er ist eben ein Mann, und du bist eine schöne Frau ... Vor allem ist er nicht mehr *dein* Mann.«

»Oh Gott, habe ich ihn etwa so genannt? *Meinen* Mann? Ich hatte gedacht, ich sei über ihn hinweg und er könne mir gestohlen bleiben.«

»Offensichtlich nicht. Sonst hättest du dich wohl nicht wieder mit ihm eingelassen.«

»Ich war betrunken!«

»Würdest du mit einem hässlichen, unsympathischen Kerl rumknutschen, bloß weil du betrunken bist?«

Maylis schüttelte den Kopf. »Aber das mit Max ist vorbei. Ich will nichts mehr von ihm. Das ist Vergangenheit!«

»Bist du ganz sicher?«

Maylis sah ihre Freundin lange an, bevor sie sagte: »hundertprozentig sicher. Spätestens seit ich weiß, dass seine Freundin ein Kind von ihm kriegt.«

»Und die Knöpfe deines Kleides waren wirklich bis zum Bauchnabel geöffnet?«

»Ich hatte zum Glück meinen schönsten Push-up an.«

»Weil du wolltest, dass ihn jemand sieht? Nur hast du dabei wohl eher an jemand anderen gedacht.«

Maylis stöhnte. »Du meinst Paul? Den habe ich bestimmt in die Flucht geschlagen. Wie soll ich das bloß wieder hinbiegen? Jetzt ist er erst mal für eine Woche weg, vielleicht ist das ganz gut so, dann kann Gras über die Sache wachsen ... Aber erzähl du doch mal von dir und Tobias!«

In Charlottes Augen fing es an zu leuchten. »Ich bin dabei, mich Hals über Kopf in ihn zu verlieben.«

»Und er?«

Charlotte seufzte. »Er ist ziemlich beschäftigt, zumindest sagt er das. Er hat kaum Zeit. Oder er weicht mir aus.«

»Na ja, immerhin kennt ihr euch doch auch erst ein paar Tage. Aber er hat dich angerufen, oder nicht? Er hat die Initiative ergriffen.«

»Das stimmt, und am Sonnabend waren wir zusammen feiern. Er hat mir sämtliche Clubs auf St. Pauli gezeigt, und danach waren wir in einer ziemlich schmierigen Kneipe und haben Tequila getrunken.«

»Und?«

»Es war schön, wir hatten viel Spaß. Ich konnte mich gut mit ihm unterhalten, so gut es eben bei der lauten Musik ging. Und er kann tanzen.«

»Ach, wirklich?«

Charlotte nickte begeistert.

»Wenn das stimmt, dann heirate ihn. Sofort.« Maylis bemerkte, dass Charlotte das Lachen im Halse stecken blieb. »Und was habt ihr dann gemacht?«

»Nichts weiter. Ich bin brav nach Hause gegangen – *allein*. Wir haben ein bisschen geknutscht. Küssen kann er übrigens auch, fast noch besser als tanzen.«

Ehe Maylis wusste, wieso, stellte sie sich plötzlich vor, wie Paul sie in die Arme nahm und küsste. Er konnte auch gut küssen, darauf würde sie wetten. Alle einfühlsamen Männer küssten gut. Sie atmete heftig ein und wieder aus. »Wo ist dann das Problem?«

»Ich weiß auch nicht. Der Abschied war irgendwie komisch. Er hatte es plötzlich so eilig. Und er hat am Sonntag nicht angerufen.«

»Dann ruf du an.«

Charlotte schüttelte so heftig den Kopf, dass ihr Haar ihr ums Gesicht flog. »Bist du verrückt? Doch nicht schon nach zwei Tagen!« Plötzlich lachte sie ausgelassen. »Das ist doch völlig bescheuert. Du hast ein schlechtes Gewissen, weil du fast mit einem Mann geschlafen hast – mit dem du zu allem Überfluss auch noch verheiratet bist –, und ich grüble, weil ich genau das nicht getan habe.« Sie sah Maylis an. »Es tut so gut, jemanden zu haben, mit dem man reden kann. Ich bin froh, dass ich dich getroffen habe.«

Dem konnte Maylis nur zustimmen.

Als Maylis kurz vor elf nach Hause kam, trat Herr Kunckel in dem Moment, als sie den Hausflur betrat, im Schlafanzug, aber mit einem vollen Müllbeutel in der Hand, aus seiner Wohnung und schimpfte in seiner hellen Chorsängerstimme mit seiner Frau: »Ich war doch schon im Bett! Und du jagst mich noch mal raus, bloß wegen dem blöden Müll. Das hätte ich doch morgen früh machen können, aber nein, du lässt mir nie meine Ruhe.«

Da bemerkte er Maylis und blieb stehen. Er sah komisch aus in dem gestreiften Anzug und mit dem Sack in der Hand.

»Frauen«, sagte er, als würde das alles erklären.

»Wem sagen Sie das«, gab Maylis zurück und ging die Treppe hinauf.

Im zweiten Stock, vor der Tür von Frau Winterkorn, blieb

sie kurz stehen. Natürlich war hinter der Tür alles still. Die alte Dame war längst im Bett, und Paul war nicht da.

Nachdenklich schloss sie ihre Wohnungstür hinter sich. Sie ging ins Wohnzimmer, ohne Licht zu machen, und stellte sich ans Fenster. Sie sah auf die dunkle Straße hinunter. Nur ganz selten fuhr noch ein Auto vorbei. In Hamburg war die Nachtruhe angebrochen.

Zum Abschied hatten Charlotte und sie sich in den Armen gelegen wie alte Freundinnen. Und sie hatten verabredet, am Wochenende gemeinsam etwas zu unternehmen. Wie unglaublich leicht das war, und wie gut das tat!

Sie würde die Sache mit Paul wieder hinbiegen, sie würde ihm einfach erklären, dass die Knutscherei mit ihrem Exmann ein Ausrutscher gewesen war. Zumindest würde sie es versuchen.

Sie ging in die Küche hinüber und machte Licht. Es war zwar schon spät, aber sie stellte sich vor ihr Regal mit den Kochbüchern und suchte nach Rezepten für Bouillabaisse. Sie wollte mal wieder ein paar Leute zum Essen einladen.

Kapitel 17

Am Dienstagabend klingelte das Telefon. Als Maylis nach Hause gekommen war, waren die Kochbücher noch vom Vorabend überall auf dem Tisch ausgebreitet, und so saß sie schon wieder vor einem Stapel davon. Das Geschirr vom Abendessen stand ebenfalls noch auf dem Tisch. Sie hatte ein Omelett mit Kräutern gegessen und sich dabei ein weiteres Buch aus dem Regal gezogen und dann das nächste und das nächste ...

»Hallo?«

»Hier ist Paul. Paul Abendland.«

Ruckartig setzte sie sich auf und riss dabei eins der Bücher vom Tisch. Mit einem lauten Knall landete es auf dem Fußboden.

»Alles in Ordnung bei Ihnen?«

Oh Gott, geht das schon wieder los! dachte sie in einem Anfall von Panik. »Nichts passiert. Mir ist nur gerade ein ziemlich dickes Kochbuch vom Tisch gefallen.«

»Kochen Sie gerade?«

»Nur im Kopf. Ich stöbere in Rezepten.«

»Fisch oder Fleisch?«

»Fisch.«

»Hätte es am Sonnabend bei mir auch gegeben.«

»Ich weiß ... Ihre Großmutter war bei mir im Laden und hat gemeint, das Essen wäre gelungen gewesen. Sie war ein bisschen böse mit mir, weil ich es ihr verdorben habe.«

»Recht hat sie.«

»Sind Sie auch böse auf mich?«

»Ich glaube, Sie könnten manchmal jemanden brauchen,

der auf Sie aufpasst.« Er sagte es nicht in einem herablassenden Ton, sondern eher wie jemand, der nicht genau wusste, was er von dem Ganzen halten sollte.

»Oh. Paul, ich ... ich weiß nicht, was an dem Abend in mich gefahren ist. Auf einmal stand mein Mann vor der Tür, und ich war völlig überfordert und habe auf nüchternen Magen Schnaps getrunken. Es tut mir so leid, dass ich Ihr schönes Essen verdorben habe. Ich hatte mich so gefreut ...«

Er antwortete nicht gleich.

»Das kann nur heißen, dass beim nächsten Mal du dran bist mit dem Kochen«, sagte er dann. Sein plötzlicher Wechsel zum Du störte sie nicht im Geringsten. Ganz im Gegenteil. »Maylis, ich rufe eigentlich an, um dich um einen Gefallen zu bitten.«

»Um was geht es denn?«

»Ich kann Helene nicht erreichen. Sie geht nicht ans Telefon. Manchmal tut sie das, weil sie einfach keine Lust hat. Aber ich mache mir Sorgen. Seit ich bei ihr wohne, fühle ich mich verantwortlich.«

»Soll ich mal kurz runtergehen?«

»Ich hatte gehofft, dass du das vorschlagen würdest. Ist das in Ordnung für dich?«

»Na klar. Ich bin auch vollständig angezogen.«

Er lachte leise.

»Bleibst du dran?«

»Okay.«

Maylis lief die Treppe hinunter und klingelte bei Frau Winterkorn. Hinter der Tür lief unüberhörbar der Fernseher, die Erkennungsmelodie der *Tagesschau*.

Na, zu Hause ist sie jedenfalls, dachte Maylis. Sie klingelte ein zweites Mal, und kurz darauf wurde die Tür geöffnet.

»Hallo. Na, das ist ja eine nette Überraschung. Bringen Sie mir meine Schokolade? Kommen Sie rein«, sagte die alte Dame.

»Nein, ich muss gleich wieder rauf«, antwortete Maylis. »Ich habe Ihren Enkel oben am Telefon, er macht sich Sorgen um Sie, weil Sie nicht ans Telefon gehen.«

»Wie kommt er denn auf die Idee? Ich sehe nur fern. Er schimpft immer mit mir, weil ich den Apparat so laut stelle. Ich habe kein Telefon gehört.«

Maylis musste lachen. »Ist bestimmt alles gut bei Ihnen?«

»Wenn ich es doch sage! Nun gehen Sie schon. Die Rechnung wird doch sonst viel zu teuer. Und grüßen Sie mir Paul.« Mit diesen Worten schloss sie die Tür wieder.

Maylis eilte wieder nach oben.

»Alles in Ordnung bei ihr. Sie hat nach dem zweiten Klingeln aufgemacht. Ich soll dich grüßen«, sagte sie atemlos ins Telefon.

Paul stieß erleichtert die Luft aus. »Vielen Dank. Ich war schon ganz unruhig.«

»Wo bist du denn?«

»In Paris.«

»Oh, ich beneide dich!«

»Ach, ich bin tagsüber in Meetings, und abends gehe ich mit denselben Leuten in Restaurants. So viel Spaß macht das nicht.«

»Kennst du dich in Paris aus?«

»Ein bisschen.«

»Ich habe dort studiert.«

»Oh, du könntest mir dann bestimmt die Stadt zeigen.«

»Würde ich gern tun«, sagte sie. »Wo bist du denn gerade?«

»In meinem Hotelzimmer. In der Nähe des Jardin du Luxembourg.«

»Geh doch in die Coupole, Meeresfrüchte essen.«

»Das ist in der Tat eine verlockende Vorstellung. Aber allein? Mit dir wäre das bestimmt ein reines Vergnügen.«

»Hm. Bleibst du die ganze Woche geschäftlich in Paris?«

Er lachte. »Wieso? Kommst du dann nach? Zuzutrauen wäre es dir.«

»Wenn ich doch könnte! Aber nein, Helene hat gesagt, du würdest eine Woche weg sein.«

»Ich bleibe nur noch bis morgen hier, dann fahre ich nach Bordeaux und von dort weiter nach Italien.«

»Was kann das für ein Job sein, der wie Urlaub klingt?«

»Hat Helene dir das nicht erzählt?«

»Nein.«

»Ich arbeite für eine Künstleragentur.«

»Wow, so jemanden wollte ich immer schon mal kennenlernen. Heißt das, du gehst den ganzen Tag ins Theater und so?«

»Manchmal tue ich auch das. Aber meistens treffe ich mittellose Schauspieler und Kleinkünstler, die mich anflehen, ihnen Jobs zu verschaffen. Ich gebe zu: Das gibt mir ein Gefühl der Macht, das ich gnadenlos ausnutze.«

Maylis lächelte in sich hinein. »Und woher kannst du so gut kochen?«

»Das weißt du doch gar nicht. Schon vergessen? Du hast mein Essen verpasst.«

»Erinnere mich nicht daran! Habe ich mich eigentlich schon dafür entschuldigt?«

»Wofür?«

»Dass ich … dass ich nicht gekommen bin?«

»Ja, hast du. Und ich glaube, du hattest deine Gründe.« Seine schöne Stimme wurde noch dunkler.

»Ach was, das waren völlig bescheuerte Gründe!«

Er lachte. »Ich muss jetzt auflegen. Meine Kollegen warten auf mich.«

»Guten Appetit.«

»Maylis?«

»Ja?«

»Vielen Dank, dass du nach Helene gesehen hast.«

»Gern.« Damit legte sie auf.

Das mit dem Hinbiegen mit der Geschichte mit Paul hatte sie sich schwerer vorgestellt.

⸺

Die restlichen Tage der Woche verliefen ereignislos, um nicht zu sagen, öde. Maylis war unruhig und quälte sich durch die Tage. Es wurde noch kühler, und sie fingen an, das Sortiment auf die Wintersaison umzustellen. Die Würste wurden fetter und üppiger, der erste Kohl aus Dithmarschen und Walnüsse aus den Cevennen wurden angeliefert. Geräucherte Gänsebrust und Entenleber kamen ebenfalls aus Frankreich. In kleinen Holzkistchen trafen frische Trüffel ein. Maylis machte sich Gedanken über den Inhalt der Präsentkörbe, die die Kunden gern zu Weihnachten verschenkten. Außerdem suchte sie weiterhin die umliegenden Antiquitätenhändler auf, um schöne Dinge für die Neugestaltung des Ladens zu finden.

Wilhelm Radke war immer häufiger weg, zu Hochzeitsvorbereitungen, wie er Maylis erzählte.

»Weiß denn Ihre Mutter inzwischen Bescheid?«, fragte Maylis.

»Nein, wir werden es ihr an Weihnachten sagen. Die Hochzeit findet dann Ende Januar statt.«

»Das gibt ihr nicht viel Zeit, sich mit der Situation auseinanderzusetzen«, wagte sie einzuwenden.

Der Chef seufzte. »Es wird ihr ohnehin nicht gefallen, also warum soll ich es ihr früher als nötig sagen?«

Zwei Tage später erschien er morgens gegen elf mit seiner Angebeteten im Schlepptau. Aufgeräumt und gut gelaunt hielt er ihr die Tür auf und wünschte lautstark einen guten Morgen. Er hatte den Arm besitzergreifend um die Schultern der schmalen Frau gelegt. Maylis kam hinter ihrem Tresen vor, ein Kunde, der auf seinen Kaffee wartete, drehte sich ebenfalls zu ihnen herum, und Annette hörte auf, Kräuter für den Frischkäse zu hacken. Frau Burfeind war noch nicht da, den Zeitpunkt hatte Wilhelm Radke wohl absichtlich so gewählt.

»Ich möchte Ihnen meine Verlobte vorstellen: Katarina Adam. Katarina, das sind meine Mitarbeiterinnen Maylis Klinger und Annette Fitz.« Annette wischte sich die Hände an ihrer Schürze ab und machte große Augen. Wilhelm Radke schenkte dem Kunden einen stolzen Blick, den dieser lächelnd zurückgab.

Frau Adam gab Maylis und Annette die Hand und lächelte sie strahlend an. »Ich habe schon viel von Ihnen gehört.«

»Tja, und jetzt kennst du meine Mitstreiterinnen endlich persönlich.« Zu Maylis und Annette sagte er: »Katarina hat selbst ein Geschäft, eine Boutique ganz hier in der Nähe.«

Jetzt wusste Maylis auch, warum die Frau ihr so bekannt vorkam. Sie hatte sie ein paarmal durch die Schaufenster ihres Modegeschäfts am Eppendorfer Baum gesehen.

Junge, Junge, da hat sich der Chef ja eine gute Partie angelacht, dachte Maylis.

»Wir sind mal kurz hinten im Büro. Kommst du, Schatz?«

Maylis und Annette und auch der Kunde sahen den beiden nach. Wilhelm Radkes massiger Körper wirkte noch größer neben der schmalen Erscheinung von Frau Adam. Annette schien ihren Augen nicht trauen zu können, als er nach ihrer Hand griff. Maylis ging wieder hinter den Kaffeetresen, wo der Cappuccino inzwischen durchgelaufen war.

»Wenn der Chef verliebt ist, tanzen die Mäuse auf dem Ladentisch«, sagte der Kunde mit einem Augenzwinkern zu ihr.

Das hat doch die Generalin neulich genauso formuliert, dachte Maylis, leider nicht mit einem solch verschmitzten Tonfall.

Kurze Zeit später kamen der Chef und Frau Adam wieder in den Laden. »Wir gehen jetzt Mittag essen. Ich komme heute Abend, um die Kasse zu machen.«

»Ich würde dann gern etwas mit Ihnen besprechen«, sagte Maylis.

»Kein Problem. Bis nachher.« Damit waren sie aus der Tür. Annette stützte die Ellbogen auf die Käsetheke und legte den Kopf in die Hände. »Mann, sind die glücklich. Beneidenswert.«

»Du hast doch deinen Hainer«, sagte Maylis.

Annettes Blick verlor alles Verträumte und wurde hart. »Er macht mich krank mit seiner Eifersucht.«

»Hat er denn wenigstens einen Grund dafür?«

»Wo denkst du hin?«

»Vielleicht solltest du ihm einen geben. Du musst ihn ja nicht gleich betrügen, aber so ein kleiner Flirt lässt ihn ja vielleicht aufwachen.«

»Du meinst …?«

»Warum nicht? Vielleicht entschädigt dich das wenigstens ein bisschen.«

»Und wo soll ich einen Mann für einen Flirt hernehmen? Soll ich den aus dem Hut zaubern?«

Maylis lachte. »Du erzählst mir doch immer, wie und wo ich Männer kennenlernen soll!«

Annette wollte etwas erwidern, aber die Tür ging auf, und gleich drei Kunden betraten das Geschäft.

Kurz vor ihrem Feierabend kam Annette noch einmal auf Maylis zu. Sie suchte nach Worten, dann platzte sie heraus: »Würdest du mir ein Alibi geben?«

Maylis blieb der Mund offen stehen. »Das ging jetzt aber schnell. Wo hast du denn zwischen vorhin und jetzt einen Mann aufgegabelt?«

Annette machte eine abwehrende Bewegung mit der Hand. »Ich kenne ihn schon länger. Er hat mich schon oft eingeladen, ganz harmlos auf einen Kaffee, aber ich habe ihn immer abblitzen lassen. Ich habe darüber nachgedacht, was du mir gesagt hast. Und schließlich gehe ich nur einen Kaffee mit ihm trinken«, fügte sie trotzig hinzu.

»Warum triffst du dich nicht einfach nach der Arbeit mit ihm? Da ist Hainer doch noch im Büro.«

Annette senkte den Blick. »Er ruft an. Jeden Mittag.«

»Dein Mann ruft jeden Mittag an, um zu kontrollieren, ob du zu Hause bist?«, entfuhr es Maylis. »Wie kannst du dir das gefallen lassen?«

»Tue ich ja gerade nicht mehr. Also, kann ich auf dich zählen?«

»Kannst du«, antwortete Maylis grimmig.

Den ganzen Nachmittag grübelte sie über Annettes Situation nach. Wie konnte sie sich so bevormunden lassen? Dazu noch von ihrem eigenen Mann! Ein eifersüchtiger Mann war doch wohl das Letzte. Obwohl ein Mann, der seine Frau betrog, auch nicht besser war.

Der Chef kam tatsächlich pünktlich für die Abrechnung. Katarina Adam war bei ihm, und er stellte sie auch Frau Burfeind vor, allerdings ohne zu erwähnen, dass er sie demnächst heiraten würde.

»Willst du solange hinten warten?«, fragte er sie.

»Nein, ich sehe mich ein bisschen um, wenn ich darf.«

»Was wollten Sie denn mit mir besprechen?«, fragte der Chef Maylis, während er die Kasse durchlaufen ließ.

Maylis war es recht, dass er sie so nebenbei fragte, da bekam ihr Vorschlag nicht ganz so viel Gewicht, als wenn sie sich offiziell im Büro gegenübergesessen hätten.

»Ich möchte gern den Laden neu gestalten ...« Sie sah den gequälten Ausdruck im Gesicht ihres Chefs und sagte schnell: »Vorerst für das Weihnachtsgeschäft.« Sie zeigte auf die Säule, die mitten im Laden stand und an der die Ständer für die Schokoladen hingen. »Hier möchte ich einen Tisch aufstellen, einen richtig großen, massiven. Wir haben noch einen Eichentisch im Lager stehen. Keine Ahnung, woher der stammt. Aber er wäre perfekt. Die Platte müsste lediglich angeschliffen und geölt werden. Das erledige ich, ich kann das. Und darauf kommen schöne alte Sachen. Gläser und so weiter, die ich mit Pralinen und Trüffeln und anderen feinen Lebensmitteln dekoriere. Vielleicht finde ich sogar ein paar alte Küchengeräte, einen Mixer aus den Fünfzigerjahren oder so. Damit die Kunden was zum Schauen haben.«

»Wir sind doch kein Museum«, wandte er ein.

»Nein, aber wir müssen die Kunden in den Laden locken. Wir müssen etwas haben, was andere nicht haben.« Sie zögerte. »Ihre Mutter hat sich übrigens über die letzten Monatszahlen gewundert. Steigen tun unsere Umsätze nicht.«

Weil Radke nichts dazu sagte, fügte sie hinzu: »Ich würde gern zwei Stühle dazustellen, für Kunden, die einen Kaffee trinken wollen.«

»Nun fangen Sie schon wieder mit Ihrem Restaurant an!«

»Weil ich es nach wie vor für eine sehr gute Idee halte. Und außerdem geht es nicht um ein Restaurant, sondern höchstens um zwei Bistrotische.«

Der Chef sah nachdenklich auf den Kassenzettel in seiner Hand. »Also daher weht der Wind. Ich habe ja nicht gefragt, wofür Sie den alten Kram gekauft haben, der hinten steht. Aber ich habe mir so etwas Ähnliches schon gedacht.«

»Der Kram ist zwar alt, aber wunderschön. Sie werden sehen: Die Kunden fliegen drauf. Ich möchte, dass hier alles festlich und bunt aussieht. Wie in einem Märchen. Schauen Sie mal ...« Sie lief schnell nach hinten ins Büro und holte die bunten Blechdosen mit den Kräutermischungen, die sie in Marseille gekauft hatte.

»Sehen Sie diese wunderschönen Dosen? Die allein sind doch schon ein echter Hingucker. Zu den Gewürzen werde ich Rezepte zusammenstellen, die die Kunden zu Hause nachkochen können. Die Zutaten kaufen sie natürlich bei uns. Dann noch ein paar Servietten und Kerzen und schöne Tischwäsche, vielleicht altes Silber, ich denke an diese großen Vorlegebestecke, dann stelle ich den passenden Wein dazu ...« Sie sah den Chef erwartungsvoll an. Wenn er jetzt gleich entschieden Nein sagte, hatte sie verloren. Er revidierte seine Entscheidungen nur selten. Sie sah, dass Frau Burfeind hinter der Käsetheke aufgehört hatte, die Ware einzupacken, und gespannt lauschte.

»Ich würde es sehr schön finden, wenn hier ein bisschen Farbe reinkäme«, sagte sie jetzt zu Maylis' grenzenloser Überraschung und nickte ihr zu. Dann sagte sie zu Wilhelm Radke: »Und du weißt doch selbst, dass viele Kunden ihre Lebensmittel im Großeinkauf im Supermarkt besorgen. Hier bei uns bekommen sie aber das gewisse Etwas obendrauf. Sie können stöbern und sich inspirieren lassen. Das wollen unsere Kunden, da bin ich mir sicher.«

»Hm«, machte Radke.

Auf einmal war die Stimme von Katarina Adam zu hören: »Also, ich finde die Idee ganz wunderbar. Ich sehe das alles vor mir, dazu der Duft von Keksen oder Glühwein. Dieser Tisch muss überladen sein mit Farben und schönen Dingen, mit kleinen Köstlichkeiten, die man sich selbst oder anderen schenkt. Und der Plan mit den Rezepten ist doch einfach genial. So etwas macht niemand anderes. Wilhelm, hast du mir nicht erzählt, dass Frau Hansen neulich so dankbar war, als Frau Klinger ihr mit dieser Suppe aus der Klemme geholfen hat?«

Der Chef nickte. Maylis dankte im Stillen Madame Rosa. Wann hatte sie dem Chef das erzählt? Und sie dankte Katarina Adam, die ihren Verlobten auf eine ziemlich unwiderstehliche Art anlächelte. Frau Burfeind, die als Einzige nicht wusste, welche Rolle Frau Adam zukünftig im Leben ihres Wilhelms spielen würde, starrte diese neugierig an.

Der Chef gab sich angesichts der Übermacht geschlagen. »Also gut, so machen wir das«, sagte er, wobei er sich einen Seufzer nicht verkneifen konnte.

Kapitel 18

Bevor man sichs versah, war es Mitte November. In zwei Tagen war der Termin beim Scheidungsrichter.

Maylis war zum Glück so beschäftigt, dass sie kaum Zeit fand, darüber nachzugrübeln. Ebenso wenig wie über Paul Abendland, den sie seit zwei Wochen, seit seiner Parisreise, nicht zu Gesicht bekommen hatte. Sie nahm an, dass er schon wieder unterwegs war, denn Frau Winterkorn kam zweimal ins Geschäft und kaufte Single-Portionen.

»Ich habe mich getäuscht. Kein Interesse seinerseits«, sagte sie traurig zu Charlotte am Telefon.

Aber von ihrer Seite war das Interesse vorhanden, es wurde sogar größer, je länger sie darüber nachdachte. Paul Abendland hatte eine Saite in ihr zum Klingen gebracht. Nachts schlich er sich manchmal in ihre Träume, einmal wachte sie auf, weil sie von heftigen Küssen mit ihm geträumt hatte.

Sie stürzte sich in die Arbeit. Sie suchte nach Rezepten, die zu den Kräutermischungen passten. Sie hatte bei Les Amis de Flavigny in Frankreich angerufen, die völlig aus dem Häuschen waren, als sie erfuhren, dass ihre schönen kleinen Döschen bis nach Hamburg gelangt waren.

»Können Sie nicht etwas zusammenstellen, das zu Wirsing passt? Oder zu Grünkohl und Kochwurst?«, fragte Maylis.

»Was ist das denn, um Gottes willen?«, war die Antwort.

Wenn sie Rezepte suchte, dachte sie auch an das private Essen, das sie geben wollte. Sie hatte sich das schließlich vorgenommen, hatte aber immer noch gehofft, auch Paul Abendland dazu einladen zu können. Aber wenn er nicht da war ...

»Nächste Woche«, sagte sie zu sich selbst. »Und wer dann nicht kommt, der kommt eben nicht.«

Am Abend vor dem Scheidungstermin stieß sie beim Blättern durch eines der Kochbücher ihres Vaters auf einen Zettel. Er klebte zwischen zwei Seiten im Kapitel Vorsuppen und war auch nicht herausgefallen, als Maylis es früher einmal rasch durchgeblättert hatte. Aber jetzt! Sie erkannte Edgars Schrift sofort. Ihr stockte der Atem, als sie den schon leicht vergilbten Zettel auseinanderfaltete und die Schrift entzifferte.

Meine geliebte Caroline,
wenn Du wüsstest, wie schön Du bist, wenn Du schlafend und nackt im Bett liegst. Ich habe Dir heute Morgen mindestens eine Stunde dabei zugesehen, während die Morgensonne immer neue Stellen Deines wunderschönen Körpers erleuchtete. Du hast kleine Seufzer von Dir gegeben. Ich hoffe, es waren Seufzer des Glücks. Ich hoffe, Du warst in Deinem Schlaf so glücklich wie ich, während ich Dir dabei zusehen durfte. Ich würde so gern länger bei Dir bleiben, aber ich muss zur Arbeit. Ich kann es kaum erwarten, Dich heute Abend wiederzusehen und Dich zu lieben.
Dein Edgar

Was für ein romantischer Liebesbrief! Ihr Vater musste ihre Mutter wirklich sehr geliebt haben. Ob Caroline ihm auch solche Briefe geschrieben hatte? War ihre Liebe ebenso stark gewesen? Maylis bedauerte es in diesem Augenblick sehr, ihrem Vater diese Fragen nie gestellt zu haben. Aber als er noch gelebt hatte, waren andere Dinge für sie wichtiger gewesen,

Fragen, die sie selbst und ihn betrafen. Und dann hatte er den Unfall gehabt und war ertrunken und hatte seine Sicht der Dinge mit ins Grab genommen.

Was war nur mit dieser Liebe passiert? Hatte Caroline diesen Liebesbrief überhaupt gelesen? Und wie war er in das Kochbuch geraten? Sie nahm sich vor, ihre Mutter bei der nächsten Gelegenheit danach zu fragen.

Auf der Suche nach weiteren Informationen drehte Maylis den Zettel um. Es war ein Kalenderblatt von einem Tagesabreißkalender aus dem Jahr 1952. Einer dieser Kalender, deren Blätter man während des Jahres nur unregelmäßig abriss und später für Notizen und Kritzeleien während des Telefonierens benutzte. Das Blatt stammte vom 14. März. Oberhalb des Datums stand eine kurze Geschichte.

In einem kleinen Dorf liebte ein Mann eine Frau. Sie beachtete ihn jedoch über Jahre hinweg nicht und heiratete sogar einen anderen. Nach dem Tod des Ehemannes brachte ihr der verliebte Mann eines Tages eine Suppe, in die er seine ganze Liebe gegeben hatte. Die Frau aß sie. Am nächsten Tag kam der Mann wieder. Diesmal brachte er ihr eine Kaninchenpastete. Am Tag darauf war es ein Apfelkuchen. So brachte er ihr jeden Tag eine neue Köstlichkeit, und am Ende erhörte die Frau ihn und verliebte sich in ihn.

Liebe geht eben doch durch den Magen, dachte Maylis.

Sie nahm das Stück Papier, glättete es und heftete es mit zwei Magneten an ihre Kühlschranktür.

So ein Rezept müsste man finden, dachte sie. Ein Gericht, das man einem Mann serviert, und er entbrennt daraufhin in Liebe. Natürlich sah sie dabei in Gedanken Paul ihr gegenüber am Tisch sitzen.

Sie blätterte neugierig weiter durch das Kochbuch, in der Hoffnung, weitere Nachrichten ihres Vaters zwischen den Seiten zu finden. Leider vergeblich.

Voller Unruhe stand sie auf und ging durch die stille dunkle

Wohnung. Max und sie, das war etwas ganz anderes gewesen als das, was ihre Mutter mit ihrem Vater verbunden hatte. So hatte sie immer gedacht und das auch Caroline gesagt, wenn die sie wegen ihrer Romantik belächelte. Der Liebesbrief von Edgar, den sie gefunden hatte, zeugte aber von sehr tiefen Gefühlen. Was hatte das zu bedeuten? Sie hätte gern Caroline dazu befragt.

»Ich werde ihr ein Handy schenken«, sagte sie laut. »Es ist unerträglich, dass ich sie nicht erreichen kann.«

In dem Moment klingelte das Telefon. Es war Caroline.

»Mama! Das gibt's doch nicht! Ich habe mir gerade so gewünscht, mit dir zu sprechen«, entfuhr es Maylis. »Und ich habe mich entschlossen, dir ein Handy zu schenken. Damit ich dich anrufen kann, wenn mir danach ist.«

»Tu das, aber denk dran, dass hier nicht die Telekom ist.«

»Warum rufst du an?«

»Um dir zu sagen, dass ich morgen an dich denke.«

»Das ist nett. Hatte ich dir von dem Scheidungstermin erzählt?«

»Hast du. Und ich weiß, dass du diese Dinge viel ernster nimmst als ich.«

»Mama?«

»Nenn mich doch bitte nicht so!«

»Ich habe eben einen Liebesbrief gefunden. Von Edgar an dich.«

Caroline seufzte. »Er hat mir ständig Briefe geschrieben. Ich hatte Kartons voll davon.«

»Ich nehme an, du hast sie weggeworfen?«

»Was denkst du denn? Sollte ich sie bis ans Ende meiner Tage mit mir rumschleppen? Dieser Mann konnte sich nie einfach nur verabschieden, wenn er morgens das Haus verließ. Jedes Mal musste er ein Drama draus machen.«

»Trauerst du dieser großen Liebe nicht nach?«

Caroline überlegte einen kurzen Moment lang. »Dafür war

sie zu kurz. Dein Vater war ein hoffnungsloser Romantiker, weißt du? Kein Schatten durfte auf unsere Liebe fallen, kein Streit, keine Meinungsverschiedenheit. Es kam einer Katastrophe gleich, wenn ihm ein Film gefallen hat und mir nicht! Er hat mich als eine Göttin gesehen, ohne Fehl und Tadel. Und er hat mich damit erdrückt. Und manchmal hat er mir auch Angst gemacht. Ich bin doch eine Frau, keine Göttin!« Sie kicherte. »Neben ihm durfte ich nicht mal in der Nase bohren oder aufs Klo gehen.«

»Das hast du mir nie erzählt.«

Ihre Mutter ging nicht auf ihre Bemerkung ein. »Und nach ihm ist ein anderer gekommen, bei dem es auch die große Liebe war. Zumindest für den Augenblick.«

»Glaubst du daran?«

»An die große Liebe? Natürlich! Jedes Mal aufs Neue.« Caroline lachte, aber das Lachen war warm und herzlich. »Maylis, bring diese Scheidung morgen anständig hinter dich. Und hoffe darauf, dass du eine neue Liebe triffst. Eine neue Liebe, die bestimmt anders sein wird als die zu Max, vielleicht sogar besser.«

»Danke, Mama.«

Ihre Mutter versäumte es, sie darauf hinzuweisen, dass sie nicht Mama genannt werden wollte, und wünschte ihr eine gute Nacht.

Okay, dachte Maylis, nachdem sie aufgelegt hatte. Bringen wir es anständig hinter uns.

Sie stellte sich vor ihren Kleiderschrank, stützte die Hände kämpferisch in die Hüften und überlegte, was sie am nächsten Tag anziehen sollte. Gab es eine Kleiderordnung für Scheidungen? Oder kam es eher darauf an, die eigene Haltung mittels der Kleidung zu demonstrieren? Es war ihr wichtig, dass sie gut aussah. Selbstbewusst, als hätte sie alles im Griff. Sie sah sich selbst, wie sie den Gerichtssaal betrat wie ein Filmstar, und alle Männer starrten sie mit offenem Mund an. Max sah sie, stürzte auf sie zu und bat sie stammelnd um Verzeihung ... Aber so würde es wohl nicht ablaufen. Vielleicht wären Jeans und Pulli passend, um der Sache die Wichtigkeit zu nehmen. Ein anderes Bild tauchte vor ihrem inneren Auge auf: Sie betrat den Raum, die Augen gesenkt, mit Tränen im Blick, ein Bild des Elends. Max konnte das nicht ertragen. Er kam auf sie zu, nahm sie in den Arm und bat sie um Verzeihung. In beiden Versionen, egal, ob sie die Diva oder das Aschenputtel gab, würde Elena fassungslos auf ihren Stuhl sinken und verzweifelt über ihren dicken Bauch streichen.

Maylis schüttelte energisch den Kopf und verscheuchte die Bilder. Sie wandte sich wieder ihrem Schrank zu und schob Kleiderbügel auseinander und begutachtete Blusen und Röcke.

Das Gespräch mit ihrer Mutter bestärkte sie darin, den großen Auftritt zu suchen. Sie wollte Max auf keinen Fall das Gefühl geben, sie besiegt zu haben. Also gut, was hatte ihr Kleiderschrank denn zu bieten?

Das bunte Kleid mit dem tiefen Ausschnitt, das Max ihr vor Jahren in Nizza gekauft hatte und in dem er sie so sexy gefunden hatte? Sie zog es über und drehte sich vor dem Spiegel. Es stand ihr immer noch, aber es war für den Anlass zu bunt. Und Max würde sich an das Kleid erinnern und denken, sie hätte sich nur für ihn schön gemacht. Sie probierte nacheinander verschiedene Kleidungsstücke an, doch keines gefiel ihr so recht: zu auffällig, zu schlicht, zu eng, zu kratzig. Dann fand sie ganz hinten im Schrank die sehr weite schwarze Marlene-Hose. Der schwere Stoff fiel an ihr herunter, als sie sie anzog, und wehte wie ein Rock hinter ihr her, wenn sie große Schritte machte. Genau das war es: feminin und doch nicht mädchenhaft, sondern selbstbewusst. Und die Hose machte eine tolle Figur. Als Oberteil wählte sie einen schlichten schwarzen Pulli, darüber die neue leuchtend blaue Jacke. Sie zog auch die neuen Schuhe an, betrachtete sich noch einmal im Spiegel und stolzierte in die Küche. Darauf würde sie einen Prosecco trinken.

Obwohl sie nur schlecht einschlafen konnte, war sie am nächsten Morgen schon früh wach. Sie hatte noch drei Stunden Zeit, bis sie zum Gericht musste.

Sie stand auf, duschte und zog sich sorgfältig an. Sie war mit ihrem Spiegelbild zufrieden. Vorerst jedenfalls. Schminken würde sie sich nach dem Frühstück. Sie lief rasch nach unten, um die Zeitung aus dem Briefkasten zu holen. Als sie die letzten Stufen nahm, sah sie Paul, der vor den Briefkästen stand, einen geöffneten Brief in der Hand. Ihr Herz schlug schneller.

»Hallo!«

Er faltete den Brief wieder zusammen und stopfte ihn zusammen mit dem Umschlag zurück in den Kasten. Erst dann drehte er sich ganz zu ihr herum, strahlte sie an und sagte: »Guten Morgen. Schön, dich zu sehen. Da kann ich eine weitere Absage eines Immobilienmaklers gleich besser wegstecken.« Er sah sie von oben bis unten an. »Wow«, machte er dann. »Nimmst du mich diesmal mit?«

Sie verzog ihr Gesicht zu einem schiefen Lächeln. Natürlich hatte er auch bemerkt, dass sie noch ihre Birkenstock-Sandalen trug. »Wo ich heute Morgen hinwill, da willst du garantiert nicht mit. Ich habe nachher meinen Scheidungstermin.«

Er sah sie betroffen an, dann sagte er: »Na, der Typ ist schön blöd, wenn er dich aufgibt.«

»Du kennst ihn, du hast ihn neulich Abend kurz getroffen.«

Er hob eine Tüte mit frischen Brötchen in die Höhe. »Hast du schon gefrühstückt? An einem solchen Tag sollte man gut gefrühstückt haben.«

»Nein. Ich wollte mir gerade einen Kaffee machen.«

»Lädst du mich ein?«

»Oh ja, sehr gern!«, hätte sie am liebsten gerufen. »Und Helene?«, fragte sie stattdessen.

»Die schläft noch. Meine Großmutter ist eine Langschläferin, wusstest du das nicht?«

»Ich habe aber nicht viel anzubieten.«

Wieder sah er sie von oben bis unten an. »Da bin ich ganz anderer Meinung.«

Sie lächelte ihn dankbar an. Das hatte doch was: zwei Stunden vor dem Scheidungstermin mit einem anderen Mann rumflirten.

»Ich muss dich aber warnen. Ich bin schrecklich nervös. Und wenn ich nervös bin, mache ich manchmal echt blöde Sachen. Aber ich könnte ein bisschen Ablenkung gut gebrauchen.«

»Ich bin in fünf Minuten bei dir«, sagte er und spurtete die Treppe hoch.

Maylis wartete lieber auf den Fahrstuhl. Ihr zitterten ein bisschen die Knie.

»Ich überfalle dich doch nicht?«, fragte er, als er kurz darauf die Küche betrat. Er legte die Brötchentüte auf den Tisch. Maylis hatte die Wohnungstür offen gelassen, damit er einfach hereinkommen konnte. »Ich meine, so eine Scheidung ist ja kein Pappenstiel. Ich habe nur gedacht, vielleicht ist es gut, wenn man da nicht allein ist. Aber wenn du lieber ...«

»Nein, du störst mich nicht, setz dich.« Sie schlug die letzten Kochbücher zu und stellte sie zurück an ihren Platz im Regal.

Für einen Augenblick sah sie ihm tief in die Augen, in die das Sonnenlicht silberne Sprengsel tupfte.

Der Moment hatte etwas Intimes und machte sie verlegen. Eine Sekunde lang wusste sie nicht, was sie tun sollte. Paul brach den Augenkontakt und legte den Kopf schief, um die Titel der Kochbücher zu lesen. »Wie interessant«, sagte er.

»Wo hast du die alle her? Es sind ja viele auf Französisch dabei.«

»Ich sammle sie«, sagte Maylis, froh, dass er das Thema gewechselt hatte. »Mein Vater war Restaurantkritiker.«

»Aha, daher.«

»Was, daher?«

»Daher kommt deine genießerische Ader. Nehme ich zumindest an.«

Maylis zog die Espressotassen unter dem Auslauf hervor und gab aufgeschäumte Milch dazu. Ganz automatisch machte sie mit dem Kakaostreuer ein Herz auf den Milchschaum. Als es ihr auffiel, wurde sie rot. »Oh, das machen wir im Laden immer so.«

Sie musste plötzlich lachen, und er auch. Das Eis war gebrochen.

»Musst du nicht los? Zur Arbeit?«, fragte sie, als sie ihm gegenübersaß.

Er rührte ein Stück braunen Zucker in seinen Kaffee.

Ha, er trinkt seinen Kaffee süß, das sind die besten Männer! Genießer! dachte sie. Sie wusste nicht mehr, wo sie das gelesen hatte, aber sie glaubte es nur zu gern.

»Ich habe mir heute Vormittag freigenommen, weil ich einen Besichtigungstermin für eine Wohnung hatte. Aber der Makler hat vorhin abgesagt. Da hat wohl jemand mehr geboten.«

»Wenigstens hast du eine Bleibe. Und die Wohnung von Helene ist doch groß genug für euch beide.«

»Sie ist groß und schön – bis auf die Einrichtung. Aber auf die Dauer ist es nicht das Richtige für mich, mit meiner Oma zusammenzuleben. Obwohl ich sogar Damenbesuch mitbringen darf.« Sein Grinsen zauberte die bereits bekannten Lachfältchen um die Augen.

»Und? Nutzt du das aus?«

Warum hatte sie das gefragt? Diese Frage ging eindeutig zu

weit. Bevor sie wieder rot werden konnte, grinste sie ihn frech an, um der Frage die Bedeutung zu nehmen.

Er seufzte in gespielter Enttäuschung. »Keine Gelegenheit, leider. Aber zum Glück gewährt mir meine Nachbarin ab und zu tiefe Einblicke in ihr Dekolleté.«

Maylis' Wangen brannten. »Was hältst du von Rührei?«, fragte sie schnell. »Ich müsste noch Eier haben. Und ich bekomme plötzlich einen Riesenappetit.«

»Gute Idee!«, sagte er grinsend.

Maylis verquirlte und würzte die Rühreier mit raschen, geschmeidigen Bewegungen. Im Kühlschrank fand sie ein Glas Stör-Kaviar, das dort schon längere Zeit auf eine Gelegenheit wie diese gewartet hatte. Während die Eier stockten und der Geruch von frisch gemahlenem Muskat die Küche erfüllte, trat sie auf den Balkon hinaus und schnitt ein paar Zweige Schnittlauch, die den Kälteeinbruch überstanden hatten. Als sie sich umdrehte, prallte sie gegen Paul.

»Entschuldigung«, sagte er, und sie spürte die Verwirrung, die die unverhoffte Berührung in ihnen beiden auslöste. »Ich wollte nur mal sehen, wie unser Balkon von hier oben aussieht.«

Fünf Minuten später saßen sie sich wieder an dem kleinen Küchentisch gegenüber.

»Das beste Rührei meines Lebens«, sagte Paul, während er die letzten Spuren von Eigelb mit einem Stück Brötchen vom Teller wischte.

»Sind ja auch Eier von glücklichen Hühnern.«

»Daran liegt es bestimmt nicht«, antwortete er und sah sie wieder aus seinen hellen Augen an. Er stand auf, um einen weiteren Espresso zu kochen. »Ich darf doch?«

Maylis nickte, lehnte sich auf ihrem Stuhl zurück und sah ihm zu, wie er Kaffeepulver in das Sieb füllte. Er trug wieder ein Hemd mit aufgerollten Ärmeln, diesmal dunkelblau, wodurch seine sportlichen Unterarme gut zur Geltung kamen.

Er drehte sich zu ihr herum und lehnte sich an die Arbeitsfläche, die Arme vor der Brust verschränkt.

»Wie fühlst du dich?«, fragte er plötzlich. »Ich meine, wegen der Scheidung.«

Maylis sah auf die Uhr. Es war neun geworden. »Ein bisschen flau im Magen. Und wie eine Verliererin.«

Er nickte. »Das Gefühl kenne ich.«

Der Kaffee war fertig, und er stellte ihr eine Tasse hin, auf der ein Kakaoherz im Milchschaum prangte.

Das Telefon klingelte. Charlotte war am Apparat und fragte, ob sie Maylis fahren sollte. »Zu so einem Date sollte man nicht allein gehen«, sagte sie.

Maylis schluckte. »Du willst mich fahren? Das ist unglaublich nett von dir. Bist du denn nicht bei der Arbeit?«

»Doch, aber ich würde einen Arzttermin vorschieben. Wann musst du los?«

Wieder sah Maylis auf die Uhr, doch da mischte sich Paul, der mitgehört hatte, ein: »Ich fahr dich, wenn es dir recht ist.«

»Ist jemand bei dir?«, kam es aus dem Hörer.

»Ja, mein Nachbar, Paul Abendland. Er bietet gerade an, mich zu fahren.«

»Was? Dann nimm sein Angebot an! Ich habe hier auch den Schreibtisch voll. Wollen wir uns heute Abend irgendwo treffen?«

»Ich weiß noch nicht, ich melde mich.«

»Ich drück dir die Daumen.«

Paul hatte inzwischen den Tisch abgeräumt. »Ich lasse dich jetzt allein«, sagte er dann. »Klingle bei mir, wenn du fertig bist.«

»Danke«, sagte sie.

Sie putzte sich die Zähne und fuhr sich mit den Händen durch das Haar, bis es ein bisschen verwuschelt war. Nur um wieder zur Bürste zu greifen und sich zu kämmen, bis die Haare wieder ordentlich lagen. Jetzt noch ein bisschen Puder und Wimperntusche. Sie stellte sich vor den Spiegel im Flur und atmete einige Male hörbar ein und aus. Dann nahm sie die Mappe mit den Papieren, die sie am Vorabend auf ihrem Schreibtisch zurechtgelegt hatte, und verließ die Wohnung.

»Mit Schuhen siehst du noch besser aus«, meinte Paul, als sie bei ihm klingelte.

Tatsächlich hatte Maylis das Gefühl, den Termin vor dem Scheidungsrichter mit seiner Hilfe einigermaßen locker nehmen zu können. »Es tut mir so gut, dass du mich fährst. Und dass Charlotte mir beistehen wollte. Das macht die ganze Sache erträglicher.«

»Niemand sollte da allein durch«, antwortete Paul, während er sein Auto durch den morgendlichen Verkehr lenkte. Sie fuhren den Eppendorfer Weg bis zur Osterstraße, dann nahmen sie die B5 in Richtung Altona. Beide hingen ihren Gedanken nach.

Vor dem Gerichtsgebäude sog Maylis scharf die Luft ein, als Paul seinen Wagen einparkte. Direkt vor ihnen stand Max' weißer Audi TT. Kennzeichen HH MK-202. Das war sein Auto. Sie empfand stille Genugtuung bei dem Gedanken, wie bescheuert sie es gefunden hatte, dass er seine Initialen auf dem Nummernschild haben wollte. Als hätte er Angst, den eigenen Namen zu vergessen. Bevor sie länger darüber nachdenken konnte, öffnete sich die Autotür vor ihr, und Max stieg aus. Er ging um den Wagen herum und öffnete die Beifahrertür. Dann gab er Elena die Hand und half ihr aus dem niedrigen Auto heraus. Dabei entdeckte er Maylis in dem Auto hinter seinem. Die traute ihren Augen nicht, als sie Elena aussteigen sah. Ihre Schwangerschaft war schon weit vorangeschritten und nicht zu übersehen. An dem Abend vor einigen Wochen, als sie vor ihrem Haus gestanden hatte, musste ihr das wegen Elenas Kimono nicht aufgefallen sein.

Mittlerweile war auch Paul ausgestiegen und stand vor der offenen Beifahrertür. »Kommst du?«, fragte er.

Maylis blieb wie angewurzelt sitzen, während Max sie durch die Windschutzscheibe anstarrte. Jetzt hatte auch Paul ihn gesehen und erkannt. Die beiden Männer nickten sich kurz und feindselig zu.

In ihrer Panik tat Maylis, als würde sie etwas im Fußraum suchen. Sie brachte es einfach nicht über sich, auszusteigen und mit Elena und Max Small Talk zu machen. Das Selbstvertrauen, das sie eben noch gespürt hatte, war wie weggeblasen. Sie starrte Elena hinterher, die sie immer noch nicht bemerkt hatte und bereits in Richtung des Gerichtsgebäudes ging. Max sah noch einmal von Maylis zu Paul und wieder zurück, dann folgte er Elena mit raschen Schritten.

»Mist, das war jetzt unglücklich«, sagte Paul. Er beugte sich zu ihr herunter. »Alles in Ordnung?«

Maylis schluckte schwer. »So hatte ich mir das nicht vorgestellt. Dass ich den beiden so unvorbereitet gegenüberstehen würde. Und dass Elena so schwanger ist.«

»Elena?«

Maylis wies mit der Hand in die Richtung, in die Max und Elena gegangen waren. »Sie war mal meine beste Freundin.«

»Oh«, machte er. Dann reichte er ihr die Hand. »Okay, du musst jetzt aussteigen und da reingehen. Du kannst dem leider nicht entgehen. Wenn du willst, komme ich mit.« Er sah auf seine Armbanduhr, und Maylis spürte, dass er eigentlich keine Zeit mehr hatte.

Sie war endlich aus dem Auto gestiegen und stand ihm gegenüber. »Das ist wirklich nett von dir. Aber das muss ich allein machen. Es geht schon wieder.«

Paul räusperte sich. Dann nahm er sie in die Arme.

Er hielt sie auf Armeslänge von sich und lächelte sie aufmunternd an. »Du schaffst das«, sagte er und zog sie noch einmal an sich und hauchte ihr einen Kuss auf die Wange. »Was machst du hinterher?«

Darüber hatte sie noch nicht nachgedacht. »Ist wohl besser,

wenn man nach so einem Termin nicht allein ist. Ich glaube, ich gehe ins Café de Lyon, da habe ich Freunde.«

»Das in der Innenstadt?«

Maylis nickte.

»Ich habe jetzt Termine, den letzten um zwei. Aber dann schaue ich da mal vorbei. Und jetzt toi, toi, toi.« Er küsste sie noch einmal auf die Wange, dann stieg er in sein Auto.

Aus den Augenwinkeln sah Maylis, dass Max im Eingang des Gerichtsgebäudes stand und die Szene beobachtete.

Die Prozedur war kurz und ernüchternd. Aber die Talare der Richterin und der Anwälte hatten gleichzeitig etwas Einschüchterndes. Sie saßen um einen Tisch herum, die Richterin, Max und Maylis und die beiden Anwälte. Elena saß etwas abseits.

Die Richterin las den Sachverhalt vor und fragte nach ihren Namen und Geburtsdaten. Max war so nervös, dass er Mühe hatte, sich an seinen Geburtstag zu erinnern. Dann folgte eine Rechtsbehelfsbelehrung, und dann wurde der Beschluss in der Sache Klinger gegen Klinger verlesen: »Die geschlossene Ehe wird für gescheitert erklärt.«

Der Satz ließ Maylis zusammenzucken. Das Wort bestürzte sie: *gescheitert*. Sie blickte rasch in Max' Gesicht und las auch dort Betroffenheit. Bevor sie diesem Gefühl auf den Grund gehen konnte, wurde ihr ein Stift gereicht, und sie unterschrieb die Scheidungspapiere.

Und schon stand sie wieder auf dem breiten Flur mit den hohen Fenstern und den in regelmäßigen Abständen angebrachten Ballonlampen.

»Hallo, Elena«, sagte Maylis. Sie hatten bisher noch keine Gelegenheit gehabt, miteinander zu reden.

»Hallo. Du siehst toll aus. Diese Hose mochte ich schon immer an dir.«

»Danke. Du siehst auch gut aus.« Es war das erste Mal,

seitdem Elena mit Max zusammen war, dass sie miteinander redeten. Maylis suchte in Elenas Blick die frühere Wärme, die Sympathie, die immer dort gewesen war. Sie hatte sich immer auf Elena verlassen können, Elena hatte sie aus brenzligen Situationen rausgeboxt, sie hatten ihre ersten Reisen gemeinsam gemacht und sich beruflich unterstützt, sie hatten gemeinsam Haschisch ausprobiert und sich bei Liebeskummer getröstet. Sie waren einfach beste Freundinnen gewesen. Aber jetzt war all das aus Elenas Blick verschwunden.

Maylis räusperte sich. »Wann ist es so weit?«, brachte sie hervor, aber es interessierte sie im Grunde nicht.

Elenas Gesicht wurde weich. »In drei Monaten. Ende Februar.«

»Herzlichen Glückwunsch zum Geburtstag übrigens.« Früher hätte nie die eine ohne die andere ihren Geburtstag gefeiert.

»Das Datum wurde vom Gericht festgesetzt. Wir hatten keinen Einfluss darauf«, mischte Max sich ein.

»Das hatte ich auch nicht angenommen.«

»Ist dein Freund nicht da, um dich abzuholen?«, fragte er.

Die Erkenntnis, dass Max glaubte, sie und Paul wären zusammen, gab ihr Kraft. »Er hat einen wichtigen Termin«, sagte sie.

Sie standen noch eine Weile unschlüssig nebeneinander. Eine peinliche Situation.

»Ich muss gehen«, sagte Maylis schließlich.

»Wir auch, wir sind spät dran«, sagte Elena und zupfte Max am Ärmel.

Hastig gingen die beiden den langen Flur hinunter in Richtung Ausgang. Durch das Fenster konnte Maylis kurze Zeit später sehen, wie Max sein Sakko auszog und es zum Schutz gegen den leichten Regen, der eingesetzt hatte, um Elenas Schultern legte.

Sie stand immer noch unbeweglich da. Als die beiden außer

Sicht waren, ließ sie sich auf eine der langen schweren Holzbänke fallen, die immer in solchen öffentlichen Gebäuden standen, und fing an zu weinen. Die Scheidungspapiere wurden in ihrer Hand geknickt. Schließlich stand sie mit leicht wackligen Beinen auf. Sie verließ das Gerichtsgebäude und hielt ein Taxi an, das gerade vorbeifuhr.

»Ins Café de Lyon, bitte.«

Im Taxi sah sie mit leerem Blick auf die verregneten Straßen. Ihr Kopf war wie mit Watte gefüllt. Sie wunderte sich, als der Fahrer hielt und sagte, dass sie da seien.

Sie trat durch die Tür des Bistros und schob den Vorhang zur Seite, der die kalte Luft von draußen abhalten sollte. Sofort umhüllte sie der Lärm der vielen Gäste, die sich lautstark unterhielten. Vor ihr standen ein paar Leute Schlange, die auf einen Tisch warteten, aber Pierre sah sie und kam zu ihr.

»Komm mit, ich habe einen schönen Platz am Tresen. Da können wir uns unterhalten. Oder willst du einen Tisch?«

Sie schüttelte den Kopf. Reden war jetzt genau das Richtige. Sie merkte, wie sie wieder lebendig wurde.

»Okay, aber vorher gehst du mal für kleine Tiger und wischst dir die Wimperntusche von der Wange.«

Im Spiegel blickte ihr eine blasse Frau mit verschmiertem Augen-Make-up entgegen. Sie wusch sich das Gesicht und legte eine Creme auf, die sie immer für solche Notfälle in Probiergröße in der Handtasche hatte. Dabei fand sie den Lippenstift wieder, den sie neulich gekauft hatte, und trug ihn großzügig auf.

»Du hättest ja nicht gleich übertreiben müssen«, sagte Pierre mit einem Pfeifen, als sie zurück an ihren Platz kam. Dort stand schon ein Glas Champagner für sie bereit. »Hast du was zu feiern?«

»Wie kann ein Mann so unsensibel sein«, schimpfte Doro, die aus der Küche gekommen war. Maylis stieg von ihrem Hocker, um sich von ihr umarmen zu lassen. Sie empfand die füllige Wärme ihrer ehemaligen Chefin als tröstlich und lehnte sich an sie. Einen Augenblick lang blieben sie Arm in Arm stehen. »Na, wie war's?«, fragte Doro dann.

»Was meinst du?«, fragte Maylis, nachdem sie sich aus der Umarmung gelöst hatte und wieder auf dem Barhocker Platz genommen hatte.

»Na, die Scheidung.«

»Woher weißt du davon?«, fragte sie verblüfft.

Doro zuckte mit den Schultern. »Dein Exmann war vor ein paar Tagen hier und hat's erwähnt. War's schlimm?«, wiederholte sie ihre Frage. »War *sie* dabei?«

Maylis nickte. »Zum Glück war ich auch nicht allein. Mein Nachbar hat mich hingefahren.« Sie nahm einen Schluck Champagner. »Ich weiß gar nicht, was mich da so mitgenommen hat, ich wusste ja, dass ich die beiden treffen würde. Aber Elena so zu sehen, so ... schwanger, so offensichtlich zu ihm gehörend, das hat wehgetan.«

»Dein Nachbar hat dich gefahren?« Doro hob den Daumen. »Hoffentlich glaubt Max, du hättest was mit ihm. Geschieht ihm recht. Was willst du essen?«

»Eigentlich habe ich gar keinen Hunger.«

»Kommt nicht infrage! So, wie du aussiehst, trinkst du noch das eine oder andere Glas, da brauchst du eine Grundlage. Wie wäre es mit dem *plat du jour:* Seeteufel mit Wasabi-Kartoffelpüree? Ist gerade fertig.«

»Bring mir vorher sechs Austern.«

»Na also«, freute sich Doro. »Pierre, steh nicht rum – bring ihr die Austern, bevor sie es sich anders überlegen kann. Und mir einen Champagner. Heute mach ich mal eine Ausnahme.«

»*Oui, chef*«, kam die gut gelaunte Antwort.

»Elena war ziemlich schwanger, als sie vor ein paar Tagen hier war.«

»Und bei mir wollte er sich noch Zeit lassen.«

»Der Schuft«, sagte Doro.

Maylis war bei der dritten Auster und glaubte an einen Eiweißschock. Durch die Durchreiche zur Küche sah sie plötzlich Torsten Brenner. Im weißen Hemd, die Sonnenbrille im Haar. Er stellte eine Kiste ab, um mit Doro zu schäkern.

»Hallo, meine Schöne«, sagte er doch glatt zu ihr.

Maylis hielt es nicht auf ihrem Hocker.

»Torsten?«, rief sie. »Torsten Brenner?«

Er stutzte, drehte sich suchend um und bückte sich schließlich, um durch die Durchreiche zu schauen. »Na, so was!«, entfuhr es ihm. Er freute sich sichtlich, strich sich mit der Hand die Locken aus dem Gesicht und zeigte sein Zahnarztlächeln.

Einen Augenblick später kam er aus der Küche zu ihr, Doro folgte ihm.

»Ihr kennt euch?«, fragte sie.

»Torsten Brenner beliefert Feinkost Radke.«

»Und das Café de Lyon, unter vielen anderen guten Adressen der Stadt«, fügte Brenner hinzu.

»Wo haben Sie denn Ihre Freundin?«, fragte Maylis frech.

Brenner bemerkte die Spitze nicht. »Ich war auf dem Weg zu ihr, und dann rief Doro an, weil sie unbedingt frischen Spinat brauchte.«

»Hm«, machte Maylis.

»Was trinken Sie denn da? Champagner? Und essen Austern? Haben Sie etwas zu feiern?«

»Das nicht gerade«, sagte Doro, bevor sie wieder in die Küche ging.

»Ich lade Sie zu einem Glas ein«, sagte Maylis, ohne lange nachzudenken.

Das Strahlen im Gesicht von Torsten Brenner sagte ihr augenblicklich, dass sie einen Fehler gemacht hatte.

Über sein ganzes gut aussehendes Gesicht grinsend, zog er einen Hocker so dicht wie möglich an ihren heran und setzte sich. »Das hätte ich mir ja nicht träumen lassen, Sie und ich bei Champagner ...« Er schnalzte mit der Zunge.

Sie lachte laut und stieß mit ihm an. »Sie haben wohl in jedem Laden dieser Stadt eine Frau sitzen, in die Sie verliebt sind – oder umgekehrt.«

»Wollen wir Brüderschaft trinken?«, raunte Torsten Brenner, der es wirklich verstand, jede Situation auszunutzen.

Maylis war es in diesem Moment egal. »Warum nicht, Herr Brenner?«, sagte sie.

Sie kreuzten die Gläser und nahmen einen weiteren Schluck.

»Ab jetzt Torsten.«

Wieder dieses Raunen in der Stimme, das er wohl unwiderstehlich fand. Ehe Maylis sichs versah, nahm er ihr das Glas aus der Hand, stellte es auf den Tresen, legte den Arm um sie ... und küsste sie innig. Er versuchte sogar, ihr seine Zunge in den Mund zu stecken. Er schmeckte nicht unangenehm. Maylis brauchte eine Sekunde, um zu begreifen, was hier gerade passierte. Sie wusste nicht, ob sie lachen oder vielleicht doch lieber zubeißen sollte. Sie stemmte ihre Hände gegen seine Brust und drehte den Kopf weg. Dabei sah sie gerade noch, wie Paul – *ihr* Paul, Paul Abendland! – sie voller Enttäuschung von der Tür her ansah, ein verrutschtes Lächeln aufsetzte, sich umdrehte und das Café de Lyon verließ.

Sie trommelte mit den Fäusten auf Brenners Brust und machte sich los, wobei ihr Barhocker gefährlich ins Wanken geriet. »Sind Sie komplett verrückt geworden?«

»Du«, berichtigte er sie. »Wir haben Brüderschaft getrunken.«

Pierre hatte den Tumult bemerkt und kam zu ihnen herüber. »Na, Torsten, hast du es mal wieder übertrieben?«

Torsten war sich keiner Schuld bewusst. »Aber man gibt sich doch einen Kuss, wenn man Brüderschaft trinkt.«

»Aber man steckt der Frau dabei nicht die Zunge in den Hals«, sagte Pierre geduldig. »Ich glaube, du gehst jetzt besser. Dein Champagner geht aufs Haus.«

Torsten verabschiedete sich mit einem schuldbewussten Blick. »Dann bis Montag«, sagte er.

Maylis antwortete ihm nicht. Sie saß da, das Gesicht in die Hände vergraben, und schüttelte den Kopf. Diesmal hatte sie es endgültig mit Paul verdorben. Wie sollte sie ihm das erklären? In einer plötzlichen Eingebung sprang sie auf und rannte auf die Straße. Hektisch sah sie nach rechts und links, konnte Paul aber nirgends entdecken. Aber da stand sein Auto, nur ein paar Meter entfernt. »Paul«, rief sie und lief los, da scherte das Auto aus der Lücke aus und beschleunigte. Entmutigt ließ sie die Arme sinken. Sie war zu spät.

Sechs Austern, einen Seeteufel mit einer doppelten Portion Kartoffelstampf, fünf Champagner und drei Kaffee später kam Charlotte. Sie hatte Maylis zwischendurch auf dem Handy angerufen.

»Ich kannte das Restaurant nicht, musste ein bisschen suchen«, entschuldigte sie sich.

Maylis hob die Hand und bestellte noch zwei Champagner. Sie stand auf, um Charlotte zu umarmen. Dabei schwankte sie ein wenig und hielt sich mit der Hand am Tresen fest.

»Haben wir was zu feiern?«, fragte Charlotte.

»Du bist schon die Dritte, die mich das fragt. Nein, zum Feiern ist mir nicht, aber mit dem Weinen bin ich für heute schon durch«, gab Maylis grimmig zurück.

»So ist's richtig!«, rief Doro aus der Küche herüber.

»Danke, dass du gekommen bist. Ich sitze hier irgendwie fest.«

Charlotte sog die Unterlippe ein, wie jemand, der angestrengt überlegte. »Aha, daher weht der Wind«, sagte sie dann. »Mann weg, Scheidungspapiere in der Tasche, dazu Champagner satt, da gehen die Hormone schon mal mit einem durch.« Sie grinste Maylis an. Mit ihrer frechen Art und ihrem Hang zur Überspitzung schaffte sie es immer wieder, die Dinge von ihrer leichten Seite zu nehmen. Aber heute konnte sie damit bei Maylis nicht landen.

Der war nicht zum Lachen. In ihrem Kopf schwappten die Gedanken träge herum, aber zwei Bilder wurden immer wieder scharf: Elenas Bauch und Pauls enttäuschter Blick.

»Paul ist hergekommen, um mir beizustehen, und sieht, wie ich mit einem anderen knutsche. Und das ist schon zum zweiten Mal passiert!«

»Du hast *was*?«

»Ach, das war nur Torsten Brenner, unser Gemüselieferant.«

»Dein Gemüselieferant? Hier?« Charlotte verstand nicht. »Und du hast ihn geküsst?«

Maylis sah sie mit glasigen Augen an. »Das kann man nicht verstehen, nicht wahr? Auch Paul wird es niemals verstehen …«

Doro stellte sich auf der anderen Seite des Tresens zu ihnen. »Sie sind Charlotte? Ich bin froh, dass Sie da sind«, sagte sie und reichte ihr die Hand. »Ich schlage vor, Sie nehmen Maylis jetzt unter den Arm und machen einen schönen langen Spaziergang mit ihr.«

Charlotte und Maylis nahmen den Weg zur Außenalster. Es tat gut, hier am Wasser entlangzugehen, weit weg vom Feierabendverkehr. Es wurde dunkel, während sie mit schnellen Schritten liefen. Maylis setzte Charlotte über ihren Tag ins Bild. Und dann erzählte sie, wie Paul in das Café gekommen war und warum Torsten Brenner sie geküsst hatte.

»Bin gespannt, wie du ihm das erklären willst«, sagte Charlotte.

Es war kühl und windig, aber die frische Luft tat Maylis gut. So langsam bekam sie wieder einen klaren Kopf. Aber sie wusste trotzdem nicht, wie sie Paul je wieder unter die Augen treten sollte.

Kapitel 19

Am nächsten Morgen steckte sie eine Notiz in den Briefkasten von Helene Winterkorn.

Paul, es tut mir so leid. Aber es war nicht so, wie es aussah. Ich würde dich gern sehen und mit dir reden.

Den ganzen Tag wartete sie darauf, dass er sich melden oder bei ihr klingeln würde. Aber nichts passierte.

Das Wochenende verbrachte sie lesend in ihrer Wohnung, nur unterbrochen durch einen Bummel mit Charlotte durch die Innenstadt. Und das auch nur, weil Charlotte sich nicht abweisen ließ. In der Stadt wurden schon die Weihnachtsmärkte aufgebaut, in den Kaufhäusern und Boutiquen standen beleuchtete Weihnachtsbäume. Maylis lief eher lustlos neben Charlotte her, ihr war nicht nach Weihnachten. Aber die Dekoration erinnerte sie daran, dass sie den Laden auch unbedingt noch schmücken musste.

»Dann habe ich nächste Woche wenigstens etwas, mit dem ich mich beschäftigen kann«, sagte sie zu Charlotte, als sie am Jungfernstieg einen Kaffee tranken.

»Du meinst, falls Paul sich nicht meldet?«

»Tut er bestimmt nicht. Wenn er sich je für mich interessiert hat, dann muss er glauben, dass ich ihn absichtlich ein ums andere Mal brüskiere.« Sie legte sich die Hand über die Augen. »Immer wenn er mich sieht, bin ich entweder betrunken oder halb nackt, oder ich versetze ihn beim Essen. Beim letzten Mal habe ich ihm zwar passable Rühreier gemacht, aber danach musste er mich zum Scheidungsrichter fahren.

Und zwei Stunden später erwischt er mich, wie ich mich vom Gemüsehändler knutschen lasse. Ich wirke wohl nicht besonders seriös auf ihn, in jedem Fall ziemlich anstrengend. Keine Frau für eine Beziehung, höchstens für einen One-Night-Stand. Und nicht mal da hat er bisher einen Versuch unternommen.« Sie stöhnte auf. »Und dabei ist er der netteste Mann, den ich seit Langem getroffen habe, so fürsorglich. Er hat mir sogar Hühnersuppe gebracht!«

»Das hast du mir noch gar nicht erzählt!«

Maylis schüttelte traurig den Kopf. »Ich habe ihn ganz sicher vertrieben. Wer will schon eine Frau, die sich zum Strandspaziergang schminkt und Birkenstock-Sandalen zum kleinen Schwarzen trägt.«

Charlotte musste unbändig lachen. Sie konnte sich gar nicht wieder einkriegen. Die Leute an den Nachbartischen sahen schon neugierig zu ihnen herüber.

»Siehst du«, sagte Maylis zu ihr. »Ich bin eine Witznummer.« Sie lachte ebenfalls, dann wurde sie wieder ernst. Ihre Stimme wurde leise. »Er hat mich aus dem Gleichgewicht gebracht. Ich war nicht mehr daran gewöhnt, wie es ist, wenn man ständig an jemanden denken muss.«

»Das hört sich ja beinahe an, als würdest du ihm das vorwerfen. Das nennt man Liebeskummer. Du bist nicht die Erste, die damit zu kämpfen hat.«

»Ich hatte mich gerade davon frei gemacht. Ich lebe allein – und komme damit gut klar. Ich will auf niemanden angewiesen sein.«

»Aber es könnte doch sein, dass er auf dich ebenso angewiesen ist. Zwei Menschen können sich das Leben gegenseitig verschönern und angenehmer machen. Jetzt sei doch nicht so negativ!«

»Du siehst doch, was dabei herauskommt. Paul ist wie vom Erdboden verschwunden. Und bei dir hat es ja auch nicht funktioniert.«

»Das war gemein!«

»Ist doch so. Wann hast du denn Tobias das letzte Mal gesehen? Hat er sich inzwischen bei dir gemeldet?« Ihr Ton bekam etwas Schnippisches, und sie schämte sich im selben Moment dafür.

Charlotte tat, als hätte sie die Spitze nicht bemerkt, aber ein Seitenblick verriet sie. Dann gab sie triumphierend zurück: »Gestern Nacht!«

Maylis legte ihr die Hand auf den Unterarm. »Entschuldige. Ich bin ungerecht.«

»Du bist unglücklich verliebt. Da helfen dir auch deine ganzen Ablenkungsmanöver nicht.«

⸺

Wenn Maylis in der nächsten Woche nach der Arbeit nach Hause kam, lauschte sie im zweiten Stock manchmal heimlich an der Tür von Helene Winterkorn. An anderen Abenden nahm sie den Fahrstuhl, aus lauter Angst, Paul womöglich über den Weg zu laufen. Sie stand morgens stundenlang vor ihrem Kleiderschrank und überlegte, was sie anziehen sollte, und abends saß sie auf ihrem Sofa, trank zu viel Rotwein und grübelte. Sie befand sich in einer Achterbahn der Gefühle, und die Erkenntnis verursachte ihr abwechselnd schlechte Laune und tiefe Traurigkeit.

Das Einzige, was ihr Spaß machte, war die Umgestaltung des Ladens. Am Sonnabend nach Ladenschluss schleppte sie mit Annette den Tisch, den sie inzwischen abgelaugt und cremeweiß gestrichen hatte, aus dem Lager in den Laden und fing an, ihre Schätze aufzubauen. Frau Burfeind blieb sogar freiwillig länger, um zu helfen. Sie polierte die silbernen Etageren und putzte das Glas der Vitrine, sie beschriftete winzige Preisschilder in ihrer altmodischen Schrift, die sie mit roter Nähseide an die ausgewählten Artikel banden. Ganz am

Schluss, als der Tisch beladen war mit antiken Soda-Siphons, bunten Servietten, pinkfarbenen Plüschrehen, glitzernden Flakons und weihnachtlichem Blumenschmuck, bestückten sie die Etageren und geschliffenen Glas-Bonbonnieren mit belgischen Schokoladen, Weihnachtsmännern aus Schokotrüffeln und Nougat sowie süßen Köstlichkeiten aus aller Welt. Die eine Ecke des Tisches ließen sie wie verabredet frei für zwei Essplätze. Rundherum stapelten sich die aromatisierten Salze in den schönen Gefäßen und die Gewürzmischungen von Les Amis de Flavigny. In kleinen Bilderrahmen steckten die dazu passenden Rezeptvorschläge, die sie in den nächsten Wochen zum Probieren anbieten wollten.

Als alles fertig war, traten die drei zurück, um ihr Werk zu begutachten. Der Weihnachtstisch bei Feinkost Radke ließ keine Wünsche offen und würde selbst nüchterne Zeitgenossen zu wahren Kaufräuschen verführen.

Der Chef war am Montagmorgen bester Laune. Er stolzierte um den Tisch herum und nahm hier und da etwas in die Hand. »Ich bin mit Frau Adam gestern schon mal hier gewesen. Wir waren neugierig. Ich muss schon sagen, da haben Sie wirklich etwas Tolles hingezaubert, Frau Klinger. Frau Adam ist ganz verzückt gewesen. Sie lässt Sie fragen, ob Sie ihr vielleicht bei der Dekoration ihrer Boutique ein paar Ratschläge geben könnten. Und sie bittet Sie, eines der Stoffrehe für sie zu reservieren.«

»Sie meinen die Plüschrehe?« Maylis hatte jeden Einkauf genau mit ihm abgesprochen. Bei einigen Dingen hatte sie sich durchsetzen müssen. So zum Beispiel bei den beiden rosa Plüschkitzen in Originalgröße, die mitten auf dem Tisch als Blickfänger thronten. Als Wilhelm Radke den Preis gesehen hatte, stolze 179 Euro, hatte er kurz nach Luft geschnappt.

»Wer kauft denn so was? Und was hat das mit Feinkost zu tun?« Sie hatte vorausgesagt, dass Madame Rosa eins kaufen würde. Und nun war das zweite auch schon weg.

»War meine Mutter schon hier?«

»Nein, noch nicht. Aber ich bin sicher, auch ihr wird es gefallen.«

»Ihr Wort in Gottes Ohr«, gab er zurück. »Und jetzt mal an die Arbeit. Es sind ja noch gar keine Brötchen geschmiert.«

Maylis war noch nicht hinter der Brottheke angekommen, als sich die Tür öffnete und die Generalin das Geschäft betrat. Sie marschierte schnurstracks auf den Tisch zu.

»Ich habe gehört, hier hat sich einiges verändert«, sagte sie mit lauter Stimme. Ihr prüfender Blick nahm den Tisch auf, dann glitt er über Regale und den Fußboden. Hätte ja sein können, dass durch diese Neuerung ein Staubkörnchen vergessen worden war.

»Ja, Mama, und nicht nur hier«, antwortete ihr Sohn mit fester Stimme. Er hatte den neuen Laden bereits als eigene Idee verinnerlicht und stand voll und ganz dahinter.

Maylis warf ihm einen heimlichen Blick zu. Hatte er seiner Mutter etwa auch von der geplanten Hochzeit erzählt? Das wollte er doch erst an Weihnachten tun.

Er nickte ihr bedeutungsvoll zu, und als kurze Zeit später auch Katarina Adam das Geschäft betrat, begrüßte die Generalin sie mit Namen, etwas säuerlich zwar, aber immerhin.

»Ich nehme an, *Sie* kennen die Verlobte meines Sohnes bereits«, sagte sie zu Maylis und Annette, wobei sie das *Sie* sehr in die Länge zog. Es war klar, dass sie den beiden Verrat vorwarf. Ihre Stimme war schneidend und von oben herab, fast so wie die von Hilde Becker.

Maylis hielt es für das Beste, nicht zu antworten und den Blick zu senken. Irgendwie tat ihr die Generalin in diesem Augenblick sogar leid. Sie stand etwas verloren neben Wilhelm, der nur Augen für seine Katarina hatte und ihr gerade ein gesprenkeltes Kiebitzei aus Schokolade anbot. Er vergaß, auch seiner Mutter eines hinzuhalten. Früher wäre ihm das nie passiert. Die beiden hatten sich ständig gegenseitig Leckerbissen zugesteckt, ein Anlass für endlose Neckereien von Maylis und Annette – natürlich im Geheimen. Die Generalin tat, als bemerke sie die Missachtung nicht, und nahm sich selbst ein Ei von einem der silbernen Tabletts. Ihr Leben lang hatte sie sich um ihren Sohn gekümmert. Die beiden waren fast wie ein Ehepaar gewesen. Vielleicht lag der Grund darin, dass Wilhelms Vater so früh gestorben war. Durch die Heirat ihres Sohnes würde sich ihr Leben von Grund auf ändern und sie in Zukunft wahrscheinlich ziemlich viel allein sein.

Annette stieß Maylis an und holte sie so aus ihrer Grübelei.

»Dein Verehrer ist da.« Sie sah Maylis' hektisch umherhuschenden Blick. »Ich meine Brenner. Soll ich gehen?«

Enttäuscht atmete Maylis aus. Jetzt hörte sie auch, wie Torsten Brenner hinten an die Tür hämmerte. »Nein, ich mache das.«

Sie ging nach hinten, drehte den Schlüssel im Schloss herum und riss die Tür kampfeslustig auf. Sie hatte ihm seinen Überfall im Café de Lyon noch nicht verziehen. Er war schuld, dass Paul weg war. Sie hatte schon ein böses Wort auf der Zunge, als sie das prächtige Veilchen unter seinem rechten Auge bemerkte.

»Ich nehme an, ein eifersüchtiger Freund oder Ehemann?«, fragte sie süffisant. »Herzlichen Glückwunsch. Sonst hätte ich Ihnen vielleicht eine reingehauen.«

Ein Grinsen überzog sein Gesicht, und er sagte nur: »Pierre.«

»Wer? Pierre? Vom Café de Lyon?«

Er nickte.

»Sie haben Doro angebaggert? Ich fasse es nicht! Obwohl: Ich hab's ja selbst gesehen. Gibt es überhaupt eine Frau, die Sie auslassen?«

»Du! Wir duzen uns, hast du das schon vergessen?« Seine Stimme bekam einen klagenden Unterton.

»Das würde ich am liebsten schnell wieder vergessen.«

»Die Frauen stehen eben auf mich, was soll ich machen? Und ich liebe sie alle, dich natürlich besonders.« Mit einer Mischung aus Schuldbewusstsein und Stolz sah er sie an.

Maylis lachte wider Willen. Er war so von sich überzeugt, sie konnte ihm nicht lange böse sein. »Pass nur auf, dass deine Bewunderung für die Frauen nicht geschäftsschädigend wird.«

Er warf die Arme in die Luft. »Aber ich bin doch ganz friedlich! Ein kleiner Flirt hier und da.« Er beugte sich zu ihr herüber, als müsste er ihr ein Geheimnis verraten. »Du hättest mal meinen Vater sehen sollen, der hatte in jedem Laden eine andere. Ich möchte nicht wissen, wie viele Halbgeschwister von mir in Hamburg rumlaufen.«

»Spinner!«, sagte sie, während sie ihm zum Lieferwagen folgte, um beim Ausladen zu helfen.

»Was ist denn mit Ihnen passiert?«, hörte sie den Chef fragen, als Torsten den Laden betrat.

»Ach, das ist gar nichts«, erwiderte der. »Habe mich beim Bücken an einem Obstregal gestoßen. Berufsrisiko.«

Von wegen, dachte Maylis.

Die Kunden waren begeistert von der Neugestaltung des Geschäfts.

Als Madame Rosa am Mittwoch kam, hatte sie schon von der Neuerung gehört. Sie ging zweimal um den Tisch herum, nahm hier und da etwas in die Hand und nickte.

»Das erinnert mich an ein Stück, in dem ich mal gespielt habe. Eine Szene spielte im Schlaraffenland. Unsere Kulisse war nicht halb so schön wie das hier.«

Sie griff nach einem der rosa Plüschrehe und trug es zur Kasse. Genau wie Maylis es sich gedacht hatte. Plötzlich kam ihr eine Idee. »Man sollte mal ein Menü ganz in Rosa kochen«, murmelte sie, mehr zu sich selbst.

Madame Rosa hatte ihre Bemerkung gehört. »Ginge das denn?«

»Hm.« Maylis sah auf das Plüschreh in ihren Armen. »Als Hauptgang Rehbraten in Rotweinsoße, dazu getrüffelten Rotkohl und Serviettenknödel, die man rot einfärben könnte, ich habe da kürzlich etwas gelesen, eine Suppe von Roter Bete, Sorbet von Cassis und Himbeeren, dazu ein Prosecco Rosé ...«

»Ich hätte große Lust, so ein Essen zu veranstalten. Wenn Sie mir helfen.«

»Gern. Ich denke über die Einzelheiten nach. Für sechs Personen?«

Madame Rosa lächelte sie an. »Sagen wir, acht, denn ich hätte Sie und Ihren Mann gern dabei.«

Maylis nickte, sagte aber nichts dazu.

Oskar Polker hatte keinen Sinn für den »Schnickschnack«, wie er es nannte. »Ich finde gar nichts mehr wieder. Alles ist umgeräumt«, beschwerte er sich.

»Aber ich helfe Ihnen doch gern beim Suchen«, gurrte Annette. »Außerdem haben wir nicht viel umgestellt. Das war die Bedingung des Chefs.«

Fast alle Kunden kauften eine Kleinigkeit vom Tisch, schließlich stand Nikolaus vor der Tür, und Adventskalender mussten bestückt werden. Am Freitag stellte Maylis zum ersten Mal die hauchfeinen Pastetchen auf den Tisch, die sie mit verschiedenen Gemüsen, Trüffelöl und Käse gefüllt hatte. Frau Burfeind konnte sich gar nicht wieder einkriegen.

»Die haben Sie gemacht? Die duften einfach köstlich.«

Maylis nickte.

»Wenn ich daran denke, dass bei uns früher Pastete immer nur mit Hühnerfrikassee zusammen ging.«

»Die Idee ist nicht schlecht.« Maylis ließ sich das durch den Kopf gehen. »Man müsste das Hühnerfrikassee natürlich ein bisschen aufpeppen, mal sehen, vielleicht mit …«

Frau Burfeind schüttelte bewundernd den Kopf.

»Kann man diese Dinger auch bei Ihnen bestellen?«, fragte eine Kundin. Sie biss gerade in eines der Kanapees, wobei sie die Zähne bleckte wie eine Hyäne, um den knallroten Lippenstift nicht zu verwischen. Eine der typischen Handy-Frauen.

»Wir sind noch in der Probierphase«, gab Maylis zuckersüß zurück. »Ich gebe Ihnen aber gern das Rezept, dann können Sie *die Dinger* zu Hause selbst machen.«

In der folgenden Woche fragten viele Kunden nach den Blätterteig-Kanapees. Sie entwickelten sich zu einem Renner für die diversen Weihnachtsfeiern in den Büros und privat. Maylis kam jetzt morgens immer zwei Stunden später, weil sie vorher in ihrer Küche stand. Im Laden gab es ja keinen Backofen, obwohl sie den Chef zu überreden versuchte, einen anzuschaffen. »Dann könnten wir auch andere Kleinigkeiten aufbacken.«

»Im Treppenhaus riecht es in letzter Zeit immer so gut, morgens besonders.« Frau Winterkorn trat just in dem Moment aus ihrer Wohnungstür, als Maylis die Treppe herunterkam. Fast, als hätte sie sie abgepasst. »Ich glaube, das kommt aus Ihrer Wohnung. Was treiben Sie denn da?«

Maylis hob die Folie von dem Tablett mit ihren Pasteten und ließ Frau Winterkorn zugreifen. Die Pastetchen hatten genau die richtige Größe, damit man sie, ohne zu krümeln, in den Mund stecken konnte.

»Hm«, machte die alte Dame und schloss genießerisch die Augen, während sie kaute. »Sie würden eine gute Köchin abgeben.«

»Ich *bin* eine gute Köchin«, antwortete Maylis.

»Mein Enkel auch«, gab sie zurück. »Sie sollten mal zum Essen kommen.« Während sie das sagte, sah sie Maylis von unten herauf mit ihrem feinen Lächeln an.

Maylis konnte sich nicht beherrschen. »Ist Paul denn gerade in Hamburg?«

»Ja, wo sonst?«, fragte sie überrascht.

»Weil ich ihn schon über eine Woche nicht gesehen habe.«

Wieder dieser nachdenkliche Blick. »Hm«, machte Frau Winterkorn dann und ging wieder in ihre Wohnung zurück.

Als Maylis am Donnerstagabend Feierabend machte, verfing sich ein Papier in den Borsten ihres Besens. Feinstes geprägtes Bütten, in der Größe einer Postkarte. Das Papier sah bedeutungsvoll aus. Sie bückte sich, um es aufzuheben, damit es nicht noch schmutziger wurde. Zu ihrer Enttäuschung hatte jemand das kostbare Bütten in der Mitte durchgerissen, sodass sie nur die obere Hälfte einer Nachricht in den Händen hielt. Es handelte sich um eine gedruckte Einladung zu einem festlichen Essen anlässlich eines Geburtstags, so viel konnte sie entziffern. Über dem gedruckten Text war in schwungvoller Handschrift ein *Lieber Julian* dazugesetzt. Aber wer einlud und zu wann, das stand auf der unteren, abgerissenen Hälfte. Die Rückseite hatte dieser Julian als Einkaufszettel benutzt.

So eine Schande, dachte Maylis. Solche Einladungskarten gehörten aufgehoben, sie selbst benutzte sie gern als Lesezeichen in ihren Kochbüchern. Wann bekam man die denn schon mal?

Sie nahm die halbe Einladung und wedelte damit vor ihrem Gesicht herum, als wäre es ein Fächer, während sie nachdachte. Sie würde ihren Fund als Vorzeichen nehmen und selbst ein Essen geben. Genau wie sie es schon seit längerer Zeit vorhatte. Und etwas anderes, das ihr noch viel wichtiger war, würde sie auch endlich klären.

Sie ging zum Regal neben den Konserven, wo seit dem Umbau die Schokolade ihren neuen Platz gefunden hatte, und suchte Frau Winterkorns Lieblingssorte heraus.

⸻

Zu Hause nahm sie die Treppe bis in den zweiten Stock und klingelte.

Paul öffnete.

»Hallo«, sagte sie ein wenig atemlos vom Treppensteigen.

»Hallo.«

Sie bemerkte eine Serviette in der Hand, eine große leinene Stoffserviette, bestimmt aus Helenes Beständen.

Maylis machte einen Schritt auf ihn zu, bis sie schon halb im Flur stand. »Ich wollte Helene das hier bringen und … ich hatte dir einen Zettel in den Briefkasten gelegt, vor einigen Tagen schon. Ich wollte dir erklären, wieso …«

Weiter kam sie nicht, die Tafel Schokolade schwebte auf halber Höhe zwischen ihnen, und aus dem hinteren Raum, dem Balkonzimmer, das als Esszimmer diente, wie sie wusste, kam eine schöne blonde junge Frau in abenteuerlich hohen Stilettos geschwebt.

»Paul, wo ist denn der Champagner? Das müssen wir unbedingt feiern.« Sie sprach nicht, sie flötete.

Dann sah sie Maylis in der Tür stehen. »Oh, guten Abend«, grüßte die Frau, wobei ihre Tonlage sich etwas nach unten verschob. Aber immer noch freundlich und herzlich. Und weder betrunken noch halb ausgezogen. Wie es sich gehörte eben.

Mit einem charmanten Lächeln drehte sich Paul zu der Frau um. »In der Küche im Eisfach.«

Bevor er mehr sagen konnte, murmelte Maylis: »Entschuldige, ich wusste nicht, dass du Besuch hast. Ich will nicht stören.«

Bevor Paul etwas sagen konnte, hatte sie die Tür ins Schloss gezogen und war die letzte Treppe hinaufgestürmt.

Oben aß sie die komplette Tafel Schokolade. Alle paar Minuten ging sie auf den eiskalten Balkon hinaus und beugte sich weit über das Geländer, in der vergeblichen Hoffnung, etwas aus der unteren Wohnung zu erlauschen.

Wenn sie nicht gerade auf dem Balkon stand, lauschte sie in den Hausflur. Ein paarmal glaubte sie die Stimme der blonden Frau im Treppenhaus zu hören. Die musste doch irgendwann mal nach Hause gehen! Um Mitternacht ging sie völlig entnervt ins Bett und wälzte sich schlaflos in den Laken. Sie hatte Bauchweh von der Schokolade und war wütend auf sich selbst.

Am Freitag erreichte ihre Nervosität den absoluten Höhepunkt. Das Wochenende stand vor der Tür, und sie wünschte sich nichts sehnlicher, als dass Paul sie anrief. Wollte er nicht wissen, was sie am Vorabend von ihm gewollt hatte? Wollte er sie denn nicht auch sehen? Und wenn es nur auf einen Kaffee wäre.

Bei der Arbeit sah sie ständig auf die Straße hinaus, in der Hoffnung, dass er kommen würde. Frau Burfeind bemerkte ihre Unruhe und sah sie fragend an. Sie war in letzter Zeit richtig nett. Nach dem Gespräch über Madame Rosa und besonders nachdem sie erfahren hatte, wie gut Maylis kochen konnte. Das schien ihr zu imponieren, und Maylis schien in ihrer Achtung gestiegen zu sein. Sie brachte ihr gegenüber auch nicht mehr den Spruch: »Immer diese jungen Dinger: keine Disziplin, und nichts ist ihnen gut genug!« Stattdessen erzählte sie Histörchen aus der Geschichte des Ladens.

Abgesehen davon, dass Maylis sich wirklich für die Anfänge von Feinkost Radke interessierte, war sie heute froh über die Ablenkung.

»Damals ist man noch mit der eigenen Milchkanne aus Blech ins Geschäft gegangen und hat sie dort aus einer Pumpe gefüllt«, erzählte Frau Burfeind gerade. »In den Schaufenstern stapelten sich die Konservendosen auf Spitzendeckchen wie an der Schießbude, als seien sie Kostbarkeiten, und überall hingen Emailleschilder von Persil und Ata. Die, für die man heute viel Geld auf dem Flohmarkt bezahlt. Gerda Radke hatte das Geschäft genau zur richtigen Zeit eröffnet. Die hatte immer schon einen guten Riecher für den richtigen Zeitpunkt. Mit Beginn des Wirtschaftswunders hatten die Kunden Geld in der Tasche und wollten gut leben. War ja nicht immer so, dass alles sofort verfügbar war. Das können Sie sich gar nicht mehr vorstellen.« Okay, eine kleine Spitze auf die Bequemlichkeit der heutigen Jugend wollte Maylis ihr gestatten. Sie lächelte Frau Burfeind aufmunternd an, und die berichtete weiter: »Damals kam Mayonnaise in der Tube auf. Damit wurde alles garniert, was auf den Tisch kam. Das war die Zeit, als alle viel zu dick waren, mit schwerem Busen und dicken Oberarmen. Sie sollten mal ein Foto von mir von damals sehen. Nicht wiederzuerkennen! Und dann kamen die Salate in Mode, auch alle in Mayo. Und Hähnchen. Wussten Sie, dass hier mal ein Hähnchengrill stand?« Sie zeigte auf die Ecke, wo jetzt der Obststand war. »Das war die schlimmste Arbeit: in der Hitze die Hähnchen rausnehmen und jeden Abend den blöden Grill sauber machen. Die Generalin hatte da immer ein superscharfes Auge drauf. Wehe, es war nicht alles picobello…«

»Haben Sie eben ›Generalin‹ gesagt?«

Frau Burfeind winkte müde ab. »Glauben Sie bloß nicht, Sie und Frau Fitz wären die Ersten, die sie so nennen.«

»Sie können richtig nett sein, wissen Sie das?« Augenblicklich bereute sie diesen Satz.

Frau Burfeinds Gesicht verschloss sich.

»Haben Sie alte Fotos von dem Geschäft? Das wäre doch eine gute Idee, sie hier im Laden auszustellen«, sagte Maylis schnell. »Auch welche, auf denen Sie sind?«

Das Telefon klingelte hinten im Büro, und Maylis beeilte sich hinzulaufen.

Ihre Mutter war am Apparat. Ohne ihren Namen zu nennen, wie immer, fing sie an zu sprechen: »Vielen Dank für das Handy. Es kam heute mit der Post, und ich musste es gleich ausprobieren. Funktioniert tadellos.«

»Es ist günstiger, wenn du mich auf dem Handy anrufst statt auf der Festnetznummer.«

»Tatsächlich? Ich wollte dir nur eben Bescheid sagen, dass ich es erhalten habe. Hat auch alles problemlos geklappt, mit der Karte und so.«

»Gib mir deine Nummer, damit ich dich erreichen kann.«

Caroline diktierte ihr die Zahlen. »So, jetzt kannst du mich kontrollieren«, sagte sie schmunzelnd.

»Du mich aber auch«, entgegnete Maylis. »Ich rufe dich am Sonntag an.«

»Bestimmt?«

»Versprochen.«

Als sie kurz darauf wieder nach vorn in den Verkaufsraum ging, war Frau Burfeind nicht länger böse.

»Was machen Sie eigentlich am Wochenende?«

Frau Burfeinds Frage war ganz bestimmt unschuldig gemeint, vielleicht hatte sie nur gefragt, weil sie Maylis' Nervosität spürte, aber Maylis meinte herauszuhören, dass die Kollegin etwas mit ihr unternehmen wollte. So weit war es mit ihr gekommen – dass sie mit ihrer ältlichen Kollegin ausging!

»Ich bin das ganze Wochenende beschäftigt. Morgen eine Geburtstagsparty, und am Sonntag gehe ich mit Freunden bowlen.« Sie hatte sofort ein schlechtes Gewissen, weil sie gelogen hatte. Gegenüber Frau Burfeind, aber auch sich selbst gegenüber.

»Oh, Bowlen, das tue ich auch sehr gern.«

Maylis lächelte schwach. Sie war froh, als die Türglocke ging und ein Ehepaar den Laden betrat, sodass sie das Gespräch nicht fortsetzen musste.

Nach Ladenschluss fuhr sie auf ihrem Rad nach Hause und wurde nass bis auf die Haut. Es war kalt und ungemütlich, ohne auch nur ein bisschen winterlich zu sein. Obwohl der zweite Advent vor der Tür stand.

Vor ihr lagen ein langer, einsamer Sonnabendabend und ein trüber, ebenso einsamer Sonntag. Das ganze Wochenende verplant? Freunde zum Essen? Von wegen!

Sie ließ sich ein heißes Bad ein. Das half immer, nicht nur gegen Kälte. Der aufsteigende heiße Dampf machte gleich, dass ihr ein bisschen wärmer wurde. In das einlaufende Wasser gab sie einen üppigen Strahl ihres besten Badeöls. Augenblicklich erfüllte der Duft von Orangenschalen und Verbenen das Badezimmer. Sie ging nach nebenan ins Schlafzimmer, zog sich aus und drehte sich vor dem großen Spiegel. Wo war ihre Bräune vom Sommer geblieben? Seufzend betrachtete sie die Abdrücke der Strumpfbündchen unterhalb der Knie.

Ich sollte morgen einkaufen gehen, dachte sie. Dessous und Nachtwäsche. Sie musste lachen. Für wen denn?

Für mich, entschied sie, für mich ganz allein.

»Sie trägt alte Unterwäsche!« Diesen Satz hatte Charlotte neulich über die junge Praktikantin gesagt, die ihr Chef seit Kurzem anbaggerte. Egal, woher sie das wusste: Für Charlotte war das der Gipfel der Beleidigungen. Tiefer konnte eine

Frau in ihren Augen nicht sinken, als wenn sie ausgeleierte, angegraute Unterwäsche trug.

Maylis hob die Arme über den Kopf und drehte sich vor dem Spiegel. Ihre Brüste hoben sich, sie neigte den Oberkörper nach hinten und nahm die Pose von Marilyn Monroe am Strand ein, um ihre Kurven zur Geltung zu bringen. In dieser Haltung sah jede Frau gut aus.

Sie probierte ein Lächeln aus und musste dabei an die Komplimente denken, die sie dafür in letzter Zeit bekommen hatte. Sie fühlte sich ein bisschen besser. Sie machte ein paar Drehungen vor dem Spiegel, bis ihr kalt wurde. Rasch steckte sie ihr Haar hoch, und zwei Minuten später ließ sie sich ins Wasser gleiten. Sie schloss die Augen und seufzte wohlig.

Kapitel 20

Als am nächsten Morgen der Wecker klingelte, riss er sie aus einem Traum, in dem Paul vorgekommen war. Sie hatte auf dem Sofa gelegen, und er hatte sich über sie gebeugt und sie leidenschaftlich geküsst. Maylis räkelte sich und bemühte sich, das gute Gefühl aus dem Traum anzuhalten.

Und dann kam ihr die blonde Frau in den Sinn, die sie in seiner Wohnung gesehen hatte, und ihre gute Laune verpuffte. Sie glaubte sich selbst nicht zu kennen, als sie brennende Eifersucht in sich aufsteigen spürte.

Aber was wusste sie denn schon von Paul? Dass er geschieden war, bedeutete ja nicht, dass es keine Frau in seinem Leben gab. Und dass die Frauen ihn mochten, war nicht zu übersehen. Sie dachte an die Kellnerin in Sankt Peter und vor allem an die schöne Blondine in seiner Wohnung.

Natürlich hatte er ihr Komplimente gemacht, und sie hatte in einigen Momenten wirklich das Gefühl gehabt, dass Paul sie mochte. Aber was, wenn er zu allen Frauen so zuvorkommend war? Wie hatte sie sich eigentlich einbilden können, etwas Besonderes für ihn zu sein?

Der Anblick von Madame Rosa, die sich dem Geschäft näherte, hob ihre Laune. Unter dem Arm trug sie etwas Flaches, Großes, das fast den Boden berührte, und sie mühte sich offensichtlich damit ab. Sie war etwas außer Atem, als sie in den Laden kam.

»Frau Hansen?«, fragte Maylis. Die Überraschung in ihrer Stimme war nicht zu überhören.

»Ich weiß, es ist nicht Mittwoch, sondern Samstag. Aber erstens bin ich nicht so alt und verkalkt, dass ich meine Gewohnheiten nicht ändern könnte. Und zweitens ...« Sie stellte ihr in Packpapier gewickeltes Paket neben sich ab und bückte sich, um an der Schnur zu nesteln, mit der es zusammengehalten wurde. »Und zweitens habe ich Ihnen etwas mitgebracht.«

Maylis kam hinter dem Brottresen hervor. »Was denn?«, fragte sie neugierig.

Madame Rosa hatte den Knoten jetzt aufbekommen und richtete sich wieder auf. »Ich habe Ihnen doch von diesem Stück erzählt, das im Schlaraffenland spielt. Der Bühnenbildner« – ein versonnenes Lächeln spielte auf ihrem Gesicht – »war damals in mich verliebt. Als das Stück abgesetzt wurde, hat er mir ein Bild geschenkt, das er gemalt hat und das zur Dekoration gehörte.« Sie hob das Paket an, und das Packpapier fiel raschelnd zu Boden und gab ein Ölgemälde frei. Es zeigte einen Tisch in einem dunklen Zimmer, der von Sonnenstrahlen, die durch ein Fenster im Hintergrund drangen, teilweise in goldenes Licht getaucht war. Der Tisch war beladen mit Hummer, Forelle, einem Schinken, riesigen quellenden Trauben, roten Früchten, frischen Waldpilzen, an denen noch Moos und Erde klebte, Brot und Wein sowie allem, was man sich in einem Schlaraffenland vorstellt. Es war eine ironische Überzeichnung alter Meister, aber dennoch von eigenartiger Anziehungskraft.

»Meine Güte«, sagte Maylis. »Das ist schön, so üppig, ich kriege gleich Appetit.« Sie ging mit den Augen dichter an das Bild heran und betrachtete die Farbe, die dick und leuchtend aufgetragen war.

»Ist es nicht toll?«, fragte Frau Hansen. »Mir fiel ein, dass es irgendwo sein musste, nachdem ich Ihren Tisch hier gesehen hatte. Ich habe einen ganzen Nachmittag im Keller verbracht und in alten Kisten gestöbert, bis ich es endlich gefunden habe. Ich schenke es Ihnen, also, dem Laden. Zum

Dank für die vielen Jahre, die ich hier gut bedient wurde.«

»Ehrlich?«, fragte Maylis begeistert. Sie suchte bereits den Raum nach einem passenden Platz ab.

»Ich dachte, wir hängen es hier auf, über dem Obststand.« Madame Rosa hatte ihre Gedanken erraten. »Oder an die Säule.«

Maylis nahm das große Gemälde in die Hände und hielt es an die Wand über dem Obststand. Dann stellte sie es auf den Tisch und lehnte es an die Säule.

»Da sieht es besser aus«, beschied Madame Rosa.

»Finde ich auch«, sagte Maylis. »Ich muss nur ein wenig umräumen. Und den Chef fragen.«

»Ach was, stellen Sie es dorthin und basta.«

Maylis sah die alte Dame an, und dann sagte sie plötzlich, ohne zu überlegen: »Ich gebe nächsten Montag ein Essen. Bei mir zu Hause. Ich hätte Sie gern dabei.«

Die Augen von Helga Hansen fingen an zu funkeln. »Natürlich komme ich. Dann können wir uns über mein Menü in Rosa unterhalten. Wann und wo?«

Beim Aufräumen später erzählte sie auch Frau Burfeind von ihrem geplanten Essen.

»Kommen Sie auch?«, fragte sie sie, als sie gerade die letzten Aufgaben verrichteten. Es war schon fast zwei Uhr, und sie beeilten sich, um nach Hause zu kommen und endlich Wochenende zu haben.

»Sie laden mich ein?«

»Warum nicht?«, fragte Maylis zurück. Sie sagte nicht, wie lange sie dieses Essen schon geplant und wieder verschoben hatte – und wie lange es her war, dass sie überhaupt eines gegeben hatte.

»Wer kommt denn noch?«

Maylis lächelte. »Es wird ein bisschen außergewöhnlich, ein Experiment, wenn Sie so wollen. Annette ist eingeladen sowie zwei Kunden: Frau Winterkorn werde ich noch Bescheid sagen, und Frau Hansen hat bereits zugesagt.« Sie würde auch Paul einladen. Wenn sie ganz ehrlich war, war das sogar der eigentliche Grund für ihre Einladung.

»Frau Hansen? Oh, wie nett. Sie hat zugesagt?«

»Ja, sie war heute Morgen im Geschäft, kurz bevor Sie gekommen sind, um das Gemälde abzugeben.«

»Sie meinen das Hummerding?« Sie wies mit der Hand auf das Bild mit dem gedeckten Tisch.

Maylis lachte. »Ja. Da habe ich sie spontan gefragt.«

Frau Burfeind freute sich sichtlich. »Ich komme sehr gern«, sagte sie ein wenig förmlich. »Übermorgen um acht?«

Maylis nickte und machte im Geist einen Haken hinter Frau Burfeinds Namen. Charlotte und Tobias würden ebenfalls kommen, das hatte Charlotte bestätigt, als Maylis am Vormittag mit ihr telefoniert hatte – nachdem sie Madame Rosa eingeladen hatte, hatte sie gleich Nägel mit Köpfen gemacht, damit sie es sich nicht wieder anders überlegen konnte.

Es war schon fast vier Uhr, als sie endlich in der U-Bahn Richtung Innenstadt saß. Ihr Ziel war ein neu eröffnetes Wäschegeschäft, wo sie schon ein paarmal in die Auslagen gesehen hatte. »Ich bin schließlich nicht die Frau in der alten Unterwäsche«, sagte sie leise zu sich.

Als sie am Jungfernstieg aus der U-Bahn stieg, regnete es schon wieder. Es machte ihr nichts aus. Lächelnd spazierte sie an den Schaufenstern vorbei. Überall Weihnachtsdeko, in den Läden dudelten Weihnachtslieder. Und mindestens zwei Weihnachtsmänner sprachen sie an. Der eine überreichte ihr einen Gutschein für eine Parfümerie, der andere wollte einen Euro.

Sie ließ das alles gutmütig über sich ergehen.

Du spinnst, dachte sie kurze Zeit später. Kaufst Wäsche, bloß weil du dich in deinen Nachbarn verliebt hast. Und wenn er dich bloß für durchgeknallt hält?

Tut er aber nicht, gab sie sich selbst die Antwort.

Sie hoffte einfach, dass sie recht hatte.

※

»Und woher weißt du, dass dieser Paul der Richtige ist?«, fragte Doro.

Maylis hatte sich zu ihr an den Tresen geflüchtet. Sie hatte ein kleines Vermögen für ein schwarzes Dessousset ausgegeben. Dafür sah sie darin aus wie eine Göttin. Das hatte nicht nur die Verkäuferin gefunden, sondern auch sie selbst, und darauf kam es schließlich an. Als die Verkäuferin ihr ein Paar passende halterlose Strümpfe mit Spitzenbesatz für schlappe fünfzig Euro gezeigt hatte, hatte sie auch die gekauft. Natürlich hatte sie mehr Geld ausgegeben, als sie vorgehabt hatte, aber sie hielt es für gut angelegt. Ein kurzer Blick in die elegante Tüte hob ihre Laune spürbar. Und für einen Weißwein und eine Portion Scampi reichte es immer. Hier im Café de Lyon war es um diese Zeit angenehm ruhig. Nur wenige Tische waren besetzt. Die meisten Gäste saßen auf den lederbezogenen Bänken, die an der Wand standen. Zwischen sich die obligatorischen Tüten. Oder eine Zeitung vor sich auf dem Tisch – viele Franzosen kamen hierher, um die im Café de Lyon ausgelegten französischen Tageszeitungen zu lesen. Die Kellner in ihren langen schwarzen Schürzen stellten Kaffee und den einen oder anderen kleinen Roten vor sie hin.

Maylis nahm eine Garnele an Kopf und Schwanz, drehte sie, um den Panzer zu brechen, und löste geschickt das Fleisch heraus. Das legte sie vorläufig zurück auf den Teller. Dann sah sie Doro aus ihren großen dunklen Augen voller Ernst an.

»Woher ich weiß, dass Paul der Richtige ist? Wenn du ihn kennen würdest, wüsstest du es auch.«

»Aha«, meinte Doro in einem Ton, als hätte Maylis ihr gerade eben das letzte Welträtsel erklärt.

Sie lachte, als sie Doros hochgezogene Augenbrauen sah. »Ich will einfach daran glauben, okay? Halte mich für eine esoterische Kuh. Aber ich weiß einfach, dass Paul und ich zusammengehören. Wer sonst als das Schicksal hat ihn in mein Haus geführt? Na?«

Doro wurde aufmerksam. »Wieso in dein Haus?«

»Er wohnt seit ein paar Wochen in der Wohnung unter mir. Bei seiner Großmutter. Bis er was Eigenes hat. Ich habe ihn kennengelernt, als er in den Laden kam, und dann habe ich erfahren, dass wir Nachbarn sind.«

»Tatsächlich? Das hört sich wirklich nach Fügung an. Hab ich dir eigentlich schon mal erzählt, wie Pierre und ich uns gefunden haben? Da ging es auch um ein Haus, oder besser, eine Wohnung, auf die wir beide scharf waren. Ich noch mehr als er, denn ich stand praktisch auf der Straße, nachdem mein Mann mich rausgeworfen hatte. Und dann war da diese Wohnung, einfach perfekt – hohe Decken, Stuck, Balkon, Holzböden, erster Stock, nah am Café. Ich hätte Pierre umbringen können! Steckt der doch dem Makler einen Schein zu, um nach oben auf die Liste der Bewerber zu rutschen! Ich habe ihn angegiftet wie nichts, als wir wieder unten auf der Straße standen, und weißt du, was? Er hat mir angeboten, mit dort einzuziehen. Einfach so. Später hat er behauptet, er hätte sich gleich im ersten Moment in mich verliebt. Ja, so ist das mit uns gekommen … Sind nicht die schlechtesten Beziehungen, die mit einer Wohnung anfangen. Aber jetzt muss ich zurück in meine Küche.«

Dort wurde sie bereits dringend erwartet. Einer der Köche gab ihr schon zum dritten Mal hektische Handzeichen durch die Durchreiche. Als Doro hinter den Tresen in Richtung der

Küchentür ging, drang von dort ein irres Geklapper von berstendem Geschirr bis zu ihnen heraus. Darauf folgte eine Schimpfkanonade. Doro sah sich noch einmal nach Maylis um und seufzte übertrieben, bevor sie die Schwingtür aufdrückte.

Maylis steckte sich die letzte Garnele in den Mund und nahm mit einem Stück Baguette einen Klecks Mayonnaise auf. Sie musste an Frau Burfeinds Spruch von den dicken Frauen denken, die auf alles Mayonnaise taten. Vielleicht sollte sie ein bisschen vorsichtiger damit sein? Ach was! Nicht, wenn die Mayo hausgemacht war. Sie wischte sich die Hände mit der Serviette ab, was aber nicht half. Sie waren immer noch fettig. Sie machte Pierre ein Zeichen und zeigte in Richtung der Toiletten. Dann ging sie sich die Hände waschen.

Als sie aus dem Waschraum kam, blieb sie wie angewurzelt auf der Schwelle stehen. An dem Tisch direkt neben dem Eingang saß Paul und studierte die Speisekarte. Er saß mit dem Rücken zu ihr. Maylis' Herz schlug sofort schneller, als sie sah, wie er mit einer vollendeten Bewegung sein dichtes Haar zurückstrich.

Er hatte etwas von einem Tänzer. Eine kraftvolle Geschmeidigkeit in den Bewegungen. Aber irgendwie auch etwas Gemütliches, Beruhigendes.

»Darf ich mal?«

Maylis drehte sich um und sah hinter sich in der Tür eine blonde Frau.

»Hallo«, sagte die jetzt zu ihr. »Kennen wir uns nicht?«

»Doch.« Maylis nahm ihre ganze Kraft zusammen, um ihre Stimme wie immer klingen zu lassen: »Wir haben uns neulich in der Wohnung von Paul Abendland getroffen.«

»Natürlich! Sie waren gleich wieder verschwunden.« Die Blondine sah zu Paul hinüber, der immer noch die Speisekarte las und nichts bemerkt hatte. »Na denn, ein schönes Wochenende.« Sie ging an Maylis vorbei und setzte sich zu Paul an den Tisch.

»Für Sie auch«, brachte Maylis heraus.

Sie ging zurück zu ihrem Platz am Tresen, ließ Paul dabei aber keine Sekunde aus den Augen. Er war vertraut mit dieser Frau, dafür sprachen Gesten und Blicke. Das hatte sie auch neulich schon festgestellt. Vertraut oder verliebt?

Sie hatte bei Pierre schon die Rechnung bestellt, doch jetzt überlegte sie es sich anders. »Bring mir noch einen Espresso«, sagte sie zu ihm, als er einen kleinen roten Teller mit der Rechnung vor sie hinstellte. Frauen bekamen im Café de Lyon einen roten Teller, Männer einen schwarzen.

»Kommt sofort«, sagte Pierre.

Maylis merkte kaum, dass er die Tasse vor sie hinstellte. Sie hatte ihre Augen fest auf den Tisch neben der Eingangstür gerichtet. Zum Glück saß sie nicht in Pauls Blickrichtung. Er hätte sich herumdrehen müssen, um sie zu bemerken. Die Blondine saß seitlich von ihm in der Fensternische.

»Ist was?«, fragte Pierre. Maylis schüttelte hilflos den Kopf. Er folgte ihrem Blick. »Die beiden am Fenster? Die kommen oft hierher. Ich glaube, sie will was von ihm. Ist immer besonders aufgeräumt und rennt alle naslang in den Waschraum, um sich die Lippen nachzumalen.«

»Das Gefühl hatte ich auch schon.«

»Kennst du sie?«

Wieder schüttelte sie den Kopf. »Ihn.«

Die blonde Frau ließ ihren Blick durch das Lokal schweifen und erfasste dabei auch Maylis. Sie tat, als sehe sie sie nicht. Aber sie hatte – und legte Paul, ohne Maylis aus den Augen zu lassen, die Hand auf die Wange und tätschelte diese leicht. Maylis konnte sehen, wie er auf ihre Berührung reagierte. Er schüttelte nur leicht mit dem Kopf. Dann nahm er ihre Hand von seinem Gesicht und legte sie zurück auf den Tisch.

Was sollte sie davon halten?

Dasselbe, was er gedacht haben musste, als er sie mit Torsten Brenner knutschend hier am Tresen erwischt hatte?

»Wenn ich doch bloß mit ihm reden und ihm alles erklären könnte«, sagte sie laut zu sich selbst.

»Mit dem Typen da am Fenster? Sieht verdammt gut aus.« Dorothee stand plötzlich wieder vor ihr. Sie goss sich ein großes Glas Wasser ein und leerte es in einem Zug. »Und er hat offensichtlich ein ziemlich hohes Verwirrungspotenzial.«

Maylis nickte bekümmert. »Er ist der Mann meines Lebens. Und er mag mich auch, das spüre ich. Aber immer wenn wir uns sehen, passiert etwas. Ein Missverständnis, ein Besäufnis, ein verpatztes Treffen. Ich habe noch nicht ein einziges Mal so richtig mit ihm geredet.«

»*Er* ist der Mann, von dem du mir eben erzählt hast? Du hast aber schon bemerkt, dass er mit einer anderen Frau hier ist? Und nicht zum ersten Mal«, fügte sie trocken hinzu.

»Das letzte Mal, als ich hier war, habe ich mich von Torsten Brenner küssen lassen. Er hatte seine Zunge in meinem Mund, wenn du dich erinnerst. Und *er* kam gerade zur Tür rein«, gab sie mit einer Kopfbewegung in Pauls Richtung zurück. »Ich müsste die Sache nur mal zu Ende bringen, einfach mit ihm reden.«

»Torsten. Der größte Hallodri Hamburgs«, sagte Doro mit einem Augenzwinkern. »Pierre hat ihm eine reingehauen. Das war schon lange fällig.«

»Ich weiß.«

Sie lachten beide, und Maylis sah zu Paul hinüber, ob er sie vielleicht gehört hatte. Aber er war im Gespräch mit der Blondine. Er hatte jetzt eine Mappe vor sich auf dem Tisch liegen und zeigte mit dem Finger darauf.

»Soll ich?«, mischte sich Pierre ein. »Sie haben noch nicht bestellt.«

»Du meinst spionieren?«, fragte Maylis ein bisschen atemlos.

»Los, geh schon«, meinte Doro und gab ihm einen liebevollen Klaps auf den Po.

Sie sahen ihm nach, wie er dem Kellner, der für den Tisch zuständig war, ein Zeichen gab und dann selbst an den Tisch ging und kurz mit Paul und der Blondine sprach. Als er zurück hinter den Tresen kam, lag ein hintergründiges Lächeln auf seinem Gesicht. Maylis hätte ihn am liebsten geschüttelt, damit er sagte, was er gehört hatte.

»Sie will Champagner und Austern, er will nur einen Kaffee und irgendeinen Vertrag durchgehen und dann nach Hause.«

»Das ist doch ein gutes Zeichen«, meinte Doro.

»Sie hat ihn überredet.«

»Zu Champagner und Austern?«, fragte Maylis.

Pierre nickte und goss zwei Gläser ein.

»Okay, dann mach ich mich mal auf den Weg«, sagte Maylis enttäuscht. Sie zahlte und zog ihre Jacke an.

»Willst du hinten raus?«, fragte Pierre.

Maylis sah ihn an. Der Gedanke hatte etwas Verlockendes, war aber auch komplett albern. »Pierre, ich bin fast vierzig und keine vierzehn.« Sie glitt vom Hocker, strich sich mit der Hand über die Haare und verabschiedete sich von den beiden. Dann ging sie auf den Ausgang zu. Sie bemerkte den aufmerksamen Blick der Blondine und wurde ein bisschen unsicher. Aber dann war sie an ihrem Tisch angelangt. Paul hatte inzwischen das Interesse seiner Begleitung bemerkt und sich umgedreht. Er lächelte, als er sie sah.

»Hallo, Paul«, sagte sie. »Wie ich sehe, ist das Café de Lyon auch dein Lieblingslokal.«

»Ich mag eben alles, was mit gutem Essen zu tun hat«, gab er zurück. »Das weißt du doch.« Er schenkte ihr einen langen Blick aus seinen schönen Augen.

Da mischte die Blondine sich ein. »Paul, wir wollten das doch jetzt durchsprechen.« Dabei legte sie die Hand auf seinen Unterarm und sah Maylis unnachsichtig an.

»Ich muss ohnehin los.« Maylis zwang sich zu einem Lächeln, dann verließ sie das Lokal.

Zu Hause stellte sie ihre Einkäufe ab, dann zog sie sich Joggingklamotten an und lief los. Es war zu kalt, die eisige Luft brannte in ihren Lungen, aber sie spürte ein großes Bedürfnis, sich zu bewegen, bis sie keine Kraft mehr zum Grübeln hatte. Sie rannte in Richtung Alster, dann die Alsterwiesen entlang. Vereinzelte Jogger waren unterwegs, einer versuchte spielerisch, ihr Tempo mitzuhalten, aber sie war so aufgewühlt, dass sie wie um ihr Leben rannte und er es bald aufgab.

Eine gute Stunde später war sie zurück, zitternd vor Erschöpfung. Sie duschte und setzte sich, in ihren Bademantel gewickelt und ein Handtuch um den Kopf geschlungen, an ihren Küchentisch, um nachzudenken.

Sie könnte einfach zu ihm runtergehen. Ganz unschuldig. Sie wollte ihn und Helene ja ohnehin zum Essen am Montag einladen. Sie ging auf den Balkon hinaus. In der Wohnung unter ihr war nichts zu hören und zu sehen. Aber sie wollte auf keinen Fall der Blondine noch einmal begegnen. Die hatte so was Einschüchterndes an sich. Nein, runtergehen würde sie nicht.

Wir wäre es mit einem Brief? Sie holte ein Blatt Papier und einen Füller von ihrem Schreibtisch. Ihr Blick fiel auf den Liebesbrief ihres Vaters, der am Kühlschrank hing, und sie ließ den Stift wieder sinken.

Bestimmt war die Blondine noch bei ihm. Die beiden waren ja ständig zusammen. Der Gedanke an diese Frau machte sie halb wahnsinnig. Wenn sie nur wüsste, in welcher Beziehung Paul zu ihr stand. Er schien nicht so liebevoll zu der anderen zu sein, wie er zu ihr gewesen war, als er die Suppe gebracht hatte. Sie dachte an die Begegnung in Sankt Peter-Ording, wo

Paul geradezu entzückt gewesen war, sie zu sehen. Da war etwas in seinem Benehmen, das ganz allein ihr galt, dessen war sie sich sicher.

Eine Idee durchzuckte sie: Vielleicht war sie seine Exfrau? Die, von der er sich getrennt hatte. Vielleicht wollte sie ihn zurück?

Aber warum meldete er sich nicht? Sie kontrollierte das Telefon, um zu überprüfen, ob der Akku aufgeladen war.

Ich fasse nicht, dass ich das tue, dachte sie. Wie ein Teenager in einer Hollywoodkomödie. Sie lächelte grimmig.

Er bringt mich zum Lächeln, auch wenn er nicht da ist. Und bei ihm ist es ähnlich: Er kann über mich und mit mir lachen.

Aber war das eine hinreichende Bedingung für eine glückliche Beziehung? Zumindest nicht die schlechteste, entschied sie.

Sie stand auf und suchte das Kochbuch, das die Geschichte der Aphrodisiaka erzählte, aus ihrem Bücherregal heraus. Es war in grobes bekritzeltes Packpapier eingeschlagen, weil der Schutzumschlag schon vor Jahren zerfleddert war. Sie blätterte darin herum und stellte in Gedanken ein Menü für Paul und sich zusammen. Artischocken, Chilischoten und Cayennepfeffer in einer Tomatensuppe, Jakobsmuscheln, ein Risotto in Prosecco gegart, weiße Trüffeln, Schokolade ...

Und für die Blondine würde sie das Gleiche kochen wie Tita in Laura Esquivels Roman. Die hatte in die Suppe geweint und so eine komplette Hochzeitsgesellschaft zum kollektiven Erbrechen gebracht.

Vielleicht würde auch noch ein Rest für Elena übrig bleiben.

Sonnabendabend, und sie saß allein zu Haus.

Gegen acht klingelte das Telefon. Wie elektrisiert rannte Maylis hin.

Es war Annette. Ziemlich angetrunken und übermütig. Und sie flüsterte: »Rate, wo ich bin?«

»Woher soll ich das wissen?«, fragte Maylis etwas lustlos. Wieso rief Annette sie an?

»In der Bar vom Hotel Hafen Hamburg.«

»Schöner Ausblick von da oben.« Die Bar lag hoch über dem Hamburger Hafen und bot einen spektakulären Blick über die Elbe mit den Schiffen, den alten Elbtunnel und die Werften. Auch und gerade bei Nacht. »Und?«

»Ich bin nicht allein hier.«

»Aha.«

»Auch nicht mit Hainer.«

Jetzt wurde die Sache schon etwas interessanter. »Etwa mit deinem Verehrer?«

Annette kicherte.

»Annette, mach keinen Mist! Wie viel hast du schon getrunken?«

»Du klingst wie meine Mutter.«

»Okay, warum rufst du mich an?«

Annettes Stimme wurde plötzlich kleinlaut. »Ich komme aus der Sache nicht wieder raus. Kannst du mich abholen? Ich kann niemand anderes fragen. Meine ganzen Freundinnen kennen Hainer. Sie würden es ihm erzählen.«

»Und solche Weiber nennst du Freundinnen? Die sind ja schlimmer als dein Mann.« Sie sah auf die Uhr. »Gib mir eine halbe Stunde.«

Zehn Minuten später war sie unterwegs in Richtung Innenstadt. Sie nahm ein Taxi, weil Annette so dringlich geklungen hatte.

Als sie in die Hotellobby kam, sah sie schon die Schlange vor dem einzigen Fahrstuhl, der nach oben in die Bar führte. Mindestens zwanzig Leute standen da. So lange wollte sie nicht warten.

Eine Gruppe von Frauen um die dreißig sang ziemlich laut

und ziemlich unmelodisch *Happy Birthday*. Das Geburtstagskind war daran zu erkennen, dass es in der Mitte stand und einen breitkrempigen Hut trug. Die Damen hatten ordentlich geladen und würden es wohl nicht bemerken, wenn Maylis sich zu ihnen gesellte. Als die Fahrstuhltür sich öffnete und die Gruppe sich hineindrängte, schob sie sich hinterher und sang dabei lauthals mit, ohne sich um die erstaunten Blicke zu kümmern.

Oben betrat sie die Bar und war im ersten Moment geblendet von der Schönheit des Lichtermeers unter ihr. Durch die Regentropfen wurden die weißen, blauen und roten Lichter der Autos, Schiffe und Straßenlaternen vervielfacht und verschwammen ineinander. Trotzdem konnte sie das dunkle Band der Elbe erkennen. Es sah wunderschön aus.

Aber deshalb war sie nicht hier.

Der Türsteher wollte ihr mit dem Arm den Weg versperren, denn der kleine Raum war überfüllt, doch sie zeigte auf Annette, die von der Bar mit ziemlich hektischen Armbewegungen zu ihr herüberwinkte.

»Ich will nur jemanden abholen«, sagte sie zu dem Türsteher und drängelte sich an ihm vorbei.

Annette tat, als sei sie über die Maßen überrascht, sie zu sehen. »Nein, was für ein Zufall! Dass wir uns hier treffen!«, rief sie schrill, als Maylis auf sie zuging. »Darf ich dir Herrn Felixmüller vorstellen? Robert Felixmüller – Maylis Klinger, meine Kollegin.«

Robert Felixmüller hockte nicht mehr ganz gerade auf seinem Barhocker und sah sie selig grinsend an. Auch er hatte zu viel getrunken. »Das wird ja immer besser. Habe ich gleich zwei so nette Mäuse bei mir. An jeder Seite eine.« Er legte einen Arm um ihre Taille und zog sie ziemlich unsanft an sich. Mit der freien Hand griff er nach Annette. Wie er da so stand, die Arme rechts und links ausgebreitet beziehungsweise um die Hüften von zwei Frauen gelegt, zeigte sich schnell, dass das über seine Kräfte ging. Zumal Maylis sich seinem Griff zu entwinden versuchte. Robert Felixmüller verlor das Gleichgewicht und schwankte bedrohlich hin und her, ließ sie aber nicht los.

Maylis hatte keine Lust, mit ihm auf dem Fußboden zu landen, deshalb holte sie aus und rammte ihm ihr Knie gegen den Oberschenkel. Er ließ sie augenblicklich los, was ihm einigermaßen das Gleichgewicht wiedergab.

»Oh, du meine Güte, das tut mir aber leid«, sagte Maylis mit einer Stimme, in der nicht die Spur von Bedauern zu hören war. Robert Felixmüller rieb fluchend sein schmerzendes Bein.

»Komm, wir gehen«, sagte Maylis zu Annette, die mit geöffnetem Mund danebenstand. »Hast du schon bezahlt?«

»Wieso gehst du? So weit kommt das noch!« Herr Felixmüller hatte sich wieder aufgerichtet und hielt sich am Tresen fest. »Was ist das überhaupt für eine Tussi? Wir hatten es doch gerade so nett!«

Maylis fixierte ihn mit dem bösesten Blick, den sie aufbringen konnte. Dann packte sie Annette beim Handgelenk und zerrte sie vom Barhocker herunter und hinter sich her. Sie stolperten die beiden halben Treppen zum Fahrstuhl hinunter. Die Tür stand gerade offen und spuckte eine neue Ladung Gäste aus. Maylis zog Annette mit sich. Sie lehnte sich an die Kabinenwand.

»Was war denn das für einer?« Mit dieser Frage wandte sie sich Annette zu.

»Als ich ihn kennengelernt habe, war er total nett. Zuvorkommend, fast ein bisschen schüchtern.« Annette klang ziemlich kleinlaut und nuschelte.

»Er hat wohl gedacht, nun hat er lange genug in dich investiert, nun will er auch was dafür haben.«

»Wie du mit dem umgegangen bist ...«

»Tut mir leid, ich war einfach genervt.«

»Weil du mich raushauen musstest? Ich habe dich doch nicht von etwas Wichtigem abgehalten?«

»Eigentlich nicht und eigentlich doch.«

»Das ist mir zu hoch.«

»Wo willst du jetzt hin?«

»Nach Hause. Bevor Hainer kommt. Er ist zum Kegeln.«

Sie nahmen zusammen ein Taxi. Maylis wohnte am nächsten. Als sie ausstieg, sagte sie zu ihrer Kollegin: »Sieh zu, dass du nüchtern wirst, bevor er kommt. Bis Montag.«

»Bis Montag. Und danke.«

In ihrer Wohnung warf sie ihre Tasche in die Ecke und sah auf die Uhr. Na super, es war Sonnabend, 22 Uhr, und sie hatte einen rauschenden Abend hinter sich.

Wieder kam ihr der Gedanke, zu Paul hinunterzugehen, und wieder verwarf sie ihn. Sie stellte sich vor ihr Bücherregal und legte den Kopf schief, um die Titel zu lesen. *Der Untergang des Abendlandes* fiel ihr ins Auge. Sie stieß ein Lachen aus. »Das gibt's doch nicht. Kann ich diesem Mann denn gar nicht entkommen!«

Sie beschloss, ins Bett zu gehen, und zog die kleine Kiste darunter hervor, in der sie die Sachen sammelte, die sie im Laufe der letzten beiden Jahre bei Feinkost Radke gefunden hatte.

Das rote Fellherz, mit dem ihre Sammelleidenschaft begonnen hatte, lag zuunterst. Sie konnte sich noch genau daran erinnern, wie sie es gefunden hatte. Es war ein trüber Dezembertag gewesen, und in ihrem Herzen hatte es ebenso düster ausgesehen. Max hatte sie einige Wochen zuvor verlassen, sie hatte gerade bei Feinkost Radke angefangen und schleppte sich durch ihre Tage. Und dann war da dieses Herz gewesen: leuchtend rot und weich, nur an einigen Stellen ein wenig abgeschabt. Sie hatte es in die Hand genommen und sich getröstet gefühlt. Ein paar Tage hatte sie es hinten im Büro aufbewahrt, falls die Besitzerin sich melden sollte. Als sie es nicht tat, hatte Maylis es mit nach Hause genommen – und sich eine Liebesgeschichte zu dem Herz ausgedacht, genau wie zu den vielen anderen Dingen, die sie im Laufe der Zeit zusammengetragen hatte. Ihre Finger ertasteten den Plastikring aus dem Kaugummiautomaten. Eine Kinderliebe, zweifellos, oder ein Spaß. Dann waren da diverse Schlüsselanhänger, mit und ohne Chips für Einkaufswagen, einige Postkarten, die Einladung für Julian zum Essen, ein Lolli, der schon ganz weich war ...

Wieder einmal stellte sie sich die Menschen vor, denen die kleinen Dinge gehört hatten. Und wieder einmal waren in ihrer Fantasie deren Leben viel aufregender als ihr eigenes.

Kapitel 21

Heute aber. Heute musste einfach etwas passieren. Um vorbereitet zu sein, hatte Maylis sich zurechtgemacht. Sie trug Jeans und ein enges schwarzes T-Shirt und einen Hauch Lippenstift. Sie lächelte sich selbst ein sanftes Grübchenlächeln im Spiegel zu.

Irgendwann musste Paul kommen. Er war an der Reihe. Sie hatte schließlich unten bei ihm geklingelt und ihn im Café de Lyon angesprochen. Sie musste einfach nur Geduld haben und warten. Bis er endlich merkte, dass es an der Zeit für ihn war, die Initiative zu ergreifen. Bis er endlich kapierte, dass sie die Richtige für ihn war.

Sie wanderte mit ihrer Kaffeetasse durch die Wohnung. Nahm ein Buch aus dem Regal und stellte es zurück. Arrangierte die Kissen auf dem Sofa neu. Sah nach, ob auch keine Wäsche auf dem Fußboden vor dem Bett lag, keine Haare im Waschbecken.

Ich könnte mir die Beine rasieren, dachte sie. Oder die Nägel lackieren. Aber was, wenn er genau in diesem Moment kommen würde? Bei dem Pech, das sie beide bei unverhofften Begegnungen hatten?

Sie ging zur Balkontür und sah zum hundertsten Mal, so kam es ihr zumindest vor, nach draußen. Dann ging sie ins Wohnzimmer, setzte sich in den Sessel und ging noch einmal den Einkaufszettel für das Abendessen durch, das sie geben wollte. Sie kannte ihn auswendig …

Später rief sie wie versprochen ihre Mutter an. Schon nach dem ersten Klingeln nahm Caroline ab. »Ich trage das Handy immer bei mir. Ich finde es aufregend, wenn es klingelt«, erzählte sie Maylis.

»Und ich finde es schön, dass ich einfach deine Nummer wählen kann«, antwortete Maylis. »Ich finde es beruhigend. Wie geht es dir?«

»Mir geht es gut.«

»Wirklich?«

»Ich gebe dir mein Wort, dass es mir ganz wunderbar geht. Ich war sogar in dieser Woche noch einmal beim Arzt. Ich kann hundert werden, wenn nichts dazwischenkommt ... Weißt du, was Jean und ich an den letzten Sonnabenden gemacht haben?«

»Was denn?«

»Wir sind runtergefahren ans Meer und haben dort auf den Märkten unsere Tomatensoße verkauft. Sie lief wie verrückt, ich glaube, wir waren zu billig.«

»Aber das ist ja toll! Was macht ihr als Nächstes ein?«

»Ich weiß nicht. Was hältst du von Kiwimarmelade? Wenn ich an die vielen Früchte im Gewächshaus denke ...«

»Hast du ein besonderes Rezept dafür?«

»Hm, da müsste ich mal überlegen. Kiwi mit Limone geht bestimmt gut, oder Kiwi mit Vanille.«

Sie überlegten gemeinsam, was in Jeans Garten wuchs und sich mit Kiwifrüchten vertragen würde. Und dann erzählte Caroline, dass sie die Tomatensoße ...

»Sag Confit, das klingt besser«, warf Maylis ein. »Dann kannst du auch mehr Geld verlangen.«

Na ja, sie hätten ihr Tomatenconfit verkauft, ohne eine Genehmigung für ihren Stand zu haben, und seien prompt erwischt worden. Sie rechneten jetzt mit einer saftigen Strafe.

»Vielleicht haben wir aber auch Glück. Vielleicht drückt die Verwaltung ein Auge zu. Jean kennt den Chef der Marktbeschicker und hat schon mit ihm geredet.«

»Mama!«, stöhnte Maylis.

»Caro!«, stöhnte ihre Mutter.

»Okay. Was machst du heute?«

»Ich lege mich gleich in die Sonne. Heute ist ein richtig warmer Tag, den will ich nutzen.«
»Ein Sonnenbad in der Adventszeit. Du hast es gut.«
»Und was machst du?«
»Weiß noch nicht. Ich mache mir einen ruhigen Sonntag.«
»Wow, da könnte man ja direkt neidisch werden.«
»Bis nächsten Sonntag?«
»Ich freu mich schon darauf«, sagte Caroline.

Den Nachmittag verbrachte Maylis, eingekuschelt in Decke und Kissen, vor dem Fernseher und sah sich ihre Lieblingsfilme auf DVD an. Erst *Heaven's Gate*, wo Kris Kristofferson vergeblich um Isabelle Huppert wirbt. Als sie endlich einwilligt, ihn zu heiraten, wird sie erschossen. Danach Barbra Streisand und Robert Redford in *So wie wir waren*. Sie die marxistische Jüdin, die ihr Leben der Politik verschreibt, er der erfolgsverwöhnte Sohn aus reichem Elternhaus. Sie lieben sich und heiraten, doch ihre unterschiedlichen Lebensentwürfe trennen sie wieder, obwohl ihre Gefühle füreinander noch stark sind.

Nach fünf Stunden vor der Glotze und befreienden Tränen über das Unglück anderer hatte sie Kopfschmerzen.

Als das Telefon klingelte, sprang sie wie von Ameisen gebissen auf. Das wurde allmählich zur Gewohnheit.

Tobias war am Apparat. »Charlotte hat mir von Montag erzählt. Dabei wollte ich doch dich zum Essen einladen«, sagte er. »Aber trotzdem danke. Wir kommen gern. Soll ich dir noch mal schnell Charlotte geben?«

»Ist sie denn in der Nähe?«

Er reichte den Hörer weiter.

»Weißt du, was mir gerade klar wird? Ich habe mir gerade den halben Tag lang Geschichten unglücklicher Liebender angesehen, die nicht zueinanderfinden konnten. Genau wie Paul und ich«, sagte Maylis ohne große Einleitung.

»Und das hältst du jetzt für ein schlechtes Omen«, stellte Charlotte halb besorgt, halb belustigt fest.
»Weiß auch nicht«, entgegnete Maylis.
Zwei weitere Stunden später war sie mit ihren Nerven am Ende. Nichts mehr mit Gelassenheit und Gewissheit. Sie überlegte, ob sie doch, entgegen aller Vernunft, zu Paul runtergehen sollte.
Da klingelte das Telefon erneut.
»Hallo?«
»Warum hast du nicht angerufen?« Pauls Stimme. Endlich!
»Ich? Wieso ich?«
»Hast du die Einladung nicht gesehen? Ich habe sie extra unter deiner Tür durchgeschoben, weil ich nicht wusste, ob du heute zum Briefkasten gehst. So langsam drehe ich durch.«
»Moment!«
Sie raste zur Haustür – und sah den weißen Umschlag. Vor lauter Fernsehen und Heulen hatte sie nicht bemerkt, dass Paul ihn durchgeschoben hatte. Mit fliegenden Fingern riss sie ihn auf. Zwei Karten für ein Bluskonzert in der Musikhalle. Dazu ein paar Zeilen in Pauls Schrift, die sie mittlerweile unter Tausenden erkannt hätte.

Da werden wir wohl wieder keine Gelegenheit für ein ernstes Gespräch finden (das wir unbedingt führen sollten, wie ich finde). Aber vielleicht danach? Bitte gib mir eine Chance. Paul

Sie rannte zurück zum Telefon, das sie auf dem Sofa hatte liegen lassen.
»Klar!«
»Was, klar?«
»Klar gebe ich dir eine Chance. Und natürlich will ich mit dir zu dem Konzert.«
Sie hörte ihn tief durchatmen. »Hast du die Uhrzeit gesehen?«

Verständnislos sah Maylis auf die Karten. Das Konzert hatte um elf Uhr vormittags stattgefunden, eine Matinee. Jetzt war es sieben Uhr abends.

»Oh«, machte sie. »Schade um das Konzert.«

»Schade um den Sonntag. Ich bin auf dem Flughafen und stehe schon am Gate.«

»Nein!« Sie merkte, dass die Enttäuschung ihr die Kehle eng werden ließ.

»Doch. Ich muss nach London. Eine Show heute Abend.«

Maylis schluckte schwer. Dann sagte sie es einfach: »Wer ist die blonde Frau, die immer um dich rum ist?«

Paul lachte leise. »Und wer sind die Männer, die du ständig küsst?«

»Du meinst die Geschichte neulich im Café de Lyon? Das war alles ganz anders, als du denkst. Das war unser Gemüsehändler Torsten. Ich habe mit ihm Brüderschaft getrunken, und er hat geglaubt, das würde ihm bestimmte Rechte geben. Er ist einfach nur ein Frauenheld. Die ganze Sache ist mir unglaublich peinlich. Ich bin dir sogar nachgelaufen, aber du warst schon weg. Immerhin hat Torsten jetzt ein prächtiges blaues Auge.«

Pauls angenehmes Lachen erklang. »Warst du das? Zuzutrauen wäre es dir!«

»Ich hatte das fest vor, aber da ist mir jemand zuvorgekommen. Aber jetzt zu deiner Blondine.«

»Du meinst Simone. Sie ist meine Chefin.«

»Sie hat sich nicht benommen, als wäre sie nur deine Chefin.« Sie dachte daran, wie diese Simone Pauls Gesicht gestreichelt hatte.

»Warum hast du gestern im Café nichts gesagt?«

»Ich weiß auch nicht, die Situation war so … Ich habe kurz mit ihr – mit Simone, meine ich – gesprochen, als sie vom Klo kam. Sie machte nicht den Eindruck, als wenn sie dich teilen wollte.«

»Maylis, dafür kann ich doch nichts.« Er stöhnte auf. »Dieses Café scheint uns kein Glück zu bringen.«

Maylis schluckte schwer. »Wann kommst du wieder?«

»Übermorgen.«

»Übermorgen?« Die Enttäuschung nahm ihr fast den Atem. Sie konnte nichts weiter sagen.

»Was ist denn?«, fragte er besorgt.

»Ich habe für morgen Abend ein paar Freunde zum Essen eingeladen. Helene übrigens auch, also, ich muss ihr noch Bescheid sagen.«

»Sie wird sich freuen.«

»Ich habe so etwas schon ganz lange nicht mehr gemacht. Es ist sozusagen eine Premiere. Du solltest … ich dachte …« Ihre Stimme wurde dünn.

»Ja?«

»Ich hätte dich so gern dabeigehabt. An meiner …« Wieder versagte ihr die Stimme.

»Seite?«

»Hm.«

»Und ich hätte dich so gern als Gastgeberin erlebt. Ich bin sicher, du machst das ganz perfekt. Bei dir ist Essen bestimmt ein bisschen wie Sex. Ganz entspannt und spontan.«

»Wie Sex mit der Seele.« Sie musste lachen, obwohl ihr gar nicht danach war.

»Es tut mir ehrlich leid, Maylis. Maylis?«

»Ja?«

»Du wirst doch morgen keinen Unsinn machen, wenn ich nicht dabei bin? Du weißt schon …« Seine Stimme nahm diesen Klang an, zärtlich und gleichzeitig ein bisschen unverschämt, der sie garantiert alle Vorsicht vergessen ließe, wenn er jetzt bei ihr wäre. Aber er stand am Flughafen, und sie blies zu Hause Trübsal.

»Ich werde mich benehmen«, sagte sie und musste sich räuspern.

»Versprochen?«

»Ehrenwort. Das Durchschnittsalter wird ungefähr bei fünfundsechzig liegen. Und es kommt nur ein einziger Mann. Der ist allerdings entschieden jünger. Und vergeben.«

Sie hörte im Hintergrund jemanden sprechen. Es war diese Blondine, Pauls Chefin. Sie hätte die Stimme unter Hunderten erkannt. »Kommst du? Wir sind die Letzten. Sie schließen gleich das Gate.«

»Ist sie etwa bei dir?«, fragte Maylis.

»Maylis, sie ist meine Chefin.«

»Paaaul!« Wieder Simone.

»Es tut mir leid, ich muss aufhören. Bis Dienstag.«

Damit legte er auf.

»Das kann alles nicht wahr sein. Es ist wie verhext«, sagte Maylis zu sich selbst. Den Hörer hatte sie immer noch in der Hand.

Die Blondine war also Pauls Chefin. Aber ging man mit seiner Chefin essen und lud sie zu sich nach Hause ein? Sie hatte jedenfalls eindeutig mehr als berufliches Interesse an Paul, das sah doch eine Blinde! Und jetzt fuhren sie zusammen nach London. Zusammen abends an der Hotelbar, ein paar Drinks – man wusste doch, wie so etwas enden konnte!

Sie musste sich unbedingt beschäftigen, sonst würde sie verrückt. Sie ging in die Küche und sah noch einmal ihre Einkaufsliste für das morgige Abendessen durch. Es würde Entenbrust mit einer Lebkuchengewürzkruste geben, dazu karamellisierte Feigen, die sie extra bei Torsten Brenner vorbestellt hatte (sie sah noch seinen Schlafzimmerblick vor sich, als sie die Bestellung aufgegeben hatte). Als Vorspeise hatte sie einen Endiviensalat vorgesehen, mit warmer Senfsoße, damit die Blätter schön zart wurden. Falls sie Grünkohl bekommen sollte, würde sie allerdings umdisponieren und einen Salat aus den zartesten Trieben des Grünkohls machen, mit einer Zitronenvinaigrette und gerösteten Erdnüssen.

Über den Nachtisch wollte sie sich noch Gedanken machen. Vielleicht eine Tarte Tatin, oder doch lieber eine Crème brulée, weil in die Tarte Tatin karamellisierte Birnen gehörten, und nach den Feigen ...

Sie öffnete die Kühlschranktür, ohne etwas Bestimmtes zu suchen. In der Tür stand ein Paket Eier, in der kleinen Klappe darüber steckte eine Tafel bittere Schokolade. Sie nahm beides heraus, zudem Butter und Sahne. Dann holte sie den Kaffeelikör vom Bord über der Spüle, wo er stand, weil sie ihn als Gewürz benutzte, nicht als Getränk. Jetzt hatte sie alle Zutaten für eine Mousse au Chocolat. Eigentlich *das* aphrodisische Dessert ...

Als sie eine halbe Stunde später fertig war, füllte sie zwei Schälchen ab und ging zu Helene Winterkorn hinunter. Eigentlich müsste die Mousse noch durchkühlen, aber dafür hatte sie im Moment keine Muße.

Die *Tagesschau* lief auf voller Lautstärke, aber Frau Winterkorn kam gleich an die Tür.

»Dass Sie mich besuchen kommen!«, rief sie und bat sie herein. »Und Sie haben etwas mitgebracht. Schokoladenpudding.« Sie nahm Maylis die Schälchen ab und ging voraus ins Wohnzimmer.

An der Garderobe hing einsam und verlassen Pauls Trenchcoat. Maylis musste sich zusammenreißen, um ihn nicht zu umarmen und Pauls Duft einzuatmen. Wie unabsichtlich strich sie mit den Fingern darüber, bevor sie ihrer Nachbarin ins Wohnzimmer folgte.

Helene stellte den Fernseher aus und setzte sich in einen der Sessel. Maylis nahm ihr gegenüber Platz. Unauffällig sah sie sich nach Spuren von Paul um, aber dies war offensichtlich das Zimmer der alten Dame.

»Ich möchte Sie für morgen Abend zum Essen einladen. Damit Sie wissen, dass ich kochen kann, habe ich uns eine Mousse au Chocolat mitgebracht.«

»Paul ist aber nicht da.«

Maylis warf ihr einen schnellen Blick zu. »Ich weiß. Sonst hätte ich ihn auch eingeladen.«

Helene Winterkorn sah sie aus ihren wasserblauen Augen nachdenklich an. »Dann werde ich uns mal Löffel aus der Küche holen.«

Maylis hörte sie kramen, und kurze Zeit später war sie zurück und setzte sich wieder. Frau Winterkorn tauchte den Löffel in die Mousse und leckte ihn genießerisch ab. »Sehr gelungen«, sagte sie dann.

»Sie hätte sich noch ein wenig setzen können, aber ich habe sie gerade frisch gemacht.«

Helene Winterkorn löffelte weiter, bevor sie unvermittelt sagte: »Er war schon einmal verheiratet. Es war seine Jugendliebe. Ich habe gleich gewusst, dass das nicht mehr lange hält. Als sie endlich geheiratet haben, hatten sie sich schon auseinandergelebt.«

»Wer?«, fragte Maylis und merkte im selben Augenblick, wie dumm die Frage war. Die alte Dame hatte ihr Interesse für Paul offensichtlich längst gespürt. Sie tat, als hätte sie nicht gefragt. »Und warum haben sie es dann getan?«

Helene Winterkorn seufzte. »Sie wollte unbedingt, und er konnte dem wohl nichts entgegensetzen.«

Maylis hätte gern mehr über Pauls Vergangenheit erfahren. Wenn sie ihn schon nicht bei sich hatte, wollte sie wenigstens über ihn reden. Aber ihre Nachbarin wollte etwas ganz anderes wissen: »Und wie lange sind Sie von Ihrem Mann getrennt? Wie hieß er noch?«

»Max. Das ist jetzt ein gutes Jahr her. Wir sind gerade geschieden worden.«

»Zeit für einen Neuanfang?«

»Es hat lange gedauert, darüber hinwegzukommen.«

»Ich habe Sie kaum noch zu Gesicht bekommen. Früher war bei Ihnen oben häufig was los.«

Maylis stand auf. »Das soll jetzt ja auch wieder so werden. Deshalb das Essen morgen. Kommen Sie?«

»Sehr gern. Ich werde es nicht vergessen«, antwortete Helene Winterkorn mit einem schelmischen Lächeln.

Kapitel 22

Maylis ging um fünf ins Büro des Chefs, um sich zu verabschieden. Sie wollte früher nach Hause, damit sie genug Zeit hatte, das Essen vorzubereiten.

»Muss das sein?«, fragte Wilhelm Radke und sah auf seine Uhr.

»Muss leider sein. Ich habe ungefähr fünfzig Überstunden«, sagte sie freundlich, aber entschieden. »Ich hatte es Ihnen am Sonnabend gesagt.« Damit ging sie nach nebenan, um ihre Jacke anzuziehen.

Der Chef musste sich heute eben mal wieder selbst hinter den Ladentisch stellen. Noch gehörte der Laden ja ihm. Sie fragte sich, wie Katarina Adam das hinbekam. Die musste doch auch immer jemanden haben, der sie in ihrer Boutique vertrat. Die beiden waren so verliebt, dass sie schon beinahe unvernünftig wurden. Maylis bekam fast ein schlechtes Gewissen, als sie Wilhelm Radke hörte, wie er am Telefon seine Zukünftige vertröstete: »Ja, leider erst um sieben. Dafür machen wir es uns dann besonders schön.«

Da konnte man richtig neidisch werden!

Sie ging beim Schlachter vorbei, wo sie die Entenbrüste bestellt hatte. Zu Hause öffnete sie als Erstes den Rotwein, damit er atmen konnte. Er stand in der Küche bereit, der Weißwein auf dem kalten Balkon. Sie goss sich ein Glas vom Merlot ein, um ihn zu probieren, stellte das Radio an und fing an zu kochen.

Wie immer beruhigte sie die Beschäftigung mit den Lebensmitteln. Sanft verknetete sie das Semmelmehl mit dem Lebkuchengewürz und bestrich das Fleisch damit, das sie vorher kräftig angebraten hatte. Dann wusch sie den Salat und machte eine einfache Vinaigrette, schön kräftig, weil sie durch die warme Senfsoße an Intensität verlieren würde. Sie hatte sich doch gegen den Grünkohl entschieden, weil Torsten Brenner keine jungen Pflanzen dabei gehabt hatte.

»Haben Sie Leute zum Essen eingeladen?«, hatte er hoffnungsvoll gefragt.

»Hm«, hatte sie nur geantwortet.

Danach putzte sie Feigen und Birnen. Sie hatte sich entschlossen, eine Crème brulée mit Birnenspalten zu machen. Ein bisschen gewagt, weil der Birnensaft vielleicht verhindern könnte, dass die Creme fest wurde, aber sie traute sich das zu.

Nach einer Stunde war sie fertig, früher als geplant.

Ich habe es eben nicht verlernt, dachte sie zufrieden. Weil sie noch Zeit hatte, kam ihr die Idee, Mini-Käseigel als Platzkärtchenhalter zu machen. Sozusagen als Reminiszenz an die Anfänge von Feinkost Radke, womit dieser Abend, zumindest seine Gäste, ja etwas verband. Sie halbierte die kleinen Birnen und legte sie mit der Schnittfläche auf eine Espressountertasse. Mit einem Spießchen setzte sie Käsehäppchen und Cherrytomaten obendrauf. Auf die Spitze kamen kleine Zettel mit den Namen.

Dann deckte sie den Tisch und schmückte ihn mit bunten Weihnachtskugeln. Als sie die Teller verteilte, sank ihr doch ein wenig der Mut, weil sie nicht für Paul decken konnte. Dabei hatte sie sich alles so schön vorgestellt. Sie hätte so gern gesehen, wie die anderen auf ihn reagierten. Mit einem traurigen Seufzer verteilte sie die kleinen Käseigel auf die Plätze. Tobias und Charlotte sollten sich an den Längsseiten gegenübersitzen, neben ihnen Frau Burfeind und Frau Hansen, an ihrer Stirnseite Helene Winterkorn. Maylis würde an der anderen Stirnseite sitzen, nahe zur Küchentür.

Annette würde nicht kommen. Sie hatte am Morgen kleinlaut abgesagt. Ihr Mann war schon da gewesen, als sie am Sonnabend nach Hause gekommen war, und hatte ihr eine Riesenszene gemacht, als er gemerkt hatte, dass sie angetrunken war.

»Ich habe ihn wegen heute Abend nicht mal gefragt«, hatte sie zugegeben.

»Du musst fragen, ob du irgendwohin gehen darfst?« Maylis war fassungslos gewesen.

»Aber er ist doch nur so eifersüchtig, weil er mich liebt.«

Darauf hatte Maylis keine Antwort gewusst. Sollte Annette doch mit ihrem Hainer glücklich werden.

Sie zündete die Kerzen an, die sie nicht nur in hohen Leuchtern auf dem Tisch, sondern überall im Zimmer verteilt hatte: auf den Fensterbänken, den Regalen, dem Fußboden. Dann kontrollierte sie noch einmal, ob das Silber glänzte und die Weinkelche poliert waren. Alles war perfekt. Das Kerzenlicht fing sich in den bunten Weihnachtskugeln. Der ganze Raum leuchtete wie aus *Tausendundeiner Nacht*.

Sie ging kurz ins Bad, um sich frisch zu machen, sich umzuziehen, die Haare zu kämmen und die Lippen nachzuziehen. Dann sah sie noch einmal in der Küche nach dem Rechten. Auch hier war alles vorbereitet. Bei der Ankunft der Gäste würde sie als Aperitif einen Crémant-Rosé anbieten. Der Salat war bereits auf den Tellern angerichtet, die Vinaigrette und die Senfsoße standen parat.

Da klingelte es auch schon. Ihre Gäste waren pünktlich, wie sie es von ihnen erwartet hatte. Als Erstes kamen Frau Burfeind und Frau Hansen.

»Wir haben uns unten auf der Straße getroffen«, sagte Frau Burfeind fröhlich.

Sie überreichte Maylis feierlich einen altmodischen Strauß aus Nelken und dazu ein altes Foto in Schwarz-Weiß, noch eines mit gezacktem weißem Rand. Es zeigte eine ziemlich dicke Frau vor dem Feinkostgeschäft.

»Das bin ich«, sagte Frau Burfeind.

»Das war wohl die Mayonnaisenzeit?«, fragte Maylis.

Frau Burfeind nickte.

Helga Hansen, in einem roséfarbenen Chanelkostüm, sah sich das Foto an.

»Dazu passt mein Geschenk«, sagte sie und drückte Maylis ein Programmheft des Schauspielhauses von 1965 in die Hand. »Ich dachte, das könnte Sie interessieren.«

Während Maylis ihnen die Mäntel abnahm, klingelte es erneut an der Tür. Helene Winterkorn stand draußen.

»Ich habe gehört, dass die ersten Gäste da sind, da bin ich auch gekommen.«

Die drei Damen begrüßten sich wie alte Bekannte. »Wie nett, dass wir uns hier treffen, Frau Hansen. Ich habe Sie eine Ewigkeit nicht mehr gesehen«, sagte Helene Winterkorn.

Die drei gingen hinüber ins Wohnzimmer und bewunderten den gedeckten Tisch.

»Als hätten Sie das gelernt«, sagte Frau Burfeind. »Sie könnten auch als Dekorateurin arbeiten – und als Köchin sowieso.«

»Oder Bühnenbildnerin«, rief Frau Hansen dazwischen.

»Haben Sie diese entzückenden Käseigel gesehen?«, fragte Helene Winterkorn. »Wird das eine Fünfzigerjahre-Party?« Diese Frage galt Maylis.

»Nein, nein«, gab sie zur Antwort. »Das war nur eine spontane Idee. Weil wir doch alle etwas mit Feinkost Radke zu tun haben.«

»Haben Sie auch den Chef eingeladen?«, fragte Frau Burfeind und zupfte an ihrem seidenen Halstuch herum.

»Nein, der hätte auch bestimmt keine Zeit gehabt.«

»Stimmt es, dass er heiratet?«, fragte Frau Hansen neugierig. »Die Frau, die diese Boutique am Eppendorfer Weg hat?«

»Eppendorfer Baum«, verbesserte Frau Burfeind.

»Ja, und stimmt es nun?«, fragte Frau Hansen weiter, während ihr Blick über den Tisch glitt. »Wo sitze ich denn eigentlich?«

Die drei plauderten ohne Pause weiter. Maylis ging in die Küche, um den Aperitif zu holen, und sie merkten es gar nicht.

Das wird ein lebendiger Abend, dachte sie gut gelaunt.

Charlotte und Tobias kamen zehn Minuten später, etwas verlegen, mit geröteten Gesichtern.

»Wir konnten einfach nicht voneinander lassen«, flüsterte Charlotte als Entschuldigung, während sie neben Maylis in der Küche stand, um weitere Gläser mit Crémant zu füllen. »Und dein Fahrstuhl ist so schön langsam.« Sie grinste verschwörerisch.

Maylis fuhr herum. »Ihr habt im Fahrstuhl …? In *meinem* Fahrstuhl?«

»Pscht, nicht so laut!«

»Ich beneide dich glühend!«, flüsterte Maylis zurück.

Zum Salat wollten die Damen partout noch ein Glas vom Schaumwein. Das reichte, um ihnen die Zungen endgültig zu lösen. Aufgeregt saßen sie um den Tisch und erzählten sich Geschichten von früher. Mit den Käseigeln, die es damals natürlich auch bei Feinkost Radke gegeben hatte, fing es an, und dann ging es um den Vater von Torsten Brenner.

»Meine Güte, was für ein Schwerenöter«, sagte Helga Hansen und stieß dabei Helene Winterkorn in die Seite, die sich kichernd die Hand vor den Mund hielt. Maylis sah verblüfft, wie gut die drei sich unterhielten und sich das Essen schmecken ließen. Es war eine gute Idee gewesen, sie auf der einen Seite des Tisches zu versammeln.

Während die älteren Damen die Unterhaltung bestritten,

blieben Tobias und Charlotte eher still. Sie verschlangen sich mit den Blicken, und als Charlotte sich kurz entschuldigte, folgte Tobias ihr eine Minute später. Maylis fand die beiden heftig knutschend in der Küche.

Sie zog sich zurück, ohne bemerkt zu werden, und lehnte sich auf dem Flur an die Wand. Das Glück der beiden versetzte ihr einen Stich der Sehnsucht.

Die Entenbrüste waren ein voller Erfolg – und das Dessert schlug alles.

»Brülierte Creme?«, fragte Frau Burfeind. »Das kenne ich!«

Maylis ging in die Küche, um die Oberfläche der Crème brulée mit braunem Zucker zu bestreuen und sie zu flambieren. Bisher sah alles gut aus, aber als sie bei Tisch saß und den Löffel in die Creme tauchte, bemerkte sie, dass sie in Birnensirup schwamm. Niemanden außer sie schien das zu stören. Alle lobten sie überschwänglich für das ausgezeichnete Essen und den fröhlichen Abend.

Maylis räumte die Desserteller ab und setzte sich dann wieder an den Tisch. Helene, Frau Hansen und Frau Burfeind sprachen über einen Kunden, der mittlerweile gestorben war, der aber zu seiner Zeit jede Frau bei Feinkost Radke um den Finger gewickelt hatte. Sie giggelten und juchzten, als sie sich Einzelheiten ins Gedächtnis riefen. Ihre Gesichter waren gerötet und weich vom Kerzenlicht. Charlotte und Tobias hörten ihnen belustigt zu. Und unter dem Tisch berührten sich ihre Füße – das hatte Maylis genau gesehen.

Es war seit langer Zeit mal wieder ein fröhlicher Abend. Sie hatte ihr Haus geöffnet und Fremde und Freunde hereingelassen, und es hatte sie belebt und erfüllte sie mit Freude. Genau wie früher.

Wenn doch nur Paul hätte dabei sein können …

Gegen halb elf zog sich Helene Winterkorn zurück. »Es tut mir leid, ich bin eine alte Dame«, sagte sie zu Maylis. »Aber glauben Sie mir, dass ich lange nicht mehr einen so anregenden Abend verbracht habe.«

»Ich auch nicht«, gab Maylis zurück und begleitete ihre Nachbarin noch bis zu deren Haustür.

Als sie wieder oben war, machten sich auch Helga Hansen und Frau Burfeind auf den Weg. Charlotte und Tobias waren dabei, Gläser und Geschirr in die Küche zu räumen. Wobei sie sich ständig küssten.

»Diese jungen Leute«, sagte Frau Burfeind, aber es klang gar nicht böse. »Waren wir auch mal so?«

»Bestimmt«, sagte Maylis. »Kommen Sie gut nach Hause.«

Die beiden Frauen bedankten sich für den schönen Abend und stiegen in den Fahrstuhl.

»Vielen Dank«, sagte Maylis, als sie wieder in der Küche war. »Den Rest schaffe ich.«

»Ist es okay, wenn wir uns aus dem Staub machen?«, fragte Charlotte.

»Sicher.«

»Sicher?«

»Ganz sicher.«

»Wo war denn dein Paul heute Abend?«

»Er musste dringend nach London.«

»Hat er dich angerufen?«

»Er hat mich zu einem Konzert eingeladen.«

Charlotte wurde neugierig. »Und? Wie war's?«

»Ich habe es verpasst.«

»Du hast *was*? Machst du das etwa mit Absicht?« In ihren Augen stand schon wieder ihr unbändiges Lachen, das sie aber diesmal zurückhielt. Stattdessen schüttelte sie den Kopf. »So etwas wie euch habe ich noch nicht erlebt!«

»Ich auch nicht«, sagte Maylis.

Gegen halb zwölf lag sie in der Badewanne und ließ den Abend Revue passieren. Er war schön gewesen, gelungen. Das

Essen war köstlich, die Stimmung beinahe ausgelassen gewesen. Das hatte sie den drei alten Damen gar nicht zugetraut. Und wie früher nach einem Abend mit Freunden fühlte sie sich besonders wohl in ihrer Wohnung, in der noch Essensdüfte, die Wärme der Kerzen und die gute Stimmung lagen.

Das Telefon klingelte. Während sie aus der Wanne stieg und über den Flur huschte, überlegte sie, wer am Apparat sein könnte. Vielleicht hatte einer ihrer Gäste etwas vergessen? Wahrscheinlicher war, dass eine der drei Damen sich bei ihr noch einmal für den Abend bedanken wollte – das machte man zu ihrer Zeit so.

»Hallo?«

»Ich bin's, Paul.«

»Oh! Einen Moment!« Hektisch sah sie sich um und bedeckte ihre Brust mit dem Unterarm. Im Spiegel konnte sie sich in ihrer komischen Haltung sehen: nackt, eine Hand mit dem Hörer am Ohr, die andere abwechselnd vor die Brust und die Scham gepresst. Das war natürlich kompletter Blödsinn, er konnte sie ja nicht sehen. Sie schüttelte den Kopf und ging zurück ins Badezimmer. Dabei rutschte sie auf dem nassen Fußboden aus und stieß sich die Schulter am Türrahmen. Sie fluchte unterdrückt. Erst unter der Schaumschicht fühlte sie sich ein bisschen sicherer. »So.«

»Störe ich dich?«, fragte er.

»Nein, kein bisschen.«

»Wie war dein Abend?«

»Schön. Mein Essen war gut. Helene ist zur Hochform aufgelaufen. Und wie geht es dir? Wie geht es Simone?« Der spitze Unterton war nicht zu überhören. Und was für eine blöde Frage!

»Sie ist meine Chefin. Wir hatten etwas zu feiern.«

»Sie ist jung und hübsch.«

»Sehr.«

Autsch. »Und ihr hattet was zu feiern.«

»Hatten wir?«

»Hast du gerade gesagt.«

Er lachte leise in den Hörer. »Wir haben auf ein gutes Geschäft angestoßen.«

»Oh.« Sie rutschte noch ein bisschen tiefer ins Wasser und dachte dabei nicht an das Telefon in ihrer Hand. Bevor es im Schaum versank, riss sie die Hand hoch. Das Wasser schwappte gefährlich hoch gegen den Rand der Wanne, ein Schwall ergoss sich über den Fußboden davor.

»Was machst du?«, fragte Paul. »Was sind das für Geräusche?«

»Ist es eigentlich gefährlich, in der Badewanne zu telefonieren? Ich meine, von wegen Strom und so?«

Sie hörte ihn schlucken. »Nein, soweit ich weiß, nicht«, sagte er, und seine Stimme war ein bisschen heiser. »Du liegst jetzt gerade in der Badewanne?«

»Hm«, machte sie und strich sich ein wenig Schaum auf ihr Dekolleté, damit es schön warm blieb.

»Du meinst, du hast gerade nichts an?«

Okay, jetzt war er an der Reihe mit den dümmlichen Fragen.

»Ähm, doch, natürlich. Jeans und Pulli. Mir war kalt.«

»Entschuldige.«

Einen Moment lang sagte keiner etwas. Maylis schloss die Augen und bewegte ganz leicht ihren Oberkörper im Wasser, damit die seichten Wellen ihre Brüste streichelten und das warme Wasser noch ein bisschen höher ihren Hals hinaufstieg. Sie musste dafür den Ellbogen fast senkrecht aus dem Wasser ragen lassen, damit ihr Telefon nicht unterging. Eine unbequeme Haltung.

»Bist du noch da?«, fragte sie.

Er räusperte sich. »Sicher. Ich versuche nur, mir nicht vorzustellen, wie du gerade aussiehst.«

Sie hörte seine Stimme, die ihr schon in Sankt Peter so gut

gefallen hatte. Die Stimme, an die sie sich damals hatte anlehnen wollen, hatte jetzt etwas Elektrisierendes an sich, etwas, das dafür sorgte, dass die Härchen auf dem Arm, der das Telefon hielt, sich aufrichteten und ihre Haut zum Prickeln brachten. Ein ganz außergewöhnliches Gefühl, im heißen Wasser eine Gänsehaut zu bekommen.

»Ich bekomme ja nicht einmal das Bild aus dem Kopf, als du mir die Tür aufgemacht hast, neulich Abend, als wir eigentlich verabredet waren und dein Kleid aufgeknöpft war. Und wenn ich mir jetzt vorstelle, dass du in der Badewanne liegst, in Jeans und Pullover natürlich …«

»Du würdest nichts sehen können, ich habe Berge von Schaum über mir.«

»Die kann man wegpusten.«

Sie kicherte. Meine Güte, was redete er denn da?

»Gehe ich zu weit?«

»Nein, gar nicht.«

»Irgendwie ist es zwischen uns immer ein wenig wie kurz vor einem Blitzeinschlag.«

»Blitzeinschlag?«

»Es knistert. Wir sind uns doch schon einige Male nahegekommen …«

»Und dann ist regelmäßig irgendwas passiert.«

»Stimmt. Entweder warst du betrunken oder verkatert. Oder mitten in einer … Umarmung.«

»Das ist gemein. Ich bin eigentlich ein grundsolider Mensch. Ich gehe fast nie aus!«

»Aber wenn doch, dann schlägst du über die Stränge.«

Maylis wusste nicht, was sie darauf antworten sollte. »Wofür hältst du mich?«

»Ich weiß nicht. Ich wäre nur gern mal dabei, wenn du ausgehst.« Er machte eine Pause. »Ich würde ein Auge auf dich haben.«

»Ich brauche keine Aufpasser.«

»Okay, ich nehme das zurück. Das mit dem Aufpasser. Aber ich würde wirklich zu gern mit dir ausgehen. Ich habe das Gefühl, der Abend würde einiges an Überraschungen bereithalten.«

»Wir können doch so tun, als gingen wir jetzt gerade zusammen aus.«

»Sehr gern. Ich finde es nur ein bisschen ungerecht, dass du bequem in deiner warmen Wanne liegst, während ich mir hier den Hintern abfriere.«

»Wo bist du denn?«

»Ich sitze im Auto, und mir ist kalt.«

»Hast du mich nur angerufen, weil dir langweilig ist?«

»Nein, habe ich nicht!«

Maylis räkelte sich und brachte das Wasser in leichte Bewegung. Wie streichelnde Hände schwappte es an ihrem Körper auf und ab. Sie stellte sich vor, dass es Pauls Hände waren, und gab einen leisen Seufzer von sich.

»Was machst du gerade?«, fragte er. Seine Stimme vibrierte.

»Ich träume.«

»Von wem?«

»Das kann ich dir unmöglich sagen.«

»Mir wird gerade ein bisschen wärmer. Ich nehme an, das Wasser ist sehr heiß?«

»So heiß wie nur irgend möglich.«

»Und du lässt immer wieder heiß nachlaufen.«

»So lange, bis ich ganz schwach von der Hitze bin.«

»Wonach duftet es?«

»Nach Orangen.«

»Herb, das hatte ich mir gedacht. Das passt zu dir.«

Maylis fuhr mit einem Schwamm an der Außenseite der Oberschenkel bis zu den Knien hinunter und dann an der Innenseite wieder zurück. Eine ganz leichte Berührung, gefolgt von der Wellenbewegung des Wassers.

»Was machst du jetzt?«

Ohne zu überlegen, beschrieb sie Paul, was sie gerade tat. Dabei öffnete sie die Schenkel.

Er machte ein paar schwere Atemzüge. »Mir wird noch ein bisschen wärmer.«

Maylis malte mit dem Schwamm Achten rund um ihre Brüste. Sie fuhr mit dem heißen Schwamm die Schultern hinauf, die außerhalb des Wassers waren. Bei der Berührung erschauerte sie. Dann glitt der Schwamm wieder rund um ihre Brustwarzen. Und immer noch beschrieb sie Paul im Detail, was sie tat.

»Ich würde so gern bei dir sein und deinen schönen Mund küssen«, sagte er. Er klang heiser. »Mehr will ich gar nicht. Dich nur küssen und dir zusehen.«

Maylis sog die Luft durch die geöffneten Lippen ein. Sie schloss die Augen und neigte den Kopf ein wenig, um sich besser vorstellen zu können, wie Paul sie küsste. Er konnte gut küssen, das hatte sie schon für sich beschlossen. Männer, die kochen konnten, konnten auch küssen.

»In die Halsbeuge. Küss mich in die Halsbeuge«, forderte sie.

»Wohin du willst«, antwortete er.

Maylis streichelte sich mit dem Schwamm dort, wo Paul sie gerade küsste …

Plötzlich wurde seine Stimme anders, geschäftsmäßig. Er sprach mit jemandem, hielt dabei aber die Hand übers Telefon, sodass sie nicht verstehen konnte, was er sagte. Dann war er wieder am Apparat. Er lachte leise. »Ich wusste doch, dass man mit dir Spaß hat.«

»Ich verstehe nicht …«

»Wirst du gleich …«

»Warum ist es zwischen uns immer so merkwürdig?«

»Merkwürdig?«

»Na ja, ich finde die Art und Weise, wie wir versuchen, uns näherzukommen, etwas ungewöhnlich. Normalerweise läuft so was ganz anders. Irgendwie … normaler eben.«

Ein paar dumpfe Geräusche drangen aus dem Hörer.
»Bist du noch dran?«, hörte sie ihn sagen.
»Wo soll ich denn hin? Ich liege in der Badewanne, hast du das vergessen?«
»Wie könnte ich?« Er räusperte sich. »Tun wir das denn gerade? Uns näherkommen?«
Maylis' Herz machte einen kleinen Aussetzer vor Glück. Sie zögerte, bevor sie weitersprach. »Ja, und dafür, dass das letzte Mal für uns beide schon etwas länger her ist, machen wir das doch ganz gut, oder?«
»Soso, bei dir ist das schon länger her? Wenn ich mir vor Augen führe, in welchen Situationen ich dich schon erwischt habe … Aber zumindest als eingefahren würde ich uns nicht bezeichnen.«
»War das ein Kompliment?«
Er lachte leise. »Da solltest du mich mal erleben, wenn ich Komplimente verteile.«
Sie schmolz in ihrem heißen Wasser dahin.
»Maylis, ich muss jetzt aufhören.«
»Oh, nein, schade!«
Er lachte. »Das ist kein bisschen schade. Ich bin vor dem Haus. Ich sitze im Taxi und bezahle gerade.«
»Du bist in Hamburg? Unten auf der Straße?« Sie setzte sich abrupt auf, das Wasser schwappte über den Rand der Wanne.
»Ich bin in einer Minute bei dir oben.«
Sie ließ den Hörer einfach los, und er plumpste ins Badewasser. Womit bewiesen wäre, dass das nicht tödlich war. Sie sprang aus der Wanne, schlidderte über den tropfnassen Fußboden und raste wie eine Verrückte durch die Wohnung. Ein Blick in den Wandspiegel sagte ihr, dass ihre Haut rosig bis rot vom heißen Wasser war, ihr Haar nass und völlig zerzaust, Wassertropfen rannen ihr über den Körper. In ihrer Panik rannte sie zurück ins Bad, schnappte

sich ihren alten Herrenbademantel und wickelte sich darin ein.

Noch ein verzweifelter Blick in den Spiegel und ein vergeblicher Versuch, ihr Haar mit den Händen einigermaßen in Ordnung zu bringen.

Dann klingelte es an ihrer Wohnungstür.

Sie öffnete.

Er brachte einen Schwall kalter Luft von draußen mit.

Sie fröstelte und zog den Bademantel fester um ihren Körper.

»Ich dachte, du wärst in London«, hauchte sie.

»Ich bin einfach abgehauen. Hatte hier was Wichtiges zu erledigen.« Mit diesen Worten zog er sie an sich und legte seine kühlen Lippen auf ihre.

Sie hatte recht gehabt: Er konnte gut küssen, zärtlich und spielerisch zugleich. Er nahm ihre Oberlippe zwischen seine Lippen und saugte leicht daran. Sie stöhnte auf.

Dann ließ er sie los.

»Du bist nass«, sagte er und schob sie auf Armeslänge von sich weg.

»Ich komme gerade aus der Badewanne!«

Er sah an ihr herunter und registrierte den verschossenen Bademantel, dessen Gürtel sich unter seiner Berührung geöffnet hatte und einen Streifen nackter Haut freigab.

»Das erinnert mich an etwas«, sagte er mit einem langen Blick auf ihre Brüste. Wieder diese Stimme, wieder dieser Blick.

Für Maylis war das im Moment mehr, als sie aushalten konnte. Sie raffte den Bademantel vor ihrem Körper zusammen und schwor sich, gleich am nächsten Tag endlich die beiden fehlenden Knöpfe anzunähen. Am besten kaufte sie gleich einen neuen. Oder zwei.

»Wir wollten doch reden«, stammelte sie. »Uns über ein paar Dinge klar werden.«

»Worüber müssen wir zwei eigentlich noch reden?«

Sie bemühte sich, nicht auf seine Lippen zu sehen, weil sie sich sonst vielleicht auf ihn gestürzt hätte, und sah stattdessen die Lachfältchen um seine Augen an.

»Ich muss mir über gar nichts klar werden«, sagte er. »Seit ich dich das erste Mal im Laden gesehen habe, gehst du mir nicht mehr aus dem Kopf. Und seit ich dich ein bisschen näher kenne und weiß, wie – wer – du bist ... So wie du jetzt aussiehst« – noch ein anzüglicher Blick auf den alten Bademantel –, »bist du genau richtig. Genau so, wie ich dich haben will.«

Maylis machte einen letzten Versuch, ihre beinahe unerträgliche Anspannung zu entschärfen. »Möchtest du vielleicht was essen? Es ist noch etwas vom Abendessen da.«

»Ich habe im Moment überhaupt keinen Hunger. Höchstens auf das, was da in diesem alten Bademantel steckt. Interessantes Modell.«

Er machte einen Schritt auf sie zu.

»Wir hatten heute Abend eine Fünfzigerjahre-Party, und aus der Zeit stammt auch der Bademantel. Eigentlich hatte ich vor, ihn wie unabsichtlich von der Schulter rutschen zu lassen«, hauchte sie.

»Ich bin sicher, dass du das perfekt beherrschst«, sagte er und küsste sie.

Informationen zu unserem Verlagsprogramm, Anmeldung zum Newsletter und vieles mehr finden Sie unter:

www.harpercollins.de

Anne Barns
Drei Schwestern am Meer

Deutsche Erstveröffentlichung

Eine Insel, drei Frauen, ein altes Familiengeheimnis

Das Weiß der Kreidefelsen und das Grün der Bäume spiegeln sich türkis im Meer – Rügen! Viel zu selten fährt Rina ihre Oma auf der Insel besuchen. Jetzt endlich liegen wieder einmal zwei ruhige Wochen voller Sonne, Strand und Karamellbonbons vor ihr. Doch dann bricht Oma bewusstlos zusammen und Rina muss sie ins Krankenhaus begleiten. Plötzlich scheint nichts mehr, wie es war, und Rinas ganzes Leben steht auf dem Kopf.

ISBN: 978-3-95649-792-6
9,99 € (D)

Anne Barns
Apfelkuchen am Meer

Originalausgabe

Durch Zufall findet Hobby-Tortendekorateurin Merle im Blog einer Unbekannten ein Rezept für Töwerland-Torte. Genau dieses Rezept für die leckere Apfelbuttertorte wird seit jeher vertrauensvoll in ihrer Familie weitergegeben, von Generation zu Generation. Merle macht sich im Auftrag ihrer Mutter auf den Weg nach Juist, um die Bäckerin der Torte zu suchen. Auf der zauberhaften Insel findet sie heraus, dass es noch mehr Gehemnisse gibt, die in der Familie gehütet werden.

ISBN: 978-3-95649-710-0
9,99 € (D)

Tanja Janz
Strandperlen

Tschüs, St. Peter-Ording – Tante Lilo, nicht mehr ganz frische 70, muss aus Gesundheitsgründen in wärmere Gefilde ziehen. Aber was wird nun aus ihrer geliebten Strandperle? Entschlossen vermacht sie das Unternehmen ihren zwei Nichten Insa und Stephanie. Zwei gestandene Frauen, die sich nur vom Hörensagen kennen … Für Insa ist der Nordseeort eine willkommene Abwechslung zum Schnellimbiss in Gelsenkirchen, für Stephanie die perfekte Fluchtmöglichkeit von ihrem betrügerischen Ehemann in Düsseldorf. Doch kaum erreichen sie ihr Erbe, knirscht der Sand im Getriebe ihrer Hoffnung! Denn statt einer schnuckligen Strandpension hat ihnen Tante Lilo einen heruntergewirtschafteten Campingplatz vermacht. Watt für ein Sommer am Meer …

ISBN: 978-3-95649-181-8
9,99 € (D)

Tanja Janz
Mit dir auf Düne sieben

Jette ist die Hochzeitsplanerin in St. Peter-Ording. Mit Begeisterung organisiert sie den perfekten schönsten Tag im Leben – für andere. Nachdem sie kurz vor ihrem eigenen Jawort sitzengelassen wurde, hat sie für sich den Traum von einer Hochzeit in Weiß an den Nagel gehängt. Plötzlich taucht ihr Exverlobter Klaas wieder auf. Zur gleichen Zeit bekommt Jette den Auftrag, eine große Hochzeit zu planen. Doch die Braut in spe ist ausgerechnet Klaas' Verlobte.

ISBN: 978-3-95649-711-7
9,99 € (D)

Originalausgabe